신들의 왕국
하

THE KINGDOM OF GODS:
Book Three of the Inheritance Trilogy
by N. K. Jemisin

Copyright © N. K. Jemisin 2011
All rights reserved.

Korean translation edition is published by arrangement with
N. K. Jemisin c/o The Knight Agency through Duran Kim Agency.

Korean Translation Copyright © Minumin 2024

이 책의 한국어판 저작권은 듀란킴 에이전시를 통해
The Knight Agency와 독점 계약한 ㈜민음인에 있습니다.
저작권법에 의해 한국 내에서 보호를 받는 저작물이므로 무단 전재와 무단 복제를 금합니다.

신들의 왕국

하

유산 시리즈 Ⅲ

N. K. 제미신

박슬라 옮김

THE
KINGDOM
OF
GODS

황금가지

신들의 왕국—하 **차례**

제3부 **오후에는 다리가 셋** —— 7

13장 —— 13
14장 —— 42
15장 —— 83
16장 —— 109
17장 —— 156
18장 —— 191

제4부 **자정에는 다리가 없는 것** —— 217

19장 —— 222
20장 —— 250
21장 —— 273
22장 —— 292
23장 —— 324
코다 —— 338

부록 **용어 및 인물** —— 341
감사의 말 —— 347

외전 **끝나지 않았다** —— 349

제3부
오후에는 다리가 셋

나는 꿈속을 표류한다. 나는 필멸자가 아니기에 악몽을 꾸지 않는다. 군중 앞에서 알몸이 된 꿈을 꾼 적도 없다. 나한테 그런 건 창피한 게 아니니까(나라면 사람들의 경악한 표정을 보려고 성기를 보란 듯이 대놓고 흔들 거다.) 내 꿈은 대부분 실제 기억이다. 아마도 내가 너무도 많은 것을 기억하고 있기 때문일 것이다.

부모와 자식. 별이 점점이 박힌 거대한 짐승 같은 모습의 나하도스가 칠흑의 불꽃으로 이뤄진 둥지 안에 웅크려 있다. 필멸자가 존재하기 한참 전의 일이다. 나는 둥지가 발하는 희미한 빛에 반쯤 가려진 아주 작은 존재다. 갓난아기. 나는 보호와 안락함을 찾아 그녀의 품속에 파고들며 새끼고양이처럼 낑낑거린다. 그녀가 나를 쓰다듬으며 소유욕 가득한 목소리로 내 이름을 속삭인다──

이번에는 샤하르. 내가 아는 소녀 샤하르가 아니라 가문의 시조인 샤하르. 지난번 내 꿈에 나왔을 때보다 더 어린 모습이다. 한 이십 대쯤 됐을까. 창가에 앉아 주먹 쥔 손에 턱을 괸 채 가슴에 안긴 아기가 젖을 빨고 있는데도 멍하니 딴 생각을 하고 있다. 아기는 필멸자다. 온전한 인간이다. 뒤에 놓인 바구니에는 또 다른 인간 아기가 앉아(쌍둥이다.) 사제 복장을 한 소녀의 보살핌을 받고 있다. 샤하르는 그보다 더 정교하고 고급스러운 사제복을 입고 있다. 그녀는 지위가 높다. 신앙이 요구하는 대로 자손을 보았지만 머지않아 주님이 그녀를 필요로 하는 때가 온다면 그녀는 그들을 버릴 것이다. 그녀의 눈은 항상 지평선에 꽂혀 있고 새벽을 기다린다 —

에네파. 권능의 절정에 달한 그녀. 그녀의 모든 실험, 모든 시험과 실패가 마침내 성공의 정점에 도달했다. 그녀는 삶과 죽음, 빛과 어둠, 질서와 혼돈을 결합하여 우주에 필멸의 생명을 가져오고 영원토록 변화를 이어 가는 속성을 부여한다. 지난 십억 년 동안 그녀는 생명을 낳았다. 그녀의 배는 끝없이 광활하고 비옥한 다산의 대지, 쉴 새 없이 물결치며 생명과 생명을 쏟아 내는 곳. 이미 태어난 우리는 저 산발적으로 분출되는 경이로움을 숭앙과 경배의 마음으로 지켜볼 뿐이다. 생명이 번성하려면 사랑이 필요하기에 나는 그녀에게 사랑이라는 제물을 바친다. 그녀가 탐욕스럽게 제물을 집어삼키고 온몸을 뒤틀며 고통과 승리감이 뒤섞인 비명을 부르짖자 새로운 종이 탄생한다. 참으로 숭고한 장면이 아닌가. 에네파가 내 손을 더듬어 찾는다. 그녀의 형제들이, 아마도 둘이서 같이 어디론가 가 버렸기 때문이다. 하지만 괜찮다. 나는 그녀의 자식신 중 가장 맏이다. 다 큰 남자다. 나는 그녀가 필요로 할 때면 늘 곁에 있다. 그런 일이 자주 있진 않지만—

이번에는 나 자신. 이상하다. 나는 첫 번째 하늘궁에, 미쳐 버린 이

렘파스와 내 죽은 어머니의 힘에 의해 필멸자의 육신에 갇혀 침대에 앉아 있다. 노예 시절 초기의 일이다. 나를 옭아맨 사슬에 항상 저항하며 싸우던 시절. 내 피부에는 붉은 채찍 자국이 아직도 선명하고 힘이 약해진 탓에 평소 내가 선호하는 것보다 더 나이 든 모습이다. 젊은 남성. 내 옆에 나보다 더 길고 넓은 누군가의 등이 누워 있다. 남자, 성인, 나체, 필멸자. 엉망으로 엉킨 검은 머리카락. 속이 느글거릴 정도로 새하얀 피부. 아하드. 물론 그땐 아직 이름이 없었다. 그는 울고 있다. 누군가 흐느낄 때면 어깨가 저런 식으로 흔들린다. 그리고 나는…… 내가 그에게 무슨 짓을 했는지는 기억나지 않지만 내 눈에는 죄책감과 절망이 담겨 있고—

예이네. 인간으로나 여신으로나 자식을 낳은 적이 없지만 그럼에도 만나자마자 내 어머니가 된 분. 그녀는 포식자의 양육 본능을 지니고 있다. 가장 잔인한 자를 짝짓기 상대로 선택하고, 어린 것을 위협하는 모든 것을 죽이고, 자식들을 훌륭한 살인자로 키운다. 하지만 그런 그녀도 에네파에 비하면 마르지 않는 다정함의 샘이다. 내가 그녀의 사랑을 너무 갈급히 들이켜 그 사랑이 바닥날까 두렵다.(한 번도 그런 적은 없지만.) 우리는 필멸의 육신을 입고 바람하프 방에 누워 함께 웃고 떠들지만 피할 수 없는 운명을 맞이해야 할 새벽을 두려워하고 있고……

하지만 사실 그건 시작일 뿐이다—

다시 에네파. 거룩한 태동은 오래전에 끝났다. 요즘 에네파는 새로운 자식을 거의 만들지 않는다. 그보다는 이미 존재하는 아이들을 관찰하고, 솎아 내고, 무한한 다른 세계에 옮겨 심어 자라나게 하는 것을 더 좋아한다. 에네파가 나를 향해 돌아서자 나는 몸을 떤다. 그녀의 의

지대로 어른이 된다. 하지만 그럼에도 나는 내 본성의 가장 근본적인 발현이 어린아이임을 안다. 내가 감히 반항하자 그녀가 말한다. "두려워 말렴." 그러고는 다가와 나를 부드럽게 어루만진다. 내 몸은 굴복하고 마음은 날아오른다. 나는 오랫동안 이것을 갈망해 왔다. 하지만 —

　나는 죽는다. 이 사랑은 나를 죽이고 소멸시키리, 오 신이여 이렇게 두려웠던 적이 없다 —

　잊어라.

13장

하나는 슬픔
둘은 기쁨
셋은 여자아이
넷은 남자아이
다섯은 은
여섯은 황금
일곱은 비밀
절대로 말하면 안 돼

    필멸의 삶은 순환이다. 낮과 밤. 계절. 잠과 깨어남. 에네파는 모든 필멸의 생명체에 이런 순환적인 본질을 부여했고 인간은 이와 일치하는 문화를 구축하고 보다 정교하게 다듬었다. 일. 가정. 한 달은 일 년이 되고 년이 모여 과거에서 미래로 움직인다. 그렇게 생명은 끊임없이 이어진다. 내 생각엔 이게 바로 그들과 우리의 가장 큰 차이다. 마법이나 죽음이 아니라.
    이 년 삼 개월하고도 엿새 동안, 나는 최대한 평범한 삶을 살았다. 음식을 먹었다. 잠을 잤다. 더 건강해졌다. 열심히 노력해 더 늘씬하고 튼튼한 몸을 만들었고 옷도 잘 차려입었다. 글리 쇼스에게 이템파스와 만나게 해 달라는 부탁을 해 볼까 생각했다. 하지만 그러지 않기로 했다. 난 여전히 이템파스를 증오했고 그 얼굴을 보니 차라리 죽는 게 나았다. 지극히 평범한 반응이다.
    내가 하는 일도 어찌 보면 나름대로 평범했다. 나는 매주 아하드가 보내는 곳에 가서 최선을 다해 염탐하고, 명령이 있으면 개입했다. 신일 때의 삶에 비하면…… 글쎄. 적어도 지루하진 않았다. 바쁘게 살았으니까. 열심히 일하다 보면 생각할 틈도 없었다. 그건 좋았다. 꼭 필요한 일이기도 했고.

세상도 더는 평범하지 않았다. 내가 우세인 다르를 만나고 육 개월 뒤, 그리고 안타깝게도 또 아들인 자식이 태어나고 석 달 후에 마침내 지병으로 자리보전하던 우세인 다르의 아버지가 세상을 떴다. 우세인 다르는 그 즉시 하이노스의 대표로 선출되었고, 컨소시엄의 투표철에 맞춰 그림자를 방문했다. 그녀가 가장 먼저 한 일은 그림자도시 대표의 존재에 공개적으로 이의를 제기하는 아주 공격적이고도 맹렬한 연설을 퍼부은 것이었다. 어떤 컨소시엄 대표도 도시 하나를 단독으로 대변하지는 않았다. "그리고 모두가 그 이유를 알고 있습니다." 우세인이 강렬한 포효를 터트리며 (새 소식 두루마리에 따르면) 연극적인 몸짓으로 컨소시엄 회의장 위쪽 아라메리 가족석에 앉아 있는 레마스 아라메리의 눈을 똑바로 쏘아보았다. 레마스는 아무 말도 하지 않았다. 아마도 모두가 그 이유를 알고 있기에 명약관화한 사실을 굳이 확인해 줄 필요가 없기 때문일 것이다. 그림자 대표는 실제로 하늘궁의 입이었고 아라메리의 의사를 전달하는 대변인에 불과했다. 별로 새로운 소식도 아니었다.

진짜 새로운 소식은 우세인의 항의가 컨소시엄 감독관에게 묵살되지 않았다는 점이다. 나아가 북부인이 아닌 몇몇 귀족이 그녀에게 동조하는 목소리를 냈을 뿐만 아니라 이후 실시된 비밀 투표에서는 컨소시엄의 거의 3분의 1에 달하는 의원들이 그림자 대표의 권한을 철회해야 한다는 데 동의했다. 승리나 다름없는 패배였다. 예전 같았다면 그런 의제는 아예 표결에 부쳐지지도 않았을 것이다.

승리를 거두진 못했으나 경고사격 정도는 됐다. 그러나 아라메리의 대응은 '밤의 팔'의 응접실과 빵집의 뒷문, 심지어 매일 저녁 히믄의 가족과 함께하는 저녁 식사 자리에서의 수군거림이 예측한 것과는 달랐다. 아무도 우세인 다르를 죽이려 들지 않았다. 미로처럼 얽힌 아레바이아의 거리에 의문의 전염병이 덮치지도 않았다. 다르의 흑단목과 희귀 약초는 공개시장과 암시장 모두에서 계속 높은 가격에 팔렸다.

나는 이게 어떤 의미인지 알았다. 레마스가 어딘가에 선을 그어 두었고 우세인이 아직 그 선을 넘지는 않았다는 뜻이다. 하지만 언젠가 그때가 되면 레마스는 다르가 이제껏 경험한 적 없는 끔찍한 공포를 풀어 놓을 것이다. 우세인의 알 수 없는 계획이 먼저 결실을 맺지 않는다면.

하지만 나는 한 번도 정치에 지대한 관심을 쏟을 만큼 흥미를 느낀 적이 없고, 날이 가고 달이 가고 해가 지나면서 이제껏 어린 애처럼 피해만 다니던 끝맺지 못한 일이 내 영혼을 점점 무겁게 짓눌러 오는 것을 느낄 수 있었다. 그중에서도 특히 한 가지 충동이 걷잡을 수 없게 부풀었을 무렵, 나는 어느 한가한 날 아하드를 붙잡고 간청했다. 놀랍게도 그는 내 부탁을 들어주었다.

※

　데카는 아직도 리타리아에 있었다. 이건 나도 예상 못 한 일이었다. 샤하르가 나를 배신했으니 지금은 데카가 하늘궁에 있을 거라고 각오해 둔 차였는데 말이다. 샤하르는 데카를 되찾기 위해 그런 짓을 한 거였잖아? 하지만 아하드의 마법이 끝났을 때, 나는 교실 한가운데 서 있었다. 교실은 원형이었고(리타리아가 이템파스 교단에 속해 있던 시절의 흔적이었다.) 벽에는 획마다 번호를 매겨 놓은 인, 완성되기 직전 획이 한두 개 빠져 있는 인, 그리고 필경사들이 우리의 언어를 배우는 방법과 관련이 있는 게 분명한 이상한 숫자식 등을 적어 놓은 분필 자국으로 가득한 칠판이 빙 둘러 세워져 있었다.
　몸을 돌렸다가 놀라서 눈을 깜박였다. 나는 흰옷을 입은 한 무리의 아이들에게 둘러싸여 있었다. 대부분 열 살 남짓한 아픈 아이들이었는데 바닥에 책상다리를 하고 앉아 무릎에 개인용 석판이나 갈대종이를 올려놓고 있었다. 그리고 전부 입을 헤벌린 채 나를 쳐다보고 있었다.
　나는 허리에 손을 얹고는 씩 웃었다. "뭐야, 선생님이 소격신이 올 거라고 말 안 해 줬어?"
　"응." 등 뒤에서 들린 어른의 목소리에 몸을 돌렸다가 다음 순간 나도 아이들처럼 입을 쩍 벌렸다. 교단에 서 있는 데카르타가 느릿하게 대답했다. "발표 수업은 다음 주거든. 안녕, 시에."

＊

 데카는 이제 검은색 옷을 입었다.
 놀라긴 했지만 그게 유일한 충격은 아니었다. 나는 그를 힐끔 훔쳐보았다. 이제 그는 나보다 키가 훨씬 컸고, 죽은 필경사들의 흉상이 늘어선 밝고 환한 카펫 깔린 복도를 성큼성큼 걷는 걸음걸이는 편안하고 여유롭고 자신감이 넘쳤다. 내 쪽을 보진 않았지만 내가 자신을 빤히 쳐다보고 있다는 것쯤은 알 터였다. 표정을 읽어 보려 했지만 소용없었다. 하늘궁에서 추방됐는데도 데카는 여전히 아라메리 특유의 초연함을 갖추고 있었다. 피는 못 속인다더니.
 아, 그래. 정말 그랬다. 그는 아하드를 닮았다.
 악마똥 같은 놈. 감히 예이네의 사랑을 받는, 지옥에나 어울릴 쥐새끼 같은 아하드.
 이제야 많은 것을 이해할 수 있었다. 그리고 이해할 수 없는 건 그보다 더 많았다. 둘은 부인할 수 없을 만큼 닮았다. 데카는 아하드보다 손가락 하나 정도 작고, 더 말랐고, 아직 완전한 성인 남성이 되지는 못했다는 느낌이 있었다. 아하드가 상당히 공들인 긴 머리를 하고 있다면 데카는 짧고 단정한 머리를 했다. 그리고 데카 쪽이 아믄인에 가깝다면 아하드의 이목구비는 하이노스인에 가까웠다. 하지만 다른 모든 면에서, 특히 위험한 힘을 보유하고 있다는 여유로움에서 나오는 이 새로운 오라를 보면 데카도 아하드처럼 만들어진 존재처럼 보였다. 중간에 모친이 끼어들어 섞인

게 아니라 다 자란 채로 원본에서 그대로 튀어나온 생명체.

하지만 그럴 리가 없었다. 만일 아하드가 데카르타의 가까운 조상이라면 데카르타와 샤하르, 그리고 그 부모가 아하드의 피를 물려받았다는 뜻인데 그건 두 사람이 악마라는 의미였다. 그들이 악마라면 우정을 맹세한 날 나는 죽었어야 했다.

그리고 그런 죽음이 이렇게 더디고 잔인한 방식으로 작동할 리가 없다. 나는 악마의 피가 신에게 어떤 영향을 끼치는지 안다. 마치 촛불에 물을 끼얹은 것처럼 내 영혼의 빛이 완전히 꺼져 버려야 한다. 그렇다면 나는 왜 이런 절름발이 같은 상태로 아직껏 살아 있는 걸까?

작게 신음하자 드디어 데카가 나를 힐끗 쳐다보았다. "아무것도 아냐." 나는 이마를 문지르며 말했다. 정말로 두통이 이는 것 같았다. "그냥…… 아냐."

데카가 재밌다는 듯이 낮게 웃었다. 내 귀여운 꼬마 데카는 이제 중저음의 목소리를 지녔고, 더는 꼬마도 아니었다. 귀엽고 다정한 건 변함 없을까? 그건 시간이 지나 봐야 알 수 있을 것이다.

"지금 어디 가는 거야?"

"내 연구실."

"오, 네 전용 연구실이 있어?"

데카는 미소를 지우지 않은 채 이젠 거의 우쭐대는 분위기까지 풍기고 있었다. "당연하지. 교사들은 전부 개인 연구실이 있거든."

나는 발을 늦추며 그에게 얼굴을 찡그렸다. "그럼 네가 정식 필경사란 말이야? 벌써?"

"안 될 건 또 뭐야? 학업 자체는 별로 어렵지 않아. 벌써 몇 년 전에 과정을 마쳤는걸."

나는 생각도 많고 수줍음도 많던 어린 시절의 데카를 떠올렸다. 자신감이 부족해 항상 누이의 말을 따르던 아이. 여기, 이곳에서 그를 못마땅하게 여기던 가족이라는 그늘이 사라지고 나자 자신의 총명함을 자유롭게 발휘할 수 있게 된 걸까? 나는 빙긋 웃었다. "그 모든 일에도 불구하고 여전히 오만한 아라메리구나."

데카가 나를 바라보았다. 그의 미소가 아주 약간 희미해졌다. "난 아라메리가 아니야, 시에. 쫓겨났으니까. 기억 안 나?"

나는 고개를 저었다. "아라메리를 벗어날 유일한 방법은 죽는 것뿐이야. 그게 아니면 그들은 늘 다시 찾아오지. 네가 아니면 네 자식들한테라도 말이야."

"흠, 그건 그렇네."

그사이에 우리는 모퉁이를 돌아 카펫이 깔려 있는 또 다른 복도에 접어들었고 데카는 나를 난간이 있는 넓은 계단으로 안내했다. 갈대 펜과 두루마리를 품에 안은 여자아이 셋이 계단을 내려오다가 우리에게 공손하게 인사를 하고는 지나쳤다. 셋 모두 데카를 보고 얼굴을 붉히거나 눈웃음을 쳤다. 데카는 엄숙하게 고개를 끄덕였을 뿐이다. 아이들이 모퉁이를 돌아 사라지자마자 흥분해서 깍깍거리는 웃음소리가 들려왔다. 내 옛 본성이 꿈틀거렸다. 어린 소녀들의 짝사랑. 마치 영혼에 치대는 나비 날개처럼.

계단 꼭대기에 이르자 데카가 잠금장치를 풀고 한 쌍의 근사한 나무문을 열어 젖혔다. 방 안은 내가 기대했던 모습과는 조금 달랐다. 나는 하늘궁에서 일등 필경사의 연구실을 본 적이 있다. 연구실은 대개 삭막하고 금지된 공간이었고 온통 하얗게 빛나는 벽에 가끔 존재하는 색깔이라야 검은 잉크나 붉은 피 정도가 전부였다. 데카의 연구실은 짙은 갈색의 다르목과 금빛의 첼린 대리석으로 구성되어 있었다. 전체적으로 팔각형 구조인데 그중 벽면 네 개가 바닥부터 천장까지 전부 책장이었고 책과 두루마리, 심지어 석판과 목판까지 두세 단으로 겹쳐 쌓여 있었다. 방 중앙에는 넓고 평평한 작업대가 놓여 있고 두 벽면이 만나는 가장자리에는 유리로 된 이상한 상자 같은 것이 놓여 있었다. 하지만 필기구 이외에 다른 도구나 용구는 보이지 않았다. 실험용 표본이 들어 있는 우리가 벽을 따라 늘어서 있지도 않았다. 고통의 냄새도 없었다.

나는 놀람과 혼란에 가득 차 방 안을 둘러보았다. "넌 대체 뭐 하는 필경사야?"

데카가 내 뒤로 문을 닫았다. "내 전공은 소격신 신화야. 졸업 논문 주제는 너였지."

나는 재빨리 그를 돌아보았다. 그는 닫힌 문에 몸을 기댄 채 나를 바라보고 있었다. 꼼짝도 않고 조용히 서 있는 모습이 아하드만큼이나 나하도스를 연상시켰다. 이 셋은 눈꺼풀을 깜박이지도 않고 강렬한 눈빛으로 뚫어져라 바라보는 똑같은 버릇이 있었는데 아하드의 경우에는 허무주의가, 나하도스의 경우에는 광기가 담겨 있었다. 그리고 데카의 경우엔 뭔지 알 수가 없었다. 아직까지는.

"그럼 넌 내가 널 죽이려고 했다고 안 믿는 거지?"

"그래. 그때 우리의 맹세에 문제가 있었던 게 확실해."

뱃속을 매듭처럼 꽉 조이던 긴장감이 약간 느슨해졌지만 여전히 팽팽했다. "날 보고도 안 놀라네."

데카가 어깨를 으쓱하더니 시선을 떨궜다. 내가 알던 어린 소년의 모습이 짧게 스쳐 지나갔다. "아직 하늘궁에 친구들이 좀 있어서. 중요한 일이 생기면 알려 주거든."

아무리 본인이 부인한들 그는 여전히 아라메리였다. "내가 올 걸 알았겠네."

"짐작은 했지. 특히 이 년 전에 네가 떠났다는 얘기를 들었을 땐. 솔직히 그때 바로 올 줄 알았어." 데카가 시선을 들었다. 갑자기 그의 표정을 읽을 수가 없었다. "넌 일등 필경사 셰비어를 죽였어."

나는 양발에 번갈아 체중을 실으며 주머니에 손을 집어넣었다. "일부러 그런 건 아냐. 그냥 그 사람이 거기 있었던 거지."

"그래, 넌 그런 짓을 자주 하지. 널 연구하다 보니 알게 됐어. 전형적인 어린아이. 결과는 생각하지도 않고 일단 행동에 옮기고 보지. 그러면 안 된다는 걸 알 만큼 현명하고 경험도 많은데도 충동적으로 행동하려고 노력해. 그게 네 본성에 충실하게 사는 거니까."

나는 얼떨떨한 표정으로 그를 바라보았다.

"내 연락책에 따르면 샤하르한테 화가 나서 그랬다던데. 이유가 뭐야?"

나는 어금니를 꽉 깨물었다. "그 얘긴 하고 싶지 않아."

"그럼 샤하르를 죽이진 않았구나."

나는 얼굴을 일그러뜨렸다. "네가 무슨 상관이야? 샤하르랑은 말도 안 한다면서."

데카가 고개를 저었다. "난 아직도 그 애를 사랑해. 하지만 난 이미 샤하르를 해칠 무기로 사용된 적이 있어. 다시는 그런 일이 반복되게 할 순 없지." 데카가 갑자기 문에서 몸을 떼더니 내게 다가왔다. 나는 너무 당황한 나머지 무심결에 뒤로 주춤 물러났다가 이내 정신을 차렸다.

"대신에 난 샤하르의 무기가 될 거야."

수치스럽게도, 나는 잠시 후에야 데카가 최초의 언어로 말했다는 사실을 깨달았다.

"도대체 뭔 짓을 하는 거야?" 그의 입을 틀어막고 싶은 충동을 억누르며 주먹을 움켜쥐었다. "우리 둘 다 죽기 전에 당장 안 닥쳐?"

그러자 놀랍게도 데카가 피식 웃더니 윗옷의 단추를 풀기 시작했다. "난 마법을 말한 지 벌써 수년이나 됐어, 시에. 난 신들처럼 세상과 별들의 노래를 들어. 언제 현실이 내 말에 귀를 기울이는지, 그리고 어떻게 가장 다정한 말로도 분노를 일으키거나 내 말에 복종하게 설득할 수 있을지 알지. 내가 이런 걸 어떻게 아는지는 모르지만, 어쨌든 난 알아."

그거야 너도 우리 중 하나니까. 하마터면 이렇게 대꾸할 뻔했다. 하지만 그게 맞을까? 나는 그의 피로도 죽지 않았다. 내가 속으로 열심히 궁리하는 사이 데카는 계속 단추를 풀고 있었다.

그가 옷자락을 젖혔다. 겉옷 아래 하얀 속셔츠의 끈을 잡아당기기도 전에 나는 알았다. 천 밑에서 어두운 글자들이 빛나고 있었다. 수십 개의 검은 문양이 데카의 어깨와 상반신을 따라 납작한 복부까지 이어져 있었다. 나는 멍하니 그것을 응시했다. 필경사는 새로운 인을 완전히 익히면 그것을 몸에 그려 넣곤 했다. 말하자면 일종의 그들만의 관습이었는데, 연약한 필멸의 피부에 강력한 단어를 그려 넣어 의지와 기량만으로 그 마법에 먹히지 않게 막아 내는 것이었다. 하지만 그들은 평범한 먹물을 사용했고 의식이 끝나면 인을 지웠다. 하지만 데카의 몸에 있는 문양들은…… 나는 보자마자 단번에 그게 아라메리의 혈인과 비슷하다는 사실을 알아차렸다. 영구적이었다. 치명적이었다.

그리고 필경술도 아니었다. 생김새가 달랐다. 필경사의 작품에서 자주 봐서 익숙한 거미줄처럼 가늘고 길고 들쑥날쑥한 선이 아니었다. 그것들은 효과적이긴 해도 못생겼다. 하지만 이건 아주 유려하고 거의 기하학적으로 깔끔했다. 이런 건 한 번도 본 적이 없다. 하지만 뭔진 몰라도 아주 강력했다. 소용돌이치는 형상의 사이사이마다 힘이 느껴졌다. 시처럼 다층적이고 은유처럼 명확한 의미가 담겨 있었다. 마법이란 결국 소통이다.

소통. 그리고 통로.

이는 우리가 필멸자에게 알려 준 적이 없는 것이었다. 종이와 잉크는 마법의 틀을 구축하기에 구조적으로 너무 취약하다. 호흡과 소리도 별반 나을 바가 없지만 우리 소격신들은 자발적으로 그 방법만을 활용했다. 필멸계가 그만큼 연약하기 때문이다. 게다가 필멸자는 위험할 정도로 빨리 배운다.

하지만 육신은 훌륭한 통로다. 아라메리는 비록 완벽하게 이해하지는 못했을망정 시행착오를 통해 이를 깨달았다. 그들은 보호를 위해 우리와 맺은 계약을 이마에 새기고 그것을 혈인이라 불렀다. 마치 그게 유일한 기능인 것처럼. 우리는 그들이 아무리 나쁜 말을 해도 죽일 수가 없었다. 데카는 제 피부에 힘을 부르는 명령어를 새겨 넣었고 그의 육신은 그 말에 의미를 부여했다. 데카는 동료 필경사들이 사용하는 조잡한 단어들보다 훨씬 유연하고 아름다운 자신만의 주문을 만들어 냈다. 이제는 우주도 그를 부인하진 못할 것이다.

데카의 육신은 여전히 필멸자이고 문양이 나타낼 수 있는 의미에는 한계가 있다. 그렇기에 신과 같은 힘을 지니고 있지 않을지는 몰라도, 그는 이 땅 위를 걸었던 어떤 필경사보다도 강할 것이다. 그 몸에 새겨진 표식이 북부인의 가면보다도 더 강할 것이라는 직감이 들었다. 가면은 그저 나무와 신혈일 뿐이었지만 데카는 그 이상이었다.

내 턱이 아래로 툭 떨어졌다. 데카가 빙그레 웃더니 속셔츠를 잠갔다.

"어……어떻게?" 하지만 짐작이 갔다. 악마와 필경사. 우리가 이미 두려워하는 이 두 가지의 조합이 새로운 목표를 위한 통로가 되었을 것이다. "왜?"

"너." 데카가 아주 작게 말했다. "널 찾고 싶었어."

정말 다행스럽게도 가까운 곳에 작은 침상이 있었다. 나는 아찔한 심정으로 그 위에 털썩 주저앉았다.

*

　우리는 그동안 밀린 이야기를 주고받았다. 데카가 내게 해 준 이야기는 이랬다.
　그를 추방하자고 제안한 건 샤하르였다. 우리가 우정의 맹세를 나누고 쌍둥이가 부상을 입고 난 후 팽팽한 긴장감이 흐르던 며칠간 데카의 처형을 요구하는 아우성이 하늘궁을 흔들었다. 그때만 해도 열 명이 넘는 순혈과 스물, 서른에 달하는 높은피가 있었다. 예전에는 가주의 권위가 절대적이었기에 아무 문제도 되지 않았지만 요즘에는 높은피들도 각자 권력을 쥐고 있었다. 그중에는 사적으로 필경사와 암살자 부대를 보유한 이들도 있었고 심지어 일부는 사병을 부렸다. 그중 충분한 숫자가 뭉쳐 레마스에게 대항한다면 레마스가 폐위될 수도 있었다. 아라메리의 이천 년 역사에서 전례 없는 일이었지만 이제는 가능할 수도 있었다.
　하지만 그들이 데카의 죽음을 요구했을 때 샤하르는 말을 할 만큼 부상에서 회복되자마자 나서서 동생을 옹호했다. 샤하르는 레마스와 정면으로 맞서 싸웠다. 데카는 서사시적인 논쟁이라고 표현했는데, 한쪽이 고작 여덟 살에 불과했기에 더욱 인상적이었다. 레마스와의 다툼으로 샤하르는 죽음보다는 추방이 더 적절한 처벌임을 깨달았다. 외모상의 약점을 극복한다고 해도 데카는 결코 후계자가 될 만큼의 지지를 얻지 못할 것이며, 영원히 패배자라는 낙인이 찍힌 채 살아야 할 것이다. 샤하르는 데카가 살아 있어야 한다고 주장했다. 그래야 그토록 절망적이고 아무 미래도 없는 상황에서 살아남으려면 그녀를 충실하게 보필할 수밖에 없는 조언자를 얻을 수 있을 테니까. 레마스는 그 말에 동의했다.

"내가 돌아가면 누이가 여길 채울 거야." 데카가 작게 한숨을 내쉬며 이마에 있는 반인(半印)을 만지작거렸다. 나는 천천히 고개를 끄덕였다. 아마 그의 말대로일 것이다.

그래서 데카는 하늘궁을 떠나 리타리아로 왔다. 첫 몇 달 동안은 비참했다. 어린아이의 눈으로 그가 볼 수 있는 건 어머니의 거부와 누이의 배신뿐이었으니까. 하지만 그는 한 가지 중요한 사실을 예상하지 못했다.

"난 여기서 행복했어." 데카는 담담하게 말했다. "완벽하진 않지. 파벌과 괴롭힘, 정치와 불공평이 없는 곳은 없으니까. 하지만 하늘궁에 비하면 여긴 천국 중의 천국이나 다름없어."

나는 재차 고개를 끄덕였다. 행복에는 치유의 힘이 있다. 더불어 성숙함이 가져온 현명함 덕분에 데카는 샤하르가 자신을 위해 무슨 일을 했는지, 그리고 어째서 그랬는지 깨닫게 되었다. 하지만 데카가 편지를 받는 족족 돌려보낸 탓에 그즈음엔 샤하르가 편지를 보내지 않게 된 지도 벌써 몇 년이 지나 있었다. 그 시점에서 다시 연락을 취하는 건 극도로 위험한 일이었다. 샤하르의 서신을 감시하고 있을 게 분명할 경쟁자들이 또다시 데카가 그녀의 약점이 되었다는 사실을 간파할 테니까. 샤하르가 그를 더 이상 사랑하지 않는 척하면서 그 증거로 데카의 추방을 주도했다는 사실을 제시하면 그녀에게 큰 도움이 되리라. 그리고 데카가 그녀를 사랑하지 않는 척한다면 그들은 둘 다 안전했다.

하지만 나는 천천히 고개를 가로저었다. 아무래도 마음에 걸렸다. 사랑은 조건적일 수 없다. 나는 그게 얼마나 위험한지 자주 봤다. 조건은 절대 깨지지 않을 갑옷에 금이 가게 하고 완벽한 무기에 치명적인 결함을 남긴다. 갑옷은 항상 가장 잘못된 순간에 부서질 것이며 무기는 그것을 휘두르는 자를 겨냥하게 될 것이다. 데카와 샤하르가 하는 게임도 언제든 그렇게 될 수 있었다.

하지만 나는 그런 걸 지적할 입장이 아니었다. 쌍둥이는 아직 어리니 경험을 통해 배우기 가장 좋을 때다. 부디 그들이 이 교훈을 가장 고통스러운 방식으로 배우지 않기만을 나하도스와 예이네에게 기도할 뿐이다.

※

대화가 끝나고 데카가 일어났다. 한 시간 남짓 지나 있었다. 연구실 창문 밖에서는 태양이 정오를 지나 오후로 넘어가고 있었다. 젠장, 또 배가 고팠다. 하지만 아무도 음식을 가져다주지 않았다. 배움이 위계질서의 근간인 이곳에는 하인이 없는지도 모른다.

내 생각을 읽기라도 했는지(물론 배에서 커다란 소리가 나기도 했지만) 데카가 수납장으로 다가가 서랍을 열어 납작한 빵 몇 개와 마른 소시지 한 덩어리를 꺼냈다. 그가 도마에 소시지를 놓고 썰기 시작했다. "그래서 넌 왜 온 거야? 그냥 오랜 친구나 보러 온 건 아닐 테고."

데카가 나를 아직도 친구로 여기고 있다니. 그 말이 나한테 얼마나 큰 영향을 주는지 들키지 않으려고 애써야 했다. "안 믿을지도 모르지만 진짜로 그냥 널 보고 싶었어. 네가 어떻게 자랐는지 궁금했거든."

"그렇게 많이 궁금하지 않았던 거 같은데. 그럴 시간이 이 년이나 있었잖아."

나는 얼굴을 찌푸렸다. "샤하르 일이 있고 나선…… 널 보고 싶지 않았어. 네가…… 그 애처럼 변했을까 봐 겁이 났거든." 데카는 그저 묵묵히 음식을 준비할 따름이었다. "하지만 지금쯤은 네가 하늘궁에 돌아갔을 줄 알았지."

"왜?"

"샤하르가 너희 어머니와 거래를 했거든. 널 집에 데려오려고."

"그리고 누나가 손가락만 한번 튕기면 내가 옳다구나 달려갈 거라고 생각했고?"

당황해서 어버버하다가 입을 다물었다. 내가 조용히 앉아 있는 사이 데카가 아라메리가 아니라 하인이라도 된 것처럼 내 앞에 소시지와 빵을 내려놓았다. 소시지를 한입 베어 물자마자 가난한 이들이 먹는 싸구려 허섭스레기가 아니라는 걸 알 수 있었다. 소시지는 달콤하고 계피향이 났으며, 현지에서 만드는 방식대로 밝은 노란색을 띠고 있었다. 리타리아는 레마스 아라메리의 아들에게 손수 식사를 차려 먹게 할망정 적어도 지위에 걸맞은 음식을 제공하고 있었다. 그가 내놓은 와인도 진하고 산뜻한 맛이 훌륭했다.

"네가 하늘궁을 떠나고 얼마 안 돼서 어머니가 언제 돌아올 거냐고 묻는 서신을 보내셨더라." 데카가 내 맞은편 의자에 앉아 소시지 한 조각을 집어 먹으며 말했다. 그가 입안에 든 걸 삼키더니 짧고 신랄한 웃음을 터트렸다. "그래서 연구를 마칠 때까지 여기 있겠다고 답장을 보냈지."

그 대담한 행동에 웃음이 났다. "그러니까 완전히 준비가 될 때까지는 돌아가지 않겠다고 한 거야? 집에 빨리 오라는 강요는 없었고?"

"전혀." 데카의 표정이 한층 더 어두워졌다. "하지만 샤하르를 시켜서 똑같은 내용의 편지를 또 보내셨지."

"그래서 뭐라고 했어?"

"아무 말도."

"아무 말도?"

데카가 뒤로 편하게 기대앉더니 한쪽 다리를 꼬았다. 손가락으로 와인 잔을 만지작거렸다. 나는 그의 자세가 마음에 들지 않았다. 아하드와 너무 비슷했기 때문이다. "그럴 필요도 없었어. 그건 경고였으니까. 샤하르의 편지엔 이렇게 적혀 있었거든. '리타리아의 표준 교육 과정은 십 년이라고 들었어. 그 안에 연구를 끝마칠 수 있겠지?'"

"기한을 통보한 거군."

데카가 고개를 끄덕였다. "여기 일을 마무리 짓고 하늘궁으로 돌아갈 수 있는 기간이 이 년. 그 기간이 지나면 다시는 날 그곳으로 부를 용의가 없다는 뜻이지." 데카가 두 손을 넓게 펼쳤다. "올해로 딱 십 년째야."

이제까지 데카가 들려준 이야기와 보여 준 것들을 곰곰이 생각해 봤다. 그가 개발해 낸 처음 보는 이상한 마법. 샤하르의 무기가 되겠다는 맹세. "돌아갈 생각이구나."

"한 달 후에 떠나." 데카가 어깨를 으쓱했다. "한여름 즈음에 도착할 거야."

"가는 데 두 달이나 걸려?" 나는 미간을 찌푸렸다. 리타리아는 세늠 남부에 있는 조용한 농촌 지역 위루에 있는 자치구였다. (다시 말해 여기가 날아간다고 해도 농부 몇 명이나 죽고 말 거라는 뜻이다.) 하늘궁은 그만큼 멀지 않았다. "넌 필경사잖아. 게이트 인을 그려."

"그럴 필요도 없어. 리타리아엔 하늘궁과 바로 연결된 게이트가 있거든. 하지만 그런 식으로 이동하면 내가 습격을 두려워하는 것처럼 보이잖아. 이건 가문의 자존심과 관련된 문제야. 그보다 더 중요한 건, 내가 드디어 집 안에 들어와도 좋다고 허락받은 말썽꾸러기 개새끼처럼 살금살금 돌아가지는 않으리라는 거지." 데카가 와인을 홀짝였다. 술잔 너머로 보이는 눈빛이 생각보다 더 어둡고 차가웠다. "어머니와 친척들이 날 여기 보낸 결과가 어떻게 됐는지 보여 줘야지. 날 사랑해 주지 않을 거면 그 자리를 두려움으로 채우는 것도 나쁘지 않아."

나는 충격을 받았다. 이건 내가 기억하는 데카가 아니었다. 하지만 또 생각해 보면, 데카는 더 이상 어린애가 아니었고 어렸을 적에도 결코 멍청하지 않았다. 그는 하늘궁에 돌아가면 자신이 어떻게 될지 나 못지않게 아주 잘 알고 있었다. 그러니 거기에 대비해 마음을 독하게 먹더라도 그를 비난할 수는 없었다. 하지만 예전에 알던 사랑스러운 소년을 생각하니 조금 슬퍼졌다.

그래도 적어도 내가 우려했던 것처럼 죽어 마땅한 괴물이 되진 않았으니까.

아직은.

내가 조용해지자 데카가 고개를 쳐들고 한참 동안 나를 응시했다. 내 불안감을 느낀 걸까? 내가 불안해하길 바란 걸까?

"그래서…… 어떻게 할 거야?" 말을 더듬지 않으려고 애쓰며 물었다.

데카가 어깨를 으쓱했다. "어머니께 육로로 갈 거라고 말씀드리고 정확히 어떤 경로로 갈지 정했어. 그런 다음 봉인에 평범한 개인정보보호 인만 찍어서 표준 절차로 송달했지."

나는 명랑하게 휘파람을 획 불었다. 물론 속마음은 전혀 그렇지 않았다. "그럼 하늘궁에 있는 모든 높은피가 다 봤겠네." 나는 이맛살을 찌푸렸다. "하지만 가면을 사용하는 암살자가…… 신이여. 데카, 만약에 네 친척 중에 네가 죽길 바라는 자가 있다면 널 암살하기 좋은 장소를 고르라고 대놓고 지도를 건네준 셈이잖아!"

"그게 바로 어머니가 내 경호대를 꾸릴 때 쩨쩨하게 군다면 정확하게 일어날 일이지." 데카가 어깨를 으쓱했다. "어머니는 가문의 수장으로서 최소한 본계를, 그러니까 가문 시조의 혈통을 보호하려고 노력하는 모습을 보여 줘야 해. 그조차 하지 않으면 가문을 이끌 자격이 없다는 의미니까. 그러니 날 보호하려고 상당한 규모의 병사들을 보낼 거야. 그래서 두 달이나 걸리는 거고."

"자기가 판 함정에 걸리다니, 불쌍한 데카." 데카가 웃음을 터트려서 나도 같이 웃었다. 하지만 그러다 돌연 정색했다. "그러다 진짜로 습격이 일어나면? 암살자라든가, 아니면 누가 군대를 보낸다거나?"

"난 괜찮을 거야."

어리석고 오만한 대답이었다. "네가 아무리 강해도 당연히 걱정할 문제야, 데카. 난 그 가면의 마법을 봤어. 리타리아에서 배우는 것하곤 완전히 다르다고."

"나도 셰비어의 기록을 봤고, 리타리아도 이 새로운 마법을 조사하는 데 깊이 관여하고 있어. 그 가면은 필경술과 비슷해. 신의 언어처럼 상징을 통해 개념을 표현한 것이지. 일단 그 부분을 이해하고 나면 대응 방안을 고안해 낼 수 있을 거야." 데카가 어깨를 으쓱했다. "그리고 가면 제작자들은 내 새로운 마법에 대해 모르잖아. 나 말곤 아무도 모르지. 너랑."

"어. 음." 거북한 마음에 다시 입을 다물었다.

돌연 데카가 살짝 웃더니 고갯짓으로 나를 가리키며 말했다. "마음에 든다. 넌 변했어. 신체적 변화만 말하는 게 아니라, 더 이상 예전의 그 버릇없는 애새끼가 아니라는 거. 그보단 좀 더……" 데카가 잠시 생각에 잠겼다.

"비정한 개자식?" 나는 씩 웃었다. "역겨운 등신?"

"지쳐 보인다고." 데카의 말에 기분이 축 가라앉았다. "자신감도 잃은 것 같고. 물론 예전의 너도 아직 남아 있지만 다른 것들 사이에 묻혀 있어. 그중에 가장 두드러진 건 두려움이고."

이상하게 그 말이 가슴을 찔렀다. 나는 그를 빤히 올려다보며 왜 지금 그런 말을 하는지 말없이 물었다.

데카의 표정이 미안하다고 말하듯이 누그러졌다. "죽음을 직면한다는 건 힘든 일이야. 특히 너처럼 생명력 넘치는 존재한테는."

나는 시선을 먼 곳으로 돌렸다. "필멸자가 할 수 있다면 나도 할 수 있어."

"모든 필멸자가 다 그런 걸 할 수 있는 건 아냐, 시에. 넌 죽을 만큼 술에 취하거나 정말로 위험한 상황에 몸을 내던지거나 온갖 방법으로 자살하지 않았잖아. 죽음이라는 게 네게 얼마나 새로운 현실인지 생각하면 넌 정말 놀라우리만큼 잘 대처하고 있어." 데카가 무릎에 팔꿈치를 댄 채 몸을 앞으로 기울였다. 내 눈을 깊이 들여다보았다. "하지만 가장 큰 변화는 네가 더는 행복하지 않다는 거야. 넌 항상 외로웠지. 내가 어렸을 때조차도 그 정도는 알 수 있었어. 하지만 적어도 그땐 외로움 때문에 무너지진 않았는데, 지금은 그래."

나는 움찔하며 그를 피해 몸을 뒤로 잡아 뺐다. 충격의 단계를 거쳐 모욕감에 발끈하려다 거기까지 갈 힘이 부족해 도중에 멈춰 버렸다. 거짓말이 입술 끝까지 흘러나왔다가 죽어 버렸다. 남은 건 정적뿐이었다.

데카의 얼굴 위로 오랜 자책감이 스쳐 지나갔다. 그가 후회 어린 미소를 지었다. "널 돕고 싶지만 내가 할 수 있을지 모르겠어. 넌 지금 날 좋아하는지도 확신하지 못하잖아."

"난······" 나도 모르게 운을 떼긴 했지만 뒤를 어떻게 이어야 할지 알 수가 없었다. 나는 자리에서 일어나 창가로 걸어갔다. 무슨 말을 해야 할지, 어떻게 행동해야 할지 알 수 없었다. 더는 그의 말을 듣고 싶지도 않았다. 내게 마법이 있었다면 리타리아를 떠나 버렸을 것이다. 어쩌면 필멸계를 완전히 떠 버렸을 수도 있고. 하지만 그 상황에서 내가 할 수 있는 최선은 방 반대편으로 도망치는 것뿐이었다.

　데카의 한숨 소리가 내 뒤를 따라왔지만 그는 그 뒤로 한참 동안 아무 말도 하지 않았다. 나는 침묵 속에서 조금씩 평정을 되찾았다. 왜 그렇게 동요했던 걸까? 다시 어린애가 된 것 같았다. 어렸을 때 들은 테마의 옛날이야기에 나오는, 누르면 부르르 진동하는 버튼이 달린 그런 어린애. 데카가 다시 입을 열었을 즈음엔 거의 평소의 나로 돌아와 있었다. 음, 정확히 말해 진짜 나는 아니고 필멸자 나 정도.

　"오래전에 네가 우리에게 왔던 건 뭔가 필요해서였지, 시에."

　"그게 쪼그만 필멸자 애새끼 둘은 아니었어." 나는 재빨리 대꾸했다.

　"어쩌면. 하지만 우린 네가 필요로 하던 걸 줬고, 그래서 그 뒤로도 넌 두 번이나 더 찾아왔지. 결국 내가 옳았어. 넌 우리의 우정을 바랐던 거야. 난 그날 네가 한 말을 잊은 적이 없어. 넌 나이 들어 변한 후에도 서로를 신뢰한다면 우정은 어린 시절을 초월할 수 있다고 했지." 데카가 내 등을 바라보며 자세를 고쳐 앉는 소리가 들렸다. "그건 경고였어."

　나는 한숨을 쉬며 눈을 비볐다. 뱃속에서 방금 먹은 고기와 빵이 불안하게 춤을 추는 게 느껴졌다. "감상적인 헛소리였을 뿐이야."

　"시에." 저렇게 어린데, 어떻게 저렇게 잘 아는 거지? "넌 우리를 죽일 생각이었어. 만약에 우리가 예전에 네 삶을 지옥으로 만든 아라메리처럼 된다면, 만약에 우리가 네 신뢰를 배신한다면, 넌 우리를 죽여야 한다는 걸 알고 있었어. 우리가 나눈 맹세와 네 본성 때문에 그럴 수밖에 없었지. 그걸 우리한테 말해 준 건 그러고 싶지 않았기 때문이고. 넌 진정한 친구를 원했어. 영원토록 우정을 나눌 수 있는 친구.”

정말 그랬던 걸까? 나는 속절없이 웃었다. "그런데 이젠 내가 오래 못 살게 됐네.”

"시에……"

"네 말대로라면 난 샤하르를 죽였을 거야, 데카. 날 배신했으니까. 내가 자길 사랑한다는 걸 알면서도 날 이용했지. 그 애는……” 나는 잠시 말을 끊고는 창문에 비친 내 모습을 쳐다보았다. 가까이 보이는 내 얼굴은 초췌하고 피곤해 보였고, 늘 그렇듯 지나치게 컸고, 나이가 들어서 생김새도 잘못되어 있었다. 이런 내 모습을 어떻게 그렇게 많은 사람이 매력적이라고 느끼는지 결코 이해 못 할 거다. 내 얼굴 너머 뒷배경에는 의자에 앉아 나를 지켜보고 있는 데카가 있었다. 유리창 위에서 우리의 시선이 마주쳤다.

"나 샤하르랑 잤어.” 데카를 상처 주고 싶었다. 그 입을 닥치게 하고 싶었다. "내가 그 애의 첫 상대였지. 어리고 사랑스러운 레이디 샤하르, 완벽하고 귀여운 아가씨. 너도 걔가 신음하는 걸 들었어야 해, 데카. 마치 대혼돈의 노랫소리 같았지.”

데카는 그저 미소를 지었을 뿐이다. 비록 억지로 짓는 웃음이었지만. 잠시 후 그가 말했다. "어머니의 계획에 대해선 들었어. 그래서 샤하르를 안 죽인 거야? 샤하르가 아니라 어머니가 꾸민 계략이라서?"

나는 고개를 저었다. "내가 왜 샤하르를 죽이지 않았는지는 나도 몰라. 이유 같은 건 없어. 난 기분 좋은 일만 하거든." 지끈거리기 시작한 관자놀이를 문질렀다.

"그리고 사랑하는 여자를 죽이고 싶지도 않았을 테고."

"젠장, 데카!" 나는 주먹을 불끈 쥐며 버럭 외쳤다. "우리가 왜 이런 얘기를 하고 있는 거지?"

"그럼 단순한 욕정이었어? 어린 시절의 신이 자기가 유일하게 아는, 아직 어른이 안 된 여자애가 해 보고 싶다니까 바로 달려든 거야?"

"무슨 소리야, 그런 거 아니라고!"

데카가 한숨을 쉬더니 의자에서 일어났다. "그럼 샤하르는 널 억지로 침대에 끌어들인 또 다른 아라메리일 뿐이야?" 하지만 데카의 표정은 그 말을 전혀 믿지 않는다고 말하고 있었다. "넌 샤하르를 원했어. 사랑했지. 그런데 샤하르는 네 가슴을 찢어 놓았고 넌 그래도 그 애를 사랑하기 때문에 죽이지 않았어. 왜 그렇게 괴로워하는 거야?"

"아니거든." 하지만 그건 사실이었다. 그러면 안 되는데도. 필멸자 하나가 내가 예상한 대로 행동했다는 게 왜 뭐가 그리 중요하다고? 신은 그런 것에 신경 쓰지 말아야 한다. 신은……

……행복해지는 데 필멸자가 필요하지 않아야 한다.

신이여. 오 신이여. 난 대체 뭐가 문제지? 신이여.

데카가 한숨을 쉬며 가까이 다가왔다. 그의 눈빛에는 너무도 많은 것이 담겨 있었다. 연민. 슬픔. 분노. 하지만 나를 향한 건 아니었다. 분함. 그리고 또 다른 무언가. 그가 내 앞에서 발을 멈췄다. 데카가 손을 들어 올려 내 뺨을 감싸 쥐었을 때 나는 생각보다 별로 놀라지 않았다. 그의 손을 피하지도 않았다. 그러면 안 되는데도.

"난 널 배신하지 않을 거야." 데카가 중얼거렸다. 너무나도 낮고 부드러운 목소리였다. 친구는 친구에게 이런 식으로 말하지 않는다. 그의 손가락 끝이 내 턱선을 따라 미끄러졌다. 친구는 친구를 이런 식으로 어루만지지 않는다. 하지만…… 머리가 돌아가지 않았다. 오, 신이여. 혹시 그가……

"아무 데도 가지 않을 거야. 난 너를 정말 오래 기다렸어, 시에."
나는 놀라고, 당황했다. "잠깐만, 그거 어디서 들었……"
그때 데카가 내게 입을 맞췄고, 나는 무너졌다.

그의 안으로. 아니면 그가 나를 에워싼 것인지도 모른다. 필멸의 언어로는 그런 것을 표현할 길이 없다. 하지만 애써 보겠다. 그게 어떤 건지 구체적으로 요약하고 정의하고 표현해 볼 것이다. 왜냐하면 내 정신은 더 이상 예전처럼 작동하지 않고, 나 역시 이게 뭔지 이해하고 싶기 때문이다. 나는 기억하고 싶다. 그의 입을 다시 맛보고 싶다. 자극적이고, 두툼하고, 약간은 달콤한 맛이 나는 입술. 데카는 항상 달콤하고 다정했다. 특히 우리가 처음 만난 날, 내 눈을 들여다보며 도와 달라고 부탁했을 때. 나는 데카의 다정함을 갈망했다. 데카의 입술이 벌어졌고, 나는 그 안으로 파고들어 중간에 그와 만났다. 그날 내가 그를 축복해 줬던가? 그랬지? 어쩌면 그래서 바로 지금 그에게서 비롯된 가장 순수한 마법이 내 목구멍 속으로 흘러 들어와 뱃속을 가득 채우고 신경을 따라 번져 나가는 것인지도 모른다. 나는 숨을 헐떡이며 비명을 지르려 했지만 그가 내 입술을 놓아주지 않았다. 몸을 떼고 뒤로 물러나려 했지만 등 뒤에는 창문이 있었다. 다른 영역으로, 다른 세계로 도약하는 것은 안전하지 않았다. 내가 할 수 있는 유일한 선택은 마법을 내 밖으로 내보내거나 아니면 자폭하는 것뿐이었다. 그래서 나는 눈을 떴다.

방 안에 있는 모든 등불이 갑자기 횃불처럼 화르륵 타오르더니 검은 연기를 내뱉으며 폭발했다. 벽이 흔들리고 바닥이 들썩였다. 근처 책장의 선반 하나가 무너지면서 두꺼운 책들이 바닥으로 우르르 쏟아졌다. 등 뒤에서 창틀이 덜걱거리는 불길한 소리가 들렸고, 위층에서는 누군가 놀라 비명을 내질렀다. 그때 데카가 입술을 뗐다. 세상이 다시 고요해졌다.

이 저주받을 놈의 빌어먹을 몇분혈일지도 모를 아라메리 악마 새끼.

데카가 눈을 두어 번 깜박이고 입술을 핥더니 얼굴 가득 한때 내 전매특허였던 '내가 무슨 짓을 했는지 잘 봐 봐' 웃음을 환하게 지었다. "상상했던 것보다 나은데?"

나는 그의 뒤쪽을 향해 고개를 까딱였다. "저런 것도 상상했어?"

데카가 고개를 돌렸다. 쓰러진 책장과 모락모락 검은 연기를 뿜고 있는 등불을 발견한 그의 눈이 휘둥그레졌다. 등불 하나가 바닥에 추락해 깨진 유리 조각이 흩어져 있었다. 용케 제자리를 지키고 있던 두루마리가 하나가 펄럭이더니 데카의 눈앞에서 허망하게 아래로 도르륵 펼쳐져 내렸다.

나는 데카의 어깨에 손을 얹었다. "날 그림자로 돌려보내 줘." 데카가 곧바로 반박할 기세로 나를 돌아보았다. 나는 가만히 들어 보라는 듯 그의 어깨를 쥐었다. "안 돼. 다시는 이런 거 안 할 거야. 난 못 해, 데카. 샤하르에 대해선 네 말이 맞아. 하지만 그래서…… 너와는……" 말로 표현하지도 못할 만큼 피곤해서 한숨만 내쉬었다. 어째서 필멸자들은 편할 때를 골라 문제를 일으키지 않는 걸까? "신이여, 지금은 이런 거 못 해."

데카가 어떻게든 성숙한 어른답게 대처하려고 애쓰고 있다는 게 눈에 보였다. 그걸 보니 기분이 조금 나아졌다. 단순히 십팔 년이라는 시간만으로는 그가 나보다 더 성숙하지 못한다는 의미이기 때문이다. 데카가 숨을 깊이 들이켜더니 손가락으로 머리를 쓸어넘기며 뒤로 한 발짝 물러섰다. 그러고는 드디어 방 안에 있는 탁자로 다가가 크고 두꺼운 표백된 종이를 꺼내 들었다. 필경사들이 필경술을 행할 때 사용하는 종이였다. 그런 다음 또 다른 탁자에서 붓과 벼루, 먹, 연적을 꺼내 나를 등진 채 말했다. "여기 올 땐 신의 마법을 사용했지?"

"내 형제의 힘이야." 네 증조부지. 아하드가 알면 아주 좋아할 거다.

"아." 데카가 먹물을 붓고 인이 새겨진 벼루를 명상이라도 하듯 천천히 앞뒤로 갈기 시작했다. "혹시 다음엔 내가 너를 부를 수도 있을까? 샤하르가 그랬던 것처럼?"

데카는 너무 긴장한 나머지 은근슬쩍 돌려 말하려는 시도조차 하지 않았다. 나는 한숨 지으며 그가 원하는 대답을 해 주었다. "알아낼 방법은 하나뿐이지."

"해 봐도 돼? 물론 적당한 때를 골라서."

나는 창문에 몸을 기댔다. "그래."

"좋아." 팽팽하게 긴장해 있던 데카의 어깨가 살짝 누그러졌다. 그가 빠르고 단호한 손놀림으로 게이트 인을 그려 나갔다. 내가 아는 대부분의 필경사에 비하면 놀라울 정도로 빨랐다. 선 하나하나가 완벽했다. 마지막 선이 완성되자마자 바로 인의 힘이 느껴질 정도였다.

"내가 도움이 될 수 있을지도 몰라." 데카가 필경사 특유의 차갑고 중립적인 어조로 재빨리 말했다. "물론 장담은 못 하지만. 내가 고안한 마법, 그러니까 이 몸새김 마법은 개인의 내면에 숨겨진 잠재력을 이끌어낼 수 있거든. 지금 네 몸에 무슨 일이 일어나고 있든 넌 여전히 신이야. 거기서부터 시작하면 될 것 같아."

"그래."

데카가 바닥에 인을 내려놓고 뒤로 물러섰다. 내가 종이 옆에 서자 그의 얼굴이 마치 레마스를 마주할 때처럼 신중하게 빚은 무표정으로 변했다. 방금 그런 일이 있었는데 이런 식으로 헤어질 순 없었다.

그래서 데카의 손을 잡았다. 십 년 전처럼. 그의 악마 피와 내 피가 섞였지만 죽지 않았을 때처럼. 지금 그의 손바닥에는 아무 흔적도 없었지만 나는 그때 어디에 상처가 났었는지 기억했다. 손가락 끝으로 그곳을 덧그리자 그가 손바닥을 움찔했다.

"널 보러 오길 잘했어."

데카는 웃지 않았다. 하지만 약간 오래 내 손을 꼭 쥐었다.

"난 샤하르가 아니야, 시에. 그 애가 한 일로 나한테 벌을 주지는 마."

나는 힘없이 고개를 끄덕였다. 데카의 손을 놓아주고 인 위에 올라서서 남쪽 뿌리를 떠올렸다. 주변 풍경이 흐릿해지더니 데카의 명령어와 내 의지가 나를 도약시켰다. 덕분에 순간이나마 나한테 통제력이 있다는 환상을 맛볼 수 있었다. 히듬의 하숙집에 있는 내 방 벽이 주위를 에워싸기 시작했고, 다음 순간 나는 침대에 누워 있었다. 나는 한쪽 팔로 눈을 가린 채 밤새도록 데카와의 키스를 곱씹었다.

14장

모래언덕을 내달리는 기분이 좋았다. 나는 고개를 숙이고 등 뒤로 모래알을 흩날리며 바람이 듬성듬성 난 잔디 주위로 완벽하게 새겨 놓은 물결무늬를 발로 뭉갰다. 모래언덕 꼭대기에 도달했을 즈음엔 숨이 가빴고, 뼈와 근육으로 이뤄진 우리 안에서는 심장이 쉼 없이 뛰고 있었다. 나는 멈춰 서서 허리에 두 손을 얹은 채 해변과 그 너머로 광활하게 펼쳐진 회개의 바다를 내려다보며 활짝 웃었다. 젊고, 강인하고, 무적이 된 기분이었다. 사실 그중에 내게 해당되는 건 하나도 없었는데도. 하지만 상관없었다. 그냥 기분이 너무 좋았다.

"안녕, 시에!" 동생인 스파이더가 소리쳐 불렀다. 저 아래 해변에서 그녀가 파도 속에서 춤추고 있었다. 짭짤한 바닷바람을 타고 날아온 목소리가 마치 내 옆에 있는 양 선명하게 들렸다.

"너도 안녕." 나도 그녀에게 웃음 지으며 두 팔을 넓게 벌렸다.

"이 세상에 존재하는 모든 바다 중에서도 하필 이 부글부글 끓는 녀석을 골라야 했어?" 신들의 전쟁 때 내 동생 파이어링이 여기서 전설적인 전투를 치렀더랬다. 그녀는 결국 승리를 거두긴 했지만 그때쯤 회개의 바다는 수십억 바다생물의 시체가 둥둥 떠다니는 보글보글 끓는 스튜 냄비가 되어 있었다.

"하지만 리듬이 멋진걸." 스파이더는 다른 사람은 이해할 수 없는 리듬에 맞춰 쪼그려 앉았다가 한쪽 발로 번갈아 폴짝폴짝 뛰는 이상한 춤을 추고 있었다. 하지만 그녀는 스파이더고, 필요하다면 자신만의 음악을 만들어 낼 수 있었다. 나하도스의 아이들은 상당수가 이렇다. 다소 미쳐 있지만 그 광기에는 아름다움이 있었다. 우리 아버지가 물려준 자랑스러운 유산이었다.

"여기서 죽은 모든 것들이 서로의 시간에 맞춰 비명을 지르고 있어." 스파이더가 말했다. "넌 안 들려?"

"응, 안타깝게도." 이제는 내 어린 시절이 지나가 버렸고 다시는 돌아오지 않을 것이라는 걸 시인해도 가슴이 거의 아프지 않았다. 필멸자는 참으로 회복력이 강한 생물이다.

"저런. 춤은 아직 출 수 있어?"

나는 대답 대신 넘어지지 않게 일부러 몸을 돌려 옆걸음으로 모래언덕 밑으로 달려 내려갔다. 평지에 도착한 다음에는 좌우로 폴짝폴짝 뛰는 춤을 췄다. 신들의 전쟁이 일어나기 수 세기 전 상부루에 지역에서 유행하던 것이었다. 스파이더가 꺄르륵 웃더니 바로 물에서 나와 함께 춤을 추기 시작했다. 그녀의 스텝이 내 춤을 보완해 주었다. 우리는 마른 모래가 물에 젖어 단단하게 밟히는 해안선에서 만났다. 스파이더가 내 손을 잡고 새로운 춤으로 이끌었다. 느리고 빙글빙글 도는 격식 있는 춤이었다. 아른인의 춤이었는데, 아니면 스파이더가 즉석에서 생각해 낸 것일 수도 있다. 그런 건 그녀에게 식은 죽 먹기였으니까.

나는 씩 웃으며 그녀를 이끌고 물가로 왔다 갔다 원을 그리며 돌았다. "널 위해서라면 춤은 언제든 출 수 있지."

"하지만 잘 못하네. 리듬이 없잖아." 우리는 북부 테마에 있었다. 오래전 우리 둘이 보살피던 땅이었다. 스파이더는 이 지역 소녀의 모습을 취하고 있었는데 몸집이 작고 나긋나긋했지만 자부심 강한 테마인답지 않게 머리를 올려 묶어 동글동글하게 말았다. "이제 음악을 전혀 못 들어?"

"완전. 하나도 안 들려." 나는 스파이더의 손을 끌어당겨 손등에 입을 맞췄다. "하지만 내 심장이 뛰는 소리, 파도가 들이치는 소리, 바람 부는 소리는 들려. 내가 박자를 정확히 맞추진 못할지 몰라도, 알잖아. 춤을 잘 추진 못해도 춤을 사랑할 수는 있는걸."

스파이더가 얼굴 가득 환한 웃음을 지으며 우리 둘의 몸을 한꺼번에 빙글 돌려 춤의 주도권을 빼앗아 갔다. 워낙 솜씨가 좋아서 불평할 생각도 나지 않았다. "네가 그리웠어, 시에. 다른 애들은 너만큼 춤추는 걸 좋아하지 않으니까."

나는 스파이더의 몸을 다시 핑그르르 돌려 뒤쪽에서 팔로 감싸 안았다. 그녀에게서 땀과 소금, 기쁨의 냄새가 났다. 그녀의 부드러운 머리카락에 얼굴을 묻고 오랜 마법의 속삭임을 들었다. 스파이더는 어린아이가 아니었다. 하지만 그녀는 노는 법을 잊은 적이 없었다.

"오……" 스파이더가 갑자기 움직임을 멈췄다. 뭔가를 발견한 듯 온몸에 팽팽한 긴장감이 돌았다. 무엇이 그녀의 관심을 사로잡았는지 궁금해서 고개를 들었다. 한 10미터쯤 떨어진 모래언덕 옆에, 한 젊은 청년이 자칫하면 그 뒤로 몸을 감추려는 자세로 웅크려 있었다. 갈색 피부에 몸매는 호리호리하고 얼굴은 아주 잘생겼으며 수줍은 열의가 매력적이었다. 신발도 셔츠도 없고 바지는 무릎까지 걷어 올렸다. 한 손에는 모래조개가 가득 담긴 양동이를 들고 있었다.

"네 숭배자인가 봐?" 스파이더의 귀에 대고 중얼거리곤 입을 맞췄다.

그녀는 키득거렸지만 청년을 바라보는 표정은 탐욕스러웠다. "아마도. 그만 떨어져, 형제여. 쟤 지금 부끄러워 죽으려고 하잖아. 그리고 넌 더 이상 어린애가 아니야."

"우리를 사랑할 때 그들은 정말 아름답지." 나는 속삭였다. 갈구하듯 그녀에게 더욱 몸을 붙이며 몇 번인지 모를 번째로 데카를 떠올렸다.

"그래." 스파이더가 손을 내밀어 내 뺨을 감싸 쥐었다. "하지만 난 내 것을 나누지 않아, 시에. 그리고 어차피 난 네가 원하는 상대가 아니잖아. 이제 놔줘."

나는 마지못해 그녀를 놓아주고 뒤로 물러난 다음, 젊은이에게 과장된 몸짓으로 깊이 숙여 절하며 환영한다는 뜻을 밝혔다. 청년이 얼굴을 붉히더니 고개를 꾸벅 숙였다. 여러 가닥으로 가늘게 꼰 머리카락이 앞으로 흘러내렸다. 그는 가난했기에 일종의 해초로 머리 가닥을 둘둘 감았고 보통 테마인이 선호하는 금속 띠나 보석이 아니라 조개껍질과 밝은색 산호 조각으로 장식해 두었다. 그는 우리의 암묵적인 초대를 받아들여 신에게 공물을 바치는 분위기를 풍기며 두 손으로 양동이를 높이 치켜든 채 다가오기 시작했다. 아마 오늘 하루 종일 일해서 캔 것일 테다. 진심 어린 경배의 증거였다.

청년이 다가오자 스파이더가 눈을 반짝이며 나를 돌아보았다. "칼에 대해 알고 싶은 거지?"

나는 놀라 눈을 깜박였다. "어떻게 알았어?"

스파이더가 빙그레 웃었다. "나는 아직 세상의 소리가 잘 들리니까. 바람이 그러는데, 넌 요즘 새로 태어난 형제인 아하드의 심부름을 해 주고 있다며. 그리고 그가 누굴 위해 일하고 있는지 모르는 이는 없지."

"난 몰랐는데." 목소리에서 삐딱한 기색을 감출 수가 없었다.

"그건 네가 이기적이고 경솔해서 그래. 어쨌든 그래서 여기 온 거지? 테마엔 네가 관심 가질 만한 게 아무것도 없잖아."

"그냥 네가 보고 싶었을 수도 있지."

스파이더가 웃음을 터트렸다. 높고 경쾌한 웃음소리였다. 나도 따라 웃었다. 우리는 항상 통하는 데가 있었다.

"그럼 옛 인연을 위해. 오직 널 위해서야, 시에."

스파이더가 한쪽 발끝으로 서서 작게 핑그르르 돌자 모래 위에 기묘하고 강력한 무늬가 그려졌다. 그녀가 내 쪽으로 몸을 기울이며 다른 한쪽 다리를 완벽한 아라베스크 자세로 우아하게 뻗었다. 그때까지만 해도 평범한 갈색이었던 스파이더의 눈동자가 갑자기 번뜩 빛나며 변화했다. 원래 있던 홍채가 작게 줄어들고 그 주위로 동공과 홍채를 갖춘 여섯 개의 눈동자가 소용돌이치며 생겨났다. 조개 청년이 조금 떨어진 곳에서 멈춰 섰다. 그의 눈이 커다래졌다. 그럴 만도 하지. 그녀는 정말 아름다웠으니까.

"시간은 이템파스가 바라는 것처럼 단순하거나 선형적이지 않아." 그녀가 내 뺨을 어루만지며 말했다. "시간은 복잡하게 얽힌 거미줄이고, 우린 모두 그 줄을 따라 춤을 추지. 너도 알지?"

나는 고개를 끄덕이며 스파이더의 앞에 책상다리를 하고 앉았다. "아무도 너처럼 춤을 추진 못하지, 자매여. 할 수 있는 데까지 말해 줘."

고개를 끄덕인 스파이더가 잠시 침묵했다. "평원에 불이 붙었어." 스파이더가 말하는 순간 그녀의 인간 이빨 뒤에서 얼핏 손가락 같은 촉수가 꿈틀거리는 게 보였다. 그녀는 마법을 사용해 말하고 있었다. 그렇지 않으면 지금 이 상태에서는 혀짤배기 같은 소리가 나올 테니까. 스파이더는 항상 허영심이 강했다.

"불?" 더 이상 아무 말이 없기에 내가 물었다. 스파이더의 눈이 깜박거리며 내가 신이었을 적에도 갈 수 없는 영역들을 찾아 훑기 시작했다. 이게 내가 그녀를 찾아온 이유였다. 스파이더에게 과거와 미래를 점쳐 달라고 설득하는 건 어려운 일이었다. 그녀는 그런 길을 춤추는 걸 좋아하지 않았으니까. 그것은 그녀를 이상하고 위험하게 만들었다. 그녀가 원하는 건 그저 즐겁게 춤추고 짝을 짓고 먹는 것뿐이건만. 한때는 스파이더도 나와 비슷했다. 우리는 둘 다 지금과 다른 모습이었고, 지금과는 다른 방식으로 우리의 본성을 탐구했다. 이젠 새로운 방식을 더 좋아하긴 하지만 그렇다고 과거를 완전히 버리기는 어렵다.

"다르의 새로운 에누는, 말하자면 불쏘시개야. 하지만 이 불은 멀리, 아주 멀리 이 세계를 넘어 아주 먼 곳까지 타오를 거야."

나는 그 말에 미간을 찌푸렸다. "필멸자의 계략이 어떻게 필멸자의 삶보다 더 큰 것에 영향을 미칠 수가 있는데?" 하지만 그건 어리석은 질문이었다. 나는 한 필멸자의 악행 때문에 이천 년을 고통 속에서 살아야 했다.

스파이더가 초점 없이 멍한 눈으로 몸을 부르르 떨었다. 그런 와중에도 한쪽 발끝으로 완벽한 균형을 유지하고 있었다. 앞에 양동이를 내려놓고 모래 위에 무릎을 꿇고 있던 조개 청년이 얼굴을 일그러뜨렸다. 이 일이 끝나면 스파이더는 그에게 함께 춤을 추자고 할 것이다. 그가 그녀를 만족시킨다면, 그리고 운이 좋다면 몇 시간 정도 사랑을 나누고 그를 보내 주겠지. 하지만 운이 나쁘다면…… 글쎄, 조개는 훌륭한 전채요리지. 우리를 사랑하기로 선택한 필멸자들은 어떤 위험을 무릅써야 하는지 안다.

"조개껍데기." 스파이더의 목소리가 억양도 고저도 없는 밋밋한 중얼거림으로 변했다. "녹색 나무와 하얗게 빛나는 뼈 위에 떠 있어. 그 안은 배신과 사랑, 세월, 그리고 더 많은 배신으로 가득 차 있나니. 아, 시에. 네가 과거에 저지른 오랜 잘못들이 돌아와 널 괴롭힐 거야."

나는 한숨을 쉬며 샤하르와 데카, 이템파스를 떠올렸다. "알아."

"아니, 넌 몰라. 아니다, 알고 있어. 하지만 그 지식은 너무 깊이 묻혀 있지. 아니, 예전엔 그랬지." 스파이더가 고개를 번쩍 들었다. 열두 개의 동공이 동시에 열리며 확장됐다. 검은 구멍이 점점이 뚫린 눈이 나를 향했고, 나는 그 안에서 가느다란 거미줄이 수없이 걸쳐진 깊은 틈새를 스치듯이 엿봤다. 나는 재빨리 몸을 젖히며 시선을 돌렸다. 스파이더의 세상으로 끌려 들어가면 그녀의 것이 된다. 그리고 그녀가 항상 그들을 놓아주는 건 아니었다. 설사 사랑하는 이들이라도.

"바람이 점점 크게 불어와." 그녀가 속삭였다. "시에, 시에, 시에. 어딘지 알 수 없는 복도를 따라 목소리가 속삭여. 에네파가 세상에 태어난 이래 처음으로, 그 복도에서 뭔가가 꿈틀거려. 그건 살아 있어. 그건 생각할 수 있어. 그게 너에 대해 생각해."

내가 바란 건 이런 두서없는 횡설수설이 아니었다. 내가 듣고 싶었던 건 이런 게 아니었다. 나는 인상을 쓰고 입술을 축이며 어떻게 하면 그녀를 내게 필요한 지식 쪽으로 이끌 수 있을지 고민했다. "칼의 정체가 뭐야, 자매여? 아라메리의 적?"

갑자기 스파이더가 고개를 세차게 가로저으며 눈을 감았다. "그는 네 적이야, 시에. 아라메리의 적이 아니라. 그들하곤 상관없어. 그들은 무고한…… 하! 구경꾼일 뿐이지." 스파이더가 부르르 떨더니 놀랍게도 갑자기 비틀거리며 하마터면 균형을 잃을 뻔했다. 그때 조개 청년이 고개를 번쩍 들었다. 빛나는 열정으로 가득한 얼굴이었다. 그가 낮은 목소리로 열렬히 기도하는 게 들렸다. 우리는 기도를 필요로 하는 건 아니지만 그래도 좋아한다. 우리에게 그건 마치…… 흠, 뒤에서 떠밀어 주거나 등을 떠받쳐 주는 손길과 비슷한 느낌이다. 심지어 신이라도 가끔은 격려를 받고 싶으니까. 잠시 후 스파이더가 안정을 되찾았다.

"이템파스." 마침내 그녀가 피곤함이 역력한 목소리로 말했다. "그가 열쇠야. 고집 좀 작작 부려, 시에. 그와 대화해."

"하지만……" 나는 이를 악물며 입 밖으로 흘러나오려는 말을 참았다. 그녀에게 부탁을 하는 입장이니 듣고 싶은 말을 안 해 줬다고 불평할 순 없다. "알았어."

한숨과 함께 스파이더가 눈을 떴다. 그녀의 눈이 다시 인간처럼 돌아와 있었다. 그녀가 몸을 곧게 세우며 모래에 그려진 무늬를 흐트러뜨리지 않으려고 조심스럽게 그 밖으로 발을 뗐다. 문양의 선에 남은 마법이 아직도 희미하게 빛나고 있었다.

"이제 가 봐. 백만 년 후에나 다시 와. 아니면 언제든 내가 생각날 때도 좋고."

"아마 그렇겐 안 될 거야." 내가 조그맣게 말했다. 백만 년이 지나기 훨씬도 전에 나는 티끌보다 작은 존재가 되어 있을 터다.

스파이더가 나를 쳐다보며 눈을 깜박이자 순간적으로 그녀의 눈이 다시 이상한 모습으로 변형됐다. "그래. 그렇겠네. 하지만 앞으로 네 앞에 놓인 모든 신비와 수수께끼를 탐구할 때도 날 잊진 말아줘, 형제여. 네가 그리울 거야."

스파이더가 조개 청년을 향해 몸을 돌리며 손을 내밀었다. 그가 그녀의 손을 잡고 몸을 일으켰다. 갑자기 스파이더의 몸통에서 네

개의 팔이 더 자라나더니 도합 여섯 개의 팔이 청년의 몸을 단단히 옭아맸다. 그의 얼굴이 기쁨으로 환하게 빛났다. 청년이 도움을 주었으니 아마 그녀는 그의 목숨을 살려 줄 것이다. 아마도.

나는 동생이 마음껏 춤을 추도록 놔둔 채 몸을 돌려 모래언덕 너머로 향했다.

∗

데카를 만나고 정신없이 흘러간 한 달이었다. 그로부터 일주일 뒤에 고대하던 소식이 공표되었다. 레마스 아라메리가 드디어 사랑하는 아들을 집으로 불러들인다는 소식이었다. 데카르타는 거창한 팡파르와 함께 세 부대에 달하는 군단의 호위를 받으며 하늘궁을 향한 여정을 시작했다. 그들은 남부 세늠에 있는 열두 왕국을 거쳐 상서로운 하지날에 '그림자 속 하늘'에 도착할 예정이었다. 나는 그 이야기를 듣고 웃음을 터뜨렸다. 세 부대? 데카를 보호하는 데 필요한 병력치고도 지나친 수준이었다. 레마스는 의도적으로 과시하고 있었다. 그녀의 메시지는 분명했다. 별로 사랑하지도 않는 아들을 지키기 위해 세 부대나 파견한다면 정말로 중요한 사안에는 얼마나 많은 군단을 동원하겠어?

그래서 아하드는 나를 쉴 새 없이 이 귀족이나 저 상인에게 보냈고, 어떤 도시에서는 거리에서 하룻밤을 지내며 서민들의 생각을 듣고 소문을 심고 표면에 떠오르는 진실을 모아 오도록 했다. 회의도 더 많이 했다. 나는 꼭 필요할 때만 불렀지만. 한번은 내가 의자 다리를 느슨하게 풀어 놨다고 네머와 키트르가 불평을 늘어놨다. 진짜로 엉덩방아를 찧은 것도 아니면서 왜 그렇게 화를 내는지 모르겠다. 그랬다면 키트르가 그 보답으로 내 빗장뼈를 부러뜨릴 정당한 이유라도 되지.(아하드는 내게 의술사를 보내 주고 일주일 동안은 키트르한테 말도 걸지 말라고 했다.)

어쨌든 그 덕에 맘대로 쓸 자유 시간이 생겨서 며칠간 테마에서 빈둥거렸다. 해변에 있는 모래언덕 너머, 아지랑이처럼 올라오는 열기 속에 일렁거리는 도시가 보였다. 테마 보호령의 수도인 안테마였다. 신들의 전쟁 이전에는 전 세계에서 가장 위대한 도시였고, 전쟁의 끔찍함 속에서도 거의 피해를 입지 않고 살아남은 몇 안 되는 도시 중 하나였다. 오늘날에는 하늘도시만큼 인상적이진 않지만(세계 어떤 도시도 세계수와 하늘궁에 견줄 곳은 없다.) 부족한 웅장함을 개성으로 보완하고 있었다.

새삼 경치에 감탄하다가 한숨을 쉬고는 주머니를 뒤져 아하드가 준 통신구를 꺼냈다.

"뭐야." 통신구의 부드럽고 규칙적인 진동을 감지한 아하드가 응답했다. 그는 나를 얼마나 오래 기다리게 해야 하는지 정확히 알고 있었다. 조금만 응답이 늦었다면 그냥 꺼 버렸을 텐데.

난 그에게 스파이더를 찾아갔다는 이야기를 하지 않기로 결심한 차였고 이템파스와 만나게 해 달라는 부탁을 할지는 아직 고민 중이었다. 그래서 말했다. "벌써 일주일이나 됐어. 심심해 죽겠다고. 어디든 좀 보내 줘."

"알겠다. 하늘궁에 가서 아라메리와 이야기해 봐."

솟구치는 분노에 몸이 굳었다. 그는 내가 그곳에 가고 싶어 하지 않는다는 것과 그 이유를 아주 잘 알고 있었다. "가서 뭘 얘기를 하라는 건데?"

"결혼선물 이야기. 샤하르 아라메리가 결혼하거든."

※

안테마에 도착해 취하기 아주아주 좋은 선술집을 발견했을 때 나는 그게 이미 세간의 화젯거리라는 사실을 알게 되었다.

테마의 선술집은 혼자 취하기 좋은 곳이 아니었다. 테마 사람들은 가장 오래된 필멸자 민족 중 하나로, 아른인이 영구적인 정착지를 마련하기 훨씬 오래전부터 이미 그들만의 독특한 생활 방식을 누리고 있었다. 내가 들어간 선술집 벽에는 나를 바라보는 사람들의 그림이 그려져 있었다. 아니, 정확히 말하면 벽에 그려진 사람 그림들이 그걸 쳐다볼 손님이 앉을 자리를 마주 보고 있다고 해야겠다. 마치 내가 무슨 말을 하든지 기꺼이 들어 주겠다는 양 몸을 살짝 앞으로 기울인 채 시선을 집중하고 있었다. 여기 익숙해지는 데에는 별로 오래 걸리지 않았다.

또 낯선 사람들과 금세 친해질 수 있게 공들여 무례한 방식으로 설계해 둔 좌석 배치에도 금방 익숙해졌다. 긴 의자에 앉아 뿔잔에 담긴 꿀맥주를 마시고 있는데 두 남자가 내 옆에 합류했다. 남은 의자가 여기뿐인 데다 나도 긴 의자를 혼자 독차지할 만큼 못돼먹진 않았기 때문이다. 그러고는 자연스럽게 내게 말을 걸었다.

선술집의 음악가인 나이 든 쌍오조(ojo) 연주자가 낮잠을 자고 있었기 때문이다. 수다는 정적을 메워 주었다. 그러다가 이번에는 여자 둘이 새로 합류했다. 내가 젊고 잘생긴 데다 다른 두 남자도 외모가 그리 나쁘지 않은 덕이었다. 어느새 나는 웃고 떠들면서 나를 절친한 친구인 양 스스럼없이 대하는 낯선 사람들 사이에 앉아 있었다.

"그 여자는 그를 사랑하지 않아." 한 남자가 말했다. 꿀맥주에 흠뻑 취해 점점 말이 어눌해지는 중이었다. 테마인은 술에 향기로운 해초 씨앗을 섞어 마셨는데 그래서 술이 무시무시할 정도로 독했다. "좋아하지도 않을걸. 아라메리가 테마 남자랑 결혼한다고? 평소에도 그 뾰족한 하얀 코를 하늘 높이 처들고 우리를 깔보는 여자가?"

"어릴 때부터 친구 사이라잖아." 이름이 렉인지 룩인지 하는 여자가 말했다. 아니면 록인가? 럭? "데이터네이 칸루는 모든 시험을 최고 점수로 통과했어. 똑똑하지 않았다면 삼위회에서 파이메스로 인정해 주지도 않았을걸. 아라메리가 그를 원한다니 보호령으로선 영광이지." 여자가 밝은 초록색 액체가 담긴 아몬 스타일 술잔을 들어 올리자 관습대로 모두가 잔을 들어 올리며 건배에 화답했다.

하지만 우리의 팔이 아래로 내려오자마자 여자의 친구가 눈살을 찌푸리며 몸을 앞으로 기울였다. 가늘게 꼰 머리 가닥이 그녀의 말을 강조하듯 흔들렸다. "영광은 무슨. 모욕이지. 망할 놈의 아라메리가 우리 삼위회를 중히 여겼다면 진즉에 결혼 동맹을 맺었을걸. 저들은 그저 우리 해군이 정신 나간 하이노스를 막아 주길 바라는 것뿐이라고……"

"모욕이라고 생각하니까 모욕으로 보이는 거지." 남자가 셋, 여자는 둘인데 자기가 가장 못생겨서 집에 혼자 갈 가능성이 제일 높다는 걸 알고 있는 남자가 격앙된 목소리로 말했다. "그래도 아라메리는 아라메리야. 놈들은 우리가 필요 없단 말이야. 그리고 그녀는 진심으로 그를 좋아해!"

그러자 앉아 있던 모두에게서 동의와 반박의 합창이 터져 나왔다. 나는 그들의 말을 듣다가도 중간중간 선술집 한쪽 벽에 걸려 있는 특이하게 생긴 가면에 신경이 쓰이는 걸 막을 수가 없었다. 다르에서 본 것과도 비슷했지만 테마 특유의 방식으로 장식되어 있어 더 정교하고 화려했다. 가닥가닥 꼰 머리카락을 늘어뜨리고 즐거운 표정을 짓고 있었지만 왠지 모르게 빤히 응시하는 벽화 그림보다 더 눈길을 잡아끄는 데가 있었다. 어쩌면 내가 취해서 그런 건지도 모른다.

몇 번의 언쟁이 오간 후 그중 여자 하나가 내가 이제껏 아무 말도 하지 않았다는 걸 눈치채고는 미소를 보내며 말했다. "그쪽은 어떻게 생각해?" 필멸자식으로 따지자면 나보다 나이가 약간 더 많아 보였는데 그래서 수줍은 나를 옆에서 조금 도와줘야 한다고 생각한 것 같았다.

나는 뿔잔을 비운 다음, 종업원에게 한 잔 더 달라고 고개를 까딱였다. 그러고는 의자에 편히 기대앉아 여자를 향해 씩 웃었다. 여자는 예뻤다. 몸집이 작고 피부색은 어두웠으며 테마 여성답게 강단이 있고 내가 본 중 가장 아름다운 검은 눈을 갖고 있었다. 그녀를 실신시킬 만큼 내게 아직 신성이 남아 있는지 궁금해졌다.

"나?" 나는 입술에 묻은 꿀맥주 거품을 입술로 핥았다. "내가 보기에 샤하르 아라메리는 창녀야."

숨을 헉 삼키는 경악의 소리가 터져 나왔다. 내가 앉아 있는 의자에서만 나온 게 아니었다. 내 목소리가 워낙 큰 까닭에 주변을 둘러보니 선술집에 앉은 손님의 절반이 충격받은 눈빛으로 나를 쳐다보고 있었다. 나는 그들을 전부 비웃어 준 다음 같이 앉아 있는 이들에게로 관심을 돌렸다.

"그런 말 하면 안 돼." 한 남자가 나를 노골적으로 쏘아보며 말했다. 물론 지금은 생각을 고쳐먹은 것 같지만. "교단이야 요즘 신들에 대해 뭐라고 하든 상관 안 하지. 물론 이템파스는 빼고. 하지만 아라메리는……" 남자는 갑자기 교단수호자들이 나타나 나를 두들겨 팰지도 몰라 겁을 내는 것처럼 주위를 두리번거렸다. 예전이라면 정말로 그랬을 거다. 게을러터진 놈들. "그런 말 하면 안 돼."

나는 어깨를 으쓱했다. "하지만 사실인걸. 물론 걔 잘못은 아냐. 엄마가 문제지. 배를 빌려서 악마를 낳게 하려고 딸을 신한테 바친 적도 있다니까? 아마 너희 파이메스도 옆에서 공짜로 재미를 볼 수 있을걸. 똑똑하다며. 신의 손을 탔든 말든 무슨 상관이겠어."

새 뿔잔을 들고 다가오던 종업원이 겁에 질려 눈을 크게 든 채 탁자 건너편에 멈춰 서 있었다. 나를 노려보던 사내가 자리에서 일어났지만 그때, 방금 전까지 나는 안중에도 없던 우리 의자의 세 번째 남자가 벌떡 일어서는 게 더 빨랐다. "칸루는 내 육촌이야

이 초록 눈깔 잡종새끼가……."

"누가 잡종인데?" 나는 허리를 곧추세워 앉은키를 늘렸지만 일어나 있는 그의 키에는 전혀 미치지 못했다. "내가 몇 살로 보이는진 몰라도 내 몸에 필멸자의 피라곤 단 한 방울도 안 섞였거든!"

내게 호통을 치려고 입을 벌렸던 남자가 당황해서 어버버거리다 조용해졌다. 여자 중 하나는 몸을 뒤로 젖혔고 다른 하나는 앞으로 기울였다. 둘 다 둥그래진 눈에 호기심이 역력했다. "방금 뭐라고?" 몸을 가까이 기울인 여자가 물었다. "당신 소격신이에요?"

"맞아." 나는 엄숙하게 대답하고는 트림을 꺽 했다. "실례."

"네가 신이면 내 왼쪽 고환을 쳐먹고 말지." 열 받은 남자가 내뱉었다.

"그게 그렇게 신성이 넘쳐?" 나는 장난기와 분노, 그리고 유쾌함을 느끼며 다시 웃었다. 하지만 그중 가장 강한 감정은 분노였고, 그래서 남자가 미처 반응하기도 전에 손을 내밀어 사내의 왼쪽 고환을 정확히 움켜쥐었다. 어쨌든 가랑이를 붙잡는 건 어린애들, 물론 못된 어린애들이 하는 놀이였으니까. 전문가다운 솜씨로 홱 비틀자 남자가 꽥 비명을 지르며 몸을 접었다. 충격과 고통 때문에 새빨개진 얼굴로 사내가 내 팔을 부여잡았지만 연약한 부위를 조금 더 세게 잡아당기자 금세 그의 손에서 빠져나올 수 있었다. 놈에게 얼굴을 바짝 들이댄 채 입을 벌려 드러낸 잇새로 날카로운 소리를 내며 경고의 의미로 손가락에 힘을 주었다. 사내의 눈이 커다래지더니 이유는 모르겠지만 완전히 겁에 질렸다. 그의 남성성에 대한 위협과는 아무 상관도 없었다. 혹시 내 눈 모양이 변한 걸까. 내 안에는 이제 그럴 만한 마법도 남아 있지 않을 텐데. 뭔가 다른 것일지도 모른다.

"아닌 거 같은데." 나는 손바닥에서 사내의 고환을 굴리며 말했다. "어떻게 생각해?"

사내가 물고기처럼 뻐끔거렸다. 나는 웃음을 터트렸다. 사내의 공포에서 느껴지는 이 맛, 이렇게 하찮고 무의미한 일이라도 힘을 행사한다는 데서 오는 전율이 기꺼웠 ─

"그 사람을 놔줘요."

익숙한 목소리였다. 여성의 목소리. 목을 비틀어 뒤를 돌아보니 내 뒤에 글리 쇼스가 있었다. 나는 깜짝 놀라 눈을 깜박였다. 그녀는 허리에 두 손을 올린 채 서 있었다. 큰 키에는 위엄이 넘쳤고 주위에 테마인이 가득하다 보니 마로네의 특성이 한층 더 두드러져 보였다. 얼굴에 떠오른 표정은 못마땅해하고 있으면서도 동시에 이상하게 평온했다. 지난 수십억 년 동안 다른 이의 얼굴에서 저 표정을 이끌어 내려고 열심히 노력한 전적이 없었다면 어찌할 바를 모르고 완전히 당황했을 것이다.

나는 여전히 고개를 비튼 자세로 그녀를 쳐다보며 히죽 웃고는 남자를 놓아주었다. "아, 너 진짜 그자랑 판박이네."

글리가 내 말을 증명하듯이 한쪽 눈썹을 추켜세웠다. "밖에서 좀 보죠." 그러고는 내 대답도 기다리지 않고 돌아서서 밖으로 나가 버렸다.

입술을 삐죽이며 의자에서 일어나자 몸이 약간 휘청거렸다. 내 술친구들은 놀랍게도 아직 자기 자리들을 지키고 있었다. 주변이 아주 조용했고, 모두가 두려움과 불쾌감이 섞인 표정으로 나를 빤히 쳐다보고 있었다. 아, 뭐.

"그대들에게 내 두 아버지의 미소가 충만하길." 나는 두 팔을 크게 벌려 그들을 축복해 주었지만 아무 일도 일어나지 않았다. "둘 다 워낙 성질이 고약한 놈들이라 미소를 짓게 할 수만 있다면 말이야. 아, 그리고 길고 건강한 삶을 마친 후 잠들어 있을 때 내 어머니가 평온한 죽음을 선사하길. 그럼 안녕."

술집 전체에 고요한 적막이 내려앉았다. 나는 글리의 뒤를 따라 비틀거리며 건물을 나왔다.

현관 계단 아래 발을 내딛자 글리가 함께 걷자는 듯이 몸을 돌렸다. 걷지도 못할 만큼 술에 취한 건 아니지만 비틀거리지 않고 똑바로 걷는 건 또 완전히 다른 문제였다. 예상대로 내가 휘청거리며 삐뚤빼뚤 걷는데도 글리는 절대로 내게 속도를 맞춰 주지 않았다. 한 블록이 지났을 즈음 나는 벌써 세 걸음이나 뒤처져 있었다. "너, 다리가 너무 길어." 내가 투덜거렸다. 그녀는 나보다 거의 30센티미터는 더 컸다.

"그쪽 다리를 더 길게 만들어 보시든가."

"안 돼. 난 이제 마법이 없거든."

"그럼 더 빨리 걸어요."

나는 한숨을 쉬며 그 말에 따랐다. 조금씩 그녀를 따라잡기 시작했다. "어머니한테 물려받은 건 없어? 아니면 진짜로 아버지랑 똑같은데 가슴만 달려 있는 거야?"

"어머니한테선 유머 감각을 물려받았죠." 글리가 경멸 가득한 표정으로 나를 흘낏 쳐다보았다. "그래도 당신한텐 이보다 더 나은 걸 기대했는데."

나는 한숨을 내쉬었다. "힘든 하루였어."

"그래요. 당신이 통신을 끊어 버려서 아하드가 찾아 달라고 부탁하더군요. 시궁창을 뒤져 보라고도 했고. 아하드가 틀린 걸 다행으로 여겨야겠죠."

나는 웃음을 터트렸지만 웃음소리는 금방 잦아들었다. 갑자기 부아가 나서 그녀를 쏘아봤다. "대체 왜 아하드가 시키는 대로 하는 거야? 그쪽이 아하드 상사 아냐? 그리고 내가 좀 풀어진다고 해서 무슨 상관인데? 자그마치 이 년 동안 그 빌어먹을 자식 심부름을 하느라 여기저기 뛰어다니면서 세상이 망하는 걸 막게 도와줬는데, 하루 저녁 정도는 쉬어도 되잖아?"

글리가 발을 우뚝 멈췄다. 우리는 주택가에 있는 한적한 길모퉁이에 서 있었다. 늦은 시간이라 주변에는 아무도 없었다. 어느 한 순간 그녀의 눈이 적금빛으로 마치 성냥처럼 화르륵 타오른 것처럼 보인 것도 그 때문일 것이다. 깜짝 놀랐지만 다음 순간 눈은 다시 갈색이 되어 있었다. 그리고 무척 화가 나 있었다.

"난 지난 한 *세기* 동안 세상이 멸망하는 걸 막으려고 노력해 왔어요." 글리가 쏘아붙였다. 나는 놀라 눈을 깜박였다. 그녀는 서른도 안 되어 보였다. 악마가 인간처럼 필멸자긴 해도 인간보다는 더 오래 산다는 걸 깜박 잊고 있었다. "난 신이 아니에요. 당신과 달리 계속 이 세계에서 살아야 하죠. 그러니 세상을 지키기 위해 무슨 짓이든 할 겁니다. 이템파스를 경멸한다고 말하는 당신 같은 소격신과 손을 잡더라도 말이죠. 하지만 그런 당신도 이템파스가 최악일 때만큼이나 이기적이고 오만해!"

너무 놀라 꼼짝도 못하고 있는 사이, 글리가 나를 내버려 두고 다시 걸어갔다. 내가 정신을 차렸을 즈음에는 벌써 모퉁이를 돌아 모습을 감춘 뒤였다. 화가 머리 꼭대기까지 치솟아 황급히 쫓아 달리다가 아슬아슬하게 넘어질 뻔하면서 모퉁이를 돈 순간, 그 자리에 서서 기다리고 있는 그녀를 맞닥뜨렸다.

"그 말 당장 취소해!" 나는 씩씩거리며 말을 내뱉었다. "난 그자와는 전혀 달라!"

글리가 한숨을 내쉬더니 말해 봤자 소용없다는 듯 고개를 절레절레 저었다. 사람들의 저런 태도는 늘 나를 열 받게 만든다. "내가 왜 당신을 찾아왔는지 물어볼 생각은 안 드나요? 아니면 너무 취해서 머리가 거기까지 돌아가지도 않는 건가요?"

"난 절대……" 나는 눈을 깜박였다. "왜 왔는데?"

"아하드에게 말을 마칠 기회를 줬더라면 들었을 테지만, 할 일이 생겼어요. 데카르타 아라메리가 약혼식에 참석하기 위해 계획을 변경해 빠른 속도로 그림자로 오고 있습니다. 데카르타와 그의 호위대가 잠재적인 문제를 예방하기 위해 내일 그림자에 도착하면 도시 전체를 가로지르는 대규모 행진이 있을 거예요. 샤하르 아라메리는 성인이 된 후 처음으로 대중에게 모습을 드러낼 예정인데 그 무대는 살롱의 계단이고요. 귀족 컨소시엄과 도시 인구의 절반 앞에서 그녀의 약혼이 공식적으로 발표될 테고, 그와 더불어 집으로 귀환한 데카르타도 공식적인 환영을 받을 겁니다. 꽤나 성

대한 행사가 될 거예요."

 글리가 힐난하긴 했지만 사실 난 머리가 제대로 돌아가지도 않을 만큼 심하게 취해 있진 않았다. 아라메리는 대중 앞에 나서지 않는다. 적어도 내가 노예 생활을 하던 시절에는 그랬다. 가장 큰 이유는 그럴 필요가 없기 때문이다. 사람들의 입에 오르내리지 않고 눈에 띄지도 않으나 그럼에도 압도적인 권력만큼 강력한 것이 세상에 어디 있겠어? 더구나 하늘궁은 그들이 누구인지를 보여주기에 충분한 상징이었다. 그러나 시대가 변했고 이제 그들의 권력은 어느 정도는 한때 그들이 눈길도 주지 않던 일반 대중의 경외심에 기반을 두고 있었다.

 그리고…… 나는 부르르 떨며 깨달았다. 아라메리의 적들이 공격을 가하기에 이보다 더 완벽한 기회가 어디 있을까.

 드디어 내가 이해했다는 것을 안 글리가 고개를 끄덕였다. "문제가 발생할 경우에 대비해 도시에 있는 모든 이들의 도움이 필요해요."

 나는 갑자기 바싹 마른 느낌이 드는 입술을 혀로 축였다. "이제 난 마법이 없어. 한 방울도 안 남았지. 필경사들이 부리는 재주라면 몇 개 할 수 있지만 다 별것도 아닌걸. 난 이제 필멸자일 뿐이야."

 "필멸자에게도 나름의 쓸모가 있어요." 그 말투에서 미묘한 비아냥이 느껴져 나는 얼굴을 찌푸렸다. "그리고 당신은 샤하르와 데카르타 아라메리를 사랑하지 않나요?"

 이 년 전 하늘궁에서 보낸 재앙과도 같던 시기에 목격했던 가면 쓴 부패한 시신들이 떠올랐다. 샤하르와 데카르타가 그것과 똑같은 모습으로 죽어 누워 있는 광경을 상상해 봤다. 얼굴엔 불타는 가면이 씌워져 있고 살점은 썩어 문드러져 있는.

"나도 데려가." 나는 조용히 말했다. "어디든 상관없으니까. 나도 돕고 싶어."

글리가 고개를 한쪽으로 기울이며 손을 내밀었다. 나는 그 손을 덥석 잡았다. 그녀가 무엇을 할 수 있을지는 안중에도 없었다. 글리는 소격신이 아니었다. 그냥 악마였다. 필멸자였다.

다음 순간 그녀의 힘이 우리를 주위의 세상을 짓눌러 조이더니 신만이 행사할 수 있는 능숙한 솜씨로 우리를 현실 너머로 이동시켰다. 감탄하지 않을 수 없었다. 그녀는 우리 아버지와 같은 손길을 갖고 있었다.

*

글리는 그림자도시의 동그림 북부에 있는 한 여관방을 빌렸다. 도심지 근처의 번화한 상업지구였다. 단번에 꽤 좋은 여관이라는 걸 알 수 있었다. 아하드가 내게 주는 월급으로도 감당하지 못할 곳이었는데 특히 중요한 행사를 앞둔 지금 같은 시기에는 더욱 그랬다. 아래층 휴게실에 사람들이 모여 시끌벅적 떠드는 소리가 들렸다. 주변에 있는 다른 지역에서도 전부 내일 있을 구경거리를 보러 몰려들었을 테니 도시에 있는 모든 여관이 만원일 거다. 어쩌면 히든의 집에도 손님이 들었을지 모른다. 그랬으면 좋겠다. 다만 무신경하게 내 방까지 빌려주지는 않기만을 바랄 뿐이다.

글리가 창가로 다가가 덧문을 열자 나를 이곳에 데려온 이유가 드러났다. 옆으로 다가가 창문 밖에 보이는 '귀족 대로(大路)'를 내려다보았다. 대로 끝에 흰색 건물이 서 있었다. 살롱이었다. 이 방은 전망이 꽤 좋았다. 살롱의 너른 계단 근처에 길거리를 오가는 사람들의 형체가 조그맣게 보였고, 눈에 띄는 하얀 제복을 입은 교단수호자들이 구경꾼을 가로막는 장애물 벽을 설치하고 있었다. 아라메리는 대중 앞에 자주 모습을 드러내지는 않았지만 교단의 소식 두루마리와 화폐 덕분에 얼굴이 알려져 있었다. 반경 150킬로미터 이내에 있는 모든 이들이 아마도 일생에 단 한 번뿐인 이 광경을 보기 위해 도시에 왔거나 오는 중일 것이다.

글리가 우리가 있는 건물을 지나는 대로의 반대쪽 방향을 가리켰다. "데카르타의 행렬은 저쪽에서 도시로 들어올 거예요. 자세한 경로는 아직 공개되지 않았지만 내일 아침 새 소식 두루마리에 실릴 거고요. 그러니 암살자들이 미리 계획을 세우기 힘들겠죠. 하지만 이 거리를 따라 저기까지 가는 건 확실해요. 그 정도 대규모 행렬이 살롱까지 갈 수 있는 다른 방법이 없거든요."

"이 거리 어디서든 습격이 발생할 수 있다는 뜻이야?" 나는 고개를 흔들었다. 믿을 수가 없었다. 설령 나한테 아직 마법이 있다고 해도 불가능한 시나리오였다. 아침이 되면 살롱 주변에 보이는 저 수십 명의 필멸자가 수백으로 늘어나 있을 테고 행사가 열리는 오후 때가 되면 수천이 되어 있을 거다. 그런 북새통 속에서 어떻게 한 명을 찾아내지? "암살자들이 피해자한테 어떻게 가면을 씌우는지는 알아?"

"아뇨." 글리가 한숨을 내쉬었다. 언제나 흔들림 없이 고요한 표정에 살짝 금이 갔다. 나는 글리가 아주 피곤하고 근심에 잠겨 있다는 걸 깨달았다. 이템파스는 세상을 지키는 힘든 일을 전부 딸한테 떠넘겨 놓고 혼자서 빈둥대고 있는 거야? 나쁜 자식.

글리가 창가에서 돌아서더니 방에 있는 근사한 가죽 의자로 다가가 앉았다. 나는 창틀에 걸터앉았다. 난 항상 평범한 의자보다 높은 곳에서 내려다볼 수 있는 자리가 더 편했다.

"그럼 여기서 밤을 보내고 그다음엔…… 어쩔 건데?"

"네머한테 계획이 있어요. 네머의 사람들은 전에도 이런 일을 해 본 경험이 있고요. 네머는 소격신과 필멸자가 지닌 강점을 각각 최대로 활용하는 법을 알죠. 하지만 당신과 나는 둘 다 아니니 군중 사이에 섞여 돌아다니면서 수상한 점이 없는지 감시하는 게 제일 나을 거라고 하더군요."

나는 창틀에 기대 한쪽 다리를 접어 세우고는 그녀가 내 특성에 대해 묘사하는 말을 들으며 한숨을 내쉬었다. "사고방식은 아직도 소격신인걸. 필멸자처럼 생각하려고 노력은 하는데……" 나는 양 손바닥을 펼쳐 보였다. "대부분의 필멸자는 상상도 못 할 오랜 세월을 트릭스터로 살아온 몸이라서. 앞으로 다른 식으로 생각할 수 있을 만큼 오래 살 수 있을지도 모르겠고."

글리가 의자 등받이에 몸을 축 기대더니 눈을 감았다. 그대로 잠을 자려는 것 같았다. "신에게도 한계는 있어요. 당신은 그저 이템파스들과 다를 뿐이죠. 그러니 당신에게 가능한 테두리 안에서 할 수 있는 일을 하세요."

침묵이 흘렀다. 하지만 열려 있는 창문 사이로 불어온 밤바람이 부드럽게 방 안 공기를 휘젓고, 아래층 휴게실에서는 필멸자들이 박자도 안 맞는 노래를 씩씩하게 불러 대고 있었다. 나는 한동안 노랫소리에 귀를 기울이다가 문득 그것이 오래전 내가 그들의 조상에게 가르쳤던 노래의 변형이라는 걸 깨닫고는 살짝 웃었다. 한참을 따라 흥얼거리다 싫증이 나서 글리가 자고 있는지 슬쩍 훔쳐봤다. 어느새 그녀는 눈을 뜨고 나를 쳐다보고 있었다.

그래서 한숨을 쉬며 단도직입적으로 말해 보기로 했다. "그러니까, 동생아." 그 말에 글리가 한쪽 눈썹을 슬쩍 치켜올렸고, 나는 씩 웃었다. "몇 살이야?"

"겉보기보단 많죠. 당신처럼."

거의 한 세기라고 했었다. "넌 오리 쇼스의 딸이지." 어렴풋이 그녀가 기억났다. 앞을 못 보던 용감한 필멸자 여자. 내 남동생 중 하나를 사랑했는데, 그는 죽고 말았다. 그리고 보아하니 이템파스와도 사랑에 빠진 모양이다. 그렇지 않았다면 그가 그녀와 함께 누웠을 리가 없으니까. 그는 일시적인 육체관계를 불쾌하게 여겼다.

"그래요."

"아직도 그를 '샤이니'라고 불러?"

"오리 쇼스는 죽었어요."

"아." 나는 미간을 찌푸렸다. 말투가 어딘가 묘하게 이상했는데, 정확히 뭔지 딱히 짚을 수가 없었다. "유감이야."

글리는 잠시 동안 아무 말도 없었다. 그녀는 당혹스러우리만큼 나를 물끄러미 쳐다보았다. 이템파스와 꼭 닮은 또 다른 부분이었다. "진심으로요?"

"뭐?"

글리가 새침하게 한쪽 다리를 꼬았다. "내가 항상 듣기로 옛날에 당신은 필멸자 편을 들던 소격신 중 하나였다고 하던데, 지금은 별로 필멸자를 좋아하는 것 같지 않네요." 내가 인상을 찡그리자 그녀가 어깨를 으쓱했다. "이해는 돼요. 하지만 그 점을 감안하면 고작 필멸자 하나가 더 죽었다고 해서 유독 속상해할 것 같지는 않다는 뜻이에요."

"흠, 그건 네가 날 잘 모른다는 의미네, 안 그래?"

놀랍게도 글리가 고개를 끄덕였다. "정확히 그런 의미죠. 그래서 물어본 거랍니다. 왜 내 어머니의 죽음을 유감으로 여기죠? 솔직하게 말해 봐요."

그 말에 놀라 입을 다물고 내가 왜 그렇게 대답했는지 곰곰이 생각해 보고는 이윽고 말했다. "하지만 정말인데. 그 여자가 마음에 들었거든. 나와도 잘 지낼 수 있는 성격이었고. 이템파스한테 그렇게 충실하지만 않았다면 말이야. 오리 쇼스는 그에게 꽤 특별한 존재였나 봐. 그가 필멸자 여자한테 다시 기회를 줄 정도면……"

"아버지는 내가 태어나기도 전에 어머니를 떠났어요."

"그가……" 이번에는 내가 쩔쩔매며 그녀를 물끄러미 쳐다볼 차례였다. 왜냐하면 그건 전혀 이템파스답지 않았기 때문이다. 그는 변심하지 않는다. 그러다 수 세기 전, 그가 버리고 떠났던 또 다른 필멸자 연인과 아이가 생각났다. 떠나는 것은 그의 본성이 아니지만 만일 그것이 소중한 이들에게 최선이라면 그렇게 하도록 그를 설득할 수 있었다.

"나하도스 님과 예이네 님의 요구였죠." 내 표정을 읽은 글리가 말했다. "그분은 어머니와 내 목숨을 구하기 위해 떠날 수밖에 없었어요. 그래서 나중에, 내가 충분한 나이가 됐을 때 그분을 찾아 나섰어요. 끝내 찾아냈고요. 그 뒤로 계속 그분과 다니고 있죠."

"그랬구나." 비록 우리 중 하나는 아니었지만 과연 글리의 사연은 신에게 걸맞은 이야기였다. 그러고는 항상 내 마음속에 있었고, 그렇다는 것을 그녀도 알고 있고, 뻔한 것을 괜히 숨겨 봤자 아무 쓸모도 없기에 나는 우리가 만나고 이 년 내내 우리 사이에 맴돌았던 질문을 던졌다. "그는…… 지금은 어때?"

글리는 한참을 신중하게 고심하다 대답했다. "난 그분이 전쟁 전에 어땠는지 전혀 몰라요. 당신이…… 갇혀 있던 시절도요. 그러니 그때와 같은지 다른지는 모르겠네요."

"그는 변하지 않아."

또다시 묘한 침묵이 흘렀다. "내 생각엔 변한 것 같은데요."

"그는 변할 수 없어. 변화는 그의 반개념이라고."

글리가 익숙하게 느껴지는 고집을 드러내며 고개를 저었다. "그분도 할 수 있어요. 에네파를 죽였을 때도 그랬고, 난 그 뒤에도 아버지가 변했다고 믿어요. 그분은 언제나 변화할 수 있었고 비록 그 속도가 느리거나 마지못할 순 있어도 항상 변화했어요. 왜냐하면 그분은 살아 있는 존재이고 변화는 삶의 일부니까요. 에네파가 그렇게 만든 게 아니에요. 그녀는 그저 자기 형제들이 이미 공통적으로 갖고 있는 특성을 자신이 창조한 소격신과 필멸자에게 불어넣었을 뿐이죠."

글리가 이런 대화를 이템파스와도 나눈 적이 있을지 궁금했다. "하지만 에네파는 필멸자를 완전하게 만들었지. 우리와는 다르게."

글리는 다시 고개를 저었다. 부드러운 머리카락이 산들바람에 흩날리듯 가볍게 굽이쳤다. "신도 필멸자만큼 완전하답니다. 나하도스가 오롯이 어둠뿐인 건 아니에요. 아버지도 오롯이 빛뿐인 건 아니죠." 그녀가 잠시 말을 멈추더니 눈을 가늘게 뜨고 나를 바라보았다. "당신도 우주가 어렸을 때부터 계속 진짜 어린아이는 아니었어요. 마찬가지로 신들의 전쟁이 일어난 건 부분적으로 균형의 수호자인 에네파가 균형을 잃었기 때문이었죠. 형제 중 하나를 다른 하나보다 더 사랑하게 되었고 그 결과 셋 모두가 망가졌으니까."

나는 몸을 굳혔다. "감히 에네파를 비난해? 아무것도 모르는 주제에……"

"난 아버지가 말해 준 것들을 알아요. 책과 전설과 모든 혼란이 시작되었을 때 현장에 있었고, 옆에서 지켜보며 어떻게 막을지 고심했고, 하지만 자신이 막을 수 없다는 걸 깨닫고 흐느끼던 소격신들과의 대화를 통해 알게 된 것들을 알아요. 당신은 그 대학살에 너무 깊이 관여했어요, 시에. 그래서 진짜 이유는 알아볼 생각도 안 하고 그냥 이템파스를 비난하기로 결심한 거죠."

"내 어머니를 죽였어! 이유 같은 게 무슨 상관인데?"

"아버지의 형제와 자매가 그분을 버렸어요. 짧은 시간이긴 했지만 외로움은 그분의 반개념이고 그분을 약하게 만들었어요. 그 와중에 샤하르 아라메리가 아들을 살해했고 그분은 벼랑 끝에 내몰렸죠. 그런 상황에서 '이유'는 아주 중요하다고 생각하는데요."

나는 웃음을 터트렸다. 죄책감에 젖어 있지만 충격을 감추기 위한 씁쓸한 웃음이었다. 외로움? 외로움이라고? 난 몰랐다. 아니야, 그런 건 중요하지 않다. 중요할 수가 없었다. "고작 필멸자였다고! 대혼돈의 이름으로, 맙소사, 필멸자 하나가 뭐 그렇게 소중하다고 그 난리를 피운 건데?"

"자식을 사랑하니까." 나는 움찔했다. 글리가 나를 노려보고 있었다. 어두컴컴한 방 안에서 그녀의 눈만이 또렷하게 빛나고 있다. 조명은 거리의 가로등만으로도 충분했기에 우리는 둘 다 방에 불을 밝히지 않았다. "그분은 좋은 아버지이고, 좋은 아버지는 자식이 필멸자라고 해서 사랑하지 않는 게 아니니까요. 자식들이 자기를 싫어하더라도 마찬가지고."

나는 그녀를 물끄러미 응시했다. 몸이 떨리고 있었다. "전쟁 때 우리랑 싸울 땐 사랑하지 않던데."

글리가 얼굴 앞에서 양손 끝을 맞대 세웠다. 아하드와 너무 오래 붙어 다닌 거 아냐? "내가 알기론 샤하르 아라메리가 대지의 돌을 사용하기 전까진 당신네 쪽이 이기고 있지 않았나요? 아닌가요?"

"그게 뭔 상관인데?"

"당신이 말해 봐요."

그리고 물론, 나는 내 인생 최악의 시기를 떠올렸다. 샤하르는 그 돌을 처음 사용한 자가 아니었다. 내가 제일 먼저 감지했던 건 소격신의 힘이었다. 뜨겁게 이글거리는 끔찍한 파장, 삶과 죽음의 힘 그 자체가 지상을 휩쓰는 게 느껴졌었다. 그 공격으로 수십에 달하는 내 형제자매가 쓰러졌고 하마터면 나도 죽을 뻔했다. 그건 전세가 바뀌고 있다는 최초의 경고 신호였다. 그때까지만 해도 나는 승리의 맛을 강하게 느끼고 있었으니까. 그 소격신은 누구였을까? 템파의 충실한 자식 중 하나? 나하도스와 마찬가지로 그에게도 항상 충성하는 자식들이 있었다. 어쨌든 누군지는 몰라도 그 소격신은 에네파의 힘을 휘두르다 죽었을 것이다.

그 후에 돌을 손에 넣은 샤하르는 단순히 소격신을 공격하는 데 그치지 않았다. 곧장 나하도스를 겨냥했다. 나하도스가 이템파스를 빼앗아 갔고, 그래서 그녀가 가장 증오하는 상대도 그였기에. 나하도스가 쓰러지는 걸 본 기억이 난다. 나는 절규했고, 흐느꼈고, 그제야 그게 내 잘못이라는 걸 깨달았다. 전부 다.

"그는…… 그럴 필요가 없었어……." 나는 속삭였다. "이템파스 말이야. 그렇게 비참했다면 그냥……."

"그건 그분의 본성이 아니거든요. 질서는 원인과 결과, 작용과 반작용이랍니다. 공격을 받으면 반격해야 하죠."

글리가 의자에 편안히 기대앉는 소리가 들렸다. 나는 더 이상 그녀를 똑바로 바라볼 수가 없었다. 짙은색의 부드러운 피부. 너무도 예리한 눈. 그녀는 수 세기 전의 신다처럼 두드러지게 이질적이진 않았다. 글리는 인간들 사이에 손쉽게 숨어 살 수 있을 것이다. 그녀가 물려받은 고유의 특성은 직접적으로 드러나지 않았고 키가 180센티미터인 검은 피부의 여성이 마법의 오라를 지니고 있으리라고는 누구도 짐작하지 못할 테니까. 그녀에게서는 함부로 덤비면 안 될 것 같은 분위기가 풍겼다. 나는 거기에서 이템파스의 손길을 느꼈다. 작용과 반작용. 이 필멸의 아이는 쉽게 죽지 않을 것이다. 그녀의 아버지가 그리 만들었다.

우리의 아버지.

"전쟁이 촉발된 원인은 여러 가지예요." 글리가 부드럽게 말했다. "샤하르 아라메리의 광기, 이템파스의 비통함, 에네파의 질투, 나하도스의 무관심. 딱히 누굴 탓할 수는 없는 일이죠." 글리가 호전적으로 턱을 치켜들었다. "당신이 아무리 다르게 믿고 싶어 한들 말이에요."

나는 침묵했다.

이템파스는 나하도스와 전혀 달랐다. 나하는 초원의 꽃처럼 수많은 필멸자 사이에서 연인을 뽑았고 그들이 시들거나 더 흥미로운 꽃이 나타나면 쉽게 던져 버렸다. 아, 물론 그도 나름대로는 그들을 사랑했다. 하지만 그는 변덕스러웠고 견실함은 그의 본성이 아니었다.

이템파스는 반대였다. 그는 쉽게 사랑하지 않았다. 하지만 일단 사랑에 빠지면 변심하지 않았다. 나하도스와 에네파가 더 이상 그를 원하지 않자, 그는 자신의 대사제인 샤하르 아라메리를 찾아갔다. 물론 나하와 에네파가 그를 사랑하지 않은 건 아니다. 그저 서로를 조금 더 사랑했을 뿐이다. 하지만 이템파스에게 그것은 칠흑 같은 지옥과도 같았을 것이다. 샤하르는 그에게 사랑을 바쳤고,

그는 그것을 받아들였다. 왜냐하면 그는 논리의 존재이고 아무것도 없는 것보다는 뭔가 있는 게 나았으니까. 그리고 샤하르를 사랑하기로 결심한 후에는 그녀를 기쁘게 해 주고 싶었기에 스스로 세운 규칙을 어기고 아들을 주었다. 아들을 사랑했기에 필멸자 가족 곁에 십 년간 머물렀다. 가족이 살아 있는 한 아마도 그런 삶에 만족하며 그들과 함께 살아갔을 것이다. 영원히 사는 신에게 그쯤이야 눈 한번 깜짝할 시간에 불과하니까. 별것도 아니었다.

이템파스가 가족을 떠난 건 나하와 네파가 그가 없는 편이 필멸자 가족에게 더 나을 것이라 설득했기 때문이다. 그리고 나하와 네파가 그렇게 한 건 누군가 그들에게 거짓말을 했기 때문이다.

대수롭지 않은 장난일 뿐이야. 나는 그때 그렇게 생각했다. 해를 입는 건 필멸자뿐이고, 그조차 별거 아닐 거라고. 샤하르에게는 부와 지위가 있고 인간은 늘 빨리 적응하니까. 그들에게는 그가 필요하지 않을 것이다.

대수롭지 않은 장난일 뿐.

딱히 누굴 탓할 수는 없는 일이죠. 이템파스의 딸은 말했다.

나는 오래 묵은 죄책감의 맛을 느끼며 입을 다물었다.

내가 침묵하는 사이, 글리가 다시 말을 이었다. "아버지가 지금 어떤 분인가 묻는다면……" 그녀가 어깨를 으쓱한 것 같았다. "고집불통에 자존심도 세고 격양돼 있죠. 원하는 걸 얻기 위해서라면, 그리고 자기가 아끼는 이들을 보호하기 위해서라면 천지도 움직일 분이고요."

그렇지. 난 그랬던 그를 기억한다. 제정신이 광기로 변했다가 다시 제자리로 돌아오는 건 얼마나 큰 변화지? 광활한 시간의 흐름에 비춰 보면 그리 대단한 건 아니다.

"만나 보고 싶어." 내가 자그맣게 중얼거렸다.

글리는 한동안 침묵을 지켰다. "당신이 그분을 해치게 할 순 없어요."

"해치고 싶은 게 아냐, 젠장." 하지만 이미 그랬다. 기억난다. 마지막으로 봤을 때 그랬었지. 아마도 그때 무슨 일이 있었는지 들은 모양이다. 나는 얼굴을 찡그렸다. "이번엔 아무 짓도 안 할게. 약속해."

"트릭스터의 약속이라."

나는 발끈하지 않으려고 가슴 깊이 숨을 들이켰다. 머릿속에 휘몰아치는 분노 어린 단어들이 아니라 억눌러 둔 숨을 깊게 내뱉었다. 글리를 필멸자, 나보다 하등한 존재로 생각하면 안 된다. 그녀를 존중해야 마땅하다. 그녀는 나와 마찬가지로 세 주신의 자식이다.

"내가 무슨 약속을 하든 넌 믿지 않겠지." 내 목소리가 생각보다 부드럽게 흘러나와 안심했다. "사실 믿어서도 안 되고. 내가 지킬 의무가 있는 건 아이들한테 하는 약속뿐이거든. 그리고 솔직히 그게 지금도 적용되는지는 모르겠어. 난 이제 모든 게 달라졌으니까." 나는 고개를 뒤로 젖혀 창 밖에 환하게 불이 켜진 도시의 밤 풍경을 눈에 담았다.

나하도스는 원하기만 하면 밤에 하는 모든 말을 들을 수 있다.

"제발 그를 만나게 해 줘." 나는 다시 말했다.

글라가 나를 지긋이 쳐다보았다. "아버지의 마법은 특정 상황에서만 발동돼요. 지금 당신에게 일어나는 일을 멈출 만큼 강하지도 않고요. 적어도 지금 그분의 모습으로는요."

"알아. 그리고 네가 그를 안전하게 지키고 싶어 한다는 것도 알고. 네가 해야 할 일을 해. 하지만 가능하다면……"

유리에 비친 내 모습 너머로 글리의 형체가 더 희미하게 비쳤다. 글리는 내가 일종의 시험을 통과하기라도 한 듯이 천천히 고개를 끄덕였다. "가능은 해요. 물론 약속은 못 하지만. 그분이 당신을 만나고 싶어 하지 않을 수도 있으니까. 하지만 말은 해 보죠." 그녀가 잠시 말을 멈췄다. "아하드에게는 비밀로 해 주면 고맙겠어요."

나는 조금 놀라 글리를 쳐다보았다. 내 감각이 아무리 둔해졌다고 한들 특정 냄새를 구분하지 못할 정도는 아니다. 아하드의 희미한 냄새(쿼런, 냉소, 그리고 오랫동안 응고된 피 같은 감정)가 오래 묵은 향수처럼 그녀에게 달라붙어 있었다. 며칠이나 지난 냄새였지만 글리가 아하드의 곁에, 아주 가까이에서 접촉이 있었다는 건 분명했다. "둘 사이에 뭐가 있는 거 아니었어?"

글리에게도 겸연쩍어하는 정도의 염치는 남아 있었다. "아하드가 매력적이라고는 생각하죠. 하지만 무엇이라고 말한 건 아니에요."

나는 허탈해하며 고개를 가로저었다. "난 아직도 아하드가 완전히 별개의 존재가 될 수 있을 만큼 영혼이 있었다는 게 놀라워. 네가 아하드한테서 뭘 봤는지 모르겠어."

"당신은 그를 모르잖아요." 글리가 자신이 말한 것보다 더 뭔가 있다는 것을 암시하듯 신경질적으로 대꾸했다. "그는 당신에게 자신을 드러내지 않아요. 한때 당신을 사랑했으니 당신은 누구보다 그에게 큰 상처를 줄 수 있죠. 당신이 그를 어떻게 생각하는지와 그가 정말로 어떤 이인지는 완전히 다른 문제예요."

나는 격한 반응에 놀라 몸을 약간 뒤로 물렸다. "어, 네가 아하드를 믿지 않는 건 분명한데……"

글리가 그만하라는 듯 손사래를 쳤다. 신이여, 그게 이템파스랑 너무 닮아서 마음에 상처가 날 뻔했다. "난 바보가 아니에요. 그가 과거의 습관에서 벗어나려면 오랜 시간이 걸릴 거예요. 그때까진 조심스럽게 대할 수밖에요."

글리에게 경고해 주고 싶은 마음이 불끈거렸다. 단순히 조심하는 것만으로는 부족하다고. 아하드는 나하도스가 가장 암울하던 시기에 그의 물질로 빚어져 고통으로 길러지고 증오로 단련된 존재다. 그는 사람들에게 상처 주는 것을 좋아했다. 심지어 스스로도 자기가 얼마나 끔찍한 괴물인지 모르고 있을 거다.

하지만 그 초조한 손사래는 내게 경고가 되어 주었다. 글리는 내가 아하드에 대해 뭐라고 하든 관심 없었다. 그녀는 스스로 그를 평가하고 판단할 것이다. 거기에 대고 뭐라고 할 수는 없다. 나도 편견에서 자유롭다고는 할 수 없으니까.

나는 별로 피곤하지 않았지만 글리는 무척 피곤한 것 같았다. 그 뒤로 그녀는 입을 다물었고, 나는 그녀가 잠들 수 있게 다시 창밖을 주시했다. 그녀의 숨소리가 점점 고르게 변하더니 내가 상념에 잠겨 있는 동안 느릿하고 묘하게 안정적인 배경음이 되어 주었다. 아래층 휴게실에서 떠들던 사람들도 마침내 조용해졌다. 이제는 나와 도시뿐이었다.

그리고 나하도스. 내 뒤에 소리 없이 나타난 형체가 유리창에 비쳤다.

나는 그를 보고도 놀라지 않았다. 고개도 돌리지 않은 채 유리에 반사되어 희미하게 빛나는 얼굴을 향해 미소를 지었을 뿐이다.

"오랜만이야."

섬세하고 완벽한 눈썹이 아주 살짝 움직이자 나하도스의 얼굴에 미세한 변화가 일었다. 나는 그가 무슨 생각을 하고 있을지 짐작하며 피식 웃었다. 오랜만. 이 년. 신들은 알아차리지도 못할 찰나였다. 나는 예전에 그보다 더 길게 낮잠을 잔 적도 있다. "매 순간 내 생명이 짧아지고 있어, 나하. 지금은 더 잘 느껴지고."

"그래." 그가 다시 입을 다물고는 늘 그렇듯 아무도 알 수 없는 상념에 잠겨 들었다. 얼굴이 별로 좋아 보이진 않았다. 실제 외모가 그렇다는 소리가 아니다. 겉으로 보기에는 여전히 근사했으니까. 하지만 그건 평소에 뒤집어쓰는 가면일 뿐이었다. 그 가면 아래, 내가 간신히 엿볼 수 있는 모습은…… 이상한 느낌이었다. 마치 어딘가 잘못된 것처럼. 평소보다 더 차고 강한 공기를 만나 약해진 폭풍 같았다. 그는 슬프고 비참했다. 매우 슬프고 비참했다.

마침내 그가 입을 열었다. "이템파스를 만나면, 도움을 청해라."

나는 눈살을 찌푸리며 창틀 위에 앉아 있는 몸을 돌렸다. "농담하지 마."

"예이네는 네 필멸성을 없앨 수가 없다. 나는 너를 치유할 수도,

보존할 수도 없다. 시에, 널 잃지 않겠다는 말은 진심이었다."

"그가 할 수 있는 건 아무것도 없어, 나하. 나보다도 마법이 없다고!"

"그 문제를 두고 예이네와 논의해 봤다. 너를 돕겠다고 한다면 우린 그를 단 하루, 석방해 줄 것이다."

내 입이 떡 벌어졌다. 한참을 뻐끔거린 후에야 비로소 말을 할 수 있었다. "필멸자로 고작 한 세기밖에 안 보냈는데? 정말로 그를 믿을 수 있을 것 같아?"

"탈출하거나 우리를 공격하려 든다면 그의 악마를 죽이면 된다."

나는 움찔했다. "글리 말이야?" 나는 그녀를 힐끗 쳐다봤다. 의자에 앉은 자세로 고개를 한쪽으로 축 늘어뜨린 채 잠들어 있었다. 그녀는 잠을 깊게 자는 편도 아니고 연기를 잘하는 편도 아니다. 어쩌면 나하가 재운 것인지도 모른다. 우리의 대화 내용으로 볼 때 후자일 가능성이 컸다.

그녀는 나를 도와주려 했는데.

"이젠 우리가 아라메리가 된 거야?" 어둠 속에서 내 목소리는 평소보다 더 거칠고, 굵고, 갈라진 것처럼 들렸다. 내 목소리가 더 이상 어린아이 같지 않다는 것을 계속 잊어버린다. "원하는 걸 얻으려고 사랑이라는 감정을 악용하겠다는 거야?"

"그래." 방 안 기온이 갑자기 10도도 넘게 뚝 떨어진 걸로 보아 진심이라는 걸 알 수 있었다. "아라메리가 현명했던 게 하나 있다, 시에. 적에게는 어떤 자비도 베풀지 말 것. 나는 다시는 이템파스가 광기를 터트릴 위험을 감수하지 않을 것이다. 이템파스가 지금 살아 있는 건 그가 없으면 필멸계가 존재할 수 없고 예이네가 그를 살려 달라고 간청했기 때문이야. 딸을 허용해 준 것도 오직 그런 이유 때문이다. 사랑하는 자식 악마…… 그녀는 무기이고, 나는 그녀를 이용할 것이다."

나는 고개를 절레절레 흔들었다. 도저히 믿기지가 않았다. "악마들에게 한 짓도 후회했으면서, 나하. 그걸 잊었어? 그땐 그들도 우리 자식들이라고 했잖아……"

나하가 한 발짝 다가와 내 얼굴을 향해 손을 내밀었다. "지금 내게 소중한 자식은 너뿐이다."

나는 몸을 움츠리며 그의 손을 뿌리쳤다. 그의 눈이 놀라움으로 커다래졌다. "뭔 놈의 아버지가 그 모양인데? 당신은 항상 그렇게 말하면서 우리 중 몇몇한테만 특별히 잘해 주잖아. 맙소사, 나하! 그게 얼마나 못된 건지 알아?"

내려앉은 정적 속에서, 내 영혼이 쪼그라들었다. 두려워서가 아니다. 그저 그가 어째서 모든 자식들을 공평하게 사랑하지 않는지 그 이유를 정확하게 알기, 또는 전부터 알고 있었기 때문이었다. 구분. 구별. 독특하고 고유한 것에 대한 호감. 그건 그의 일부였다. 그의 자식들은 전부 달랐고, 그래서 그가 각각에게 느끼는 감정도 모두 달랐다. 그는 우리 모두를 사랑했지만 서로 다르게 사랑했다. 그리고 나하가 그러했기에, 사랑이 전부 공평하거나 동등한 것처럼 굴지 않았기에, 필멸자들은 한번 만나 가볍게 유희를 즐길 수도 있고 평생 동안 같은 상대와 짝을 지을 수도 있었다. 어머니는 쌍둥이나 세쌍둥이를 구분할 수 있었다. 아이들은 짝사랑을 하거나 이를 극복할 수 있었으며 노인들은 아름다운 외모가 사라진 후에도 배우자에게 오래도록 충실할 수 있었다. 필멸자의 마음은 변덕스러웠다. 나하가 그렇게 만들었기 때문이다. 그들은 단순히 본능이나 권력, 전통에 따르는 게 아니라 원하는 대로 자유롭게 사랑할 수 있었다.

한때 나는 그것을 이해했다. 신이라면 누구나 그랬다.

무릎 위로 손이 툭 떨어졌다. 손이 떨리고 있었다. "미안해." 나는 속삭였다.

나하도스도 손을 떨궜다. 길고 고통스러운 시간 동안 그는 아무 말도 하지 않았다.

"필멸자의 육신으로는 오래 버티지 못한다." 마침내 그가 말했다. "그게 널 변화시키고 있으니까."

나는 고개를 숙인 채 고개를 짧게 끄덕였다. 그는 내 아버지였고 최선의 방식을 알았다. 그의 말을 듣지 않은 건 내 잘못이었다.

나하도스가 밤바람 같은 한숨을 내쉬며 몸을 돌렸다. 그의 물질이 그림자 속에 녹아들기 시작했다. 그때 별안간 비이성적인 공황이 나를 사로잡았다. 나는 황급히 바닥에 내려서서 두려움과 괴로움에 북받힌 목소리로 중얼거렸다. "나하…… 제발. 부탁이야……." 필멸자. 필멸자. 나는 이제 진짜 필멸자였다. 나는 그가 가장 사랑하는 아들. 그는 내 어둠의 아버지. 그의 사랑은 변덕스럽고 나는 아버지도 알아보지 못할 만큼 변해 버렸다. "아직 가지 마요."

나하도스가 커다란 동작으로 그의 앞에 놓인 모든 것을 휩쓸며 돌아선 순간, 나는 어느새 그의 가장 깊고 부드러운 어둠 속에 안겨 둥둥 떠 있었다. 보이지 않는 손이 내 머리카락을 쓰다듬었다.

"넌 항상 내 것이다, 시에." 온 사방에서 그의 목소리가 울려 퍼졌다. 그는 나와 두 형제자매 외에는 누구한테도 이처럼 자신의 깊숙한 부분을 내준 적이 없었다. 이곳은 그의 중심이며 가장 연약하고 순수한 일부였다. "네가 그를 다시 사랑하더라도, 네가 나이 들고 자라더라도. 나는 절대적인 어둠이 아니며 이템파스도 절대적인 빛이 아니다. 내게도 결코, 결코 변하지 않는 부분이 있지. 설사 대혼돈의 벽이 무너지는 일이 생길지라도."

나하도스가 사라졌다. 나는 무늬가 짜인 카펫 위에 누워 덜덜 떨면서 나하도스가 사라진 덕에 기온이 오르기 시작한 방 안에서 내 숨결이 만들어 내는 은빛 아지랑이를 바라보았다. 너무 추워서 울음도 나오지 않았다. 그래서 언젠가 나하도스가 불러 준 자장가를 떠올려 보려 했지만 노랫말이 생각나지 않았다. 그 기억이 사라지고 없었다.

*

아침에 깨어나니 글리가 경멸과 혼란이 뒤섞인 표정으로 나를 내려다보고 있었다. 하지만 그래도 손을 내밀어 내가 바닥에서 일어날 수 있게 도와주었다.

내 새 여동생. 그리고 또 다른 새 남동생인 아하드. 둘 모두에게 더 나은 오빠와 형이 되어 주기로 다짐했다.

*

 오전 중반쯤 데카르타의 귀환 행렬이 도시 외곽에서 목격되었다. 남쪽 뿌리를 지나올 거라는데 히늠의 부모는 떼돈을 벌겠지. 이런 속도라면 귀족 대로에는 해 질 녘쯤 도착할 거다.
 딱 좋은 시간대였다. 나는 글리를 따라 여관에서 나와 군중 속에 숨어들었다. 샤하르와 데카르타가 몇 년이라도 더 오래 살 수 있도록 하기 위해.

15장

군인들이 행진하네
쿵 쿵 쿵
투석기가 팔매질하네
탕 탕 탕
말들이 달려가네
다각 다각 다각
적들이 쓰러지네
털썩 털썩 털썩

    살롱의 계단은 그 자체로 인상적이었다. 열주로 장식된 하얗고 너른 대리석 계단이 건물 둘레를 따라 완만한 곡선을 그리고 있었다. 하지만 아라메리의 취향에는 그걸로도 부족한 모양인지 평소보다 더 화려하게 꾸며져 있었다. 좌우로 거대한 계단 두 개가 지지대도 없이 설치돼 마치 비상하는 날개와 같은 모양새로 휘어져 있었다. 일광석으로 만들어져 희미한 빛을 내고 있었는데, 이런 걸 만들어 낼 수 있는 건 필경사뿐이었다. 저 멀리 장엄함을 추구하는 인간의 어떤 노력도 헛된 것으로 만드는 세계수가 배경으로 서 있는데도 여전히 아름답고 인상적이었다. 정확히 표현하자면, 이 쌍둥이 계단은 세계수에서 돋아 나온 듯 보여 계단을 내려오는 사람들이 세계수의 신성함과 연결되어 있다는 느낌을 더해 주었다. 아마 정확히 그런 의도로 만들었을 거다.
    일광석 계단 꼭대기에 설치된 연단은 눈에 잘 보이지는 않았지만 거기에 필경사들이 이동 게이트를 새겨 넣었을 것이라 짐작하는 건 어렵지 않았다. 샤하르, 레마스, 그리고 아마도 아라메리 본계 몇 명이 게이트를 통해 모습을 드러낸 다음 살롱 계단을 밟고 내려온다는 계획일 테지. 역겨울 만큼 뻔하지만 그들은 이템파스 신도였다. 그러니 어쩌겠어.

나는 한숨을 쉬며 목을 쭉 뻗어 내다보았다. 내가 주변을 감시하려고 자리 잡은 곳은 살롱에서 한 블록쯤 떨어진 막다른 거리 모퉁이에 있는 오물통 뚜껑 위였다. 귀족 대로는 그야말로 인산인해를 이루고 있었다. 수천에 달하는 인파가 서 있거나 걸어 다니면서 웃고 떠들었다. 들뜨고 흥분한 기운이 따뜻한 봄바람처럼 공중을 떠돌았다. 거리의 예술가들은 이 기회를 거리낌 없이 활용해 축제용 리본깃발, 유명인사의 얼굴을 한 춤추는 인형, 불면 반짝반짝한 하얀 색종이 조각들이 터지는 소소한 물품들을 팔고 있었다. 공중에는 반짝이가 가득 날아다니고 있어서 평소 그림자도시에 드리우는 옅고 얼룩덜룩한 햇빛이 반짝반짝 예쁘게 빛나는 마법 같은 일이 벌어지고 있었다. 어른도 아이도 전부 다 좋아하는 것 같았다. 장난감을 보고 신난 아이들의 기쁨과 흥겨움이 내 안에 남아 있는 신을 자극해서 가끔 몸서리가 쳐졌다.

한눈팔 게 너무 많아서(꼭두각시 인형을 갖고 놀고 싶어서 손이 근질거렸다. 새 장난감을 가져본 지 너무 오래됐다.) 집중할 수가 없었다. 하지만 내겐 할 일이 있었다. 나는 배수로 파이프를 붙잡고 몸을 이쪽저쪽 기울여 가며 군중을 살펴보았다. 찾던 걸 보게 되면 금방 알 거다. 그저 시간문제일 뿐이다.

그러다 슬슬 걱정이 올라올 무렵, 사냥감을 발견했다. 대규모 군중의 일부가 된 설렘과 두려움에 젖은 중년 여성 무리 사이를 헤치며 움직이는 것. 아홉이나 열 살 남짓 되어 보이는 소년이었다. 아믄인이고 백색전당의 십일조 더미에서 가져온 듯 보이는 낡은 옷차림이고 머리는 며칠은 빗질을 안 한 것처럼 엉망이었다. 한 여성 옆을 지나던 소년이 비틀거리며 한 손으로 그녀의 등을 짚더니 재빨리 사과했다. 훌륭한 솜씨였다. 여성이 자기 몸에 소년이 손을 댔다는 걸 알아차리기도 전에 그 아이는 몸을 움츠리고는 인파 속으로 사라졌다.

나는 흐뭇하게 웃었다. 그러고는 오물통에서 뛰어내려(한 남자가 내 자리를 냉큼 차지하고는 내 등을 향해 호전적인 눈빛을 던졌다.) 서둘러 소년을 뒤쫓았다.

반 블록 만에 아이를 따라잡았다. 소년은 몸집이 작았고, 갈대밭을 누비는 강뱀처럼 능숙하게 군중 속을 돌아다녔다. 하지만 나는 이제 어른이 다 됐고 사람들에게 예의를 지켜야 했다. 그러나 한 무리의 아이들이 타마린드 라임 주스를 파는 가판대 주변에 모여 있었기에 소년이 어디로 향할지 짐작이 갔고, 그 애가 거기에 도착하기 전에 몇 발짝 앞질러 갈 수 있었다. 나는 녀석의 가늘지만 힘 좋은 팔뚝을 붙잡고 만일의 사태에 대비했다. 그 또래 사내아이들에게는 방어 수단이 있기 마련이다. 애들은 이빨로 물어뜯는데 전혀 거리낌이 없는 데다 떼거리로 몰려다니는 경향이 있다.

소년이 갖가지 언어로 욕설을 퍼부으며 내 손에서 빠져나가려고 몸부림을 쳤다. "이거 놔!"

"뭘 훔쳤어?" 진심으로 궁금해서 물었다. 겉으로 보기에 여자는 지갑을 갖고 있지 않았다. 바로 이런 사태에 대비하기 위해서일 것이다. 하지만 옷 속에 지갑을 숨겨 뒀을 수도 있다. "보석? 숄? 아니면 진짜로 주머니를 털었어?" 만일 후자라면 이 녀석은 정말로 소매치기의 대가라 내가 원하는 역할에 딱 맞을 것 같았다.

아이의 눈이 커다래졌다. "암것도 안 훔쳤어! 너 뭐……" 소년이 갑자기 펄쩍 뛰어오르며 어느새 자기 주머니에서 나오고 있는 내 손목을 움켜쥐었다. 내가 얻은 건 동전 하나뿐이었다. 제대로 주머니를 털기엔 이제 내 손이 너무 컸다. 하지만 아이의 얼굴은 분노와 경악으로 붉으락푸르락해져 있었고, 그걸 본 나는 씩 웃었다.

나는 동전이 놓인 손바닥을 들어 올린 다음 손가락을 접었다. 이런 일에는 마법도 필요 없다. 손을 펴자 내 손바닥 위에 동전 두 개가 놓여 있었다. 아이의 주머니에서 빼낸 것과 내 주머니에서 나온 것.

뻣뻣하게 굳은 소년이 내 손바닥을 뚫어져라 응시했다. 자기 동전을 낚아챌 시도도 하지 않았다. 그저 약삭빠르고 경계심 가득한 표정으로 나를 쳐다볼 뿐이었다. "원하는 게 뭔데."

이제 관심을 끌었으니 소년의 팔을 놔주었다. "너와 너랑 비슷한 친구들을 고용하고 싶은데."

"문제에 휘말리는 건 거절이야." 소년이 사용하던 속어와 짧게 압축된 센어 단어들이 순식간에 사라졌다. "우리가 주머니와 지갑에만 손대는 한 수호자들도 우린 안 건드려. 거기서 더 나가면 우릴 작살 낼 거라고."

고개를 끄덕이며 소년에게 안전의 축복을 내려 줄 수 있으면 참 좋았을 거라고 생각했다. "그냥 보고 다니기만 하면 돼. 사람들 사이를 돌아다니면서 평소랑 똑같은 걸 보고 평소랑 똑같이 행동하면 돼. 다만 네가 허락해 준다면 내가 네 눈을 통해 볼 수 있거든."

소년이 숨을 헉 들이켰다. 무슨 의미인지 알 수가 없었다. 아이는 놀라고 의심하면서도 기대에 차 있었고, 동시에 약간 두려워하고 있었다. 하지만 그때부터 내 얼굴을 맹렬히 뜯어보았다. 나는 그제야 아이가 무슨 생각을 하고 있는지 깨달았다. 나는 활짝 웃기 시작했고, 그러자 아이의 눈이 20메리 동전만큼이나 휘둥그레졌다.

"트릭스터, 트릭스터." 아이가 속닥였다. "장난으로 태양을 훔쳤네." 자기 이야기가 나오자 엔이 내 가슴 위에서 기분 좋게 맥동하기 시작했다.

"기도는 안 돼." 나는 한 손으로 아이의 뺨을 감싸 쥐며 말했다. 이 아이는 내 것이었다. "난 오늘 신이 아니라 네 도움이 필요한 사람에 불과하거든. 도와줄래?"

아이가 필요한 것보다 아주 살짝 더 고개를 깊이 숙이며 나름 격식을 차렸다. 아, 정말 놀라운 아이였다. "손 줘." 내가 말하자 아이가 즉시 내게 손을 내밀었다.

아직 사용할 수 있는 마법이 몇 개 있긴 했지만 전부 조잡하고 별것 아닌 것들이라 내 자존심을 배신하는 것 같았다. 이제 우주는 예전처럼 내 말을 듣지 않았지만 아주 단순한 형식으로 요청한다면 마지못해 복종할 것이다. "봐." 나는 우리의 언어로 말했다. 주변 공기가 가늘게 떨렸다. 나는 소년의 손바닥에 새겨진 눈[目]의 형상을 손가락 끝으로 어루만졌다. "들어. 공유해."

순간 형상의 윤곽선이 깜박이더니 은빛 섬광이 공중에 떠다니는 색종이 조각처럼 번쩍 빛났다. 다음 순간 아이의 손바닥은 다시 평범한 모습으로 돌아가 있었다. 소년이 넋을 잃고 자기 손을 들여다보았다.

"친구들을 찾아. 그 손으로 가능한 많은 친구들을 건드려서 사람들 속으로 내보내. 아라메리 가문의 수장이 하늘궁으로 돌아가고 나면 마법은 사라질 거야." 그런 다음 빈 손바닥을 접었다가 다시 펼쳤다. 이번에는 동전 하나가 놓여 있었다. 100메리짜리 동전이었다. 아이가 겁 없이 굴거나 운이 아주 끝내주게 좋지 않는 한 일주일간 소매치기로 벌 수 있는 것보다 더 큰 돈이었다.

소년은 동전을 뚫어져라 쳐다봤지만 침만 꼴깍일 뿐, 손은 내밀지 않았다. "당신한테선 돈 못 받아요."

"멍청한 소리 마." 나는 동전을 아이의 주머니에 찔러 주고는 놓아주었다. "내 추종자는 절대로 뭘 공짜로 해 주면 안 돼. 안전하게 잔돈으로 바꾸고 싶으면 남쪽 뿌리에 있는 '밤의 팔'에 가서 아하드에게 내가 보냈다고 전해. 까칠하게 굴진 몰라도 널 속이진 않을 거야. 자, 이제 가 봐." 소년은 아직도 정신을 못 차리고 경외심 어린 눈빛으로 나를 멍하니 쳐다보고 있었다. 나는 찡긋 윙크를 보낸 다음 뒤로 물러나 군중 속으로 모습을 감췄다. 마법을 쓴 건 아니다. 지금처럼 필멸자들이 한자리에 많이 모여 있을 때 그들이 어떤 식으로 움직이는지만 알면 된다. 소년도 소매치기를 할 때 똑같은 일을 하지만 내게는 수천 년에 달하는 경험이 있었다. 아이의 눈에는 내가 그 자리에서 뽕 하고 사라진 것처럼 보였을 것이다. 나는 헤벌어지는 소년의 입을 슬쩍 본 것을 마지막으로 인파에 실려 자리를 떴다.

"솜씨가 좋네요." 내가 글리와 다시 만났을 때 그녀가 한 말이었다. 글리는 작은 카페 앞에서 기다리고 있었는데, 대부분 아픈인으로 구성된 시끌벅적한 무리들 사이에 기둥처럼 굳건한 모습으로 서 있었다.

"보고 있었어?" 카페에는 벤치가 하나 있었지만 벌써 가득 차 있었다. 끼어 앉을 엄두도 나지 않아서 대신 글리의 그림자에 반쯤 몸을 담그며 벽에 기대섰다. 우리 둘 다 아픈인이 아니지만 아무도 내가 거기 있다는 걸 눈치채지 못할 거라는 데 내기도 걸 수 있었다. 오 분쯤 지나자 내가 옳았다는 걸 알 수 있었다. 옆을 지나가는 사람 절반이 그녀에게 눈길을 보냈고, 나머지 절반은 우리 둘을 똑같이 무시했다.

"조금요. 난 신이 아니니까. 진짜 내 눈이 아니면 당신처럼 볼 수가 없죠. 하지만 대신 마법을 볼 수 있거든요. 이렇게 사람이 많은 곳에서도."

"오." 악마의 마법은 언제나 이상했다. 나는 주머니에 손을 찔러 넣고 큰 소리로 하품을 했다. 지나가던 커플이 역겹다는 시선을 던졌지만 굳이 입을 가리진 않았다. "그래서, 이템파스도 이 근처에 있어?"

"아뇨."

나는 코웃음을 쳤다. "정확히 무엇으로부터 그를 보호하는 건데? 악마의 피가 아니면 죽일 수도 없잖아. 게다가 그 결과를 생각하면 누가 그런 짓을 하겠어?"

글리는 한참 동안 아무 말도 하지 않았다. 그래서 그녀가 내 말을 무시한다고 생각하던 찰나, 글리가 입을 열었다. "신혈에 대해 얼마나 알고 있나요?"

"필멸자들이 마법을 맛보려고 그걸 마신다는 걸 알지." 내 입꼬리가 말려 올라갔다. 하늘궁의 노예가 되어 처음 몇십 년 동안 아라메리 일족 일부가 내게서 피를 뽑아 가곤 했다. 하지만 아무 효과도 없었다. 그때 내 육신은 필멸자에 불과했으니까. 하지만 그렇더라도 그들이 시도하는 것을 막지는 못했다. "신혈을 필멸자에게 판매하는 형제자매가 있다는 것도 알고. 대체 왜 그러는지는 모르겠지만."

글리가 어깨를 으쓱했다. "우린 키트르가 운영하는 조직을 통해 신혈의 판매 내역을 감시하고 있어요. 몇 달 전 키트르가 흔치 않은 종류의 신혈을 구해 달라는 의뢰를 받았죠. 평소 요청이 들어오는 월경혈이나 심장혈 같은 것보다도 훨씬 더 희귀한 거였어요."

이번에는 내가 놀랄 차례였다. 가장 큰 이유는 여자 형제 중에 월경처럼 귀찮은 짓을 일부러 하는 이가 있을 거라곤 상상도 못 했기 때문이다. 도대체 뭔 어둠의 이름으로…… 아, 뭐 나랑은 상관없는 일이긴 하지. "이템파스는 이제 필멸자야. 적어도 육신은 그렇지. 그의 피라면 가엾은 필멸자들한테 복통을 일으키는 게 다일 텐데."

"그래도 그분은 세 주신 중 하나예요, 시에. 마법이 없어도 그분의 피는 아주 귀중하죠. 그리고 그 가면 무리들이 지금과 같은 상태에서도 아버지의 피에서 마법을 뽑아낼 방법을 찾아내지 못할 거라고 누가 확신할 수 있죠? 북부인들이 만든 가면에 신혈이 포함되어 있었다는 걸 명심하세요. 그리고…… 칼의 가면은 아직 완성되지 않았다는 것도."

무슨 말인지 이해하고 나자 욕설이 튀어나왔다. 물론 세늠어로. 이럴 때 우리의 언어를 말하는 건 너무 위험하다. 누가 듣고 있을지도 모르고, 근처에 이상한 마법이 잠들어 있을 수도 있다. "이게 바로 신들이 자신의 일부를 필멸자한테 팔아 댄 결과야." 이 멍청하고 어리석은 동생 자식들아! 이제껏 필멸자들이 할 수만 있다면 우리 신들을 이용하고 상처입히고 통제할 방법을 찾아내고야 만다는 사실을 벌써 몇 번이나 겪고도 아직 모른단 말이야? 나는 등을 기대고 있던 단단한 돌벽을 주먹으로 세게 내리쳤다가 숨을 삼켰다. 벽이 부서지기는커녕 숨이 턱 막히는 고통이 아찔하게 작렬하면서 내가 얼마나 연약한 존재에 불과한지 상기시켜 주었기 때문이다.

글리가 한숨지었다. "그만해요." 내게 다가와 내 손을 붙잡더니 혹시 뼈가 부러진 건 아닌지 이리저리 돌리며 살펴보았다. 나는 잇새로 숨을 내뱉으며 손을 빼내려 했지만 그녀가 매섭게 쨰려보는 바람에 그냥 가만히 기다렸다. 만약에 아이를 낳게 되면 글리는 아주 엄하고 무서운 엄마가 될 거다.

"솔직히 나도 당신이랑 같은 생각이에요." 글리가 조용히 말했다. "다만 필멸자에게만 해당하는 문제는 아니라고 생각하지만요. 신들이 악마의 피로 무슨 짓을 했나 생각해 봐요."

나는 그 말에 움찔했다. 분노가 수치심으로 변했다.

"안 부러졌네요." 글리가 손을 놓아주었다. 하지만 통증이 여전히 심해서 나는 다친 손을 가슴께로 수습해 안았다. 시무룩하게 뚱해 있으니 기분이 좀 나아졌다.

"신은 육신으로 이뤄진 존재가 아니죠." 글리가 내 다친 손을 가리키며 말을 이었다. "그건 알아요. 하지만 당신이 필멸계에서 입고 있는 그릇 안에는 더 거대한 것에 접근할 수 있게 해 주는 진정한 당신의 일부가 담겨 있어요." 글리가 길고 무거운 한숨을 내쉬었다. "아라메리는 수 세기 동안 나하도스를 소유하고 있었어요. 그동안 그들이 나하도스의 몸에서 얼마나 많은 것을 취했는지는 나보다 당신이 더 잘 알겠죠. 예이네의 경우에는 손에 넣은 게 하나라도 있을지 의심스럽지만 적어도 에네파의 남은 조각은 아주 오랫동안 갖고 있었고요."

나는 숨을 흡 삼켰다. 대지의 돌. 이템파스가 악마의 피로 어머니를 죽이고 남은 유일한 육신의 흔적. 지금은 예이네가 자신의 몸에 흡수해 버려 없지만 지난 이천 년 동안 그것은 신의 권능을 맛본 적이 있는 필멸자들이 독점하고 있던 신의 물리적 실체였다.

"밤의 군주의 살점 한 덩어리, 회색의 여신의 살점 한 꼬집, 거기에 하늘아버지를 약간 첨가하고 필멸자의 마법으로 재료를 전부 저어 준다……" 글리가 어깨를 으쓱했다. "그러면 뭐가 나올지 상상도 안 되네요. 당신은 어때요?"

좋은 건 아닐 것이다. 제정신도 아닐 테고. 세 주신의 정수를 섞어 불러낸 힘은 필멸자는 물론이요 소격신이라고 해도 절대 안전하게 다룰 수 없을 것이다. 그것이 만들어 낸 불구덩이는 무시무시하고 끔찍할 것이며 단순히 세계의 지표면이 아니라 현실 그 자체에 깊이 새겨질 것이다.

"신이라면 그런 짓을 할 리가 없어." 나는 떨면서 중얼거렸다. "그 칼이라는 자는…… 그게 얼마나 위험한지 알 거야. 우리가 생각하는 그런 계획을 세우고 있을 리가 없어." 아무리 복수가 그의 본성이라 한들 이건 복수의 수준을 넘어섰다. 이건 광기였다.

"그렇다 해도 우린 최악의 경우에 대비해야 해요. 그게 바로 내가 아무도 아버지에게 손댈 수 없게 막은 이유이기도 하고요." 글리의 싸늘하고 단호한 목소리, 그리고 고집스러운 어깨에서 또다시 익숙한 느낌이 피어올랐다. 순간적으로 그녀 주위에 빛의 고리가 생겨나 돌고 그녀의 손에 백색 검이 들려 있는 모습이 눈앞에 떠올랐지만…… 아니었다.

"넌 필멸자야." 나는 부드럽게 말했다. "신들에게서 이템파스를 숨길 수 있다 해도 영원히 그럴 순 없어. 정 안 되면 칼은 그냥 네가 죽을 때까지 기다리면 되는걸."

글리가 나를 흘깃 쳐다보았다. 문득 나와 언제든 날 죽여 버릴 수 있는 악마의 피 사이를 가로막고 있는 게 그녀의 얇고 연약한 피부뿐이라는 사실이 섬뜩한 현실로 다가왔다.

"칼은 나보다 먼저 죽을 거예요. 내가 그렇게 만들 거니까." 글리는 이렇게 말하고 인파 속으로 걸어 들어갔고, 나는 감탄과 두려움에 휩싸여 홀로 남겨졌다.

  마음을 달래려고 타마린드 주스를 사 마셨다.

  그러고는 얼마 후 내가 뿌린 씨앗이 얼마나 결실을 맺었는지 확인해 보기로 했다. 문 닫은 서점 계단에 앉아 눈을 감고 표식을 심어 놓은 소년을 탐색했다. 오래 걸리지 않아 금세 찾을 수 있었다. 아이는 기특하게도 벌써 여덟이나 되는 친구들에게 내 표식을 퍼트렸고, 그들 모두 방어용 울타리가 설치된 거리 양쪽에서 인파 사이를 돌아다녔다. 그들을 통해 소리도 들을 수 있었다. 대부분은 배경음처럼 존재하는 웅성거림이었고, 가끔 교단수호자가 거리를 지나는 말발굽 소리와 제 할 일 중인 거리의 악사들의 음악 소리도 끼어 있었다. 풍경은 전부 어린아이의 시점이었다. 그리운 느낌에 한숨을 푹 내쉬며 축제가 시작되길 기다렸다.

  두 시간이 지났다. 글리가 돌아와 네머가 아직까지는 문제가 될 만한 조짐이 없다는 소식을 전해 주었다고 알려 주었다. 나한테는 말할 필요도 못 느꼈나 보지? 그보다 더 좋은 건 글리가 어떤 상인에게서 산 로즈마리와 세리꽃 향이 나는 맛있는 빙수 한 컵을 주고 갔다는 것이다. 이것만으로도 그녀를 영원히 사랑할 수 있을 것 같았다.

  손가락을 핥고 있는데 군중 사이에 갑자기 긴박한 분위기가 감도는 게 느껴졌다. 주변에서 들리던 소리가 단번에 수 배로 치솟았다. 아이들의 시야에 집중하려면 눈을 감고 있어야 했지만 그들의 눈을 통해 데카르타의 행렬이 휘날리는 첫 번째 흰 깃발이 드디어 귀족 대로에 들어선 게 보였다. 수백에 달하는 병사들이 행진하며 다가오고 있었다. 그리고 그 중앙에는 병사들 수십 명의 어깨 위에서 미끄러지듯 나아가고 있는 거대한 가마가 있었다. 기마병과 교단수호자가 그 양옆을 지켰고 개중에는 필경사의 분위기를 풍기는 이들도 섞여 있었다. 그 뒤로 더 많은 병사가 뒤따랐다. 가마는 우아하면서도 단순해서 손잡이와 난간이 달린 받침대나 다름없었지만 일광석으로 만들어져 있어서 늘 땅거미가 져 있는 이 도시에서 마치 정오의 햇살처럼 빛나고 있었다.

그리고 그 위에, 머리부터 발끝까지 검은 옷으로 근사하게 차려입은 데카르타가 서 있었다. 넓은 어깨와 완벽하게 어울리는 무거운 망토를 걸친 채 두 다리를 약간 벌리고 앞에 있는 난간을 마치 이 세상의 멍에라도 되는 양 두 손으로 움켜쥐고 있었다. 예전처럼 초연한 눈빛 따위는 없었다. 행렬이 이동하는 동안 그의 시선은 군중을 날카롭게 훑었고, 내가 본 중 가장 차갑고 도전적인 표정을 짓고 있었다. 가마가 멈추고 병사들이 가마를 내려놓았을 때는 가마가 바닥에 닿을 때까지 기다리지도 않고 훌쩍 뛰어내려 빠르고 단호한 걸음걸이로 성큼성큼 걸어갔다. 병사들이 허둥지둥 앞길을 비켜 주었고 호위대는 서둘러 그 뒤를 따라갔다. 하지만 데카는 계단 밑에서 멈춰 섰다. 망토를 어깨 뒤로 넘긴 채, 그 자리에 우뚝 서서 세계수에 시선을 고정했다. 아니면 줄기의 가장 낮은 곳에 자리 잡은 궁전을 바라보고 있는 것인지도 모른다. 어쨌든 십 년 만에 보는 집이었으니까. 그가 아직도 하늘궁을 집으로 여기고 있다면 말이지만.

한편 군중은 그에게 열광했다. 목책이 세워진 거리 양쪽에서 사람들이 환호하고 소리를 지르며 하얀 손깃발을 흔들었다. 내 첩자로 일하는 아이의 눈을 통해 잘 꾸며 입은 중산층 소녀들이 비명을 지르며 데카를 가리켰다가 다시 비명을 지르면서 서로의 손을 붙들고 팔짝팔짝 뛰는 것이 보였다. 단순히 수려한 용모 때문이 아니었다. 그가 갖추고 있는 모든 것 때문이었다. 오만한 태도, 옷차림에서 풍기는 반항심, 온몸의 모공이 뿜어내는 듯한 자신감까지. 모두가 그의 사연을 알았다. 아웃사이더로 태어나 결코 후계자가 될 수 없는 예비품. 그 역시 사람들이 열광하는 이유 중 하나였다. 데카는 진짜 아라메리보다 그들과 더 가까운 존재였다. 또한 그러한 차별점은 그를 약하게 만드는 것이 아니라 더 강하게 만들었다. 그리고 바로 그런 점 때문에 사람들은 그를 사랑했다.

그때 대로의 반대편 끝부분에서 동요가 일어났다. 살롱 안쪽에서 두 사람이 모습을 드러냈다. 새하얀 정복을 갖춰 입고 이마에는 온전한 혈인이 새겨져 있는 라미나 아라메리와 내가 모르는 남자였다. 그 테마인 남성도 성장(盛裝)을 하고 있었는데 테마인치고는 큰 키에 허리까지 내려오는 여러 가닥으로 꼰 머리채에는 다이아몬드가 박힌 은색 띠가 둘려 있었다. 그도 흰색 옷을 입었지만 머리부터 발끝까지 새하얗지는 않았다. 라미나와 똑같은 모양새의 정복 중앙에 가장자리가 금색인 두 개의 녹색 선이 선명하게 새겨져 있었다. 테마 보호령의 상징색이었다. 샤하르의 남편이 될 데이터네이 칸루였다.

두 사람은 계단 중앙으로 이동해 그곳에서 서서 기다렸다. 이들의 등장은 다음에 일어날 일을 아무도 놓치지 않게 돕는 확실한 신호가 되어 주었다.

　계단 양쪽에 설치된 일광석 계단 꼭대기가 번쩍 빛나더니 두 여성이 동시에 나타났다. 오른쪽에 있는 것은 기만적이리만큼 단순한 흰색 새틴 드레스를 입은 레마스로, 그 손에 들린 물건을 보자마자 뱃속이 꽉 조여드는 것 같았다. 유리로 만들어진 홀. 그리고 그 끝에 달려 있는 삽 모양의 날카로운 칼날. 그리고 왼쪽에는……

　이제껏 겪은 그 모든 일에도 불구하고, 더 이상 어린 소년이 아니라 남자가 되기로 다짐했음에도, 나는 내 눈으로 직접 그녀를 보기 위해 눈을 떴다. 샤하르.

　레마스가 오늘 딸에게 모두의 관심이 쏠리도록 계획했다는 데에는 의심의 여지가 없었다. 별로 어려운 일은 아니었다. 데카르타가 그렇듯, 지난 몇 년 새 샤하르는 더욱 아름답게 자랐다. 몸매는 더욱 풍만해졌고 머리카락은 더 길었고, 얼굴선도 더 안정되고 성숙해졌다. 드디어 소녀가 아니라 여성의 얼굴을 하고 있었다. 그녀가 입은 드레스는 가까스로 살갗에 붙어 있는 것처럼 보였다. 기본적으로 반투명한 튜브형 드레스였는데, 천이 어찌나 얇은지 그림자의 온 시민이 그 너머에 있는 그녀의 창백한 피부를 볼 수 있을 정도였다. 하지만 가슴과 엉덩이에는 똑같은 천으로 만든 성인 남성의 팔만큼이나 길고 커다란 은빛 꽃잎이 반쯤 말려 있는 형태로 붙어 있었다. 샤하르가 계단을 내려오자 꽃잎 장식이 그녀의 등 뒤로 구름처럼 흩날렸다. 그리고 그 꽃잎이 실제로 세계수의 꽃으로 만든 진짜라는 사실을 깨닫는 순간, 모두가 놀라 숨을 삼켰다. 크기로 미뤄 볼 때 행성을 에워싸고 있는 대기권 너머, 세계수의 아주 높은 곳에서 피는 꽃임이 틀림없었다. 아무리 꽃 따는 전문가라도 그런 공기도 없는 곳까지 올라갈 수 있는 필멸자는 없고 아라메리는 더 이상 신을 노예로 부리고 있지도 않다. 도대체 저걸 어떻게 구한 거지? 하지만 효과는 완벽했다. 샤하르는 신성을 입은 필멸자가 되었다.

레마스와 달리 샤하르의 표정은 아라메리의 후계자 그 자체였다. 자부심 넘치고, 오만하고, 우월한 표정. 하지만 몸을 돌려 어머니와 얼굴을 마주 보며 서로를 향해 걸어가는 순간, 그녀는 시선을 낮춰 완벽한 겸양의 자세를 표방했다. 세상은 아직 그녀의 것이 아니었다. 적어도 그녀가 원하는 만큼은 아니었다. 어머니와 딸이 계단 중간에서 만났다. 레마스가 오른손으로 샤하르의 왼손을 잡았고, 두 여인은 수십 번의 연습을 거치지 않고서는 불가능할 우아한 동작으로 귀족 대로 쪽으로 몸을 돌려 환영한다는 의미를 담아 각자 데카에게 자유로운 손을 뻗었다.

데카는 저어하는 기색도, 또는 아마도 지금 느끼고 있을 법한 원망의 기색도 전혀 드러냄 없이 계단을 올라서 두 사람에게 다가가, 발 앞에 무릎 꿇었다. 두 여성이 몸을 굽히며 손을 내밀자 데카르타가 양손을 뻗어 그들의 손을 붙잡았다. 그런 다음 자리에서 일어나 레마스의 왼쪽으로 이동했다. 세 명의 아라메리가 나란히 서서 기다리고 있던 군중을 향해 몸을 돌리고는 온 세상이 볼 수 있게 서로 맞잡은 손을 높이 들어 올렸다.

군중은 울부짖고, 발을 구르고, 환호성을 내지르는 수많은 머리가 달린 짐승 같았다. 반짝이는 색종이 가루가 온 사방을 뒤덮어 마치 도시 전체에 은색 눈보라가 내리치는 것 같았다. 이 작은 쇼가 펼쳐지는 동안, 나는 집중력을 두 배로 끌어올려 방만하게 벽에 기대서 있던 자세를 버리고 몸을 곧추세웠다. 별로 멀지 않은 곳에서 글리가 잔뜩 긴장해 악마한테만 가능한 독특한 감각으로 거리를 훑은 모습이 보였다. 바로 지금이었다. 우세인 다르나 칼, 또는 같은 아라메리 가문의 야심 찬 경쟁자가 저들을 습격할 계획이라면 바로 지금이 적시였다.

아니나 다를까, 내 첩자 아이 중 하나의 눈에 뭔가 들어왔다.

별게 아닐 수도 있었다. 전에도 본 적 있는 공용 우물 근처에 있던 악사가 낡아 빠진 룬라 연주를 멈추고 뭔가를 들여다보고 있었다. 영상을 보낸 게 내가 직접 표식을 새긴 영리한 소매치기 아이가 아니었다면 아무 생각 없이 지나쳤을 것이다. 그 똘똘한 아이가 돌연 악사에게 유심히 주의를 기울이고 있다면 그를 지켜볼 만한 이유가 있다는 뜻이다.

악사가 행인들에게 무언의 호소를 보내기 위해 펼쳐 놓은 룬라 케이스가 보였다. 낡은 벨벳 위에 흩어져 있는 동전과 지폐들. 그리고 그 위에 누군가 그보다 조금 큰 물건을 던져 놓았다. 악사가 그것을 집어 들더니 의아해하며 눈살을 찌푸리는 것이 보였다. 눈구멍이 보였고, 악사가 그게 뭔지 알아보려고 뒤집어 보기도 전에 안쪽에 달린 끈이 얼핏 눈앞에 스쳐 갔다.

가면.

나는 눈을 뜨기도 전에 움직이고 있었다. 어느새 글리가 내 옆에 있었다. 우리 둘은 우악스럽게 사람들을 밀치며 달려 나갔다.

글리가 작은 통신구를 꺼내 들자 구체가 이번에는 흰색이 아니라 붉은색으로 깜박이며 누군가에게 소리 없는 신호를 보냈다. 순간적으로 신으로서의 감각이 깨어났다. 내 형제자매들이 이곳에 모여들기 위해 세상을 접거나 펼치는 희미한 떨림이 느껴졌다.

소매치기의 눈에 비친 악사가 갑자기 뇌에 발작이라도 일어난 듯 얼굴 근육이 힘없이 처지더니 눈에 총기가 사라졌다. 하지만 경련을 일으키거나 바닥에 쓰러지지는 않았다. 마치 몽유병이라도 앓는 사람처럼 손으로 가면을 잡고 가까이 끌어당기더니 자신의 얼굴 위로 덮었다. 그가 머리 뒤쪽에서 끈을 묶는 사이 하얀 옻칠과 뚜렷하게 그려진 음영선이 흘깃 보였다. 내가 모르는 얼굴이었다. 냉혹하고, 고요하고, 무서운 얼굴. 어떤 원형을 상징하는지 알 수가 없었다. 악사가 눈구멍 너머에서 눈을 한번 깜박였다. 별안간 자신이 왜 이런 악마똥 같은 걸 쓰고 있는지 모르겠다는 듯 눈빛에 자각과 혼란의 감정이 떠올랐다. 그는 가면을 벗으려고 손을 뻗었다.

그때 가면의 문양이 빛을 반사하는 듯이 번쩍였다. 잠시 후 드러난 남자의 눈동자는 죽어 있었다. 감긴 것도 아니고 멍해진 것도 아니다. 나는 에네파의 아들이다. 나는 죽음을 보면 구분할 줄 안다.

하지만 악사는 몸을 똑바로 세우고 주변을 두리번거렸다. 흰 가면을 쓴 얼굴이 살롱 계단 꼭대기로 향하더니 잠시 그대로 꼼짝도 하지 않았다. 나는 그가 그쪽으로 걸어갈 것이라고 생각했다. 하지만 대신에 그는 계단을 향해 전속력으로 돌진하기 시작했다.

그 어떤 필멸자도 불가능하리만큼 무시무시한 속도였다. 어쩌다 그의 앞길을 가로막는 불운한 이들은 하나같이 무자비하게 짓밟히거나 옆으로 아주 멀리 내팽개쳐져 날아갔다.

그때 예상치 못한 일이 일어났다. 살롱 계단의 가장자리에 장식되어 있던 조약돌들이 갑자기 하얗게 이글거리기 시작한 것이다. 주변의 화강암에 맞춰 회색으로 칠해 놓은 일광석이었다. 반투명한 물감 자국 너머로 각각의 돌마다 선명하게 새겨져 있는 검은색 인이 보였다. 신들의 거친 토착어로 선을 넘으려는 모든 살아 있는 것에게 부동(不動)을 명령하는 문양이었다. 일종의 방어막 역할을 하는 것이니 필시 효력이 있을 터였다. 계단 위에 선 아라데리는 칼도 화살도 두려워하지 않았다. 그런 것들은 이마의 혈인이 쉽게 막아 낼 테니까. 그들이 두려워하는 것은 가면을 이용한 암살자였고, 그들의 이상한 마법은 신기하게도 혈인으로도 막을 수가 없었다. 암살자의 접근만 막을 수 있다면 아라메리들은 안전할 것이다. 그것이 필경사 군단의 판단이었다.

악사가 비틀거리다 돌의 고리 앞에서 발을 멈췄다. 가면을 쓴 얼굴이 좌우로 흔들렸다. 부인을 의미하는 동작도 아니요, 인간으로 해석될 만한 움직임도 아니었다. 나는 자갈도마뱀이 시체 위에서 몸을 앞뒤로 흔들며 똑같은 움직임을 하는 것을 본 적이 있다.

필경 마법이 문자 그대로를 뜻하는 단순함 그 자체라는 사실을 기억해 냈을 때는 너무 늦어 있었다. 모든 살아 있는 것. 돌에 새겨진 인의 명령에 따르면 그랬다. 하지만 이 가면 쓴 악사의 경우 심장은 뛰고 있고 팔다리는 아직 움직일지 모르나 그것만으로는 산 것으로 간주할 수 없었다. 가면이 그의 영혼의 빛을 꺼 버렸으니까.

악사가 움직임을 멈췄다. 둥근 눈구멍이 목표물에 곧게 꽂혔다. 그 시선을 따라가니 계단 꼭대기에 얼어붙어 있는 샤하르가 있었다. 눈을 커다랗게 뜨고 표정은 굳어 있었다.

"오, 악마여." 나는 침음하며 계단을 향해 미친 듯이 뛰었다.

악사가 인이 새겨진 돌에 가까이 다가갔다.

"저기!" 글리가 외치며 손가락질을 했다.

말로는 할 수 없었을 것이다. 군중의 환호성이 비명으로 바뀌고 쿵쿵 소리 맞춰 구르던 발소리는 앞다퉈 우르르 달아나는 소리로 바뀌었다. 계단 아래, 아라메리 호위병의 바로 앞에 키트르가 나타났다. 그녀의 앞에 붉게 빛나는 단검 열두 자루가 나타나 언제든 날아갈 태세로 공중을 맴돌았다. 나는 키트르가 그 검들을 폭풍처럼 날려 마치 낫으로 밀을 베듯 필멸자 적들을 우수수 쓰러뜨리는 것을 본 적이 있다. 여기서도 평범한 사람들이 다칠 위험을 감수한다면 가능했지만 도시에 사는 대부분의 소격신처럼 그녀는 그렇게 하지 않았다. 그들은 필멸자들의 생명을 존중하겠다고 서약했고, 그래서 키트르는 정확한 조준을 위해 도망치는 필멸자들이 더 뿔뿔이 흩어질 때까지 기다렸다.

나는 키트르보다 먼저 위험을 포착했다. 그녀는 등 뒤에 있는 아라메리 병사들을 무시하고 있었기 때문이었다. 낯선 소격신과 미친 필멸자를 맞닥뜨린 그들은 양쪽 모두에게 똑같이 대응했다. 절반은 가면 쓴 사내에게 석궁을 발사했고 나머지 절반은 키트르를 공격한 것이다. 화살에 맞아 봤자 치명적인 부상을 입는 건 아니지만 그 충격에 키트르의 몸이 균형을 잃고 휘청거렸다. 순식간에 자세를 바로잡은 그녀가 격분해서 병사들에게 고함을 질러 댔고, 그러는 동안 가면을 쓴 사내는 마치 공기가 버터라도 되는 양 방책을 뚫고 돌진했다. 속도가 조금 느려지긴 했지만 멈추지는 않았다.

나는 필멸자들의 방해 때문에 키트르가 기회를 놓칠 줄만 알았다. 하지만 키트르가 쉭쉭거리며 거친 숨을 내뱉자 그녀의 몸이 짧게 명멸했다. 잠시 후 그녀가 있던 자리에는 거대한 적갈색 뱀이 똬리를 틀고 있었다. 코브라처럼 목에 있는 갈기가 활짝 펼쳐지더니 다음 순간 키트르가 다시 인간 여성으로 돌아왔다. 열두 개의 단검이 뱀이 독액을 내뱉을 때처럼 쏜살같은 속도로 공중을 가로질러 날아가, 가면 괴한의 몸뚱이를 거의 도시 밖으로 밀어내리만큼 세차게 박혔다.

하지만 놈은 뒤로 휘청이는 몸을 발뒤꿈치로 버티며 멈춰 섰다. 가면에 모종의 보호 마법이 걸려 있다는 증거였다. 가면의 가장자리가 그 아래 있는 피부 위로 희미하게 빛나는 게 보였다. 뭐지? 아마도 육신을 강화하는 주문일 것이다. 그게 아니라면 키트르의 칼이 그를 갈기갈기 찢어발기고도 남았을 테니까. 그의 몸에 쏟아진 강력한 힘을 분산시키고 있는 것일 테다. 무슨 일이 일어나고 있는지 정확히 파악하기도 전에 놈이 다시 앞으로 달려들었다. 허벅지에 칼이 박혀 있어 속도가 다소 느려지긴 했지만 여전히 달리고 있었다.

그때 가면을 쓴 두 번째 남자, 악사보다 체격도 좋고 체중도 무거워 보이는 자가 군중 속에서 갑자기 뛰쳐나와 측면에서 근위병에게 달려들었다.

둘. 습격자는 두 명이었다.

글리가 욕설을 내뱉었다. 우리는 광란의 현장에서 너무 멀리 떨어져 있었고 공황에 빠져 우왕좌왕하는 인파를 거슬러 움직이느라 속도도 느렸다. "하늘궁으로 돌려보내요!" 글리가 외치며 나를 에테르 속으로 내던졌다. 다음 순간 나는 당혹한 상태로 살롱 계단 위에서 실체화되었다. 아라메리들과 곧 아라메리가 될 이가 나만큼이나 깜짝 놀라 나를 쳐다보고 있었다.

"시에." 샤하르는 겨우 스무 걸음 밖에서 대혼란이 벌어지고 있다는 것조차 잊은 채 나를 멍하니 응시했고, 나는 그녀가 여전히 나를 사랑하고 있다는 것을 알 수 있었다.

"여기서 당장 꺼져." 나는 글리에게 울화통을 터트리고 싶은 마음을 억누르며 샤하르에게 소리쳤다. 도대체 나를 왜 여기로 보낸 거야? 이젠 쓸 만한 마법도 하나 없는 나더러 뭘 어쩌라고? "하늘궁으로 돌아가라고, 젠장!"

어디선가 따닥따닥 정전기가 이는 것 같은 소리가 나더니 갑자기 군중 속에서 한 줄기 번개가 치솟아 두 번째 가면 괴한과 근위병 몇 명을 덮쳤다. 병사들이 비명을 지르며 공중으로 날아갔다. 멍청한 필경사들. 첫 번째 습격자처럼 두 번째 괴한도 그저 비틀거리는 데서 그쳤다. 걸음을 멈추고 몸을 앞으로 구부정하게 기울였다. 계단에서 붙들 것이라도 찾는 양 손가락을 갉작대더니 마침내 다시 돌진할 요량인지 몸을 세웠다.

하지만 그사이에 근위병들도 대열을 바로잡을 수 있었다. 손에 검을 든 래스 아라메리가 우리 옆을 지나쳐 두 줄로 늘어선 병사들 앞에 섰다. 한 열은 레마스와 다른 이들을 보호하기 위해 갈라져 우리를 에워쌌고, 다른 한 열은 래스의 명령에 따라 계단 아래에 있는 병사들을 엄호했다. 래스가 황급히 레마스에게 다가가 과감하게도 그녀의 어깨에 손을 얹더니 일광석 계단으로 돌아가라고 채근했다. 두 습격자가 칼과 창의 덤불과 충돌했다. 그러나 그들의 반응, 혹은 무반응으로 보아 근위병의 공격은 그들의 속도를 늦출 뿐 막거나 죽일 수 없음이 분명해 보였다. 그들은 이미 죽어 있었으니까.

"이 무슨 악마 같은……" 데이터네이 칸루가 중얼거렸다. 그의 시선을 따라갔다가 갑자기 입안이 바싹 마르는 기분이 들었다. 이 템파스교의 백색전당 계단 위에 가면을 쓴 세 번째 괴한이 서 있었다. 교단수호자의 제복을 입고 있었는데 먼저 나타난 두 사람과는 달리 그의 가면은 짙은 핏빛이었고 흰색과 금색의 세련된 문양이 그려져 있었으며, 입 부분은 복수심에 불타는 분노의 포효를 암시하듯이 뚫려 있었다. 그 역시 우리를 향해 달려오기 시작했다. 구경꾼들은 진즉에 흩어졌고 위병들은 바빴으니 놈의 앞을 가로막을 것은 아무것도 없었다.

오로지 나뿐.

"오, 신들이여, 안 돼." 나는 혼잣말로 중얼거렸다. 내가 뭘 할 수 있지? 엔이 가슴 위에서 뜨겁게 팔딱였다. 나는 엔을 손에 꼭 쥐었다. 그러고는 기억해 냈다. 엔의 힘은 내 것이었다. 내가 강했을 때는 엔도 강했다. 하지만 나는 이제 그냥 필멸자일 뿐이다. 지금 엔을 사용하면, 이 녀석의 마지막 힘까지 전부 끌어내 써 버린다면……

안 돼. 내 가장 오랜 친구를 이런 일 때문에 죽게 할 순 없다. 그리고 새 친구들도 죽게 하지 않을 거다. 비록 그중 하나가 나를 배신했다 하더라도. 마법이 없어도 나는 아직 신이라고, 빌어먹을! 죽어 가는 육신에 매여 있을망정 나는 여전히 바람이자 충동과 변덕이었다. 아무리 강하다 해도 필멸자 따위는 두렵지 않아.

그래서 이를 드러내며 존재하지도 않는 꼬리를 세차게 휘둘렀다. 어디 덤벼 보라고 포효하며 핏빛 가면의 괴한을 상대하러 계단을 달려 내려갔다.

그것은 최초의 언어로 말한 명령이었지만 습격자가 정말로 내 말을 들을 것이라곤 생각하지 못했다. 하지만 놀랍게도 진홍빛 가면의 괴한이 우뚝 멈춰 서더니 내게로 돌아섰다.

가면은 아름답고도 끔찍했다. 가면에 파인 홈과 색채는 더러운 강을 연상시켰고, 이상한 각도로 기울어진 눈은 삐뚤어진 산맥 같았다. 틀에 박힌 형태의 입술과 이빨, 그리고 그 너머에 있는 착용자의 얼굴이 보이지 않는 어두컴컴한 구멍으로 이뤄진 입은 흉하게 비틀려 극도의 절망감을 울부짖고 있었다. 가면의 무늬가 내게 속삭였다. 살인자. 갑자기 내가 신들의 전쟁 때 저질렀던 모든 악행이 떠올랐다. 때로는 아라메리의 명령으로, 때로는 나 자신의 분노나 잔인함 때문에 저질렀던 다른 모든 사악한 짓들도 떠올랐다. 밀려오는 죄책감에 휩싸여, 내가 공격을 하려 했다는 것도 잊은 채 그 자리에 휘청거리며 멈춰 섰다.

번개 같은 충격이 나를 꿰뚫었다. 갑자기 몸이 내 말을 듣지 않았다. 통증이 밀려왔다. 눈을 끔벅거리며 아래를 내려다보니 괴한이 손을 칼날처럼 이용해 내 몸통 한가운데 거의 손목까지 찔러 넣은 게 보였다.

데카르타가 달려왔을 때 나는 여전히 상처를 내려다보고 있었다. 그가 내 팔을 붙들고 고개를 옆으로 크고 세차게 돌리며 말이 아닌 단어를 내뱉었다. 그의 목구멍에서 힘과 소리가 흘러나오고, 그의 살갗과 피와 뼈의 생명력에서 힘을 얻은 부정의 포효가 울려 퍼졌다. 웬만한 신보다 나은 솜씨였다. 힘의 파장이 진홍빛 가면을 강타한 순간 가면에 깃든 의미가 상쇄되는 것이 보였다. 가면의 중앙이 희미한 소리와 함께 쪼개지면서 잠시 후 사내가 거의 15미터나 뒤로 날아가 도망치는 군중들 사이로 사라졌다. 정확히 어디에 떨어졌는지는 알 수 없었다. 그때 데카가 내보낸 힘이 살롱 계단에 충돌했고, 구조물이 폭발하듯 위로 솟구쳐 오르더니 와르르 무너져 내렸기 때문이다.

그런 공격에 정확성을 발휘하기는 힘들다. 근위병과 병사 들이 비명을 지르며 적과 함께 공중으로 날아갔다. 그 와중에 나는 흰색 가면을 쓴 또 다른 습격자를 발견했다. 이제껏 있는지도 몰랐던 자였지만, 부서지고 날아드는 돌덩이가 만들어 낸 방어벽에 부딪혀 뒤로 넘어지는 게 보였다. 하지만 먼지구름이 가라앉고 바닥에 파편들이 안정적으로 자리를 잡았을 무렵 그가 바닥에서 다시 일어나 앉았다.

그림자 속에서 네머가 나타났다. 나를 마주한 그녀가 내 부상을 보고는 눈을 커다랗게 떴다. 그녀의 등 너머에 쓰러져 있던 흰 가면의 남자가 벌떡 일어나 신과 같은 괴력으로 데카가 만든 잔해 더미를 껑충 뛰어넘으며 이쪽으로 달려오기 시작했다. 숨쉬기조차 힘들어서 말도 못 하고 의지를 발휘해 경고를 날렸다. 놀랍게도 네머가 내 의지를 알아차리고 몸을 돌려 습격자를 마주했다.

어느새 나는 데카의 품에 어린애처럼 안겨 있었다. 두근 탁 두근 탁. 데카의 몸집이 나보다 훨씬 커서 기분이 좋았다. 그가 계단을 뛰듯이 달려 올라가 드디어(드디어!) 둥글게 휜 계단을 따라 가까운 게이트로 향하는 아라메리 일행에 합류했다. 데카의 품에 안긴 채로 제발 서두르라고 외치고 싶었지만 이젠 내 머리조차 제대로 가눌 수가 없었다. 이상했다. 마치 필멸자가 된 첫날 샤하르가 나를 고양이 형태로 이 세상에 소환했을 때 같았다. 아니면 이천 년 전 이템파스가 나를 육신이라는 사슬에 구속해 그 끝을 샤하르의 딸에게 던져 줬던 날 같기도 했다. 그때 그 여자는 자신의 손에 쥔 권력을 끔찍해하면서도 동시에 환희에 가득 차 보였다. 계단 꼭대기에 이르자 주변 세상이 흐릿하게 접히기 시작했다. 나는 그 물결치는 틈새 속에서 까무룩 정신을 잃었다.

16장

나는 볼 수 있을 리가 없는 것을 본다.

나는 신처럼 본다. 볼 수 있는 눈과 들을 수 있는 귀, 그리고 육신이 없더라도 주변 세상을 전부 받아들이고 이해한다. 어떤 일이 일어나면 나는 그것을 안다. 이는 필멸자가 할 수 있는 일이 아니며, 내가 필멸계에 있을 때는 일어나서는 안 될 일이다. 하지만 이게 바로 내가 아직 완전한 필멸자가 아니라는 증거일 것이다.

우리는 하늘궁에 도착했다. 전정광장은 아수라장이다. 근위대장이 고함을 지르며 우리와 함께 게이트를 넘어온 이들에게 손짓한다. 병사들과 필경사들이 달려온다. 전자는 가면 쓴 자들이 따라올 것에 대비해 수직이동 게이트를 창과 검으로 둘러싸고 후자는 그런 일이 생기기 전에 게이트를 봉쇄하기 위해 붓과 먹물을 가져온다. 래스와 라미나는 황급히 레마스를 궁 안으로 데려가려 하지만 그녀는 그들을 뿌리치고 말한다. "내 집에서 도망치지는 않겠다." 그래서 병사들과 필경사들은 목숨을 걸고 그녀를 지킬 준비를 한다.

온 사방에서 사람들이 뛰어다니고 소리치는 와중에 나는 데카의 품 안에서 축 늘어져 죽어 가고 있다. 수십 년 동안 노화하며 서서히 죽어 가는 게 아니라 더 빨리 죽는다. 진홍빛 가면의 습격자는 내 장기 곳곳에 구멍을 뚫었고 척추의 상당 부분을 날려 버렸다. 가능성은 낮지만 아주 운좋게 살아남는다고 해도 다시는 걷지 못할 것이다. 하지만 내 심장은 아직 뛰고 내 뇌는 여전히 주름진 살덩어리 속에서 불꽃을 일으키고 있으며 그게 유지되는 동안에는 내 영혼도 아직 붙잡고 매달릴 닻이 있는 셈이다.

이렇게 되어 다행이다. 나는 신처럼 죽는다. 소중한 이들을 지키기 위해 적과 맞서 싸우다가.

데카가 나를 안아 들고 수직이동 게이트에서 하늘궁 전정광장에 깔려 있는 흠집 하나 없는 일광석 바닥 위에 눕힌다. 무릎을 털썩 꿇더니 누군가에게 나를 붙잡으라고, 자기가 돕는다면, 그리고 누군가 도와 준다면 날 살릴 수 있다고 소리 지른다. 젠장!

쌍둥이 형제의 부름에 달려온 것은 샤하르다. 그녀는 데카의 반대편에 무릎을 꿇는다. 오랜 세월 고대했던 두 사람의 재회는 구멍 난 내 배를 가운데 두고 다급하고 당혹한 눈맞춤으로 이뤄진다. "옷 벗겨." 데카가 지시한다. 샤하르는 후계자이고 그는 그저 조금 화려한 하인에 불과하건만.(지금 나는 상황을 옆에서 지켜보고 있는 정신의 일부분만 빼면 아무 짝에도 쓸모가 없다. 벌써 머리 뒤로 눈동자가 넘어가 흰자밖에 안 보이고, 입은 헤벌어져 바보 같고 흉해 보인다. 뭔 놈의 신이 이 모양이람.) 샤하르가 내 셔츠를 바지에서 빼내려 낑낑댄다. 처음엔 상처에 쓸리지 않게 찢어 버리려 했지만 이

싸구려 소재는 생각 외로 지나치게 튼튼하다. 그동안 데카는 필경사들이 물건을 넣어 두는 곳에서 네모난 종이와 뚜껑 달린 붓을 꺼내 '억제'라는 의미의 인을 그려 나간다. 일단 출혈을 막고 이미 내 몸을 오염시키기 시작한 더러운 것을 막기 위해서다. 그러면 실제로 치료를 위한 인을 쓸 시간을 벌 수 있다.(자기 몸에는 공격 마법만 새긴 거냐! 바보 같은 녀석.)

하지만 그가 문양을 완성하고 종이를 제자리에 놓으려고 샤하르의 손등에 자신의 손을 얹으며 몸을 기울인 순간, 뭔가 일어난다.

우주는 살아 숨 쉬는 존재다. 시간도 마찬가지다. 필멸자들이 상상하는 것처럼은 아니지만 시간은 움직이고 있다. 쉴 새 없이 불안정하게 꿈틀거린다. 필멸자는 이를 알아차리지 못한다. 그들 역시 불안정해서 쉴 새 없이 꿈틀거리고 있으니까. 신들은 이를 느낄 수 있지만 일찍부터 그것을 무시하는 법을 배운다. 마치 필멸자 아기들이 세상에 나와 심장 박동 소리가 들리지 않는 외롭고 고요한 세상을 접해도 무시하는 법을 배우는 것처럼. 하지만 지금의 나는 갑자기 모든 것을 '인식'한다. 영겁에 걸친 별들의 깊고 느릿한 호흡, 태양의 힘이 행성의 생명의 장막과 부딪치며 나는 타닥타닥 소리, 샤하르의 새하얀 피부를 갉작이고 있는 미세한 진드기, 시간과 날과 세기(世紀)가 느긋하고 윙윙거리며 딸깍딸깍 흘러가는 움직임.

두 사람 사이에서, 두 사람의 손바닥 아래에서, 나는 눈을 뜬다. 내 입이 벌어진다. 내가 지금 비명을 지르고 있나? 소리가 들리지 않는다. 나는 손을 뻗어 샤하르와 데카르타의 손등 위에 겹친다. 다음 순간 그들의 피부를 따라 뭔가가 번개처럼 번득이며 관통한다. 샤하르가 눈을 커다랗게 뜨며 숨을 삼킨다. 데카르타가 그녀를 응시하며 비명을 지르려는 듯 입을 벌린다.

모든 게 흐릿해진다. 하얀 선. 마치 혜성 꼬리와도 같은 선이 우리의 육신을 가로질러 달린다. 지켜보고 있던 나는 깨닫는다. 마치 예전에, 우리가 우정을 맹세하며 서로의 손을 잡았을 때, 그래서 내가 필멸자가 되었을 때와 비슷하다. 하지만 이번엔 다르다. 이번에 발동된 이 힘은 걷잡을 수 없는 충격과 진동이 아니다. 여기에는 의지가 있다. 하나의 공통된 목적을 지닌 두 개의 의지. 내 안에서 무언가 폭발하듯 터져 나오더니 아주 작고 미세한 하나의 점으로 모여든다.

그러더니

그것은

*

나는 짜증을 내며 데카의 품 안에서 바르작거렸다. "내려놔! 빌어먹을 대혼돈이여, 난 신이지 감자 부대가 아니라고!"

데카가 수직이동 게이트 바로 앞에서 비틀거리며 멈춰 섰다. 샤하르도 몇 걸음 앞에서 우뚝 멈췄다. 래스 대장의 부하 여덟 명이 샤하르를 에워싸고 레마스에게 그런 것처럼 호위하며 서둘러 궁 안으로 향하려 했지만 그녀는 그들을 뿌리친다. "내 집에서 도망치지는……"

샤하르가 멈칫 입을 다문다. 데카도 마찬가지다. 그가 나를 바닥에 내려놓는다. 나는 옷과 머리카락에 묻은 대리석 가루를 털고 옷자락을 정돈하다가, 얼어붙었다.

오.

오.

나는 이해했다. 그리고 또한 이해하지 못했다. 세상에 존재하는 수많은 조합에는 의미가 있고 의미는 항상 힘을 부여한다. 순전히 실존적인 본성이든, 물질적인 것이든, 아니면 마법이든. 세 주신이 그렇다. 아주 드물게 하나가 될 때면 그들은 전능했다. 쌍둥이. 남성과 여성. 신과 인간과 그 사이에 있는 악마.

하지만 이런 일이 일어날 이유가 없다. 전에 있었던 적도 없었다. 그들이 우주를 변화시켰다. 한 쌍의 필멸자가.

그들이 나를 치유하기 위해 우주를 변화시켰다.

그들이 우주를 변화시켰다.

나는 두 사람을 쳐다봤다. 그들도 나를 바라봤다. 우리 주위에서는 여전히 혼란이 지속되고 있었다. 다른 필멸자들은 무슨 일이 있었는지 전혀 모르는 것 같았지만 그건 전혀 이상하지 않다. 그들에게는 일어난 적 없는 일이었으니까. 내가 누워 있던 바닥에는 핏자국 하나 보이지 않았다. 상처가 나지 않았기에 옷도 찢어지지 않았다. 힘겹게 기억을 떠올려 보니 데카가 본능적으로 마법을 터트리기 전에 진홍빛 가면의 괴한이 두 손을 들어 올린 채 뒤로 날아가는 모습이 떠올랐다. 하지만 그와 더불어 나는 데카가 먼저 공격을 가한 장면도 기억하고 있다.

잠시 후 네머가 나타나 바닥에 무거운 것을 털썩 떨어뜨렸다. 시체였다. 나는 눈을 깜박였다. 가면 쓴 습격자였다. 흰색 가면을 쓰고 있던 자. 꿈틀거리는 거대한 뱀처럼 생긴 반투명한 그림자에 꽁꽁 묶여 있었다. 네머의 마법이었다. 하지만 네머가 나타난 순간 래스의 병사들 중 절반이 공격에 나섰고 나머지 절반은 즉시 실수를 깨닫고 그들을 막으려 했다. 다급한 고함 소리가 오가고, 쇄도하던 움직임이 돌연 중단되고, 뒤이어 정신없이 방향을 전환하는 소동이 벌어졌다. 오늘 이후로도 래스가 자리를 보전할 수 있다면 병사들에게 신을 빠르게 인식 및 판단하고 공격하지 않는 방법에 대한 훈련을 혹독하게 시킬 것이라는 생각이 들었다.

"잡았어." 네머가 허리에 손을 얹고 말했다. 나를 힐끗 쳐다보더니 씩 웃었다. "네 필멸자들한테 진정하라고 해, 시에. 위험은 지나갔으니까."

나는 충격으로 할 말을 잃고 그녀를 멍하니 바라보았다. 네머의 웃음기가 잦아들었다. 그녀가 나를 뚫어져라 쳐다보더니 내 얼굴 앞에서 손가락을 딱 튕겼다. 나는 깜짝 놀라 흠칫했다.

"왜 그래? 무슨 문제라도 있어?" 네머의 미소가 사악해졌다. "처음으로 죽음의 위험을 맛봐서 그렇게 겁을 집어먹은 거야, 오라버니?"

네머보다 수천 배는 더 죽을 위험에 처해 봤기에 그런 놀림에도 그다지 화가 나지는 않았다. 게다가 내 머릿속은 그보다 훨씬 더 이상한 생각으로 가득했다.

하지만 난 괜히 트릭스터가 아니고, 머릿속에서 온갖 생각이 휘몰아치는 동안에도 입은 자동적으로 움직이고 있었다. "저 아래에서 봤던 무능력한 대응 때문에 겁이 난 거야." 나는 쏘아붙였다.

"하마터면 놈들이 목표를 이룰 뻔하게 내버려 둔 게 네 *계획*이었던 거야, 아니면 그렇게 자랑하던 전문가들이 전부 낮잠이라도 자고 있었던 거야?"

네머는 발끈하진 않았지만 거의 그럴 뻔했다. 적어도 웃음기를 지웠으니까. "전부 열 명이었어." 그녀의 말에 어느 정도 충격이 깨지면서 정신이 현실로 돌아왔다. "네 애완둥이 필경사가 죽인 놈까지 합쳐서 말이야. 전부 각각 다른 방향에서 접근했고, 신체를 완전히 파괴하거나 가면을 부수지 않으면 막을 수가 없었어. 그 정도 가까이 접근하는 데 성공한 게 하나뿐이었다는 게 운이 좋은 거야. 이런 규모의 공격에는 대비하지 않았으니까."

열 명. 열 명의 필멸자가 자신의 의지에 반해 가면을 쓰고 살아 있는 무기가 되었다. 나는 역한 마음에 고개를 절레절레 저었다.

"여기 있는 필멸자들은 괜찮아?" 네머가 중립적인 어조로 물었다. 그럼 우린 암묵적인 휴전 상태로 돌아왔다는 뜻이군.

주위를 둘러보니 옆에서 샤하르와 데카르타가 우리의 대화를 듣고 있었다. 그들 뒤에서는 칸루가 약간 어색하게 혼자 서 있었다. 정원 건너편에서는 레마스가 계단에서 라미나와 말다툼을 하고 있는 것 같았다. 래스는 허리에 찬 칼자루에 손을 얹은 채 우리 쪽을 향해 서 있었는데, 네머의 발치에 쓰러진 가면 쓴 사내에게 시선이 못 박혀 있었다.

"중요한 사람들은 괜찮아." 내가 대답했다. 피곤하고 또 울적했다. 중요하지 않은 필멸자가 열이나 죽었다. 병사들과 무고한 구경꾼들은 또 얼마나 죽었을까? "우린 다 괜찮아."

내 말에 네머가 불안한 표정을 짓더니 이내 고개를 끄덕이며 결박되어 누워 있는 하얀 가면 사내를 손짓했다. 그는 아직 죽지 않았다. 온몸이 구속된 상태에서도 씨근덕대며 몸부림치는 게 보였다. "그럼 이건 그쪽에게 맡길게. 저 필경사 꼬마가 놈들의 마법에 대해 뭔가 알아낼지도 모르니까. 나보단 역시 같은 필멸자가 필멸자의 사고방식을 더 잘 간파할 테지." 네머가 잠시 말을 멈추고 손을 들어 올리자 손바닥에 뭔가 나타났다. "이것도 줄게. 온전한 상태일 땐 위험하지만 망가지고 나면 마법이 사라지거든."

그녀가 내민 것은 진홍색 가면의 부서진 반쪽이었다.

내 몸을 꿰뚫던 단단한 손가락의 감촉이 느껴지는 것 같았다.

나는 그녀에게서 가면 조각을 건네받았다.

"그럼 난 이만." 네머가 말했다. 목소리에 서그림 억양이 섞여 있는 게 정말 평범한 필멸자 같았다. "할 일도 많고 알아볼 비밀도 많거든. 나중에 얘기해." 네머가 그 말과 함께 사라졌다.

레마스가 이쪽으로 걸어오고 있었다. 마치 날마다 이런 습격을 겪는다는 양 전혀 조급함이 느껴지지 않는 걸음걸이였다. 레마스 없이 언제 대화를 나눌 수 있을지 몰라 쌍둥이에게 다가가 데카에게 가면 조각을 건넸다. 그는 맨손으로 받지 않고 재빨리 소매를 아래로 끌어내려 가장자리를 조심스럽게 감싸 잡았다.

"무슨 일이 있었는지 절대로 말하지 마." 나는 낮고 빠르게 속닥였다.

"하지만……." 내 예상대로 샤하르가 뭐라 말하려 했다.

"어차피 우리 말곤 아무도 기억 못 해." 내 말에 샤하르가 입을 다물었다. 심지어 비밀을 알아차리는 게 본성인 네머조차도 눈치채지 못했다. 그때 데카르타가 놀라 헛숨을 들이켰다. 나뿐만 아니라 그도 이게 무슨 의미인지 깨달은 것이다. 샤하르가 데카에게 눈길을 던졌다가 다시 나를 쳐다보았다. 그러더니…… 마치 데카와 십 년 동안 떨어진 적이 없었다는 듯이, 마치 내 마음을 아프게 한 적이 없다는 듯이, 우리 둘을 등 뒤로 보호하며 다가오는 어머니를 마주했다.

"모든 상황이 진정되었습니다." 레마스가 우리 앞에서 발을 멈추자 샤하르가 말했다. 래스는 나와 레마스 사이에 자리 잡았고 그의 강직한 갈색 눈동자는 내게서 떠나지 않았다. (내가 찡긋 윙크를 보냈지만 그는 아무 반응도 하지 않았다.) 라미나는 팔짱을 낀 채 레마스의 뒤에 서 있었는데 자신의 아들딸이 무사한 데 대해 약간의 안도감도 내비치지 않았다.

"레이디 네머께서 습격자가 열 명이라고 하셨어요." 샤하르가 말을 이었다. "그분이 운영하는 조직이 남은 습격자들을 처단했고, 자체적으로 조사를 진행하겠다 하십니다. 하지만 필멸자의 의견을 듣고 싶으시다는군요." 샤하르가 바닥에서 움직임을 멈춘 사내를 힐끗 쳐다보았다.

"배려심이 깊기도 하셔라." 레마스가 희미하게 비꼬는 기색으로 말했다. "래스." 그러자 그가 움찔하더니 내게서 시선을 뗐다. "도시로 돌아가 수사를 지휘해라. 어떻게 그렇게 많은 수가 방어선을 넘어 침투할 수 있었는지 알아내."

"레이디……" 입을 연 래스가 나를 힐끔 쳐다봤다.

레마스가 한쪽 눈썹을 추켜세우더니 나를 정면으로 바라보았다. "시에 님, 나를 죽일 작정인가요?" 그녀가 잠시 멈칫하더니 이내 덧붙였다. "오늘?"

"아니." 나는 목소리와 표정 가득 아직도 그녀가 싫다는 걸 한껏 드러내며 대답했다. 나는 아라메리도 아니니 뻔한 걸 숨길 이유가 없다. "오늘은 아냐."

"그렇겠죠." 놀랍게도 레마스가 빙그레 웃었다. "이왕 오셨으니 조금 더 머무르다 가시죠. 내 기억에 따르면 당신은 쉽게 지루해하는 경향이 있고, 이런 불쾌한 일이 발생한 상황에서는 나도 나름대로 계획이 있으니까요." 레마스가 다시 습격자를 쳐다보았다. 순간적으로 그녀의 얼굴에 묘하게 서글픈 기색이 스쳐 갔다. 그 표정이 조금만 더 오래 머물렀다면 나조차 그녀를 안쓰러워했을지도 모른다. 하지만 그건 금세 사라졌고, 레마스가 다시 내게 미소를 지어 보이자 다시 그녀가 미워졌다. "앞으로 아주 흥미진진한 며칠이 될 겁니다. 내 아이들한테도 그렇고."

샤하르와 내가 조용히 그 의미를 곱씹는 사이, 레마스가 샤하르의 바로 뒤에 서 있는 데카르타에게 시선을 고정했다. 데카의 표정에는 아무 감정도 없어서 나도 모르게 아하드가 생각났다. 침묵이 아주 오랫동안 이어졌다. 샤하르가 신중함이라는 그녀만의 가면을 쓴 채 두 사람을 번갈아 쳐다보았다.

"기대했던 귀환은 아니었겠구나." 레마스의 말투가 나를 놀라게 했다. 거의 다정하게 들릴 정도였다.

데카도 미소에 가까운 표정을 지었다. "솔직히 말씀드리자면 어머니, 도착하자마자 누군가 절 죽이려 할 거라고 예상하고 있었습니다."

그 순간 레마스의 얼굴에 스친 표정은 필멸자든 불멸자든 아라메리의 방식에 익숙하지 않다면 해석하기 힘든 것이었다. 그것은 감정을 감추는 아라메리의 훈련 방식 중 하나였다. 그들은 화가 날 때 미소를 짓고 기쁠 때면 슬픔을 드러낸다. 레마스는 데카의 무덤덤한 태도에 약간 경탄한 듯 쓴웃음을 지었다. 내가 보기에 그녀는 이마에 새겨진 문양만큼이나 적나라하게 감정을 드러내고 있었다. 그녀는 데카를 봐서 기뻤다. 그의 모습에 큰 감명을 받았다. 아들의 싸늘한 태도에 심란해하고 있거나, 적어도 감정적으로는 그가 왜 그러는지 씁쓸한 마음으로 이해했다.

샤하르는 레마스를 사랑했다. 하지만 데카의 경우엔 나도 잘 모르겠다. 과연 레마스는 두 자식들을 사랑하나? 잘 모르겠다.

"둘 다 내일 보자꾸나." 레마스가 샤하르와 데카에게 말하고 등을 돌려 멀어졌다. 래스가 그녀의 뒷모습에 절을 하고는 마지막으로 우리를 쓱 쳐다본 후 목소리를 높여 부하들을 불렀다. 하지만 라미나는 움직이지 않았다.

"아주 흥미로운 옷차림이구나." 그가 데카에게 말했다. 그 말에 대답이라도 하듯 바람 한 점이 불어와 데카의 검은 망토를 살아있는 그림자처럼 부풀렸다.

"이게 어울릴 것 같아서요, 삼촌." 데카가 대답하며 옅게 미소 지었다. "전 우리 가문의 검은 양 같은 존재잖아요."

"아니면 부드러운 살코기를 노리는 늑대일 수도 있고. 누가 널

길들이지 않는다면 말이다." 라미나의 시선이 데카의 이마를 향했다가 다시 샤하르에게 옮겨 갔다. 그의 의도는 분명했다. 샤하르의 눈썹이 아래로 처지며 일그러지자 라미나가 쌍둥이를 향해 다정한 미소를 지었다. "하지만 날카로운 이빨과 살해 본능을 지키는 편이 더 유용할 수도 있지. 안 그러냐? 어쩌면 미래의 아라메리에는 한 무리의 늑대가 필요할지도 모르고." 라미나가 나를 슬쩍 쳐다보았다. 나는 눈살을 찌푸렸다.

샤하르가 일부러 꾸며 낸 어조로 지겹다는 듯 말했다. "삼촌, 평소보다 말을 더 어렵게 하시네요."

"미안하구나." 하지만 전혀 미안한 투가 아니었다. "내일 너희가 참석해야 할 회의에 대해 자세히 설명해 주려고 남은 것뿐이야. 너희 어머니의 지시에 따라 소수만 참석하는 비밀 회의가 열릴 거다. 근위병도 안 되고, 초대받은 사람 외에는 다른 신하들도 안 돼. 심지어 하인도 데려와선 안 된다."

그 말에 샤하르와 데카르타가 눈빛을 교환했다. 도대체 무슨 일이 벌어지고 있는 건지 궁금해서 참을 수가 없었다. 비밀을 지키는 게 그렇게 중요하면 레마스는 그런 회의가 있으리라는 걸 아예 미리 알려서는 안 된다. 다른 아라메리나 관련인이 엿들을 수도 있으니까. 그게 암살자가 될 수도 있고. 하지만 라미나는 진인을 갖고 있고 설사 원하더라도 누이에게 해가 될 짓은 하지 못한다. 그렇다는 건 그가 레마스의 뜻을 대신 전달하고 있다는 의미다. 하지만 왜?

그때 라미나가 나를 지긋이 쳐다보고 있다는 걸 깨달았다. 그렇다면 이건 레마스가 내게 전하려는 말이다. 나도 그 회의에 참석하도록.

"음흉해 빠진 아라메리 자식." 나는 얼굴을 찌푸리며 라미나에게 말했다. "나 오늘 진짜 힘들었거든. 그냥 대놓고 말해."

뻔뻔스럽게도 라미나는 누구도 속지 않을 과장되게 놀란 표정을 지으며 눈을 깜박였다. "너무 명백해서 설명이 필요 없을 거라고 생각했는데요, 트릭스터. 아라메리가 당신마저 깜짝 놀랄 재주를 선보일 예정이랍니다. 당신의 축복이 함께한다면 더욱 좋을 테고요." 그 말과 함께 라미나가 빙긋 웃더니 누이의 뒤를 따라 사라졌다.

나는 어리둥절한 표정으로 멍하니 그의 뒷모습을 바라봤다. 마치 그러면 도움이라도 되는 것처럼. 물론 전혀 도움이 되지 않았다. 모라드가 하인들 한 무리를 이끌고 이쪽으로 다가오다가 아치형 통로에서 라미나와 마주치자 모두가 멈춰 서서 그가 지나갈 때까지 고개를 숙였다.

샤하르가 나와 데카를 향해 재빨리 낮게 속삭였다. "난 칸루와 함께 살롱에 있는 테마 사절단에게 가 봐야 해. 그들도 매우 화가 나 있을 테니까. 너희 둘은 숙소를 요청하되, 죽은 공간에 접근할 수 있는 곳으로 골라 둬. 그게 무슨 뜻인지는 시에가 알 거야." 샤하르가 우리를 뒤로하고 약혼자를 향해 발을 옮겼다.

"괜찮아?" 칸루가 그녀에게 묻는 목소리가 들렸다. 나는 무의식적으로 고개를 끄덕이지 않으려고 어금니를 꽉 물며 데카를 쳐다보았다.

"너도 쉬고 싶을 것 같은데. 필경사 군단에게 방금 받은 선물을 주고 빨리 분석을 시작하라고 해. 뭔진 몰라도 너네가 하는 일 있잖아." 나는 바닥에서 뒹굴고 있는 습격자를 내려다보았다.

"그보단 다른 곳으로 자리를 옮겨 방금 있었던 일에 대해 더 자세한 대화를 나누고 싶은데." 데카의 목소리가 묘하게 사근사근하게 들려 나도 모르게 얼굴이 달아올랐다. 그걸 알아챈 데카가 싱긋 웃었다. "하지만 기다려야겠지. 난 첨탑에 있는 방에 묵을 거야. 가능하다면 7번 집이 좋겠다. 넌 어디 있을 거야?"

나는 생각에 잠겼다. "지하궁전." 하늘궁 전체를 통틀어 그곳보다 더 사생활을 안전하게 지킬 수 있는 곳은 없다. "데카, 죽은 공간이라는 건……"

"그게 뭔지는 나도 알아." 나는 그 대답에 조금 놀랐다. "네가 어떤 방을 선택할지도 알겠고. 자정쯤 샤하르와 같이 들를게."

나는 혼자 당황한 채로 데카가 몸을 돌려 모라드를 맞이하는 모습을 바라보았다. 그는 방금 전에 십 년간의 긴 유배에서 돌아온 사람이 아닌 것처럼 거침없이 명령을 내렸고, 모라드 역시 그동안 데카가 자리를 비운 적이 없었다는 양 "즉시 그렇게 하겠습니다."라고 대답했다.

전정광장에 있는 모두가 누군가와 이야기를 나누고 있었다. 혼자 뻘쭘하게 서 있는 건 나 하나뿐이었다.

왠지 마음이 착잡해서 발끝으로 가면 습격자를 쿡쿡 찌르며 한숨을 내쉬었다. 놈이 끙끙거리며 몸을 꿈틀거렸다. "너희 필멸자들은 왜 그렇게 까다로워?" 나는 물었다. 예상했던 것처럼 죽은 자는 대답하지 않았다.

*

내가 예전에 쓰던 방.

나는 열려 있는 문 앞에 서 있었다. 내가 이곳을 떠난 지 한 세기나 지났는데 손가락 하나 댄 흔적도 없는 모습이 그리 놀랍지는 않았다. 하인이고 집사고 뭐 하러 이런 데까지 신경 쓰겠어? 신이 살았던 곳에 누가 살고 싶어 했을 리도 없다. 함정을 파 뒀거나 벽에 저주라도 새겨 뒀으면 어쩌려고? 그리고 그보다 더 나쁜 건 원래 주인이 돌아오는 것이겠지.

사실 난 돌아올 생각이 없었고 저주 같은 걸 짜 넣는 건 생각조차 해 본 적이 없다. 만약 그랬다면 저주 같은 사소한 것으로 벽을 괴롭히지 않았을 거다. 그보다는 마음 깊이 절로 우러나온 고통과 굴욕, 절망이 담긴 걸작을 창조해 이곳에 발을 들인 모든 인간에게 그 공포를 맛보게 했을 것이다. 내가 참고 견뎌야 했던 수 세기까지는 아니더라도 적어도 한두 번 정도. 하지만 그들은 결코 그것을 잊지 못하리라.

방 한쪽에는 오래된 나무 탁자가 있고 그 위에는 내가 모아 둔 소소한 보물들이 놓여 있었다. 완벽한 모양으로 마른 잎사귀. 건드리기라도 하면 그대로 가루가 되어 버릴 거다. 그리고 열쇠. 저걸로 뭐가 열리는지, 아니면 맞는 자물쇠가 아직 남아 있기나 한지는 나도 모르겠다. 난 그냥 열쇠가 좋았다. 완벽하게 동그란 조약돌은 언젠가 행성으로 만들어서 내 태양계에 추가할 생각이었다. 하지만 자유의 몸이 된 뒤에 잊어버렸고 이젠 그 잘못을 되돌릴 능력이 없다.

탁자 너머에는 내 보금자리가 있었다. 신계에 있는 내 진짜 보금자리만큼 편안하거나 아름답진 않았지만 어쨌든 비슷하게 꾸며 놓은 것이었다. 하지만 이젠 버석버석 마르고 썩은 먼지투성이 회색 누더기 더미에 불과했다. 진드기 같은 것도 들끓고 있을 거다. 저 누더기 더미에는 내가 순혈들에게서 훔쳐 온 것들도 섞여 있었다. 그들이 좋아하던 스카프, 아이 담요, 귀한 태피스트리 등등. 항상 그들이 유독 아끼는 물건을 훔쳤는데 그러다 걸리면 심한 처벌을 받았다. 하지만 그래도 그럴 가치가 충분했다. 도둑질을 하면 그들이 괴로워했기 때문이 아니다. 나는 필멸자가 아니고 단순한 노예도 아니었기 때문이다. 나는 여전히 시에, 장난꾸러기 바람, 명랑하고 쾌활한 사냥꾼이었으며 어떤 처벌도 나를 무너뜨리지 못했다. 그 사실을 기억하기 위해서라면 무엇이든 기꺼이 견뎌 낼 수 있었다.

하지만 이젠 모든 게 먼지와 진드기밥이 되어 있었다. 나는 주머니에 손을 찔러 넣고 벽에 기대앉아 한숨을 푹 내쉬었다.

그들이 바닥을 통해 도착했을 때, 나는 꾸벅꾸벅 졸고 있었다. 놀랍게도 먼저 바닥에서 올라온 것은 샤하르였다. 그녀의 손에 작은 도기판이 들려 있는 걸 보자 웃음이 났다. 거기에는 신어로 간단한 명령어가 적혀 있었다. 아타디. 열어라. 나는 그녀에게 문을 보여 준 적이 있고, 그녀는 누군가를 시켜 열쇠를 만들었다.

"그동안 죽은 공간을 혼자 돌아다녔던 거야?" 내가 물었다. 샤하르가 구멍에서 나와 먼지 묻은 옷을 탁탁 털었다. 샤하르가 그랬는지 데카르타가 그랬는지는 몰라도 쌍둥이는 일광석을 다듬어 밑에서 올라오는 계단을 만들었다. 샤하르의 뒤에서 데카르타가 나타나 신기해하며 주위를 두리번거렸다.

샤하르는 약간의 경계심을 담아 나를 조심스럽게 살폈다. 이 년 전 우리가 사랑을 나눈 다음 날 아침, 우리가 마지막으로 얼굴을 보고 말을 섞었던 때를 떠올리고 있는 게 틀림없었다.

잠시 후 그녀가 대답했다. "조금은. 원리를 이해할 수 없다고 해도 내가 가고 싶은 곳에 갈 수 있다는 건 유용하니까."

"그건 그렇지." 내가 옅게 웃으며 대답했다. "하지만 조심해야 해. 죽은 공간은 한때 내 것이었고 오랫동안 내 것이었던 공간은 어느 정도 내 본성을 흡수했을 가능성이 높으니까. 잘못된 복도로 들어가거나 잘못된 문을 열었다간 뭐가 튀어나와서 널 물어 버릴지도 몰라."

샤하르가 움찔했다. 내 의도대로였다. 하지만 단순히 내가 한 말 때문은 아니다. 배신자. 내 눈빛은 그렇게 말하고 있었고, 잠시 후 그녀는 시선을 피해 버렸다.

데카는 그제야 우리 사이가 얼마나 안 좋은지를 깨달았는지 불안한 눈빛으로 우릴 번갈아 쳐다봤지만 현명하게도 거기에 대해 말을 꺼내지는 않았다.

"그림자가 공황에 빠져 있어." 데카가 말했다. "세계 곳곳에서 사회적 불안이 발생하고 있다는 보고가 들어오고 있고. 폭동이 일어나고 있고, 교단은 갑자기 기도를 하고 싶어하는 이템파스 신도들을 위해 예배 일정을 추가로 도입했지. 어머니는 사흘 뒤에 컨소시엄에 긴급 회의를 소집하고 모든 대표들이 게이트를 이용할 수 있게 리타리아에 권한을 위임했어. 모든 아라메리가 죽고 새로운 신들의 전쟁이 임박했다는 소문도 돌고 있고."

그러면 안 되는데도 웃음을 터트리고 말았다. 두려움은 필멸자에게 독약과도 같아서 그들의 이성을 죽여 버린다. 오늘 밤 어디선가 죽음이 발생할 것이다.

"그런 건 레마스가 고민할 문제지, 나하곤 상관없는데." 나는 앞으로 몸을 기울이며 말했다. "너희들이 고민할 문제도 아니고. 우리한텐 그보다 더 중요한 문제가 있다고."

쌍둥이가 서로 얼굴을 마주 보더니 다시 나를 쳐다보며 기다렸다. 그제야 그들이 내가 뭔가를 설명하길 기다리고 있다는 걸 깨달았다.

"아까 일어난 일은 나도 아는 게 전혀 없어." 나는 재빨리 두 손을 위로 쳐들었다. "내 평생 그런 건 처음 본다고! 어째서 이런 일이 너희 둘 주변에서 일어나는지 짐작도 안 가."

"우리 힘이 아니야." 샤하르가 조용한 목소리로 다소 머뭇거리면서 말했다. 내가 얼굴을 찡그리자 얼굴을 붉혔지만 이내 입술을 꾹 다물며 턱을 치켜들었다. "데카와 난 이걸 경험한 적이 있거든. 그리고 이번엔 너도 느꼈잖아. 우린 예전에 이 힘을 느낀 적이 있어, 시에. 우리 셋이 맹세했던 날이랑 똑같았어."

침묵이 내려앉았다. 나는 천천히 고개를 끄덕이며 두려움에 휩싸이지 않으려 애썼다. 나도 그게 같은 힘일 거라고 짐작하고 있었다. 내가 두려운 건 그 이유 때문이다.

데카가 입술을 축였다. "시에, 만약에 우리 셋이 접촉해서 이런…… 이런 일이 일어난 거면, 그리고 만약에 우리가 이 힘을 조종할 수 있다면…… 샤하르와 난……" 데카가 숨을 깊이 들이켰다. "다시 한번 해 보고 싶어. 널 소격신으로 되돌리기 위해서."

순간 숨이 막혔다. 지금 우리 셋이 얼마나 큰 위험에 처해 있는지 알고나 있는 건지 어이가 없었다.

"안 돼." 나는 벽에서 몸을 떼고 일어났다. 너무 긴장한 나머지 더는 태연한 척할 수도 없었다.

"시에……" 데카가 입을 열었다.

"안 돼." 신들이여. 이 아이들은 정말 아무것도 모른다. 나는 몸을 돌려 엄지손톱을 잘근거리며 초조하게 서성이기 시작했다. 우리는 어둠 속에 있었다. 하늘궁의 빛나는 벽은 나하도스의 본성을 막기 위해 특별히 설계된 것이고 현재 이템파스는 힘을 잃고 필멸자의 상태다. 하지만 예이네는…… 그녀가 원하기만 하면 모든 살아 있는 생명체가 그녀의 눈과 귀가 될 수 있다. 혹시 지금도 우리를 지켜보고 있는 건 아닐까? 혹시 그녀가……?

"시에." 샤하르가 내 앞을 가로막는 바람에 걸음을 멈췄다. 하마터면 부딪칠 뻔했다. 내가 잇새로 거칠게 소리를 내뱉자 샤하르가 나를 노려보았다. "대체 왜 이러는 건데. 우리가 네게 마법을 되찾아 줄 수 있으면……"

"그들이 너희를 죽일 거야." 내 말에 샤하르가 움찔했다. "나하랑 예이네 말이야. 만약에 우리 셋이 그런 힘을 갖게 되면 그들이 우릴 죽일 거야."

쌍둥이는 전혀 이해하지 못한 표정이었다. 나는 신음하며 손으로 머리를 헤집었다. 어떻게든 이해시켜야 했다.

"악마야." 내 말에 그들의 어리둥절한 기색이 가중됐다. 쌍둥이는 자신들이 아하드의 후손이라는 걸 몰랐다. 나는 세 가지 언어로 욕을 뇌까렸다. 물론 신의 언어가 그중 하나가 되지 않도록 조심하면서. "악마라고, 젠장! 신들이 왜 악마를 죽여 없앴다고 생각해?"

"위험했으니까." 데카가 말했다.

"아니, 아니야. 신이여, 너희 둘 다 교육용 시구(詩句)랑 사제들이 해 준 이야기만 듣고 자란 거야? 너흰 아라메리잖아. 그게 다 거짓말인 거 알잖아!" 나는 그들을 쏘아보았다.

"하지만 그게 정말인걸." 데카가 완강하게 버텼다. 어렸을 때처럼. 그리고 아마도 나중에 리타리아에서 공부할 때 그랬던 것처럼. "악마의 피는 신에게 독이었으니까……"

"그리고 어떤 신이나 소격신보다 더 필멸자에 가까웠지. 그들은 필멸자들 사이에 쉽게 섞여들 수 있었고, 실제로도 그렇게 살았어." 나는 데카에게 가까이 다가가 그와 눈을 마주했다. 내가 열심히 노력한다면, 있는 힘을 다해 살아온 세월을 숨긴다면, 인간들은 내 겉모습에 속을 수도 있었다. 하지만 지금 나는 데카에게 내가 경험한 모든 것을 보여 주고 있었다. 필멸자처럼 살았던 억겁의 세월, 그리고 전에 거친 영겁의 시간들. 나는 거의 우주의 태초부터 존재했었다. 데카가 아무리 똑똑해도, 내가 필멸자로 전락해 아무리 약해진다 한들, 나는 그가 절대로 이해할 수 없는 것들을 이해했다. 나는 기억했다. 그래서 데카가 내 말을 믿어 주길 바랐다. 평범한 필멸자가 아무런 의심도 없이 자신이 추종하는 신의 말을 믿듯이. 비록 그 때문에 그가 나를 두려워하게 되더라도.

데카가 미간을 찌푸렸다. 나는 조금씩 그가 깨닫는 모습을 지켜보았다. 그는 나를 사랑했고 어려서 욕망이란 게 뭔지 알지도 못하던 시절부터 나를 원했다. 하지만 다음 순간, 그가 주춤거리며 내게서 뒷걸음질 쳤다. 순간 울적해졌다. 하지만 이게 최선일 것이다.

샤하르. 사랑스럽고 아름다운 배신자인 샤하르는 내 말의 의미를 동생보다 먼저 알아차렸다.

"인류를 위험한 존재로 만들었구나." 그녀가 작게 말했다. "악마는 우리와 함께 살면서 우리와 함께 자식을 봤지. 그렇게 자신들의 마법을, 때로는 그들이 지닌 독을 모든 필멸자 후손에게 물려준 거야."

"그래. 당장의 위협이 되는 건 독이었어. 내 형제 하나가 악마의 독으로 목숨을 잃었고 그 일 때문에 모든 게 시작됐지. 그렇지만 우리의 마법이 필멸자라는 렌즈를 통해 걸러지고 변형되면 어떤 결과가 탄생할지도 문제였지. 어떤 악마들은 순수한 소격신만큼 강했으니까." 나는 그 말을 하며 데카를 쳐다보았다. 어쩔 수가 없었다. 데카가 나를 마주 보았다. 그는 내가 무슨 뜻으로 그런 말을 하는지도 모르고 어린 시절 짝사랑 상대가 뭔가 아주 무시무시하고 이상한 존재라는 사실을 알게 된 충격에서 아직도 헤어 나오지 못하고 있었다. "그래서 언젠가, 어떤 방식으로든 세 주신에 필적하는 필멸자가 태어날 수도 있다는 걸 예측하기란 어렵지 않았어. 현실 그 자체를 근본적으로 바꿀 힘이 있는 필멸자 말이야." 나는 고개를 가로저으며 하늘궁, 이 세계, 그리고 나아가 우주를 암시하며 방 주변을 손짓했다. "너희는 이 모든 게 얼마나 깨지기 쉬운지 모를 거야. 세 주신 중 하나를 잃으면 세계는 붕괴돼. 네 번째 주신, 또는 거기에 가까운 무언가 탄생해도 똑같은 결과가 나올 거야."

충격보다 더 무거운 근심에 사로잡힌 데카가 얼굴을 찡그렸다. "우리가 한 일이…… 넌 세 주신이 정말로 그걸 심각하게 두려워할 거라고 생각해?"

"하지만 우리가 무슨 해를 끼친 것도 아니잖아." 샤하르가 끼어들었다.

"현실을 바꾸는 것 자체가 위험한 일이야! 아무리 날 돕기 위해서라도 만약에 또다시 그런 일을 시도했다간, 데카, 넌 마법이 어떤 식으로 작동하는지 알지? 인을 획 하나라도 잘못 그리거나 신어를 잘못 발음하기라도 하면 어떻게 되지? 너희 둘이 그 힘으로 나를 다시 빚으려 했다가……" 나는 한숨을 내쉬며 지금껏 인정하고 싶지 않았던 진실을 정면으로 마주했다. "예전에 어떻게 됐었는지 생각해 봐. 너희는 내가 너희의 친구가 되길 원했어. 진짜 친구 말이야. 신인 내게는 너무도 낯선 일이었지. 나중에 나이가 들면 너희는 내가 얼마나 다르고 이질적인 존재인지 알게 됐을 거야. 전형적인 아라메리로 자라 나를 어떻게 이용해 먹을지 궁리했을 테지." 나는 입술에 살짝 힘을 주어 꾹 다물고 있는 샤하르를 쳐다보았다. "만약에 내가 계속 신이었다면 우리의 우정은 이렇게 오랫동안 유지되지 못했을 거야. 그래서 너희가, 너희의 어떤 부분이, 나를 너희의 친구가 될 수 있는 존재로 만들었어."

데카가 한 발짝 더 뒤로 물러났다. 얼굴 가득 공포심이 번져 나갔다. "그게 다 우리가 한 짓이란 말이야? '어디로도 이어지지 않는 계단'이 무너진 것도, 네가 필멸자가 된 것도……?"

나는 한숨을 쉬며 다시 벽으로 다가가 주르륵 미끄러지며 기대앉았다. "나도 몰라. 다 추측일 뿐이니까. 만약에 이 이상한 마법이 너희의 의지로 발동하는 거였으면 아마 나를 변화시키는 데만 집중됐겠지. 하지만 반발이 발생하는 바람에…… 아니면 그 비슷한 일이 일어났거나. 하지만 그래도 너희가 왜 그런 힘을 갖고 있느냐는 근본적인 질문에는 대답이 안 돼."

"단순히 우리 때문이 아냐, 시에." 샤하르가 또다시 조용히 말했다. "데카와 나는 수없이 손을 잡았지만 아무 일도 일어나지 않았어. 우리가 너와 접촉했을 때만 변화가 일어났지."

나는 침울하게 고개를 끄덕였다. 그건 나도 알고 있었다.

쌍둥이가 내 말을 이해하고 곱씹는 사이, 침묵이 흘렀다. 정적을 깨뜨린 건 내 텅 빈 배에서 울린 커다란 꼬르륵 소리와 그보다 더 큰 내 하품 소리였다. 데카르타가 어색한 듯 몸을 옴죽거렸다. "여긴 왜 온 거야, 시에? 이 층엔 하인도 없고, 방은…… 더러워." 데카가 주위를 둘러보더니 오래 묵은 넝마 더미를 발견하고 입꼬리를 실룩였다.

더러운 신이 살기 좋은 더러운 곳이지. 나는 속으로 생각했다. "난 여기가 좋아. 그리고 너무 피곤해서 다른 데 가기도 싫고. 이젠 너희 둘 다 가 봐. 난 좀 쉬어야겠어."

샤하르는 바닥에 난 구멍을 향해 돌아섰지만 데카는 움직이지 않았다. "같이 가자. 배도 채우고, 목욕도 하고. 내 거처에 소파가 있어."

나는 그를 올려다보았다. 그 말을 꺼내기 위해 나름 얼마나 용기를 냈는지 눈에 보였다. 내가 그의 환상을 깨트려 버렸는데도 그는 약속대로 좋은 친구가 되어 주기 위해 아직도 열심히 노력하고 있었다.

바로 네가 나를 이렇게 만들었지, 아름다운 데카.

내가 흐릿하게 웃자 그가 미간을 찌푸렸다.

"난 괜찮아. 그만 가 봐. 아침에 어머니를 만날 거잖아."

그래서 둘은 떠났다.

바닥의 일광석이 닫히자 나는 잠을 자려고 누워 몸을 둥글게 웅크렸다. 아침에 일어나면 온몸이 뻐근할 것 같다. 하지만 눈을 감자마자 내가 혼자가 아님을 깨달았다.

"정말로 내가 두려운 거야?"

나는 눈을 뜨고 일어나 앉았다. 예이네가 내 낡은 보금자리 위에 책상다리를 하고 앉아 있었다. 여느 때처럼 우아했고, 누더기 속에서도 여전히 아름다웠다. 그건 더 이상 썩어서 버석거리는 넝마 더미가 아니었다. 방금 전까지 회색 덩어리였던 것들이 색상과 형태를 되찾고, 섬유 조직의 응집력과 내구성이 회복되어 제 모습을 찾아가는 소리가 들렸다. 예이네의 허벅지 한쪽에 눈에 잘 보이지도 않는 진드기 한 무리가 한 줄로 기어가다가 볼록하게 차오른 그녀의 살 속에 묻혀 사라졌다. 그녀가 다른 곳으로 보내 버리거나 죽여 버린 것일지도 모른다. 예이네의 속은 아무도 알 수가 없으니까.

나는 질문에 대답하지 않았다. 예이네가 한숨을 내쉬었다.

"난 필멸자가 얼마나 강해지든 관심 없어, 시에. 만약에 정말 그런 일이 생겨서 우리한테 위협이 되면 그때 가서 처리하면 되지. 하지만 지금은……" 그녀가 어깨를 으쓱했다. "일부 필멸자가 그런 마법을 갖고 있다는 게 오히려 좋은 일일지도 몰라. 어쩌면 그것이야말로 필멸자에게 정말로 필요한 것일지도 모르고. 그들에게 그들만의 힘이 있다면 더는 우리의 힘을 시기하지 않겠지."

"나하한테는 말하지 마." 내가 속닥였다. 예이네가 갑자기 진지해지더니 조용해졌다.

잠시 후 그녀가 말했다. "우리가 혼자될 때마다 넌 나를 찾아오곤 했지."

나는 시선을 피했다. 물론 그러고 싶었더랬다. 하지만 그러지 않는 게 좋으리라는 걸 알고 있었다

"시에." 상처 입은 말투였다.

그리고 나는 예이네를 너무 사랑했기에, 그녀가 자기가 문제라고 생각하게 하고 싶지 않았기에, 한숨을 쉬며 자리에서 일어나 그녀를 향해 걸어갔다. 천 더미를 쌓아 만든 둥지 안으로 기어 올

라가자 옛 추억이 떠올랐다. 순간적으로 그 기억에 압도되어 잠시 멈칫했다. 달 없는 밤, 나하가 이템파스와 아라메리로부터 유일하게 안전한 시간에 더 이상 셋이 아닌 셋을 그리워하며 흐느낄 때 그의 품에 안겨 있던 일. 내 태양계의 새로운 궤도를 짜고 내가 죽인 아라메리의 해골들을 문질러 닦으며 보내던 끝없는 시간. 어떤 근위대장에게 이를 북북 갈던 일. 그는 순혈이었고 잔인했으며, 내게 등짝을 보이며 누우라고 했다.(결국엔 그의 뼈도 손에 넣었지만 생각만큼 좋은 장난감이 되어 주지 못해 부두 밖으로 던져 버렸다.)

그리고 이제 예이네가 여기 있었다. 존재 자체만으로도 나쁜 것을 불태워 없애고 좋은 것은 빛이 나게 하는 예이네. 그녀를 꼭 껴안고 싶었지만 그러면 무슨 일이 일어날지 알았다. 그녀가 모른다는 게 신기할 따름이었다. 예이네는 너무 어렸다.

예이네가 의아한 듯 미간을 찌푸리더니 손을 내밀어 내 뺨을 감싸 쥐었다. 나는 자제력을 잃고 이제껏 수없이 그랬던 것처럼 몸을 던져 그녀의 가슴에 얼굴을 묻고 조끼의 등판을 움켜쥐었다. 정말 좋았다. 처음엔 그랬다. 따뜻하고, 안전하고, 다시 어려진 기분이었다. 그녀의 팔이 내 몸을 감쌌고 그녀의 얼굴이 내 머리카락을 꾹 눌렀다. 나는 그녀의 어린아기였다. 이 육신만 제외하면 그녀의 아들이었다. 그리고 육신은 중요하지 않았다.

하지만 항상 익숙하던 것이 갑자기 낯설어지는 순간이 있기 마련이며, 예이네와 나처럼 서로 사랑하는 두 객체 사이에는 언제나 그러한 순간이 다소 존재하는 법이다. 그리고 그 경계선은 너무도 가늘고 미묘했다. 방금 전까지 나는 그녀의 자식이었고 정말로 순수하게 그녀의 가슴에 머리를 기대고 있었다. 하지만 다음 순간 나는 남자였고, 외롭고 굶주려 있었으며, 그녀의 가슴은 작지만 부풀어 있었다. 여자. 경계심 없이 몸을 맡기고 있는.

예이네가 몸을 굳혔다. 눈치채지도 못할 만큼 아주 약간이었지만, 그럴 거라고 생각했다. 나는 한숨을 쉬며 몸을 떼고 허리를 세워 앉았다. 예이네의 불안하고 확신 없는 눈빛과 마주쳤을 때는 시선을 피해 버렸다. 난 그렇게까지 대책 없는 개차반이 아니다. 예이네를 위해서라면 이미 성장해 버렸더라도 남자가 아니라 그녀가 필요로 하는 어린 소년으로 남을 것이다.

하지만 놀랍게도 예이네가 내 턱을 붙잡아 다시 그녀를 보게 했다.

"단순히 필멸자가 된 것 말고도 뭔가가 더 있구나. 그 두 아이를 보호하고 싶은 것 말고도 다른 게 있어."

"난 필멸자들을 보호하고 싶어. 만약에 나하가 그 둘이 어떤 능력을 가졌는지 알게 되면……"

예이네가 고개를 가로젓자 내 머리도 살짝 흔들렸다. 화제를 돌리려는 내 노력을 거부한 그녀가 내 얼굴을 면밀히 뜯어보았다. 겁이 났다. 그녀는 에네파가 아니었다. 하지만……

"넌 나하도스를 비롯해 다른 수많은 형제자매와도 관계를 나눴지." 예이네의 혐오감이 서둘러 자리를 피하는 진드기처럼 내 피부 위를 스멀스멀 기는 게 느껴졌다. 예이네는 참으려 했지만, 실패했다. "나도…… 알아. 신들은 다르다는 걸."

예이네가 조금만 더 나이가 많았다면, 몇 세기만 더 살았다면 필멸자의 삶과 그들의 금제(禁制)에 대한 기억이 희미해졌을 텐데. 그녀가 진정한 신이 되는 걸 보지 못하고 떠날 거라고 생각하니 슬퍼졌다.

"난 에네파의 연인이기도 했어." 나는 조용히 말했다. 예이네를 똑바로 쳐다볼 수가 없었다. "자주……는 아니었지만 주로 이템파스와 나하도스가 둘이서만 시간을 보낼 때 그랬지. 그녀가 날 필요로 할 때."

지금 말고는 기회가 없을 것 같아서 예이네를 올려다보며 진실을 보여 주었다. 어쩌면 시간이 흐르고 나면 너도 나를 필요로 했을지 몰라. 넌 나하와 템파보다 더 강하지만 그래도 외로움을 피할 수는 없으니까. 그리고 난 늘 너를 사랑했으니까.

예이네는 용케도 움찔하지 않았다. 그러니 그녀를 더욱 사랑하지 않을 수가 없다. 예이네가 한숨을 내쉬었다.

"난 아이를 갖고 싶은 생각이 없어." 그녀가 손가락 관절로 내 뺨을 부드럽게 어루만지며 말했다. 나는 그 손길을 찾아 기대며 눈을 감았다. "마음에 상처 입고 화가 잔뜩 나 있는 새 자식들이 너무 많아서 그랬다간 문제가 더 복잡해질 것 같으니까. 하지만 그것 말고도……" 예이네가 내 피부 위에서 별빛처럼 미소 짓는 게 느껴졌다. "너는 내 아들이야, 시에. 물론 말이 안 되긴 하지. 실은 내가 네 딸에 가까우니까. 하지만 그래도…… 난 그렇게 느껴."

그녀의 손을 붙잡아 내 필멸의 심장박동이 느껴지도록 가슴에 대고 꼭 눌렀다. 매시간 죽어 가고 있는 덕분에 평소보다 더 대담해질 수 있었다. "만일 내가 네게 다른 게 될 수 없다면, 아주 기쁘게 네 아들이 될 거야. 정말로."

그녀의 미소가 애달프게 변했다. "하지만 넌 그 이상을 원하지."

"난 항상 더 많은 걸 원해. 나하든 에네파든······ 심지어 이템파스한테도." 그 생각을 하자 침울해져서 예이네의 옆에 누워 달라붙었다. 이러다 분위기가 잘못 흘러간 전적이 있는데도 예이네는 나를 말리지 않았다. 나를 신뢰한다는 표시였다. 그리고 나는 이걸 악용하지 않았다. "난 불가능한 걸 원해. 그게 내 본성인걸."

"만족하지 못하는 거 말이야?" 예이네의 손가락이 내 머리카락을 다정하게 쓰다듬었다.

"아마도." 나는 어깨를 으쓱했다. "그래서 그걸 다루는 법을 배웠지. 안 그럼 어쩌겠어?"

예이네가 너무 오랫동안 침묵을 지키는 사이, 포근한 보금자리에 누워 있다 보니 졸리고 따뜻하고 노곤해졌다. 어쩌면 예이네랑 같이 잘 수 있을지도 모른다는 (진짜로 잠만) 생각이 들었다. 그러고 싶은 마음이 너무 간절했지만 뭐라고 부탁해야 할지 알 수가 없었다. 하지만 예이네는 여신이었고, 다른 생각을 품고 있었다.

마침내 예이네가 입을 열었다. "그 아이들, 필멸자 쌍둥이 말이야. 그 아이들은 너를 기쁘게 해 주지."

나는 고개를 가로저었다. "난 그들을 잘 알지도 못해. 충동적으로 친구가 됐고 실수로 사랑에 빠졌지. 애들이 원래 그러긴 하지만 그것만큼은 어린아이가 아니라 신처럼 생각했어야 했어."

예이네가 내 이마에 입을 맞췄다. 나를 꺼려하는 기색이 전혀 느껴지지 않아서 기뻤다. "네 가장 뛰어난 점 중 하나가 기꺼이 위험을 감수한다는 것이지, 시에. 그렇지 않았다면 나와 내가 지금 어떻게 됐겠니?"

침울한 와중에도 절로 미소가 나왔다. 예이네가 원했던 것도 이것이었을 것이다. 그녀가 내 뺨을 쓰다듬자 기분이 더 좋아졌다. 그녀는 내게 이런 영향력을 행사할 수 있었다. 내가 자발적으로 그녀에게 건네준 힘이기도 했다.

"사랑에 빠지기에 나쁜 상대는 아니야." 예이네가 사려 깊은 어조로 말했다.

"샤하르의 경우엔 나쁜 거 맞아."

예이네가 몸을 약간 젖히고 나를 한참 동안 지긋이 바라보았다. "흠. 네가 이렇게 화를 낼 만한 끔찍한 짓이라도 했나 보네."

"그 얘긴 하고 싶지 않아."

예이네가 고개를 끄덕이며 내가 잠시 부루퉁해 있을 시간을 주었다. "남자애 쪽은 다르고?"

"갠 데카르타야." 그러자 예이네가 탄식을 내뱉었다. 나는 웃음을 터트렸다. "나도 처음에 들었을 때 딱 그런 반응이었어! 하지만 그 애는 이름만 같은 그 작자하곤 달라." 나는 잠시 말을 멈추고 데카가 몸에 새긴 문양들과 샤하르의 무기로 쓰이겠다는 굳은 결심, 그리고 나를 향한 지치지 않는 구애를 떠올렸다. "하지만 그래도 아라메리는 아라메리야. 신뢰할 순 없어."

"나도 아라메리인데."

"달라. 그건 타고나는 게 아닌데 넌 그 족제비 소굴에서 자라지 않았잖아."

"그래. 하지만 난 다른 종류의 족제비 소굴에서 자랐는걸." 예이네가 어깨를 으쓱하자 내 머리도 같이 흔들렸다. "필멸자는 여러 가지가 뒤섞인 존재야, 시에. 그들은 주변 환경이 만든 결과이기도 하고 스스로 원해서 된 것이기도 하지. 그들을 증오할 거면 후자만 증오하도록 해. 전자에 대해선 그들도 나름 할 말이 있을 테니까." 나는 한숨을 내쉬었다. 물론 그녀의 말이 옳다. 그리고 그건 철학적인 수준을 넘어, 기나긴 영겁의 세월 동안 필멸자가 존재할 가치가 있는지를 놓고 형제자매와 논쟁을 벌였을 때 내가 주장하던 것과 별다를 바가 없었다.

"그들은 정말 바보야, 예이네." 나는 속삭였다. "우리가 준 모든 선물을 허비하고는……" 나는 말을 흐리며 알 수 없는 이유로 몸을 떨었다. 꼭 울음이 터지기 직전처럼 가슴이 욱신거렸다. 난 이제 남자고, 남자는 울지 않는다. 어쨌든 적어도 테마 남자들은 그랬다. 하지만 나는 또한 신이었고, 신은 울고 싶을 때 운다. 가슴이 너무 아파서 금방이라도 눈물이 흘러나올 것 같았.

"샤하르에게 네 사랑을 주었구나." 예이네는 한 손으로 계속 내 머리를 쓰다듬고 있었지만 별로 도움이 되진 않았다. "그럴 가치가 있었니?"

나는 샤하르를 떠올렸다. 어리고, 사납고, 내가 감히 네 운명을 스스로 선택할 수 없을 거라고 말하자 나를 계단 밑으로 걷어차 버린 샤하르. 나중에 어머니의 명령으로 나와 사랑을 나누던 샤하르. 나를 껴안고 내 몸을 이용해 쾌락을 즐기던 그녀가 어찌나 간절해 보였던지! 지난 이천 년 동안 필멸자와 관계를 맺으면서 그토록 나 자신을 완전히 잊어버린 적은 처음이었다.

이 모든 것을 떠올리고 있노라니 가슴속에 꽉 묶여 있던 분노의 매듭이 드디어 느슨해지는 것 같았다.

예이네가 나직하게 기쁨의 웃음소리를 내며 내게서 몸을 떼고 허리를 세웠다. 나는 그 모습을 아쉬운 눈빛으로 지켜보았다. "착한 아이답게 이제 그만 자렴. 밤새도록 깨어 있지 말고. 내일은 아주 재미있는 하루가 될 테니 하나도 놓치지 않는 게 좋을걸."

그 말에 나는 얼굴을 찌푸리며 한쪽 팔꿈치로 몸을 세워 지탱했다. 예이네가 짧은 머리카락을 빗질하듯이 손가락으로 쓸어 넘겼다. 백 년이나 지났건만 그녀에겐 아직도 필멸자스러운 특징이 너무 많이 남아 있었다. 신이라면 그냥 의지를 발휘해 완벽한 머리 모양을 만들어 냈을 텐데. 게다가 그녀는 왠지 의기양양한 기색을 굳이 숨기려 들지도 않았다.

"뭐 꾸미고 있는 거 있지?" 내가 눈을 가느스름하게 떴다.

"사실은 그래. 축복해 줄래?" 예이네가 일어서서 잘난 척하듯이 한 손을 허리에 얹고 히죽 웃었다. "레마스 아라메리는 자기 자식들만큼이나 흥미롭더라. 지금은 이것만 말해 둘게."

"레마스 아라메리는 사악한 여자야. 샤하르가 자기 엄마를 그렇게 사랑하지만 않았다면 진즉에 죽여 버렸을 텐데." 하지만 내가 그 말을 하자마자 예이네가 한쪽 눈썹을 쓱 올렸고 순간 내 감정을 지나치게 드러냈다는 생각에 얼굴이 절로 구겨졌다. 내가 그런 끔찍한 어머니를 참아 줄 만큼 샤하르를 사랑한다면, 그녀를 사랑하다 못해 용서해 줄 수도 있을 것이다.

"바보." 예이네가 한숨을 내쉬었다. "넌 정말 뭐든 쉽게 가는 법이 없구나."

우스갯소리로 대꾸해 주려 했지만 얼굴에 웃음을 띨 수가 없었다. "어려운 길이 더 재밌을 땐 어쩔 수 없지."

예이네가 고개를 절레절레 저었다. "넌 오늘 죽을 뻔했어."

"뭐, 그다지." 예이네가 내게 그 눈빛을 쏘아 보내서 움찔하고 말았다. "어쨌든 전부 다 잘 끝났잖아!"

"아니, 전혀 그렇지 않았어. 그렇다기보단, 그러면 안 됐지. 하지만 얼마나 많이 변하든 넌 항상 신의 행운을 지니고 있을 거야." 예이네가 갑자기 진지해졌다. "좋은 엄마는 자식들의 무사안전뿐만 아니라 행복을 바란단다, 시에."

"어······." 그녀가 무슨 말을 하려는 건지 알 수가 없어 절로 긴장이 됐다. 예이네는 나하만큼 이상하진 않아도 사고의 흐름이 빙글빙글 나선형으로 흘러가서 이제 필멸자의 선형적인 사고방식에 갇히게 된 나로서는 때때로 그녀의 말을 제대로 따라갈 수가 없었다. "좋은······ 거지?"

예이네가 고개를 끄덕였다. 그녀의 표정 뒤에 읽을 수 없는 생각들이 소용돌이치고 있었다. 그때 그녀가 또다시 눈빛을 보냈고, 나는 깜짝 놀라 눈을 깜박였다. 필멸의 평생 동안 내가 한 번도 보지 못한 격정이 담겨 있었기 때문이다.

"네가 행복을 누릴 수 있게 해 줄게, 시에. 우리가 그렇게 만들 거다."

그녀와 나하를 말하는 게 아니었다. 셋이 당연히 세 주신을 뜻하듯이 나는 그 우리가 누구를 뜻하는지 알았다. 예이네가 신이 된 후 셋이 하나가 된 적은 아직 없지만 그럼에도 그녀는 그중 하나였다. 보다 거대한 전체의 일부. 세 주신이 함께 같은 것을 원할 때, 그들은 각자 하나의 목소리로 말한다.

나는 은총에 감사하며 고개를 숙였다. 하지만 이내 거기 담긴 또 다른 의미를 깨닫고 미간을 찌푸렸다. "내가 죽기 전에, 맞지?"

예이네가 혼잣말처럼 고개를 가로젓더니 몸을 기울여 내 가슴에 손을 얹었다. 순간적으로 그녀의 육신이 미세하게 진동하는 게 느껴졌지만 필멸자가 되어 둔해진 내 감각은 이내 그녀를 완벽하게 인지하지 못하게 되었다. 하지만 조금이나마 맛본 것만으로도 기뻤다. 예이네에게는 심장이 없다. 내 아름다운 예이네. 그녀에게는 심장이 필요하지 않았다. 온 우주의 맥동과 호흡, 삶과 죽음만으로 충분했으니까.

"우리는 모두 죽는다." 그녀가 조용히 말했다. "우리 모두 언젠가는 죽지. 신이라도 마찬가지야." 그리고 그 말로 인해 내가 거의 빠져나올 뻔했던 침울함 속으로 다시 침잠하기 전에 그녀가 재빨리 윙크를 날렸다. "하지만 내 아들이 되면 몇 가지 특권을 누릴 수 있지."

그 말과 함께 예이네가 사라졌다. 남은 것은 그녀의 손가락이 내 가슴에 남긴 온기가 식어 가는 서늘함과 누더기 더미 둥지뿐이었다. 다시 잠자리에 누운 나는 예이네가 그녀의 내음을 남겨 두고 갔다는 사실을 깨닫고 기쁨을 감출 수가 없었다. 안개와 숨겨진 색채와 어머니의 사랑. 그리고 아주 은은한, 딱 그만큼의 여성의 열정.

그것만으로도 그날 밤 편안한 마음으로 푹 잠들 수 있었다.

하지만 예이네가 무슨 일을 꾸미고 있는지 너무 궁금해서 빨리 자라는 그녀의 말을 안 듣고 한 시간 정도는 말똥말똥 깨어 있었다. 흥분이 가라앉지가 않았다. 아이들은 원래 깜짝 선물을 좋아하니까.

✲

"다들 와 줘서 고맙네." 레마스의 시선이 한 사람 한 사람에게 차례대로 닿았다. 나, 샤하르, 데카르타. 그리고 특이하게도 신하들 중에서 래스와 모라드만 참석해 있었다. 이 둘은 샤하르와 데카의 뒤에 무릎을 꿇고 앉아 사람들의 이목을 두 순혈에게 양보하고 있었다. 라미나는 왕좌에 앉아 있는 레마스의 좌측 뒤에 서 있었다. 나는 가까운 벽에 기대서서 따분한 척 팔짱을 끼고 있었다.

늦은 오후 시간이었다. 우리는 레마스가 그날 일찍, 즉 평소에 가신들을 접견하는 아침 시간이나 혹은 그 직후에 우리를 부를 것이라고 짐작했다. 하지만 아무도 우리를 데리러 오지 않아서 샤하르와 데카는 하루 종일 아라메리 순혈이 하는 평범한 일을 했고 나는 정오까지 늦잠을 잤다. 그냥 그래도 됐으니까. 결국엔 모라드가(그녀에게 축복 있길!) 보낸 용감한 하인들이 내 은신처에 쳐들어와 음식과 옷을 제공한 다음 나를 레마스에게 데려갔다.

신들의 전쟁 이전엔 이템파스를 위한 제단이었고 아직도 신다 아라메리가 흘린 악마의 피 냄새가 희미하게 풍기는 네모난 돌의자 위에서 레마스가 우리에게 미소지었다.

"어제 발생한 충격적인 사실로 말미암아, 부디 필요하지 않길 바랐던 계획을 드디어 실행할 때가 온 것 같다. 데카르타." 데카르타가 흠칫 놀라며 고개를 들었다. "리타리아 교수들의 말에 따르면 네가 지금껏 리타리아가 배출한 졸업생들 가운데 의심의 여지 없이 가장 뛰어난 필경사라고 하더구나. 리타리아에 심어 놓은 정보원들 역시 네 기량을 확인한바, 그게 단순히 알랑거리기 위한 칭찬이 아닌 것도 확실해 보인다. 그런고로 이 어머니는 네가 생각하는 것 이상으로 몹시 기쁘다."

데카르타가 놀라움이 역력한 표정으로 한참 동안 레마스를 쳐다보다가 대답했다. "감사합니다, 어머니."

"내게 고마워하는 건 아직 이르다. 너와 샤하르에게 내릴 임무가 있으니까. 상당한 시간과 노력이 필요한 일이나 우리 가문의 미래가 달린 중대한 일이 될 거다." 그녀가 다리를 접더니 샤하르에게 눈길을 보냈다. "그게 뭔지 너는 아느냐, 샤하르?"

왠지 둘 사이에 오랫동안 존재했던 질문 같았다. 어쩌면 레마스는 샤하르에게 항상 이런 식으로 말을 모호하게 던졌을지도 모른다. 샤하르는 조금도 동요하지 않고 고개를 들고 대답했다.

"잘 모르겠습니다. 하지만 제 정보원을 통해 어머니가 매우 흥미로운 움직임을 보이고 있다는 소식을 들어서 어느 정도 짐작 가는 바는 있어요."

"가령?"

샤하르가 눈을 가늘게 떴다. 지금처럼 대중없이 모인 무리 앞에서 어디까지 공개할 수 있을지 고심하는 것일 테다. 그러더니 곧 숨김없이 툭 내뱉었다. "전 세계 곳곳에 있는 외딴 지역에 조사단을 파견하고, 기밀을 지키지 않을 경우 목숨을 잃는다는 조건으로 필경사 여럿을 동원해 하늘궁을 만들 때 사용된 건축 기술을 연구하고 계시죠." 샤하르가 힐끗 나를 쳐다보았다. "필멸자의 마법으로 모방할 수 있을지 알아보기 위해서요."

나는 깜짝 놀라 눈을 깜박였다. 그건 내게도 전혀 뜻밖의 이야기였다. 얼굴을 찌푸리며 레마스를 쳐다보자 내 놀란 모습이 재밌다는 듯 웃음 짓고 있어서 더욱 어안이 벙벙해졌다.

"도대체 무슨 꿍꿍이야?" 내가 물었다.

레마스가 거의 부끄러워하듯이 눈을 내리깔았다. 불현듯 예이네가 떠올랐다. 레마스는 어젯밤 예이네처럼 묘하게 의기양양한 표정을 짓고 있었다. 둘이 알고 보면 친척이라는 게 새삼 실감 나서 기분 나빴다.

"아라메리는 변해야 합니다, 시에 님. 당신과 다른 에네파데가 오랜 포로 생활에서 풀려난 날, 밤의 군주가 그렇게 말씀하시지 않았나요? 우리가 너무 오랫동안 현상 유지에만 몰두한 나머지, 갑작스레 차고 넘치는 자유를 흥청망청 만끽하게 된 세상은 이제 이리저리 들썩이고 몸부림치면서 너무 빠른 변화로, 너무도 멀리 자멸의 길을 가고 있죠." 레마스가 의기양양한 표정을 지우며 한숨을 내쉬었다. "작년에 북쪽의 정보원들이 보고한 내용이 있었는데, 그땐 이해할 수가 없었죠. 하지만 가면의 위력을 직접 보고 나니 우리가 상상했던 것보다 훨씬 더 큰 위험에 처해 있다는 걸 깨달았습니다……."

레마스가 갑자기 말끝을 흐리며 침묵에 빠져들었다. 그러더니 아주 짧은 찰나, 지금껏 그녀가 절대로 드러낸 적 없던 지독한 두려움과 피로함이 눈빛 위로 스치고 지나갔다. 평소의 그녀를 생각하면 충격적인 실수였다. 하지만 레마스가 샤하르에게 시선을 돌렸을 때, 나는 그것이 의도적인 행동이었음을 깨달았다.

"정보원들의 말에 따르면 수백 개의 가면을 목격했다 한다." 그녀가 부드럽게 말을 이었다. "어쩌면 수천에 달할지도 모르지. 하이노스 대륙에 있는 거의 모든 국가에 디미이 장인이 있고, 북부인들은 벌써 한 세대가 넘게 그 예술에 관한 지식을 퍼트리고 재능 있는 젊은이들을 양성하고 있어. 외국인에게는 기념품으로 판매하고 상인들에게는 선물로 주기도 하지. 대부분의 사람들이 가면을 벽에 장식품으로 걸어 둔다. 북부에서 제도에 이르기까지 세늠 대륙 전역에 얼마나 많은 가면이 존재할지는 아무도 몰라. 이 도시만 해도 하늘궁에서 회색지구, 그리고 그 아래 그림자에 이르기까지, 전혀 알 수가 없다."

나는 그 말에 진실이 담겨 있음을 깨닫고 놀라 헛숨을 들이켰다. 신이여. 나도 그 가면을 본 적이 있다. 안테마의 선술집 벽에서. 한번은 하늘궁 바로 아래 있는 살롱에서도 봤다. 컨소시엄 회의를 엿듣기 위해 어느 귀족의 견습생인 척 들어갔을 때였다. 화장실 벽에 위엄 있고 근엄한 얼굴들이 죽 걸려 있어 소변을 보는 내내 눈길이 갔다. 그땐 그게 뭔지도 몰랐다.

"물론 이러한 위협을 찾아내 무력화하기 위해 교단수호자 측에 벌써 협력을 요청해 두었다. 그래서 주택들을 수색하고 가면을 제거하기 시작했지. 물론 손을 대지는 않았다." 데카가 놀란 표정으로 뭔가 말하려 입을 벌리자 레마스가 재빨리 덧붙였다. "위험은 충분히 인식하고 있어."

"아뇨." 데카의 말에 우리 모두 눈을 깜박였다. 아무도 아라메리 가문의 수장이 말하는 도중에 끼어들 수는 없다. "가면들을 연구해서 어떤 식으로 작용하는 건지 파악하기 전까지는 그게 얼마나 위험한지 아무도 알 수 없습니다, 어머니. 물리적인 접촉 말고 다른 방식으로 작동할 수도 있어요."

"그렇더라도 일단 시도는 해 봐야지. 시중에 풀려 있는 가면들 중 하나라도 평범한 사람을 어제 우리를 공격한 자들처럼 무적의 괴물로 만들 수 있다면 우린 이미 적들에게 포위된 것이나 마찬가지다. 놈들은 병사를 모집하거나 훈련을 시킬 필요도 없고 식량을 제공할 필요도 없어. 어떻게 하는 건지는 몰라도 가면을 조종하는 원리나 주문을 이용해 언제 어디서나 군대를 일으킬 수 있으니까. 게다가 우리 필경사들이 고안한 방어책은 참담할 정도로 아무 소용도 없다는 사실이 입증되었지."

"하지만 필경사 군단은 이제야 손상되지 않은 가면의 샘플을 확보했을 뿐입니다. 그런 결론은 아직 이른……"

"우리 가문의 운명을 그런 불확실성에 걸 수는 없다. 우린 전통과 명성에만 의존하다가 이미 너무 많은 것을 잃었어. 우린 우리가 난공불락이라고 여겼다. 심지어 적들이 우리의 구성원들을 하나씩 솎아 내고 있었을 때조차도 그랬지." 레마스가 잠시 말을 멈췄다. 턱 근육이 실룩거리고 눈빛은 어둡고 단호해졌다. "샤하르, 네가 가문을 이끌어야 할 때가 되면 이보다도 더 이상한 선택을 하게 될 거다. 내가 네게 시조님의 이름을 준 건 우연이 아니야." 레마스의 시선이 짧게 데카를 스쳤다. "다만 나는 이미 네가 올바른 일을 할 힘을 지녔다는 것을 안다."

샤하르가 긴장하며 눈가를 가늘게 좁혔다. 의심하는 건가? 아니면 분노? 눈앞에 있는 것도 제대로 인식하지 못하는 필멸자의 형편없는 감각 같으니.

레마스가 숨을 깊이 들이켰다. "샤하르, 네게 데카르타와 가문 내에서 가장 유능한 자들의 도움을 받아 아라메리의 새로운 보금자리를 준비하는 계획을 총괄하는 임무를 맡기겠다."

숨소리 하나 들리지 않는 정적이 내려앉았다. 나를 비롯해 그 자리에 있는 모든 이들이 레마스를 뚫어져라 응시했다. 불가해의 대혼돈이여. 그녀는 진심이었다.

"새 궁전이요?" 샤하르는 믿을 수 없다는 표정을 감추려 들지도 않았다. "어머니……" 그녀가 고개를 흔들며 말꼬리를 늘렸다. "이해가 안 돼요."

레마스가 우아한 손을 펼쳤다. "단순한 얘기란다, 딸아. 곧 우리 가문이 거주할 새로운 궁전이 건설될 거다. 아무도 알지 못하는 숨은 장소에, 하늘궁보다 더욱 뛰어난 방어력을 갖추고 외부의 접근도 불가한 곳이 될 거야. 래스 대장과 백색근위대, 모라드 궁내집사, 그리고 네가 암묵적으로 신뢰하는 몇몇 이만이 이 새로운 궁에 거주할 것이다. 이후 가문의 모든 이들이 옮겨 갈 준비가 될 때까지 말이야. 하늘궁과는 달리 이 새로운 궁의 위치는 극비다. 데카르타, 너는 네가 할 수 있는 모든 마법적 수단을 동원해 이 비밀이 유지되도록 지켜야 한다. 필요하다면 새로운 마법이라도 고안해 내라. 라미나, 넌 내 아이들 옆에서 조언을 해 주렴."

각자의 반응을 통해 방 안에 있는 누가 이 사실에 대해 미리 알고 있었는지 파악할 수 있었다. 샤하르의 눈은 엔보다도 더 커다래져 있었고, 데카도 마찬가지였다. 래스의 입이 떡 벌어졌지만 모라드는 무표정한 얼굴로 레마스를 계속 응시했다. 아무래도 레마스가 연인에게는 미리 귀띔을 해 준 것 같았다. 그리고 라미나는 내게 피식 웃어 보였다. 이미 알고 있던 또 다른 한 명이었다.

하지만 말도 안 된다. 아라메리는 전에도 새 궁전을 지은 적이 있지만 그건 예전에 살던 궁이 파괴되어 사라졌기 때문이다. 나하도스와 유난히 멍청했던 아라메리 가주 때문이었지. 현재의 하늘궁은 아무 문제도 없고 이 세상 어떤 곳보다 안전했다. 거대한 나무 안에 자리 잡고 있으니까. 이렇게까지 할 필요가 전혀 없었다.

나는 기대고 있던 벽에서 몸을 일으켜 허리에 손을 얹었다. "그럼 나한테는 무슨 명령을 내릴 거지, 레마스? 돌을 자르고 회반죽을 얹어서 새 궁전을 지으라고 할 건가? 어쨌든 이 궁전은 내가 동생들과 같이 지은 거잖아."

레마스의 시선이 나를 향했다. 뭐라고 해석해야 할지 모를 눈빛이었다. 그녀가 너무 오랫동안 침묵을 지키는 바람에 혹시 날 죽이려고 하는 건 아닌지 의심이 들기 시작했다. 만약 그렇다면 정말 멍청한 짓이다. 대혼돈 정도가 아니면 나하도스의 노여움을 막을 수가 없을 테니까. 하지만 레마스라면 그러고도 남을 작자였다.

어디 해보시든지. 나는 그녀를 노려보면서 이를 드러내고 씩 웃었다. 엔이 내 가슴 위에서 두근두근 뜨겁게 달아오르며 찬동했다. 하지만 내 미소를 본 레마스는 뭔가를 확인했다는 듯 살짝 고개를 끄덕였다.

"당신이 내 자식들을 돌봐주길 바랍니다, 시에 님."

나는 얼어붙었다. 무슨 소리를 들은 건지 머리가 멍해져 있는데 갑자기 샤하르가 의전이고 뭐고 전부 무시하고 벌떡 일어났다. 얼굴 가득 맹렬한 표정을 지은 채 옆구리 옆에 주먹을 말아 쥐고 있었다. 그녀가 우리 모두를 향해 버럭 소리 질렀다.

"나가. 지금 당장."

래스가 레마스를 쳐다봤지만 그녀는 아무 말도 하지 않았다. 라미나와 모라드는 숨을 죽인 채 시선의 방향을 어머니와 딸 양쪽 모두를 피해 신중하게 처리하며 레마스가 샤하르의 명령에 뭐라고 반박할지 기다렸다. 가문의 수장과 후계자가 충돌할 때 어느 한쪽을 편드는 건 결코 현명한 행동이 아니다. 레마스가 아무런 제재도 하지 않을 것이 분명해지자 그들은 자리를 떴다. 묵직한 문이 닫히고 방 안 가득 적막이 울려 퍼졌다.

샤하르가 데카르타를 노려보았다. 그는 굳은 표정으로 자리를 지키고 선 채 말했다. "싫어."

"어떻게 네가……"

"그럼 인을 새기든가." 데카르타가 날카롭게 받아치자 샤하르가 움찔하며 입을 다물었다. "나한테 진인을 새기고 라미나 삼촌처럼 거세해 버려. 내가 네게 순종하길 바라면 그렇게 해. 그럴 게 아니라면 싫어."

샤하르가 입을 얼마나 꾹 다물고 있는지 붉게 칠한 입술이 하얗게 변하는 게 보였다. 그녀는 금방이라도 정말로 그러자고 소리칠 정도로 화가 나 있었다. 하지만 레마스 앞에서 그랬다간 다시는 그 말을 주워 담을 수 없다. 샤하르도 데카도 둘 다 바보다. 이 게임을 하긴 아직 너무 어렸다.

나는 한숨을 쉬며 성큼성큼 다가가 두 사람 사이에 끼어들었다. "너희도 서로한테 맹세했다는 걸 잊지 마." 두 쌍둥이가 나를 쩨려보았다. 레마스만 없었대도 이 시끄럽고 버릇없는 말썽꾸러기들한테 수갑을 채워 버렸을 텐데. 하지만 그들의 존엄성을 지켜주기 위해 그냥 나도 같이 노려봐 주었다.

그러자 샤하르가 무시하듯 흥 하고 콧소리를 내더니 등을 획 돌려 어머니의 왕좌가 있는 단상 쪽으로 걸어가기 시작했다. 그리고는 어머니와 눈이 마주치자 발을 멈췄다.

"안 돼요." 샤하르가 꽉 잠긴 목소리로 낮게 말했다. "어머니의 죽음에 대한 계획을 세우는 건 안 돼요."

레마스가 한숨을 내쉬었다. 그러더니 놀랍게도 옥좌에서 일어나 계단을 내려와 샤하르를 마주 보고 섰다. 두 사람은 키가 비슷했다. 샤하르는 가슴이나 엉덩이가 모친만큼 풍만해지지는 못할 테지만 어머니가 가까이 다가와도 피하지 않았다. 오히려 이글거리는 눈빛으로 똑바로 마주 보았다. 레마스가 그녀를 위아래로 찬

찬히 훑어보더니 빙그레 웃었다.
 그러더니 딸을 껴안았다.
 나는 입을 헤벌렸다. 데카도 마찬가지였다. 샤하르도 예외가 아니었다. 그녀는 어머니의 품 안에서 뻣뻣하게 굳었고, 얼굴은 충격에 휩싸였다. 레마스의 손바닥이 샤하르의 등을 힘주어 눌렀다. 심지어 뺨을 샤하르의 어깨에 기대고 잠시나마 눈을 감기도 했다. 마침내 레마스가 도저히 꾸며 낼 수 없는 마지못한 투로 말했다.
 "아라메리는 반드시 변해야 한다." 그녀가 재차 말했다. "진즉에 이랬어야 했어. 어쩌면 너무 늦은 건지도 모르지. 난 언제나 너를 사랑했다, 샤하르. 여기, 다른 사람들 앞에서 기꺼이 그 사실을 인정하마. 왜냐하면 그것 역시 우리가 반드시 만들어 가야 할 변화의 일부이고 분명한 사실이니까." 레마스가 포옹을 풀고 뒤로 물러났지만 샤하르의 팔만큼은 어쩔 수 없이 놓아줘야 할 때까지 계속 붙들고 있었다. 나는 그녀가 손을 놓고 싶어 하지 않는다는 느낌을 받았다. 레마스가 이번에는 데카를 쳐다보았다.
 데카의 턱이 씰룩이고 그의 손이 허리 옆에서 주먹을 말아 쥐었다. 나 외에 눈치챈 사람이 또 있을지는 모르겠지만 그의 몸에 새겨진 문양들이 옷 밑에서 검게 타오르며 경고를 발했다. 레마스는 데카한테서 환영받지 못할 것이다. 그녀는 한숨을 내쉬고 이 이상은 기대하지 않는다는 듯 혼자 고개를 끄덕였다. 그녀의 애달픈 감정이 너무도 선명해서 이걸 어떻게 받아들여야 할지 알 수가 없었다. 아라메리는 감정을 이렇게 솔직하게 드러내지 않는다. 이것도 일종의 술수일까? 하지만 그렇게 보이진 않았다.

그때 레마스의 시선이 내게로 옮겨 오더니 조금 길게 머물렀다. 혹시 나도 안아 주려는 건 아닌지 불안해졌다. 만약에 그런 일이 생기면 엉덩이를 꽉 움켜쥐어 줘야지.

"제 관심을 딴 데로 돌리려 하지 마세요." 샤하르가 말했다. "정신 나가셨어요? 다른 궁전이요? 왜 절 쫓아내려는 건데요?"

레마스가 감정에 솔직했던 짧은 순간을 떨쳐 버리고 다시 가주의 가면을 썼다. "하늘궁은 매우 중요하고 의미심장한 목표다. 세상에 대한 우리 아라메리의 영향력을 약화시키고 싶다면 누구나 하늘궁을 치려 할 거야. 게이트만 통과할 수 있으면 단 한 명의 가면 암살자로도 충분하니까. 설령 인명 피해를 입지 않더라도 우리의 영역이 뚫리면 온 세상의 모든 잠재적 적들이 우리가 얼마나 취약한지 알게 되겠지." 레마스가 몸을 돌려 창가로 향하더니 창문 너머로 펼쳐진 도시와 산맥을 바라보며 한숨 지었다. 둥글게 휘어진 세계수 가지 하나가 수 킬로미터가 넘게 뻗어 있었다. 개화기가 지나 꽃이 지기 시작하고 있었다. 나뭇가지에서 떨어진 꽃잎이 구불구불한 기류를 타고 흩날리며 춤을 췄다.

"그리고 우리의 적들 가운데는 신도 있다. 그러니 가문을 보호하기 위해 극단적이고도 철저한 조치를 취해야 할 필요가 있어. 이 세상엔 아직 우리가 필요하니까. 비록 세상의 생각은 다를지라도 말이다." 레마스가 어깨 너머로 우리를 돌아보았다. "이건 만일의 사태에 대비하기 위한 계획이다, 샤하르. 난 조만간 죽을 생각은 없구나."

샤하르가 안도하는 표정을 지었다. 이 우둔하고 잘 속는 아가씨야.

"있잖아, 다 좋은데." 내가 눈동자를 굴리며 끼어들었다. "궁전을 짓는 걸 비밀로 하는 건 불가능해. 인부도 써야 하지, 장인도 불러야 하지, 샤하르랑 데카가 손수 화장실 청소를 할 게 아니면 하인도 부려야지. 지금 하늘궁엔 일손이 부족하니까 새 궁전이 생길 곳에서 현지인을 고용해야 할 텐데 그렇게 많은 사람이 관여하게 되면 비밀을 지킬 수가 없을걸. 아무리 마법을 발휘해도 그런 건 못 해." 그러다 문득 비밀을 지킬 수 있는 한 가지 방법이 떠올랐다. "전부 다 죽일 수도 없고."

레마스의 한쪽 눈썹이 쏙 치켜 올라갔다. "사실 그것도 가능하기 합니다만 그렇게 되면 언젠가는 대답해야 할 질문의 흔적이 남게 되죠. 요즘엔 그런 종류의 범죄를 숨기기가 더 힘들어졌고요." 그녀가 비꼬듯이 나를 향해 고개를 까딱하길래 쓴웃음을 지었다. 한때는 아라메리가 저지른 잔혹 행위의 증거를 뒷처리하는 것도 내 몫이었다.

"하지만 어쨌든…… 다른 방도를 찾아냈습니다."

창문 너머로 해가 지기 시작했다. 아직 지평선에 닿진 않았다. 공식적으로 황혼이 깔리려면 아직 이십 분 정도는 더 있어야 할 것이다. 나중에 충격에서 벗어난 후에야 깨달은 사실이긴 한데, 그때 레마스가 조그맣게 사죄의 기도 말을 중얼거린 것도 바로 그래서였다. 그러더니 다음 순간 큰 소리로 말했다.

"레이디 예이네, 부디 제 기도를 들어주십시오."

나는 입을 쩍 벌렸다. 샤하르가 숨을 흡 삼켰다.

"듣고 있다." 예이네가 우리 앞에 모습을 드러내며 말했다.

그러자 광명의 이템파스의 이름으로 이 세상을 다시 세운 가문의 수장, 에네파의 신도들을 재미삼아 부두 밖으로 내던지던 남자의 증손녀, 에네파를 죽게 한 여자의 자식의 머나먼 후손인 레마스 아라메리가 예이네의 앞에서 한쪽 무릎을 바닥에 대고 고개를 숙였다.

나는 레마스에게 다가갔다. 내 눈이 잘못된 게 틀림없었다. 그래야만 했다. 상체를 기울여 레마스에게 얼굴을 들이댔지만 어떤 환상도, 환영도 느낄 수가 없었다. 다른 사람을 그녀로 착각한 것도 아니었다.

나는 예이네를 올려다보았다. 예이네는 좋아서 신이 나 있었다.

"설마." 충격 때문에 머리가 멍했다.

"맞아, 아주 훌륭한 장난 아니니?"

예이네가 샤하르와 데카르타를 돌아보았다. 그들은 예이네를 봤다가, 자신들의 어머니를 쳐다봤다가, 다시 예이네를 응시했다. 그들은 이해하지 못하고 있었다. 나는 이해하고 싶지 않았다.

"내가 너희의 새 궁전을 지어 주마." 예이네가 우리 모두에게 말했다. "그 보답으로 너희 아라메리는 앞으로 나를 섬겨야 할 것이다."

17장

실은 아주 간단한 이야기다.

아라메리는 이천 년 동안 이템파스를 섬겼다. 하지만 이템파스는 이제 수호신으로서 쓸모가 없었고 예이네는 뭐, 어찌 보면 같은 가문이었다. 레마스는 아마 그렇게 스스로 합리화했을 것이다. 합리화가 필요했다면 말이지. 아니면 그냥 실용적인 선택을 한 것일 수도 있다. 독실한 아라메리란 아주 드무니까. 어쨌든 그들 대부분이 진정으로 신봉하는 것은 권력이기 때문이다.

※

우리는 새벽에 새 궁전이 세워질 곳으로 떠날 예정이었다. 레마스의 말에 따르면 그랬다. 그러면 예이네가 레마스의 설계에 따른 궁전을 거기에 세우고, 아라메리는 그들의 길고도 놀라운 역사 속에서 새 시대를 맞이하게 될 터였다.

레마스와 예이네가 아라메리 가주와 그들의 새로운 수호신이 논의해야 하는 것들에 대해 조용히 얘기할 수 있게 남겨 두고 나와 다른 이들은 알현실을 나왔다. 나와 샤하르, 데카가 떠난 뒤에는 알현실 밖 복도에서 기다리고 있던 래스와 모라드, 그리고 라미나가 다시 들어오라는 부름을 받았다. 아마 예이네에게 복종의 서약을 하기 위해서일 것이다. 그들도 우리와 함께 새 궁전으로 갈 예정이라 아침이 오기 전에 해야 할 일이 많을 것이다. 또 새 궁전에는 최소한의 근위병과 가신들, 하인만 데려갈 계획이었다. 레마스의 말에 따르면 그곳에 자리를 잡는 데 그 이상의 인원은 필요가 없기 때문이란다. 샤하르와 데카가 각각 가문 중에 동행할 자들과 다양한 군단의 병사들을 차출할 것이다. 이 모든 과정이 암묵적으로 의미하는 바는 새 궁전으로 이주하는 이들이 다시는 돌아오지 못할지도 모른다는 것이었다.

나는 샤하르에게 그림자도시에 볼일이 있으니 몇 시간 정도 자리를 비우겠다고 알렸다. 수직이동 게이트는 습격 사건 이후 며칠 동안 재조정 과정을 거쳤다. 이제는 기본적으로 한 방향, 즉 궁 밖으로 나가는 것만 가능했고 외부에서 하늘궁으로 들어오려면 특수 통신구를 통해 전달되는 암호가 필요했는데, 하늘궁을 떠나려고 대기하는 사이 통신구를 받을 수 있었다. 게이트를 지키는 병사들 사이에 서 있는 당직 필경사가 통신구를 잃어버리지 말라고 신신당부했다. 통신구가 없이 게이트에 발을 들이게 되면 그 즉시 마법 때문에 죽어 버리거나 어찌어찌 살아서 게이트를 통과하더라도 병사들에게 살해된다고 한다. 속으로 절대로 잃어버리지 말자고 다짐했다.

그런 다음 나는 남쪽 뿌리에 가서 가장 먼저 히픈에게, 그다음에는 아하드에게 들러 당분간 하늘궁에서 지낼 것이라고 알려 주었다.

히픈은 예상보다 훨씬 차분하게 반응했지만 그 아이의 부모님은 내가 간다고 하니 좋아하는 기색이 역력했다. 히픈은 별다른 말 없이 다 해서 천 가방 하나밖에 안 되는 내 빈약한 짐을 싸는 것을 도와주었다. 하지만 내가 떠나려고 몸을 돌렸을 때 내 손을 붙들더니 손바닥에 두 가지 물건을 꼭 쥐여 주었다. 하나는 유리 칼이었는데 내 눈과 같은 빛바랜 나뭇잎 색깔이었다. 만드는 데 꽤 많은 시간을 투자했을 거다. 칼날은 거울처럼 매끄럽게 갈아져 있고 심지어 어디선가 구해 온 놋쇠로 된 식칼 손잡이까지 붙여 놓았다. 또 다른 하나는 크기와 색상이 다양한 작은 구슬 한 움큼이었다. 유리나 돌을 문질러 광택을 내서 만들었는데 각각의 구슬에 구름이나 대륙 같은 것들을 아주 미세한 선으로 새겨 넣었다. 또 구멍이 뚫려 있어서 엔이 달려 있는 목걸이에 같이 꿰어 넣을 수 있었다.

"어떻게 알았어?" 나는 내 손바닥에 구슬을 쏟아 내는 히픈에게 물었다.

"뭘 알아?" 히픈이 나더러 미쳤냐는 눈빛으로 쳐다보았다. "그냥 당신에 대한 옛날 노래가 생각나서. 장난으로 태양을 훔쳤다는 노래 말이야. 근데 태양한테는 주변을 도는 다른 행성도 있어야 하잖아. 맞지?"

이제는 사라지고 없는 내 태양계에 비하면 한심할 정도였지만 이걸 만드는 데 쏟아부은 애정을 생각하면 이보다 더 근사할 수가 없었다. 히튼이 돌아서자 나는 구슬을 켠 손을 가슴에 꼭 붙였다. 그나마 용케 그녀 앞에서 울지 않을 수 있었다.

'밤의 팔'에 들러 아하드를 찾았을 때 그는 평소보다 훨씬 더 이상한 모습이었다. 아직 오후라 그 태만한 장사를 시작하기 전이었기 때문에 사무실에 있을 줄 알았는데 뒤쪽 현관에 있었다. 평소처럼 궐련을 입에 물고 있는 대신 손에 꽃 한 송이를 들고 사색에 잠긴 표정으로 빙글빙글 돌리고 있었다. 고민에 잠긴 얼굴을 보니 뭐가 잘 안 되고 있는 모양이었다.

"잘됐군." 내가 하늘궁으로 돌아간다고, 그리고 아라메리가 이제 이템파스 신도가 아니라 예이네 신도가 되었으며 새로운 장소에 새 궁전을 지을 것이라고 말하자 그는 그저 이렇게 반응했다.

"잘됐군? 그게 다야?"

"그래."

나는 그가 조용한 긍정의 대답 대신 던졌어야 할 대여섯 가지가 넘는 악담과 모욕을 상상하며 얼굴을 찌푸렸다. 뭔가 잘못됐다는 생각이 들었다. 하지만 그렇다고 괜찮냐고 물어볼 수도 없었다. 내가 걱정하는 티를 내 봤자 아하드는 비웃고 말 테니까.

그래서 다른 방법을 시도하기로 했다. "네 후손들이야. 알지? 샤하르랑 데카르타. 네 손주들이야. 정확히 말하면 증손주."

적어도 이 말은 관심을 끈 것 같았다. 아하드가 내게 눈살을 찌푸렸다. "뭐라고?"

나는 어깨를 으쓱했다. "하늘궁을 떠나기 전에 티브릴 아라메리의 아내와 잤나 보지?"

"난 거기 사람들 절반과 잤다. 그게 무슨 상관이지?"

나는 아하드를 쳐다보았다. "정말 모르는구나." 그래도 나는 그가 모종의 계략을 꾸미기 위해 일부러 그랬다고 생각했다. 나는 눈살을 찌푸리며 허리에 손을 얹었다. "대체 하늘궁을 왜 떠난 거야? 마지막으로 널 봤을 때만 해도 본계에 입양되기 직전이었고 나름 차기 가주가 되기 위한 길을 차근차근 진행하고 있었잖아. 그런데 불과 백 년 뒤에는 뚜쟁이가 되어 도시에서 가장 지저분한 지역에서 서민들이랑 같이 살고 있다고?"

아하드의 눈이 가느스름해졌다. "지겨워졌으니까."

"뭐가?"

"전부 다." 아하드는 시선을 돌려 도시의 중심지를 바라보았다. 언제나 그 자리에 있는 거대한 세계수가 비스듬한 오후 햇살 아래 갈색과 녹색 그림자로 보였다. 몸통에서 처음으로 갈라져 나온 굵은 줄기 사이로 반쯤 가려져 있는, 하얀 진줏빛으로 희미하게 빛나는 것이 보였다. 하늘궁이었다.

"아라메리가 지겨웠다." 아하드가 다시 꽃송이를 빙글빙글 돌리기 시작했다. 평범한 꽃처럼 보였는데 어두컴컴한 그림자도시에서 피는 몇 안 되는 꽃 중 하나인 민들레였다. 뒷문으로 이어지는 산책로의 돌바닥 틈새에서 꺾은 것 같았다. 왜 저 꽃에 저렇게 정신이 팔려 있는지 의아했다. "티브릴은 통치력을 강화하기 위해 순혈과 결혼했다. 부친 쪽으로 팔촌이었나 그랬지. 여자는 티브릴에게 전혀 관심이 없었고 그도 마찬가지였어. 나는 하늘궁 외부에서 기반을 잡은 어떤 방계의 의뢰로 그녀를 유혹했는데, 그들은 자기 집안 딸을 티브릴과 결혼시키고 싶어 했다. 난 그때 투자를 늘리기 위해 자본이 필요했고 그래서 그들에게서 돈을 받고 티브릴에게도 부인이 불륜을 저질렀다고 말해 주었지. 하지만 그는 화도 내지 않더군." 아하드의 입꼬리가 말려 올라갔다.

나는 천천히 고개를 끄덕였다. 그가 깨닫는 데 그리도 오래 걸렸다는 게 더 신기했다. "우리가 노예일 때 네가 하던 짓과 별로 다르지 않았네."

아하드가 위험한 눈빛으로 나를 날카롭게 노려보았다. "내 선택이었다. 그것만으로도 완전히 다르지."

"그래?" 나는 현관 기둥에 몸을 기대고 팔짱을 꼈다. "어쨌든 이용당한 건데 정말로 다를까?"

아하드는 침묵했다. 그의 반응과 그가 이후 하늘궁을 떠났다는 사실만으로도 충분한 대답이 되어 주었다. 나는 한숨을 쉬었다.

"네가 떠났을 때 티브릴의 아내는 이미 임신을 한 상태였겠네." 내가 하늘궁에 돌아갔을 때를 기준으로 시기를 계산해 보려 했지만 그럴 필요도 없었다. 데카가 충분한 증거였으니까.

"나는 자식을 가질 수 없다." 아하드가 지겨울 만큼 수없이 반복한 투로 말했다. 정말로 그렇게 많은 여자가 이렇게 무정하고 신랄한 자의 씨를 원했다고? 대단하기도 하지.

"맞아, 없었지. 적어도 삶과 죽음의 여신이 부재했을 땐 말이야.

네가 나하의 일부였을 때, 그의 반쪽짜리 그림자였을 땐 불가능했지. 하지만 예이네가 널 완전한 존재로 만들었어. 에네파가 죽었을 때 신들이 잃었던 능력도 주었고. 예이네가 에네파의 자리를 대신한 순간 우리 모두가 그 능력을 되찾았지." 나만 빼고. 굳이 덧붙이진 않았지만 그는 이미 알고 있을 테다. 아하드가 손가락 사이에서 달랑거리는 꽃을 바라보며 인상을 구겼다. "아이……?" 그가 작은 웃음소리를 냈다. "그렇단 말이지."

"아들이었다고 들었어."

"아들?" 그 목소리에 담긴 건 회한일까? 아니면 그저 다른 종류의 무관심일까? "있는지도 몰랐는데 벌써 가 버렸군."

"악마라고, 이 멍청아. 그리고 레마스와 샤하르, 데카르타도 악마일 거고." 신인 조상과 얼마나 멀어져야 악마의 피가 치명적인 힘을 잃을까? 샤하르와 데카르타는 8분의 1이 신이고 나는 그들의 피로 죽지 않았다. 겨우 몇 세대만으로도 그렇게 되는 걸까? 만일 그렇다면 우리는 악마의 위험성을 과대평가하는 게 아닌가? 하지만 또 생각해 보면, 대체 어떤 바보 같은 신이 악마의 피를 채취해 직접 실험해 보겠어?

아하드가 다시 웃었다. 이번에는 낮고 심술궂게 킬킬거리는 웃음이었다. "그래? 신을 노예로 만든 자들이 신살자(神殺者)가 되었군. 아라메리는 정말 한없이 흥미로운 존재야."

나는 그를 노려보았다. "난 평생 널 이해 못 할 것 같아."

"그래, 못 할 거다." 아하드가 한숨을 내쉬었다. "어쨌든 보고는 계속하도록. 그리고 내가 준 그 빌어먹을 통신구를 사용하도록 하고. 심심할 때 갖고 놀거나 네 맘대로 하라고 준 게 아니야."

그의 기준으로 따지면 꽤나 긍정적이고 다정한 말이었다. 그리고 아하드가 바보처럼 꽃을 갖고 노는 걸 보는 데도 싫증이 났기 때문에 나는 결국 호기심에 굴복하고 말았다. "괜찮은 거 맞지?"

"아니. 하지만 그런 이야기는 하고 싶지 않다."

보통 때라면 아하드가 혼자 침울해하든 말든 내버려 뒀을 거다. 하지만 그때 그에게는 뭔가가…… 있었다. 존재 자체에서 풍기는 독특한 무게감. 공기 중에 떠도는 맛. 그게 내 흥미를 끌었다. 아하드가 나한테 전혀 관심을 기울이지 않길래 몸에 살짝 손을 대봤다. 그는 너무 깊은 상념에 빠져 있는 나머지 그 사실을 눈치채지도 못했다.

뭔가가 훅 하고 훑고 지나갔다. 고통 없는 불길처럼. 세상이 우리 둘을 통해 호흡하고, 더욱 빠르고 활기차게 움직이며—

그때 아하드가 내가 뭘 했는지 알아차리고는 재빨리 내 손을 탁 쳐내며 눈을 부라렸다. 나는 싱긋 웃어 보였다. "네 본성이 뭔지 알아냈구나?"

아하드의 시선이 경계심 가득한 찌푸림으로 변했다. 혼란스러워하는 건지 아니면 그냥 못마땅해하는 건지 알 수가 없었다. 내가 제대로 추측한 걸까, 아니면 자신이 느끼고 있는 이게 뭔지 아직 깨닫지 못한 걸까? 혹시 양쪽 다?

다음 순간, 머릿속을 스치고 지나가는 게 있었다. 나는 입을 살짝 벌리며 그의 내음을 맡았다. 이제는 미약해진 감각으로 최선을 다해 익숙한 느낌이 드는 흐트러진 에테르를 맛봤다. 특히 저 꽃 주변이 그랬다. 그래, 틀림없었다.

"글리가 여기 있었네." 나는 생각에 잠겨 말했다. 냄새로 판단할 때 저것은 그녀가 머리에 꽂았던 꽃이었다. 사실을 말하자면 그보다 훨씬 많은 것을 간파할 수 있었다. 가령 그녀와 아하드가 최근에 사랑을 나눴다거나. 그래서 아하드가 저렇게 감상적으로 구는 건가? 하지만 그걸로 그를 놀리지는 않기로 했다. 나를 금방이라도 한 대 칠 것 같은 표정이었으니까.

"갈 곳이 있지 않았나?" 아하드가 차갑고 뾰족하게 물었다. 그의 눈빛이 어두워지고, 노골적으로 경고하듯 주변 공기가 떨리기 시작했다.

"하늘궁으로 보내 줘, 제발……" 내 말이 끝나기도 전에 아하드가 나를 존재 밖으로 던져 버렸다. 나는 세상에서 멀어지면서 웃음을 터트렸다. 아마 그도 내 웃음소리를 들었을 테고, 그래서 더 발끈했을 것이다. 하지만 아하드도 나름대로 내게 복수를 감행했다. 내가 나타난 곳은 하늘궁 지하에서도 가장 외딴 구석, 그것도 일광석 바닥에서 한 3미터쯤 떨어진 허공이었다. 바닥에 떨어지면서 손목이 부러져서 궁전 필경사에게 치유 주문을 받으러 삼십 분이나 걸어가야 했다.

암살자 부대를 보낸 범인이 누군지 알아내는 데에는 아직 아무 진전도 없었다. 아무리 질문을 퍼부어도 필경사들은 담백한 단음절 대답만 내놓았다.(그들은 내가 그들의 전 상사를 죽였다는 사실을 아직 잊지 않았다. 하지만 사과를 해 봤자 아무 소용도 없겠지.) 하지만 가면의 작동 원리를 파악하기 위해 열심히 노력하고 있는 건 사실이었다. 쉰 명에 달하는 하늘궁 필경사들이 다 같이 일할 수 있는 크고 넓은 연구실에는 여러 대의 작업대 위에 진홍색 가면 조각이 놓여 있었고 하얀 가면은 정교하게 만든 틀 안에 보관되어 있었다. 하얀 가면을 썼던 필멸자의 모습은 아무 데도 보이지 않았지만 그의 운명이 어찌 되었는지는 짐작하기 어렵지 않았다. 아마 시체를 보다 은밀한 곳에 보관해 두고 어떤 비밀이 숨어 있는지 이리저리 갈라 보고 있을 가능성이 컸다.

나는 부러진 손목을 해결한 후, 거처로 돌아와 모라드가 준 옷과 세면도구를 히믄이 준 가방에 쑤셔 넣어 짐을 꾸렸다.

그림자에서 볼일을 보는 동안 벌써 해가 져 있었다. 밤이 내려 앉자 아무것도 없는 고요함 속에서 하늘궁이 빛을 발하기 시작했다. 이유를 알 수 없는 초조한 기분에 방에서 나와 복도를 배회했다. 벽을 열고 죽은 공간을 누빌 수도 있었지만 그곳도 더는 온전한 내 것이 아니었기에 지금은 그러고 싶지 않았다. 복도를 지나던 하인과 높은피들과 마주치기도 했다. 몇몇은 나를 알아본 것 같았지만 나는 그들의 시선을 무시했다. 나는 살인도 마다 않는 흉악한 신이었고 사실 그 점에서는 개중 형편없는 신이기도 했다. 한때는 그런 신이 넷이나 이 복도를 돌아다니던 시절도 있었다. 지금 이 필멸자들은 자기들이 얼마나 운이 좋은지도 모른다.

종국에는 아라메리 가문의 전용 정원인 일광욕실에 도착했다. 버릇처럼 잘 손질된 나무 사이로 하얀 조약돌이 깔린 길을 따라 걷기 시작했다. 이윽고 궁의 심장부에 솟아 있는 좁고 하얀 첨탑 기슭에 이르렀다. 예전처럼 계단 문이 잠겨 있지 않아 뱅글뱅글 돌아가는 좁고 가파른 계단을 따라 제단이 있는 곳까지 올라갔다. 아라메리는 첨탑 꼭대기에 있는 이 좁고 평평한 공간에서 지난 수 세기 동안 승계 의식을 치렀다.

나는 바닥에 앉았다. 헤아릴 수 없이 많은 필멸자들이 이 방에서 죽음을 무릅쓰고 대지의 돌을 사용해 아라메리의 다음 후계자에게 신의 힘을 전수했다. 이제 첨탑은 텅 비어 있었고 지하궁전처럼 먼지가 쌓이고 방치되어 있었다. 이젠 다른 장소에서 계승식을 치르나 보다. 한때 방 중앙에 있던 받침대는 예이네와 돌이 하나가 된 날 산산조각 났다. 수정 벽을 교체하고 갈라진 바닥도 수리했지만 이곳에는 모든 게 과거 그대로 멈춰 서 있는, 죽어 버린 느낌이 있었다. 내가 노예로 갇혀 있던 시절에는 느껴지지 않던 것이었다.

나는 엔을 목줄에서 빼내 바닥에 내려놓고는 좌우로 굴리며 예전에 태양을 타고 놀던 시절을 떠올렸다. 그것 말고는 아무 생각도 하지 않았다. 그래서 일광석이 갑자기 변화하기 시작했을 때 이미 마음의 준비가 되어 있었다. 바닥이 조금 더 밝아졌다. 방 안에도 활력이 감돌았다.

옛날에도 그가 나타날 때면 항상 이런 효과가 수반되곤 했다.

나는 고개를 들었다. 일광석의 은은한 빛 덕분에 내 뒤에 서 있는 두 사람의 모습이 유리벽에 선명하게 반사되어 비쳤다. 글리. 그리고 글리와 키가 같은 또 한 사람. 건장한 어깨. 남성. 유리벽 위에서 글리가 내게 고개를 끄덕해 보이고는 우리 둘만 남기고 사라져 버렸다.

"안녕."

"안녕, 시에."

나는 잠시 기다렸다가 배시시 웃었다. "오랜만이네나 좋아 보인다 같은 인삿말도 없어?"

"별로 좋아 보이지는 않는다." 이템파스가 잠시 멈췄다가 말을 이었다. "그리고 네겐 확실히 긴 시간이었던 것 같군."

"응." 내가 필멸자가 아니었다면 안 그랬겠지만. 하지만 벌써 백년째 필멸자로 살고 있는 그라면 이해할 것이다.

등 뒤에서 정확하고 묵직한 발소리가 다가왔다. 시야 가장자리에서 뭔가 움직이는 게 보였다. 순간 그가 내 옆에 앉을지도 모른다는 생각이 들었다. 만일 그랬다면 우리 둘 다 무척 어색했을 거다. 하지만 다행히도 이템파스는 나를 지나쳐 제단 가장자리에서 발을 멈추더니 유리벽 너머 나뭇가지 뒤에 숨어 있는 검은 밤하늘의 지평선을 바라보았다.

나는 그의 등을 물끄러미 응시했다. 이템파스는 거의 하얗게 탈색된 긴 가죽 코트를 걸치고 있었다. 긴 백발을 가닥가닥 길고 두껍고 풍성하게 꼬아 테마인과도 비슷해 보였지만 머리를 단정하게 정돈하는 잠금고리 외에는 아무런 장식도 달지 않았다. 흰 바지와 흰 셔츠. 갈색 부츠. 흰색 부츠를 찾지 못한 걸 보니 심술궂은 만족감이 올라왔다.

"나는 당연히 나하도스의 제안을 받아들일 거다. 내가 너를 치유할 수 있다면, 적어도 나이 드는 걸 막을 수 있다면 가능한 최선을 다하겠다."

나는 고개를 끄덕였다. "고마워."

그도 고개를 끄덕여 응답했다. 얼굴은 여전히 지평선을 향하고 있었지만 시선은 유리에 비친 내 모습에 고정되어 있었다. "그 필멸자들과 같이 있을 생각이냐?"

"아마도? 아하드가 아라메리의 근황에 대해 계속 알려 주길 바라니까." 그러다 생각났다. "맞다, 당신이 아하드의 상사였지? 그러니까……"

"있어도 된다." 이템파스의 시선은 강렬했고, 필멸자임에도 불구하고 예전의 강력한 느낌을 조금도 잃지 않았다. "그리고 그래야만 하겠지. 네가 사랑하는 필멸자들 옆에 있으려면."

나는 얼굴을 구겼다. 이템파스의 시선이 다른 쪽으로 옮겨 갔다. "그들의 삶은 너무 짧지. 그 시간을 당연하게 여겨선 안 돼."

글리의 어머니를 말하는 것일 테다. 어쩌면 최초의 샤하르 아라메리를 말하는 것일 수도 있고. 그녀의 강박적이고 파괴적인 광기에도 불구하고 그는 그녀를 사랑했었다.

"아라메리한테 버림받은 느낌이 어때?" 나는 약간의 심술을 담아 물었다. 진짜로 비아냥거릴 만한 열정은 없었다. 그냥 화제를 바꾸고 싶었을 뿐이다.

이템파스가 어깨를 으쓱하자 가죽이 쓸리고 머리카락이 스치는 소리가 들렸다. "그들은 필멸의 존재지."

"눈물은 안 나고?" 나는 한숨을 쉬며 돌바닥 위에 누워 두 팔을 머리 위로 쭉 뻗었다. "온 세상이 아라메리를 따라 당신한테 등을 돌릴 거야. 벌써 진행 중이기도 하고. 계속 광명이라고는 불러도

실제로는 황혼이 될걸."

"아니면 여명일 수도 있고."

나는 눈을 깜박였다. 그건 미처 생각하지 못했다. 나는 한쪽 팔꿈치를 세우며 몸을 일으켜 눈을 가늘게 뜨고 그를 바라보았다. 이템파스는 평소와 똑같은 자세로 서 있었다. 가슴 앞에 팔짱을 낀 채 다리를 벌리고 선 확고부동한 자세. 언제나 똑같은 낮아버지. 심지어 필멸의 육신을 입고 있는데도 그랬다. 그는 변하지 않았다.

한 가지만 빼고.

"왜 글리 쇼스를 살려 둔 거야?"

"그 아이의 어머니를 살려 둔 것과 같은 이유다."

무슨 소린지 이해할 수가 없어 고개를 내저었다. "오리 쇼스? 그 여자는 또 왜 죽이는데?" 나는 얼굴을 찌푸렸다. "당신 헛짓거리를 더는 못 참아 주겠대? 그런 거야?"

유리벽에 비친 그의 모습을 계속 지켜보고 있지 않았더라면 나는 내 눈을 믿지 못했을 거다. 그가 빙그레 웃었다. "확실히 그건 그렇지만. 내 말은 그런 뜻이 아니다. 그녀도 악마였거든."

나는 할 말을 잃었다. 침묵 속에서 드디어 이템파스가 몸을 돌려 나를 바라보았다. 나는 놀라 움찔했다. 머리 모양과 옷차림만 빼고 겉으로는 지난번과 똑같은 모습이었지만 정확히 짚어 낼 순 없어도 뭔가, 어딘가, 달라져 있었다.

"레마스 아라메리와 그 자식들을 죽일 생각이냐?"

나는 몸을 굳혔다. 그도 아는구나. 내가 대답하지 않자 그가 알겠다는 듯 고개를 끄덕였다.

갑자기 신경이 날카롭게 곤두섰다. 나는 벌떡 일어나 엔을 주머니에 집어넣었다. 제단은 진짜로 성큼성큼 걷기엔 너무 좁았지만 그래도 시도해 봤다. 나는 그를 향해 걸어가다 그 옆 유리벽 위에 비친 내 모습을 보고 발을 멈췄다. 이템파스도 내 시선을 봤는지 고개를 돌렸다. 그렇게 우리는 서로를 마주 보았다. 작고, 가늘고, 방어적이고, 혼란스러운 나. 나는 어른의 특성이 드러나기 시작하면서 자세가 구부정해졌는데, 주된 이유는 키가 크는 게 싫었기 때문이다. 그리고 여느 때처럼 크고, 강력하고, 우아한 이템파스. 하지만 그의 눈은 지식과 갈망으로 가득해 거의, 정말로 하마터면 그가 다시 내 아버지였으면 좋겠다는 생각이 들 정도였다.

거의, 하마터면 그를 용서할 뻔했다.

하지만 그럴 수는 없었다. 나는 움찔거리며 시선을 피했다. 이템파스가 눈을 내리깔자 비좁은 공간에 길고 견고한 침묵이 흘렀다.

"글리를 불러서 다시 가 버려." 결국 나는 짜증을 내며 내뱉었다. "할 말은 다 했으니까."

"글리는 필멸자고 나는 마법을 쓸 수 없다. 우린 신처럼 말할 수도 없지. 반드시 언어를 사용하거나 행동해야 한다."

나는 인상을 썼다. "뭐야, 그럼 계속 여기 있겠다는 거야?"

"그리고 너와 함께 새 궁전으로 갈 거다."

"예이네도 같이 갈 건데." 그 말과 함께 나는 주먹을 꽉 쥐고는 잔뜩 화가 난 발걸음으로 방 안을 둥글게 돌며 서성였다. "아, 하지만 벌써 알고 있겠구나. 당신, 예이네 때문에 여기 온 거잖아."

두 사람이 서로 얽혀 있는 모습. 그녀의 목덜미에 파묻힌 그의 입술. 있는 힘을 다해 그 광경을 머릿속에서 쫓아냈다.

"아니. 난 너 때문에 온 거다."

말. 그리고 행동.

둘 다 아무 의미도 없다. 그런 걸로 지금처럼 목구멍이 뜨겁고 울컥 올라오는 느낌이 들어서도 안 된다. 나는 그 감정에 분노를 동원해 맞서 싸우며 그의 등을 노려보았다. "여기에 나하를 부를 수도 있어. 당신이 제발 죽여 달라고 싹싹 빌 때까지 몇 번이고 죽이고 또 죽여 달라고 부탁할 수도 있어." 그리고 이렇게 덧붙였다. 나는 어쩔 수 없이 버릇없는 애새끼니까. "내 부탁이라면 기꺼이 들어줄걸."

"그게 네가 진정으로 바라는 거냐?"

"그래! 할 수만 있으면 내가 직접 할 텐데!"

그러자 놀랍게도 이템파스가 몸을 빙글 돌리더니 내게 뚜벅뚜벅 다가오며 코트를 젖혔다. 그가 가슴 안쪽 주머니에 손을 집어넣는 걸 본 순간, 온몸을 팽팽하게 긴장시키며 맞서 싸울 각오를 했다. 이템파스가 꺼낸 것은 칼집에 들어 있는 단검이었다. 나는 엔을 움켜쥐었다. 그때 그가 내게 단검을 내밀었다. 칼자루를 내 쪽으로 향한 채였다. 단검은 작고 가벼웠다. 받아들자마자 아이들이 쓰는 무기라는 걸 알 수 있었다. 필멸자 어른들이 아이들에게 날카로운 장난감을 주는 풍습이 있는 지역에서 흔히 볼 수 있는 무기였다. 십 년 전 내가 샤하르의 순수함을 망가뜨렸을 때 사용했던 것과 크게 다르지 않았지만, 이 검은 가죽 칼집으로도 모자

란지 그 위를 끈으로 칭칭 감아 놓았다. 절대로 실수로는 뽑을 수 없는 물건이었다.

도대체 이템파스가 무슨 생각으로 이런 걸 주는 거지? 머리를 굴리며 칼을 만지작거리는데 코끝에 오래되어 마른 피의 희미한 냄새가 스치고 지나갔다.

"글리의 선물이다. 내게 준 거지. 삶보다 죽음이 더 나을 순간을 대비해서."

그제야 이게 뭔지 알 것 같았다. 필멸이라는 선물. 에네파는 그렇게 말했다. 칼에는 글리의 피가 묻어 있었다. 악랄하고 치명적인 악마의 피. 그녀는 이템파스가 실행할 용기만 있다면 감옥에서 벗어날 수 있는 샛길을 제공해 준 것이다.

나는 격렬하게 떨리는 손으로 칼자루를 움켜쥐었다. "이걸 사용하면 필멸계는 죽을 거야."

"그래."

"글리도 죽을 거야."

"그때까지 죽지 않았다면, 그렇겠지."

"그 여잔 대체 왜 이걸 당신한테 준 건데?"

"나도 모르겠다."

나는 이템파스를 응시했다. 그는 일부러 모른 척하는 게 아니었다. 이템파스라면 그녀에게 직접 물어봤을 것이다. 그렇다면 글리의 대답을 믿지 않았든가, 아니면 그녀가 그를 아주 많이 닮았다는 점을 감안하면 아예 대답을 안 해 줬을 가능성이 크다. 그리고 그는 그녀의 침묵을 받아들였을 것이다.

이템파스가 내 앞에 무릎을 꿇고 앉았다. 등 뒤로 펄럭이며 넘긴 코트 자락이 하얀 돌바닥 위에 우아하게 내려앉았다. 그가 고개를 쳐들었다. 왜냐하면 이 새끼는 거만해 빠진 악마 자식이고, 그런 자세를 하면 그의 목과 가슴에 접근하기가 쉬워지기 때문이다. 참으로 탐스럽고도 자존심 강한 제물이었다.

"나쁜 새끼." 나는 칼자루를 쥔 주먹에 더욱 힘을 주며 중얼거렸다. 죽음. 내 손에 우주 전체의 죽음이 달려 있었다. "오만하고, 이기적이고, 악랄한 새끼."

이템파스는 잠자코 기다렸다. 칼은 작았지만 각도만 잘 조절하면 갈비뼈 사이로 쉽게 박아 넣을 수 있었다. 그러면 심장을 찌르게 될 것이다. 빌어먹을. 오리 쇼스도 악마였다면 그녀의 딸은 신의 혈통을 절반 이상 물려받은 셈이다. 생채기만 내도 효과가 있을지 모른다.

나는 칼집을 감고 있는 끈을 풀었다. 손가락이 떨리고 있었다. 칼자루를 쥐고 칼집에서 빼내려 잡아당겼지만 할 수가 없었다. 손이 그냥 움직이지가 않았다. 나는 결국 손을, 그리고 손에 쥔 단검을 아래로 떨궜다.

"내가 죽길 원한다면……"

"닥쳐." 나는 속닥였다. "닥치라고, 이 저주받을 자식아. 난 정말 당신이 미워."

"날 그토록 미워한다면……"

"*닥치라고!*" 이템파스가 입을 다물었다. 나는 욕설을 내뱉으며 단검을 땅바닥에 팽개쳤다. 탁! 가죽이 일광석과 부딪쳐 난 소리가 벽을 타고 울려 퍼졌다. 나는 흐느끼기 시작했다. 손으로 머리카락을 헤집었다. "제발 좀 닥쳐, 알았어? 신들이여, 당신은 정말 최악이야. 어떻게 나더러 이런 걸 선택하게 할 수가 있어? 내가 원할 때까지 당신을 증오하게 좀 내버려 두라고!"

"그러마." 차분하고 부드러운 목소리였다. 내 의지에 반해, 그의 평온한 영역에 나란히 앉아 시간이 춤추는 걸 함께 지켜보던 드물지만 소중했던 시간들이 떠올랐다. 나는 늘 그와는 절대로 친구가 될 수 없다는 걸 의식적으로 알고 있었다. 연인은 말할 필요도 없었다. 하지만 아버지와 아들? 그 정도는 할 수 있었다.

"알았다, 시에." 이템파스의 말은 너무도 다정했다. 그는 전혀 변하지 않았다. "원한다면 날 미워해라."

그를 사랑하고 싶은 마음이 너무도 지독해서 온몸이 떨려왔다. 나는 몸을 돌려 계단 입구를 향해 뛰쳐나갔다. 계단을 구르듯이 달려 내려가 문턱을 넘어서기 직전 고개를 들었을 때, 나를 지켜보고 있던 이템파스와 눈이 마주쳤다. 그는 바닥에서 칼을 집어 들지 않았다. 하지만 그는 변했다. 그의 얼굴이 눈물에 젖어 있었다.

나는 달렸다. 달렸다. 달렸다.

*

데카의 거처는 잠겨 있지 않았다. 예고 없이 사생활을 침범할 하인도 없고, 그와 친해지려고 접근할 높은피도 아직은 없을 터였다. 데카는 아직 그 유용성이 입증되지 않은 상품이었다. 그가 바란 대로 가족들은 그를 두려워했다. 나 역시 그래야 했다. 왜냐하면 그가 나보다 더 강했으니까. 하지만 난 언제나 강한 사람이 좋았다.

데카가 앉아 있던 작업대 앞에서 일어났다. 하늘궁에서 일반적으로 사용하는 물건은 아니었다. 그는 벌써부터 변화를 만들고 있었다. "대체 누가…… 시에?" 그는 지쳐 보였다. 전날 밤 필경사 군단과 함께 암살자의 가면을 연구하느라 밤을 거의 새운 까닭이었다. 하지만 그럼에도 그는 거기 있었다. 맨발에 튜닉도 걸치지 않고 머리는 까치집인 채로 아직 깨어 있었다. 간단하게 휘갈겨 쓴 두루마리 몇 개와 리타리아의 공식 인이 새겨진 서류 뭉치가 보였다. 아마도 새로운 궁에 동행할 인력에 관한 서류일 것이다. "시에, 이게 무슨……?"

"날 두려워할 필요 없어." 나는 작업대를 돌아 그에게 다가갔다. 포식자가 먹잇감을 노려보듯 그의 눈을 똑바로 응시했다. 그도 나를 마주 보았다. 스스로 잡히길 원하는 먹이만큼 쉬운 게 또 있을까. "난 이 세상보다 더 나이가 많지만 그래도 사람일 뿐이야. 신은 하나의 존재가 아니야. 나라는 전체가 널 두렵게 한다면 네가 좋아하는 부분을 사랑하도록 해."

데카가 움찔했다. 혼란과 욕망과 죄책감이 그의 얼굴 위에서 들끓었다가 가라앉았다. 내가 손을 뻗자 결국 그가 한숨을 내쉬었다. 그의 어깨가 패배를 시인하며 아래로 쳐졌다. "시에."

그 한마디에 너무도 많은 것이 담겨 있었다. 바람, 번개, 그리고 아물지 않은 상처만큼 적나라한 간절함. 나는 팔을 벌려 그를 감싸 안았다. 데카의 피부 위에 새겨진 힘이 두근하고 맥동치더니 고통과 학살을 경고하듯 속삭였다. 그의 어깨에 얼굴을 묻고 주먹으로 셔츠 등판을 꼭 움켜쥐었다. 그 파괴적인 문양을 직접 만져 볼 수 있게 셔츠가 없었으면 좋겠다고 생각했다.

"시에……" 데카가 입을 열었다. 내 품 안에서 그의 몸이 빳빳하게 굳었다. 양팔은 마치 내게 손대기가 두렵다는 듯 애매하게 벌어져 있었다. "시에, 맙소사……"

"그냥 있어." 나는 그의 어깨에 대고 숨을 쉬었다. "제발, 데카."

데카의 손이 주저하면서 내 어깨에 내려앉았다. 너무도 가벼운 접촉이었다. 그걸로는 부족했다. 안은 팔에 더욱 힘을 주어 당기자 데카가 작게 목 졸린 소리를 냈다. 그의 팔이 스르륵 나를 감싸더니 힘을 주었다. 셔츠 천 너머로 손톱이 긁는 게 느껴졌다. 그가 내 머리카락에 얼굴을 대고 꼭 눌렀다. 뒷덜미에 손바닥이 닿는 게 느껴졌다.

그다음으로 이어진 것은 무엇 하나 꼼짝하지 않는 고요함의 시간이었다. 별로 오랜 시간은 아니었다. 필멸계에서는 그 무엇도 절대 오래 지속되지 않으니까. 하지만 내게는 무척 긴 시간처럼 느껴졌고 중요한 것은 그뿐이었다.

마침내 충분하다는 생각이 들자 나는 몸을 떼고 질문을 기다렸다. 필멸자들은 항상 물어본다. 아마 가장 먼저 듣게 될 질문은 이거겠지. 여기 왜 왔어? 확신할 수 있었다. 왜냐하면 데카는 나를 원했고 나 또한 그를 원하기를 바라고 있을 테니까. 그게 전부는 아니지만 나는 그가 듣고 싶어 하는 대답을 해 줄 것이다.

길고 어색한 침묵이 흘렀다. 데카가 꼼지락거리며 말했다. "나 적어도 몇 시간은 잠을 자야 해."

나는 고개를 끄덕이며 계속 기다렸다.

데카가 시선을 피했다. "그렇다고 갈 필요는 없고."

그래서 가지 않았다.

우리는 그의 침대에 나란히 누웠다. 아주 순수하게. 나는 그의 손과 입, 몸이 닿으며 눌러 오길 기다렸다. 나는 그가 원하는 걸 줄 것이다. 심지어 즐길 것이다. 혼자가 되지 않을 수만 있다면 뭐든 할 것이다.

데카가 가까이 다가붙어 내 손을 잡았다. 나는 더 기다렸다. 하지만 그 후에도 한참의 시간이 흘렀고, 마침내 옆에서 길고 고른 숨소리가 들려왔다. 황당해서 고개를 돌려 보니 데카가 잠들어 있었다.

나는 그를 한참 바라보다가 옆에서 같이 잠들었다.

※

습관과 주기.

데카는 새벽이 되기 전에 일어나 나를 흔들어 깨웠다. 우리는 전혀 계획한 적도 없으면서 필멸자 연인들이 태곳적부터 하던 일을 수행했다. 그 말인즉슨 잠이 덜 깬 게슴츠레한 눈으로 방 안을 휘적휘적 돌아다니며 각자 하루를 준비했다는 얘기다. 데카가 하인을 불러 차를 주문하고 사무원을 불러 새 궁에 동행할 필경사와 암살자, 궁정 신하 들에게 전갈을 보내는 사이, 나는 욕실에 가서 그나마 눈 뜨고 봐 줄 수 있는 꼴로 단장했다. 그런 다음 나중에 그가 똑같은 일을 하는 동안 차를 마시고 책상 위를 슬쩍 엿봤다. 데카는 방어 마법에 대한 메모를 갈겨 쓰고 리타리아에 일종의 요청서를 작성하고 있었다. 그는 욕실에서 나오다 내가 책상 위를 염탐하고 있는 것을 보고도 아무렇지도 않다는 듯 지나쳤다. 자신이 마실 차가 얼마나 남았는지만 확인했을 뿐이다.(별로 많이 남겨 두진 않았다. 데카가 나를 노려 봤지만 그냥 어깨만 으쓱해 주고 말았다.)

전정광장으로 나가니 벌써 서른 남짓한 필경사와 병사, 그리고 다양한 높은피 귀족들이 모여 있었다. 그중에는 쌀쌀한 아침 공기 속에서 모피 달린 여행용 코트를 걸친 샤하르도 끼어 있었다. 우리가 도착하자 그녀가 고개를 끄덕였다. 나도 고개를 끄덕여 화답하자 그녀가 놀란 듯 눈을 깜박였다. 하인들도 속속들이 도착했는데, 자신의 소지품보다는 높은피들의 짐이 더 많이 담겨 있을 트렁크와 가방을 나르고 있었다. 새벽이 다가와 동쪽 지평선이 밝아 올 즈음 레마스가 도착했다. 그리고 그녀의 옆에 있는 것은, 정말로 놀랍게도, 이템파스와 예이네였다. 모여 있던 사람들 중 상당수가 영문을 몰라 당혹해하는 것이 보였다. 하나같이 아라메리가 아닌 자들이었다. 예이네가 약간 뒤에서 발을 멈추더니 마치 머나먼 지평선의 부름이라도 들은 양 그쪽으로 몸을 돌렸다. 지금은 그녀의 시간이었다. 이템파스는 사람들이 모여 있는 곳에 이르자 레마스와 떨어져 우리 쪽으로 다가왔지만 대화를 나눌 수 있을 만큼 가까이 다가오지는 않았다. 그는 계속 예이네를 주시하고 있었다.

데카가 고개를 돌려 이템파스를 쳐다보았다. 갑자기 그의 눈이 커다래졌다. "시에 혹시……"

"응." 나는 재빨리 대답했다. 팔짱을 낀 채 일부러 두 사람 다 모르는 척했다.

라미나도 있었다. 레마스를 기다리고 있었던 게 분명했다. 여행용 복장을 갖춘 모라드도 있었다. 이건 놀라지 않을 수 없었다. 레마스가 정말로 미쳐서 자신의 연인마저 포기한다고? 아니면 결국 이 둘은 그 정도로 가까운 사이가 아니었던 걸까. 모라드의 얼굴은 무표정했지만 어쨌든 하늘궁을 떠나는 게 그리 기쁘진 않은 것 같았다.

"좋은 아침이오, 친구들." 레마스가 말했다. 모라드만 빼면 여기에 그녀의 친구는 아무도 없을 거다. "지금쯤이면 모두 설명을 들었겠지. 워낙 급하게 이뤄진 통보라 불만도 많을 테고. 하지만 극비 유지와 철저한 보안을 위해 필요한 조치였다. 아무도 이의가 없으리라 믿네."

다른 상황이었다면 누군가 이의를 제기했을 수도 있지만 이들은 아라메리였고 나아가 각자의 능력과 분별력에 힘입어 선택된 사람들이었다. 침묵이 그녀를 맞이했다.

"좋아. 그렇다면 이제 마지막 남은 손님을 기다리도록 하지."

갑자기 주위에 희미하고 군침이 돌 만큼 친숙한 전율이 일었다. 섬세하면서도 강력했다. 심지어 필멸자들조차 느낄 수 있을 정도였다. 발아래에서 일광석이 불길한 소리를 내며 삐걱거렸고 십만

정원의 새틴벨 나무들이 파들파들 떨며 완벽하게 매달려 있던 꽃송이들을 떨궜다. 나는 지그시 눈을 감으며 숨을 들이켰다. 그렇지 않으면 기쁨에 겨운 탄성이 튀어나올 것만 같았다.

"시에?" 놀람과 의아함이 뒤섞인 샤하르의 목소리가 들렸다. 그녀의 조상들이라면 이 감각을 알 테지만 지난 백 년 동안 이를 경험한 아라메리는 아무도 없었다. 나는 눈을 뜨고 그녀에게 미소를 보냈다. 아주 다정한 미소였다. 샤하르가 눈을 깜박이더니 똑같은 미소로 화답하려 했다.

"아버지가 돌아오신다." 내가 속삭였다.

우리 뒤쪽에서 예이네가 몸을 돌렸다. 그녀도 미소를 짓고 있었다. 이템파스는 우리에게 등을 돌린 채 마치 세상에서 가장 흥미로운 광경이라도 되는 양 하늘궁에 시선을 고정하고 있었다. 하지만 나는 그의 어깨가 얼마나 빳빳하게 굳어 있는지, 그가 긴장하지 않기 위해 얼마나 애쓰고 있는지 볼 수 있었다.

예이네 옆에 드디어 나하도스가 모습을 드러내기 시작했다. 아무것도 없는 곳에서 마치 폭풍이 휘몰아치듯 필멸의 육신이 형체를 갖춰나갔다. 이번에 그가 취한 외양은 과거에 감내한 고통의 시간에게 바치는 경의의 표시와도 같았다. 남자. 창백한 피부. 그의 물질을 구성하는 기운이 마치 살아 있는 연기처럼 그 주위에서 스멀스멀 꿈틀거렸다. (한때 저 연기 속에는 필멸의 몸이 있었다. 아하드. 혹시 그도 지금 몸서리치고 있을까? 저 아래에 있는 도시 어딘가에서 과거 자신이 몸속에 가둬 두었던 옛 죄수의 존재를 느끼고 있을까?) 나하도스의 형상은 노예 시절로부터 변함 없는 유일한 것이었다. 왜냐하면 지금 나는 그의 권능을 느끼고 있기 때문이다. 장엄하리만큼 오롯하고 또한 끔찍하며, 공기마저 무겁게 짓누르는 힘. 혼돈과 어둠. 옭아매고 있던 모든 족쇄에서 완전히 풀려난 순수한 힘.

나하도스가 나타나자 모여 있던 아라메리들 사이에서 수군거림과 경악의 비명이 터져 나왔지만 레마스의 눈짓 한 번으로 금세 진압되었다. 그러더니 그녀가 본보기를 보이듯 앞으로 걸어 나갔다. 마음을 다지려는 듯 발을 잠깐 멈추긴 했지만 그 정도는 충분히 감안해 줄 수 있었다.

하지만 내 눈에는 샤하르가 더 대단해 보였다. 그녀는 숨을 한 번 깊숙이 들이켜더니 이어 서둘러 어머니의 곁으로 달려나갔다. 레마스도 놀라움을 감추지 못하고 딸에게 시선을 던졌다. 샤하르가 짧고 긴장 어린 동작으로 고개 숙여 응답했다. 그러고 보니 샤하르는 나하도스를 전에 만난 적이 있었다. 두 모녀는 함께 두 주신을 맞이하러 갔다.

한편 데카는 두 사람에게 합류하려고 움직일 생각조차 하지 않았다. 그저 팔짱을 끼고 양발에 번갈아 체중을 옮겨 가며 눈살을 찌푸린 채 처음에는 이템파스에게, 그다음에는 내게 시선을 보내며 언짢은 기색을 드러낼 뿐이었다. 그가 왜 거북해하는지 이유를 짐작하는 건 그리 어렵지 않았다. 세 주신이 우리 사이를 걷고 있었다. 데카는 그들이 단순히 아라메리의 별장을 세우기 위해 찾아왔다고 믿을 만큼 어리석지 않았다. 지금쯤이면 내가 왜 전날 밤 그리도 침울해하고 있었는지 짐작하고 있을 것이다.

내가 온 건 너 때문이다. 이템파스는 말했다.

나도 가슴 위로 팔짱을 끼었다. 방어적으로 구는 게 아니었다. 그저 헛된 희망을 품지 않으려면 단단한 각오가 필요했기 때문이다.

그때 대화가 끝났다. 레마스가 뭐라고 했는지는 몰라도 예이네가 그에 대한 대답으로 무심코 고개를 끄덕이며 우리 쪽을 바라보았다. 전정광장을 가로질러 나와 그녀의 시선이 마주쳤다. 예이네의 등 뒤에서 갓 고개를 내민 태양이 가느다란 햇살로 지평선을 황금빛으로 물들이고 있었다. 바로 그 순간, 새벽 그 자체처럼 짧은 찰나에 예이네의 모습이 뭐라 형용할 수 없는 것으로 변했다. 나는 필멸자의 인식이 아우를 수 있는 감각과 이미지를 사용해 어떻게든 그것을 정의해 보려 했다. 은은한 은빛 안개 속에 묻혀 있는 그녀의 환영. 지금 우리를 에워싸고 있는 것만큼이나 거대한 나무숲으로 가득한 신비하고 광활한 풍경. 부드럽고 달콤한 과즙이 뚝뚝 떨어지는 잘 익은 과일의 맛과 향. 순간 나는 자식이 가져야 할 것과는 가장 거리가 먼 갈망으로 몸부림쳤다. 그녀에 대한 욕망, 나하를 향한 질투, 그리고 그녀를 한 번밖에 맛보지 못한 템파에 대한 연민.

그 짧은 찰나가 지난 후, 예이네는 다시 예이네가 되어 있었다. 그녀의 미소는 오직 나만을 위한 것이었다. 가장 아끼고 사랑하는 맏아들. 온 세상을 다 준다 한들 나는 결코 이 특별함을 포기하지 않을 것이다.

"가야 할 시간이다." 예이네가 말했다.

그러고는 다음 순간, 우리는 더 이상 하늘궁에 있지 않았다.

여기서 "우리"란 우리 모두를 말하는 것이다. 신과 아라메리, 하인과 그들이 들고 있는 짐까지 전부 다. 방금 전까지 우리는 하늘궁의 전정광장에 있었는데 다음 순간에는 마흔 명 정도 되는 모두가 이 세상 어딘가 다른 곳에 와 있었다. 예이네의 의지가 발동한 순간, 말 그대로 눈 깜짝할 사이에. 이곳의 시간은 새벽이 훨씬 지나 이미 완연한 아침이었다. 하지만 난 그런 것에는 관심도 주지 않았다. 아라메리 애들을 비웃느라 정신이 하나도 없었기 때문이다. 그들 대부분이 휘청거리거나 숨을 헐떡이거나 아니면 공황에 빠져 허우적대지 않으려고 안간힘을 쓰고 있었다. 왜냐하면 우리는 지금 바다 위에 서 있었기 때문이다. 파도가 우리를 둘러싸고 있고 눈앞에는 부드럽게 찰싹이는 물결 말고는 아무것도 없는 광활한 공간이 끝없이 펼쳐져 있었다. 아래를 내려다보니 발이 물에 살짝 잠겨 있었는데, 마치 누군가 바닷물과 신발 사이에 뭔가 얇고 유연한 것을 발라 입혀 놓은 것 같았다. 발밑에서 파도가 넘실댔을 때는 우리의 몸도 함께 들썩였지만 가라앉지는 않았다. 몇몇 아라메리는 균형을 잡지 못하고 넘어지기도 했다. 나는 낄낄거리며 다리를 벌려 손쉽게 균형을 유지했다. 앞으로 몸을 살짝 기울여 다리가 아니라 무게중심을 활용하는 게 비결이었다. 이래 봬도 옛날옛적 액화가스 바다에서 스케이트도 타 봤던 몸이다. 그것과 별반 다르지 않았다.

"광명의 아버지시여, 도와주소서!" 누군가 외쳤다.

"넌 도움이 필요 없다." 이템파스가 쏘아붙이자 남자는 이템파스를 계속 쳐다보다 풀썩 넘어져 버렸다. 물론 템파는 넘실대는 파도 위에서도 바위처럼 흔들림 하나 없었다.

"여기면 될까?" 예이네가 레마스에게 물었다. 레마스가 다시 한쪽 무릎을 꿇어 균형과 존엄성을 유지하는 두 가지 문제를 한꺼번에 해결하는 걸 보니 경탄스러웠다.

"네, 여신님." 그 순간 우리 밑으로 커다란 파도가 지나가면서 모두 함께 훌쩍 위로 올라갔다가 다시 1미터쯤 쭉 추락했다. 하지만 예이네는 그 와중에도 전혀 움직이지 않았다. 높은 파도가 주변을 덮쳤을 때도 그녀의 발밑만큼은 더 깊이 움푹 파였고, 너울은 닿지도 않고 그녀의 주위로 지나가 버렸다. 나하도스에게 접근한 파도는 언제 존재하기라도 했냐는 양 즉시 사라져 버렸고 그 힘과 에너지는 의미 없는 움직임으로 변해 사방으로 흩어졌다.

"여기가 어디죠?" 샤하르가 물었다. 레마스를 따라 한쪽 무릎만 세워 무릎을 꿇고 있었지만 그조차 힘겨워 보였다. 꼿꼿한 자세를 유지하는 데 얼마나 집중하고 있는지 말할 때 고개를 쳐들지도 않았다.

그 질문에 대답한 사람은 나하도스였다. 그는 태양을 바라보며 눈을 가늘게 좁히고 희미한 혐오감을 드러내고 있었다. 태양을 쳐다본다고 해서 그가 해를 입는 건 아니다. 태양이라고 해 봤자 작은 별 하나일 따름이고, 우주 어딘가는 지금도 항상 밤이기 때문이다.

"오비쿠해(海)다. 어쨌든 오래전에 마지막으로 불리던 이름은 그것이었지."

나는 웃기 시작했다. 근처에 있던 사람들이 내게 당혹한 눈길을 보냈다. 모두가 이 농담을 이해할 수 있도록 나는 일부러 커다란 목소리로 말했다. "오비쿠는 마로랜드 한가운데 있던 지중해(地中海)였어. 그리고 마로랜드는 지금 우리가 서 있는 곳에 존재했던 대륙이지." 아라메리가 아직 너무 멍청하던 시절 나하도스를 무기로 사용하려다 파괴된 대륙. 나하도스는 아라메리가 원한 일을 해 주었고, 그런 다음 덤으로 조금 더 저질러 주었다.

데카가 놀라 숨을 삼켰다. "파괴되었다는 *최초의 하늘도시*구나."

나하도스가 고개를 돌렸다. 그러더니 미동도 없이 데카를 지나칠 정도로 오래 응시했다. 나는 긴장했다. 뱃속이 조여들었다. 그가 아하드를 판화로 찍어 놓은 것처럼 꼭 닮은 데카의 이목구비가 친숙하다는 걸 눈치챘을까? 만일 그가 데카의 정체를 알게 되면, 레마스와 샤하르가 뭔지 알게 된다면…… 내가 그들을 살려 달라고 빌어도 내 말을 들어줄까?

"최초의 하늘도시가 바로 이 아래에 있다." 그가 나를 똑바로 바라보았다. 그는 알고 있었다. 나는 갑작스런 두려움에 사로잡혀 마른침을 꿀꺽 삼켰다.

"거기 오래 있진 않을걸." 예이네가 말했다.

그녀가 손을 들어 올려 우아한 동작으로 발아래 바다를 향해 손짓했다. 주신은 의지를 발휘하기만 하면 새로운 세상을 불러와 존재시킬 수 있다. 무심코 숨을 내뱉는 것만으로도 은하계를 회전시킬 수 있다. 사실 그녀는 손짓을 할 필요가 없었다. 그건 그저 극적인 효과를 위한 장치일 뿐이다.

하지만 내 생각에 예이네는 필멸자가 집중력을 유지할 수 있는 시간을 과대평가한 것 같다. 바다에서 첫 번째 바위가 솟구쳐 올랐을 때는 더 이상 아무도 그녀를 보고 있지 않았으니까.

몰아치는 파도와 물보라를 막아 내기 위해 우리 주위에 보호막을 만들어 낸 건 데카였다. 덕분에 우리는 안전한 위치에서 해초와 산호로 뒤덮인 삐쭉삐쭉한 일광석 덩어리들이(가장 작은 것도 밤의 팔 건물에 필적할 만큼 컸다.) 우리 주변과 아래에서 솟아오르는 모습을 경외감 속에서 지켜볼 수 있었다. 수 세기 동안 누구의 손길도 닿지 않은 돌덩어리들이 수면 위로 튀어 올라 차곡차곡 쌓여 하나로 합쳐지고, 벽이 세워지고 남는 조각들이 우수수 떨어져 내렸다. 발밑에서 정원이 솟아올라 파도치던 자리를 대신하고 아무것도 없던 자리에 짜임새 있는 구조물이 생겨났다.

앵무조개 껍질을 횡단면으로 자른 모습을 상상해 보라. 완만하게 상승하는 나선형 구조를 따라 여러 개의 방과 층을 지나 점점 더 촘촘하게 붙어 있는 중심부로 향하다 보면 마침내 지금 우리가 서 있는 꼭대기에 도달한다. 비대칭적인 질서. 혼란스러운 반복. 우아한 연결. 이 덧없는 존재에 대해 생각해 보라. 그것이 바로 필멸의 생이 지닌 아름다움이다.

이것은 하늘궁이 아니었다. 옛 하늘궁도 아니요, 새 하늘궁도 아니었다. 과거에 존재하던 두 개의 궁보다 훨씬 작고 믿을 수 없을 만큼 단순했다. 이전의 건축물이 높고 빽빽하게 지어졌다면 이 궁전은 해수면의 품에 안겨 있었다. 하늘을 찌르는 날카로운 첨탑 대신 낮고 완만하게 경사진 건물들이 수십 개의 가늘고 복잡한 다리로 연결되어 있었다. 궁전의 토대는 일종의 볼록한 받침대 위에 세워져 있는데, 여러 갈래로 갈라진 잎사귀처럼 홈과 돌출부가 사방으로 튀어나와 있는 기묘한 모양새였다. 새벽 햇살을 받은 표면이 진주처럼 하얗고 자개처럼 무지개빛으로 빛났는데, 그것이 기존의 하늘궁과 유일하게 닮은 점이었다.

이 거대한 건물을 물 위에 띄우고 있는 받침 난간 하나하나에서 힘이 느껴졌다. 하지만 여기에는 마법 이상의 것이 존재했다. 구조물 자체에 있는 무언가 부력을 유지하고 있었다. 내가 아직 신이었다면 그게 뭔지 알 수 있었을 텐데. 신이 무언가에 관여하는 데에도 나름의 규칙이 있고, 균형을 추구하는 것이 예이네의 본성이었으니까. 어쩌면 이 마법은 바다의 파도를 새로운 방식으로 활용하거나 태양빛을 흡수하는 것인지도 모른다. 건물의 토대 부분이 비어 있을 수도 있다. 어쨌든 이 새로운 궁이 바다에 떠 있고 마법을 이용해 물 위를 이동할 수 있다는 것만은 확실했다. 이로써 어떤 필멸자 군대도 공격할 수 없으니 성벽 안에 있는 귀중한 이들을 보호하는 데도 용이할 것이다.

필멸자들은 호들갑스럽게 새로운 궁전을 둘러보았다. 대다수가 경외감에 말도 제대로 잇지 못하고 나머지는 충격과 기쁨, 그리고 부족한 지식에서 비롯된 경탄을 내뱉고 있을 때, 나는 물방울 하나 묻어 있지 않은 중앙 받침대의 일광석 바닥을 성큼성큼 가로질렀다. 예이네와 나하도스가 몸을 돌려 나를 반겼다.

"나쁘지 않은데." 내가 말했다. "근데, 좀 하얗지 않아?"

예이네가 재미있다는 듯 어깨를 으쓱했다. "그럼 회색 벽이 좋아? 여기 사람들이 전부 자살했으면 좋겠어?"

나는 주변에 펼쳐져 있는 넓고 광활하지만 단조로운 바다를 휘둘러보았다. 희미하게 들리는 파도와 바람 소리 외에는 적막뿐이었다. 나는 얼굴을 구겼다. "그건 그래. 하지만 그래도 옛날에 쓰던 두 궁전이랑 똑같이 재미없고 엄숙하게 살아야 하는 건 아니잖아. 이들은 이제 네 거야, 예이네. 그걸 늘 상기시킬 방법을 찾아봐."

예이네는 잠시 생각에 잠겼다. 하지만 나하도스는 빙그레 웃었다. 갑자기 우리 발밑에 있는 일광석이 푹신해지더니 두텁게 깔린 검고 비옥한 흙으로 바뀌었다. 난간에도, 다리 위에도, 어딜 둘러봐도 방금까지 일광석이었던 모든 표면이 흙바닥으로 변해 있었다.

예이네가 웃음을 터트리더니 나하도스에게 다가가 장난스러운 눈빛을 던졌다. "조금만이라더니?" 그녀가 손을 내밀자 나하도스가 그 손을 잡았다. 둘 사이에 감도는 편안한 동지애. 예이네를 바라보던 나하도스의 칠흑 같은 눈동자가 갑자기 부드러워지는 게 느껴졌다. 쉴 새 없이 변화하던 얼굴이 하나로 고정되어 또 다른 분위기의 친숙한 얼굴이 드러났다. 갈색 피부와 각진 얼굴의 다르인. 혹시 데카가 알아채진 않았는지 힐끗 쳐다보고 싶었지만 애써 참았다.

"우린 언제나 혼자일 때보다 함께 할 때 더 좋은 걸 만들어 내지." 나하가 말했다. 예이네가 그에게 몸을 기대자 부드러운 검은 오라 가닥이 너울거리며 감싸 안았다. 하지만 예이네의 몸을 건드리지는 않았다. 그럴 필요가 없었으니까.

그때 시야 한구석에서 일어나는 움직임이 내 흥미를 잡아끌었다. 이템파스가 형제자매의 친밀한 모습을 외면한 채 나를 바라보고 있었다. 그를 돌아보았을 때, 나는 혼자 있는 그를 보고 평소처럼 분노를 느끼는 게 아니라 오히려 연민을 느끼고 있다는 데 놀랐다. 우리 둘은 똑같이 버림받았다.

나는 샤하르와 그 옆에 있는 데카르타를 슬쩍 살펴보았다. 데카르타는 잔뜩 흥분해서 빙글빙글 돌고 또 돌면서 궁전 전체를 눈에 담고 있었다. 그렇게 신이 난 모습은 처음 봤다. 웃음이 멈추지 않는 것 같았다. 그가 어릴 적 좋아하던 모험소설들이 생각났다. 내가 아직 신이었다면 그의 이런 기쁨을 함께 만끽할 수 있었을 텐데.

샤하르는 조금 더 차분한 태도로 미소를 띤 채 이따금 나선형의 궁전을 올려다보곤 했지만 대체로 데카르타에게서 시선을 떼지 않았다. 오랫동안 잃어버렸다가 드디어 돌아온 쌍둥이 반쪽.

그리고 순전히 우연히도, 내가 그들을 바라보고 있을 때 그들 역시 나를 발견했다. 데카의 웃음이 더욱 커다래졌다. 샤하르의 얼굴에서도 미소가 떠나지 않았다. 부드러운 흙바닥을 조심스럽게 밟으며 내게 다가오는 두 사람은 비록 손을 잡고 있지는 않았지만 사랑이 어떤 모습인지 아는 이들에게 그 둘 사이에 존재하는 굳건한 결속감은 여지없이 확연해 보였다. 그리고 그 결속감에 나도 포함되어 있다는 것 또한 분명했다. 나는 그들을 향해 몸을 돌렸다. 그 길고도 경이로운 순간, 나는 혼자가 아니었다.

그때 예이네가 말했다. "이리 오렴, 시에." 그러자 마법의 순간이 끝나 버렸다.

샤하르와 데카르타가 발을 멈췄다. 그들의 미소가 사라졌다. 그들의 얼굴에 깨달음이 찾아드는 것이 보였다. 쌍둥이가 나를 필멸자로 만든 것은 그들의 친구가 될 수 있게 하기 위해서였다. 만일 내가 다시 신이 된다면 우리는 어떻게 될까?

누군가의 손이 어깨를 건드렸다. 고개를 들자 이템파스가 서 있었다. 아, 그래. 그도 필멸자를 사랑했었지. 그것도 오래도록. 그는 그들을 두고 떠난다는 게 어떤 느낌인지 알았다.

"가자." 이템파스가 부드럽게 말했다.

나는 아무 말 없이 데카르타와 샤하르에게서 등을 돌리고 이템파스와 함께 걷기 시작했다.

예이네와 나하도스가 우리를 반겼다. 그들의 힘이 우리를 감쌌고, 흙에서 첫 번째 초록색 새싹이 올라온 순간 우리는 모습을 감췄다.

18장

이템파스의 이름으로
빛을 기원하고
태양의 온기를 간청하고
그림자를 흩나이다.
이템파스의 이름으로
말로써 소리에 의미를 부여하고
행동하기 전에 생각하고
오직 평화를 위해서만 죽이나이다.

우리는 그다지 멀지 않은 방에서 다시 모습을 드러냈다. 이곳 역시 새 궁전에 속한 곳이었다. 앵무조개처럼 생긴 궁전의 가장 바깥쪽 나선에 있는 작고 우아한 방 중 하나로 프리즘 유리로 덮여 있었다. 안에 들어서자마자 이 방의 정체를 알 수 있었다. 주변 세상과 완전히 단절된 닫힌 공간. 주변의 다른 구조에는 전혀 영향을 미치지 않고 필경술을 시험하거나 마법을 사용할 수 있는 이상적인 공간이었다. 데카가 여길 알면 무척 좋아할 거다.

나하도스와 예이네가 이템파스를 마주 보고 서자 이템파스도 그들을 바라보았다. 셋 모두 얼굴에는 어떠한 감정도 드러나지 않았지만 거기에 어떤 의미가 있는 건 아니었다. 그들은 말이 필요 없는 존재들이니까. 그리고 어쨌든 그들이 주고받아야 할 것들 중에 감정은 없었다. 어쩌면 그래서 나하도스가 입을 열었을 때 말은 간결하고 태도는 냉정했는지도 모른다.

"해가 질 때까지, 정확히 그때까지다."

이템파스가 천천히 고개를 끄덕였다. "지금 바로 시에를 살펴보도록 하지."

"해가 지고 필멸의 육신으로 돌아가면 다시 약해질 거야." 예이네가 덧붙였다. "미리 각오해 두도록 해."

이템파스는 그저 한숨을 내쉬며 다시 고개를 끄덕였을 뿐이다.

잔인한 처사였다. 나를 진찰하기 위해 하루 동안 육신으로부터의 가석방을 허락받았지만 사실 그의 권능이 필요한 시간은 아주 잠깐이면 충분했다. 그 이상으로 하루 동안의 자유를 허용하고 하루가 지나고 다시 빼앗아 가는 것은 두 주신이 칼을 휘두르는 방식이었다. 그래도 싸지. 나는 속으로 생각했다. 그는 이런 걸 당해도 싸다고.

하지만 아무렇지도 않은 척할 수는 없었다.

그때 필멸자로서의 내 정신이 인식할 수 있는 모든 것이 가물거리더니 이템파스에게서 필멸자라는 껍데기가 벗겨지고 사라진 순간 온 세상이 또렷한 소리로 노래하기 시작했다. 이템파스는 포효를 내지르지 않았다. 그러고도 남았을 텐데도. 나라면 당연히 그랬을 거다. 하지만 그는 그저 눈을 감고 잘게 떨었을 뿐이다. 이템파스의 머리카락이 백열 같은 후광을 흩뿌리고 옷이 별빛으로 짠 것처럼 환하게 빛났다. 부츠마저 흰색으로 변했다.(이게 신성한 순간만 아니었어도 웃음을 터트렸을 텐데.) 필멸자의 무뎌진 감각으로도 나는 이템파스의 진정한 자아가 폭발하듯 발현함에 따라 현실의 표면을 휩쓸며 집어삼키는 열기, 운석이 충돌한 후 일어나는 쓰나

미와 같은 여파를 제어하기 위한 그의 노력을 느낄 수 있었다. 그는 죽은 듯이 모든 움직임을 멈추고 오직 깊은 침묵 속에 침잠했다.

내가 다시 신이 된다면 나도 저럴 수 있을까? 아마 아닐 거다. 나라면 소리소리 지르고 펄쩍펄쩍 뛰면서 가까이 있는 온 행성들을 누비며 신나서 춤을 추겠지.

곧. 지금.

부활의 불꽃이 지나간 후, 이템파스는 잠시 마음을 가다듬는 시간을 가졌다. 그러고는 약속대로 집중해서 나를 살펴보았다. 나도 마음의 준비를 단단히 했다. 하지만 그때, 알아차릴 수도 없을 만큼, 내가 그를 잘 알지 못했다면 실제로 눈치채지 못했을 정도로 아주 미세하게 그가 미간을 찌푸렸다.

"왜 그래?" 예이네가 물었다.

"시에에겐 아무 문제도 없다." 이템파스가 대답했다.

"나한테 아무 문제도 없다고?" 나는 성인 남자의 손으로 내 몸을 손짓했다. 나는 그날 아침에도 면도를 해야 했고 그러다가 턱에 상처를 입었다. 심지어 지금도 아팠다, 젠장. "문제가 없는 데가 어딨는데?"

이템파스가 천천히 고개를 내저었다. "가야 할 길을 인지하는 것, 그게 내 본성이다." 우리는 약하디약한 내 필멸자 육신을 고려해 세늠어를 사용하고 있었기 때문에 말하자면 이건 그가 실제로 의미하고자 하는 바를 인간의 언어로 최대한 비슷하게 표현한 것이었다. "길이 없는 곳에 길을 내고 이미 놓여 있는 길을 따라가는 것이지. 나는 너를 마땅한 모습으로 되돌릴 수 있고 잘못된 것을 멈출 수 있다. 하지만 너는 어떠한 것도 잘못된 게 없다, 시에. 지금 네 변화는……" 이템파스가 예이네와 나하도스를 돌아보았다. 그는 두 손을 공중에 쳐드는 것처럼 품위 없는 행동은 하지 않았지만 지금 그가 느끼는 좌절감은 손으로 만질 수도 있을 만큼 뚜렷했다. "그는 지금 마땅한 존재다."

"그럴 리가 없어." 당혹한 표정으로 나하도스가 나를 향해 발을 내딛었다. "이건 시에의 본성이 아니다. 성장은 이 아이에게 해가 될 뿐이야. 어떻게 이게 마땅한 것이 될 수 있지?"

"그리고 누가." 예이네는 다른 두 주신만큼 우리의 개념을 필멸자 언어로 표현하는 데 익숙치 않았기 때문에 천천히 말해야 했다. "그걸 정하는 거지?"

셋은 서로의 얼굴을 마주 보았고, 나는 뒤늦게 이 대화의 골자를 깨달았다. 나는 오늘 신성을 되찾지 못할 것이다. 나는 한숨을 푹 내쉬며 몸을 돌려 둥그스름하게 휘어진 자갯빛 벽 쪽으로 터벅터벅 걸어갔다. 벽에 기대앉아 무릎을 세우고 그 위에 팔을 얹었다.

예상한 대로 상황은 급속도로 악화됐다.

"그럴 리가 없어." 나하도스가 재차 말했다. 유리천장을 통해 밝은 아침 햇살이 비쳐 오고 있는데도 작은 방 안이 빠르게 어두워지는 것으로 보아 그의 분노를 짐작할 수 있었다. 하지만 어두워진 건 하늘 전체가 아니라 지금 우리가 있는 방 내부뿐이었다. 역시 예이네는 현명했다. 형제들의 성질머리를 알고 미리 대비해 두다니. 내가 여기 저들과 함께 갇혀 있지만 않았다면 더 좋았을 텐데.

나하도스가 이템파스를 향해 발을 옮겼다. 그의 오라가 점점 더 어둡고 가늘어져 이제는 자연의 법칙에 따라 어떤 필멸자의 눈에도 보이지 않아야 하건만 당연히 그는 그런 법칙 따위는 마음대로 무시해 버렸다. 이제 그의 어둠은 누구의 눈에도 확연했다.

"넌 항상 겁쟁이였지, 템파." 나하도스의 목소리가 벽 주위를 빠르게 스쳐 날며 깊은 반향을 자아냈다. "너는 악마들을 학살하자고 부추겼다. 전쟁이 끝난 뒤에는 필멸계를 버리고 우리 자식들을 멀리해서 결국 우리가 그 난장판을 수습해야 했지. 그런데 이제 와서 내 아들을 도울 방도가 없다는 말을 믿으란 말인가?"

나는 이템파스가 그에게 맞서 격노하고, 그래서 여느 때처럼 똑같은 일이 일어나길 기다렸다. 둘은 크게 다툴 테고, 그러면 예이네가 에네파가 그랬듯이 그 여파가 외부에 영향을 끼치지 않도록 막을 테고, 그러다 둘 다 지쳐서 기진맥진해지면 설득을 시도할 것이다.

지겨웠다. 전부 다 지겨워 죽을 것 같았다.

하지만 놀라움은 내 몫이었다. 이템파스가 천천히 고개를 가로저은 것이다. "우리 자식을 위해서라면 난 언제나 최선을 다할 거다, 나하." 우리에 아주 희미한 강조가 깃들어 있었다. 예전 같으면 노골적으로 소유욕을 드러냈을 텐데. 이템파스는 나를 쳐다보지도 않았지만 그럴 필요가 없었다. 그가 입 밖에 낸 단어 하나하나에 여러 겹의 의미가 담겨 있었으니까. 나도, 그도 알고 있었다. 나를 자기 것이라고 일컫기에는 그가 자격이 부족하다는 사실을.

이 새로운 겸허한 태도가 의아해 눈살이 찌푸려졌다. 이건 전혀 내가 알던 템파답지 않았다. 면전에서 나하도스의 비난을 사고도 평정을 유지하는 것부터 그랬다. 나하도스도 놀라기보다는 미심쩍다는 듯 미간을 찡그렸다.

그때 또다시 뜻밖의 사건이 발생했다. 예이네가 앞으로 나서더니 나하도스에게 짜증스러운 눈길을 보내며 쏘아붙인 것이다. "이런 건 아무 도움도 안 돼. 우린 오래 묵은 불화를 반복하려고 여기 온 게 아냐." 나하도스가 그녀에게 화를 터트리기 직전, 예이네가 그의 팔을 붙잡았다. "우리 아들을 봐, 나하."

그 말에 멈칫한 나하도스가 나를 돌아보았다. 정확히 말하면 셋 다 나를 바라보았다. 그들의 표정에는 연민과 당혹감이 뒤섞여 있었고 나는 절망감에 젖은 우울한 얼굴로 그들에게 애달픈 미소를 지어 보였다.

"훌륭해. 내가 여기 있다는 걸 겨우 일 분밖에 안 잊었네."

나하도스의 턱 근육이 불거졌다. 내 솜씨에 은근 자부심이 들었다.

예이네가 한숨을 쉬더니 두 형제 사이를 비집고 내게 다가왔다. 그녀는 평소처럼 신발을 신지 않은 발끝을 세워 내 옆에 쪼그려 앉았다. 내가 아무런 반응도 하지 않자 내게 살짝 기대앉더니 어깨에 머리를 기댔다. 나는 두 눈을 감고 그녀의 머리카락에 지그시 뺨을 눌렀다.

"다른 방법이 있다." 마침내 나하도스가 정적을 깨트렸다. 마지못한 듯 느릿한 말투였다. 그에게 변화는 결코 어려운 일일 수가 없건만 이번만큼은 그렇다는 것을 알 수 있었다. "우리가 하나가 된다면 무엇이든 가능하지."

이번에도 이템파스의 반응은 전혀 예상치 못한 것이었다. "시에의 회복은 우리 모두가 바라는 바다." 그가 뻣뻣하게 말했다. 왜냐하면 그에게 변화는 정말 어려운 일이기 때문이다. 어쨌든 그럼에도 그는 최대한 노력 중이었다. 실제로 나하도스의 제안은 최후의 수단이었다. 우주가 시작된 초창기 이래 셋은 하나가 된 적이 없었다. 만일 나를 다시 빚기 위해 현실을 다시 빚어야 한다면, 그건 정말 전례 없는 일일 것이다.

그렇기에 나는 그를 비방하거나 뭐라 할 수가 없었다. 나는 나하와 템파가 나란히 서서, 오직 나를 위해 어떻게든 싸우지 않고 잘 지내보려고 애쓰는 모습을 지켜보았다.

예이네가 고개를 쳐드는 바람에 나도 똑같이 고개를 움직일 수밖에 없었다. "나도 기꺼이 그렇게 할 거야." 하지만 약간 걱정스러운 말투였다. "그렇지만 난 해 본 적이 없어. 혹시 그러면 시에한테 위험할까?"

"조금은." 이템파스가 말했다.

"아마도." 나하도스가 말했다.

예이네가 인상을 찌푸리자 나는 그녀의 손을 토닥이며 샤하르와 데카에게 그랬던 것처럼 자세히 설명해 주었다. "만일 세 주신이 완벽하게 융합되지 못하면……" 나는 이템파스와 나하를 고갯짓으로 가리켰다. 굳이 조심스럽게 표현할 필요도 없었다. "당신들 셋 사이에 조금이라도 어긋남이 있다면 일이 아주 잘못될 수 있어."

"얼마나?"

나는 어깨를 으쓱했다. 직접 목격한 적은 없어도 기본 원리는 안다. 아주 간단했다. 세 주신의 의지는 곧 현실이 된다. 그들 각자가 원하는 서로 상충하는 욕망들은 자연법칙의 형태로 발현된다. 관성과 중력, 시간과 인식, 사랑과 슬픔 등등. 셋이 하는 일 가운데 모호한 것은 없다.

예이네는 오래도록 고심했다. 그러더니 손을 뻗어 내 머리카락을 쓰다듬었다. 어렸을 때 나는 그녀가 이렇게 머리를 쓰다듬어주는 것을 좋아했다. 하지만 성인 남자가 된 지금은 조금 어색했다. 귀염받는 건 아무래도 조금…… 하지만 참았다.

"위험 요소가 있다는 뜻이네." 예이네가 심란한 표정으로 말했다. "난 네가 원하는 걸 원해. 하지만 네가 원하는 게 완전히 명확하지는 않은 것 같아."

나는 서글픈 미소를 지었다. 이템파스의 눈이 가느스름해졌다. 그와 나하도스가 자기들끼리만 통하는 눈짓을 교환했다. 분위기가 좋았다. 꼭 옛 시절처럼. 그러더니 돌연 둘 다 서로를 미워한다는 사실이 기억났는지 다시 나한테 관심을 집중했다.

솔직히 역설적이면서도 나름대로 아름다운 광경이었다. 문제는 그들이 아니라 나였다. 세 주신이 다시 이 세상을 함께 걸으며 나를 구하기 위해 힘을 합치고 있었다. 하지만 나는 구원받을 수 없었다. 필멸자 둘과 사랑에 빠졌으니까.

예이네가 한숨을 지었다. "너한테는 생각할 시간이 필요해." 그녀가 자리에서 일어나 공연스레 바지를 툭툭 털었다. 그러고는 나하도스와 이템파스를 돌아보았다. "우리끼리 논의할 문제도 있고. 시에, 널 어디로 보내 줄까?"

나는 고개를 저으며 피곤하다는 듯 머리를 헝클어뜨렸다. "모르겠어. 아무 데나 다른 곳으로 보내 줘." 나는 궁전 안을 의미하며 대충 주변을 손짓했다. "길은 알아서 찾을 테니까." 나는 항상 그랬다.

내 생각을 듣기라도 한 양 예이네가 나를 슬쩍 쳐다봤지만 좋은 어머니답게 아무 말 없이 그냥 넘어가 주었다. "알았어."

주변 풍경이 흐릿해지더니 다음 순간 나는 새 궁전에 있는 널찍한 방에 앉아 있었다. 하늘궁에 있는 사원처럼 아치형 천장이 머리 위로 10미터 남짓으로 높이 솟아 있고 처마 장식에 달린 덩굴 줄기가 곡선 기둥을 구불구불 휘감으며 아래로 늘어져 있었다. 우리가 자리를 떠난 지 몇 분도 안 돼 예이네의 힘이 궁 전체에 스며들어 초록빛 식물로 뒤덮인 것이다. 이제는 일광석도 정확히 말해 흰색이 아니었다. 해가 있는 쪽을 향하고 있는 한쪽 벽이 반투명하게 빛나고 있었는데, 전반적으로 하얀 일광석에 회색에서 검은색에 이르기까지 다양한 음영의 대리석 무늬가 섞여 있는 게 보였다. 검은색 부분에는 자잘한 흰색 점이 별처럼 박혀 있었다. 아마 밤이 되면 빛을 발할 것이다.

그리고 여기, 데카가 혼자 무릎을 꿇고 있었다. 뭘 하는 거지? 기도? 내 필멸성이 사라지는 것을 기다리며 기도를 올리고 있는 거야? 순고하기도 해라. 그리고 그런 그에게 날 보내다니, 예이네는 정말 속이 너무 뻔하다. 사랑을 엮어 주는 걸 좋아할 줄은 몰랐는데.

"데카."

데카가 흠칫 놀라 고개를 돌리더니 나를 발견하고는 놀라서 얼굴을 찡그렸다. "시에? 난 네가······"

나는 몸을 일으키지도 않고 고개만 가로저었다. "아무래도 내가 아직 끝내지 못한 일이 있는 것 같아."

"무슨······" 아니다. 데카는 그런 질문을 하기엔 너무 똑똑했다. 나는 아주 짧은 시간 동안 그의 얼굴 위로 이해와 환희, 죄의식, 그리고 희망이 스쳐 지나가더니 종국에는 아라메리 특유의 가면이 자리 잡는 것을 보았다. 그가 일어나 다가와 손을 내밀었고, 나는 그 손을 잡았다. 하지만 내가 다리를 펴고 일어났을 때는 잠시 어색한 침묵이 흘렀다. 우리는 둘 다 성인 남성이고, 대부분의 남자들은 상대를 일으켜 세운 뒤에 마주 보고 서게 되면 자기 공간과 동지애라는 경계선을 유지하기 위해 조금 뒤로 물러나는 법이다. 나는 움직이지 않았고 데카도 움직이지 않았다. 어색한 분위기가 이제 뭔가 완전히 다른 것으로 변했다.

"궁 이름을 뭘로 할까 고민하고 있었어." 데카가 부드러운 말투로 운을 뗐다. "샤하르랑 나랑."

나는 어깨를 으쓱했다. "조개궁전? 물의 궁전?" 나는 창의적인 이름을 짓는 데에는 별로 재주가 없었다. 하지만 나름 안목을 지닌 데카는 내 제안을 듣고는 얼굴을 구겼다.

"샤하르는 '메아리'가 마음에 든대. 물론 최종적으로는 어머니의 승인을 받아야 할 테지만." 이 얼마나 흥미로운 대화인지. 우리의 입이 움직이며 둘 다 전혀 관심 없는 말들을 뱉어 냈다. 굳이 말할 필요가 없는 말에 전혀 다른 모습의 언어적 가면을 덧씌웠다. "샤하르는 이곳이 알현실로 제격이라고 생각해." 또다시 찡그린 표정. 이번에는 살짝 더 미묘했다.

나는 슬쩍 웃었다. "네 생각은 다르고?"

"여긴 알현실 같은 느낌이 안 들어. 그보다는……" 데카가 고개를 젓더니 반투명한 대리석무늬 벽 아래 한 지점에 시선을 고정했다. 그가 무슨 말을 하는지 알 것 같았다. 이 방에는 뭔가 정의하기 힘든, 신에게 봉헌된 것 같은 분위기가 있었다. 저 자리에는 제단이 있어야 마땅하게 느껴졌다.

"그럼 샤하르한테 그렇게 말해."

데카가 어깨를 으쓱했다. "너도 알잖아. 샤하르는 여전히…… 샤하르인걸." 데카의 얼굴에 미소가 떠올랐다가 금세 사라졌다.

나는 고개를 끄덕였다. 나도 샤하르 이야기는 별로 하고 싶지 않았다.

데카의 손이 머뭇거리며 내 손을 스쳤다. 내가 가만히 있는다면 사고였다고 우길 수도 있는 일이었다. "네가 여기에 축복을 내려도 좋겠다. 이건 일종의 속임수잖아, 아니면 어쨌든 그렇게 될 거고. 여기가 아라메리의 진짜 집이 될 테고 하늘궁은 그냥 미끼가 될 테니까……"

"난 이제 아무것도 축복할 수 없어. 그냥 시적인 표현이라면 모를까." 은근슬쩍 간만 보는 데 질려 데카의 손을 콱 붙잡았다. 이제부터는 그냥 친구 사이라는 말로 넘어갈 수 없다. "내가 다시 신이 되는 게 좋아, 데카? 그게 네가 원하는 거야?"

내 단도직입적인 질문에 데카가 놀라 흠칫했다. 드디어 그의 가면에 금이 갔고, 나는 그 틈새 너머로 가슴이 아플 만큼 간절한 날것의 욕망을 보았다. 하지만 이제는 데카도 눈 가리고 아웅 하는 게임을 집어치운 상태였다. 왜냐하면 지금 이 순간은 충분히 그럴 만한 가치가 있었으니까. "아니."

나는 싱긋 웃었다. 내가 아직 신이었다면 송곳니가 날카로워졌을 것이다. "왜? 난 신이 되더라도 널 사랑할 수 있어." 한 발짝 가까이 다가서 그의 턱에 얼굴을 부비적거렸다. 하지만 그는 미끼를 물지 않았다. 다음으로 내민 언어적 미끼에도 넘어오지 않았다. "내가 신이 되면 네 가족도 너를 더 사랑할 거야. 난 네 신이니까."

데카의 손이 내 팔을 꽉 움켜쥐었다. 밀어낼 줄 알았건만 그 반대였다. "그들이 뭘 원하든 난 관심 없어." 데카의 목소리가 갑자기 낮고 거칠어졌다. "난 동등해지고 싶어. 너와 동등한 존재가 되고 싶어. 하지만 네가 신이면 그건 불가능하지. 그래서…… 그러니까…… 젠장, 그래. 마음 한구석으로 네가 인간이길 바랐어. 일부러 그런 건 아냐. 그렇게 될 줄은 정말 몰랐어. 하지만 후회하진 않아. 그러니까 샤하르만 널 배신한 게 아냐." 나는 움찔했다. 그의 손이 거의 아플 만큼 더욱 꽉 조여 왔다. 데카가 몸을 기울이며 얼굴을 더 가까이 들이댔다. "어렸을 때 난 너에게 아무것도 아니었어. 시간이나 때울 놀잇감 같은 거였지." 내가 놀라 눈을 깜박이자 그가 씁쓸하게 웃었다. "내가 말했잖아, 시에. 너에 대해선 모르는 게 없다니까."

"데카……" 내가 입을 열었지만 그가 재빨리 가로막았다.

"네가 왜 필멸자 연인을 스쳐 지나가는 바람처럼 여겼는지 알아. 필멸자가 창조되기 훨씬 전부터 너는 너무 오래 살았고, 너무 많은 걸 봤고, 영원히 사는 너한테는 어떤 필멸자도 눈 한 번 깜박하면 지나갈 상대였겠지. 그것도 네가 연인을 사귈 의지가 있었을 때 얘기지만 넌 그럴 생각조차 없었어. 하지만 난 네게 아무것도 아닌 존재로 남지 않을 거야, 시에. 그리고 널 갖기 위해 우주 전체를 변화시켜야 한다면, 기꺼이 그렇게 할 거야." 데카가 또다시 미소를 지었다. 팽팽하게 긴장된, 아름답고 사악한 미소. 무서웠다.

아라메리.

"난 널 죽여야 해." 나는 속삭였다.

"네가 할 수 있을 것 같아?" 이런 엄청난 오만함이라니, 믿을 수가 없었다. 너무도 아름다웠다. 그는 내게 이템파스를 생각나게 했다.

"넌 잠을 자야 해, 데카. 밥도 먹어야 하지. 내가 재주를 부리는 데 항상 마법이 필요한 건 아냐."

그의 미소에 언뜻 슬픈 기색이 비쳤다. "정말로 날 죽이고 싶어?" 나는 정말 그 대답을 알 수 없었다. 내가 아무 대답도 하지 않자 데카가 차분해졌다. "네가 정말로 원하는 게 뭐야, 시에?"

나는 두려웠기 때문에, 예이네도 똑같은 걸 물었기 때문에, 그리고 데카는 이미 나를 너무도 잘 알고 있었기 때문에, 사실대로 대답할 수밖에 없었다.

"더…… 더 이상 혼자가 되지 않는 것." 나는 입술을 초조하게 핥으며 시선을 딴 곳으로 피했다. 있어야 할 제단이 없는 바닥, 가까운 곳에 서 있는 기둥, 금색과 흰색, 회색의 소용돌이무늬를 통과하며 옅어진 태양빛. 데카만 아니면 뭐든 좋았다. 나는 너무, 너무도 지쳤다. 세상을 사는 게 너무 피곤했다. "나는…… 내가 진짜 원하는 건…… 난 내 것을 원해. 오롯이 나만의 무언가를 갖고 싶어."

데카가 길고 떨리는 한숨을 내쉬더니 마치 방금 승리를 거둔 사람처럼 머리를 숙여 내게 이마를 맞댔다. "그게 다야?"

"그래, 난……"

내가 뭘 원하는지 다시 말할 필요가 없었다. 그의 입술이 내 입술에 닿고, 그의 영혼이 내 안으로 흘러 들어왔다. 침범당하는 것은 두려운 일이었다. 또한 흥분되고 고통스러운 일이기도 했다. 꼬리 달린 혜성과 경주하고 생각고래를 쫓아다니고 얼어붙은 액체 공기 위를 미끄러지는 것처럼. 처음 그와 입을 맞췄을 때보다도 더 좋았다. 그는 여전히 신처럼 입을 맞췄다.

그러더니 그의 입술이 내 목을 더듬었고, 그의 손이 내 셔츠를 젖혔고, 그의 다리가 나를 뒤로, 뒤로 밀어붙인 끝에 내 등이 덩굴로 뒤덮인 기둥에 부딪쳤다. 그 바람에 숨이 턱 새어 나왔는데도 거의 알아차리지도 못했다. 그가 내 아래쪽 갈비뼈를 잘근거렸을 때는 숨이 막혔다. 이렇게 야한 느낌은 처음이었다. 손을 뻗어 더듬으니 필멸자의 뜨거운 피부와 부르르 진동하는 문신 마법이 만져졌다. 데카가 몸을 감싸고 있던 옷가지를 벗어 던졌다. 마법을 사용하는 방법에는 여러 가지가 있다. 그의 어깨를 가볍게 건드리며 조금씩 위로 올라가자 마치 응답하듯 뜨거운 원초적 힘이 내 팔을 휘감았다. 나는 그 힘을 들이켜며 신음했다. 데카는 강인하고 현명한, 인간의 육신을 지닌 신이 되었다. 오직 나, 나, 나만을 위해서. 그의 말이 맞을까? 나는 항상 필멸자를 피했다. 태양보다도 나이 많은 존재가 상대적으로 어린애만도 못한 존재를 원한다는 것은 말도 안 되는 일이다. 하지만 나는 그를 원했다. 오, 신이여. 정말 너무나도 간절히 그를 원했다. 이게 해결책인 걸까? 내 본성은 현명한 행동을 하는 게 아니다. 나는 기분 좋은 일을 한다. 그렇다면 놀이뿐만 아니라 사랑에도 그게 적용하지 못할 이유가 없지 않을까?

나는 정말로 그동안 나 자신과 싸우고 있었던 걸까?

시야 가장자리에서 무언가 움직이는 바람에 짧게나마 데카의 입과 손이 이끌어 낸 몽롱한 기분에서 빠져나왔다. 현실에 정신을 집중하니 대리석 방 입구에 서 있는 샤하르가 보였다. 소용돌이치는 태양빛 아래, 복도의 출입구 앞에 우뚝 멈춰 서 있었다. 커다란 눈, 새파랗게 질린 얼굴, 핏기가 가실 만치 꼭 다문 입술. 나는 그 부드러운 입술이 나를 기꺼이 나를 받아들이며 열려 있던 모습을 기억한다. 이제껏 있었던 그 모든 일에도, 다시금 그녀를 향한 갈망이 밀려왔다. 데카의 곧게 늘어진 머리카락을 쓰다듬고 있으면서도 내 손가락에 엉기던 그녀의 굽이치는 머리카락이 떠올랐고, 오, 신들이여, 안 돼. 이러다간 미쳐 버릴 거다.

내 것이었던 것. 나는 데카를 내려다보았다. 발밑에 웅크린 그가 내 갈비뼈에 낸 잇자국을 혀로 핥자 몸서리가 쳐졌다. 그의 손이 내가 마치 달걀껍질로 만들어지기라도 한 양 조심스럽게 내 허리를 감쌌다.(실제로도 그랬다. 그걸 필멸자의 육신이라고 한다.) 아름답고 완벽한 아이. 나만의 것.

"증명해 봐." 나는 속삭였다. "날 얼마나 사랑하는지 보여 줘, 데카."

데카가 눈을 들어 나를 올려다보았다. 순간 그도 샤하르가 여기 있다는 것을 알고 있음을 깨달았다. 당연하지. 우리 셋의 유대감. 어쩌면 그녀가 넓고 텅 빈 새 궁전에서 하필 이 방에 하필 지금 찾아온 것도 그래서인지 모른다. 나는 외로웠다. 누군가가 필요했다. 오래전 하늘궁 지하에서 내 갈망이 이 둘을 끌어당긴 것처럼 또다시 내가 그들을 부른 것인지도 모른다. 우리가 맹세를 나눴을 때 뭔가 강력한 것을 공유하게 된 것은 사실이지만 사실 우리는 그 전부터 이어져 있었다. 배신처럼 하찮은 일로는 결코 끊어지지 않는 무엇.

그 모든 것이 나를 올려다보는 데카의 눈동자 속에 담겨 있었다. 나는 그가 내 눈 속에서 무엇을 봤는지 모른다. 하지만 그게 무엇이든, 그가 고개를 끄덕였다. 그러고는 한순간도 내게서 손을 떼지 않은 채 나를 부드럽게 돌려 기둥을 향하게 했다. 그가 내 귓가에 속삭였다. 신의 언어였다. 그래서 나는 그 말을 믿고 그를 신뢰할 수밖에 없었다. 신어로는 거짓을 말할 수 없기에.

"난 절대로 너를 아프게 하지 않을 거야." 그는 그 말을 증명해 주었다.

그가 그 약속을 증명하는 동안, 샤하르는 도중에 자리를 떴다. 곧바로 가 버린 건 아니었다. 실제로 그녀는 한참 동안 거기서 내 신음 소리를 들으며 내가 그녀에 대한 관심을 거둘 때까지, 나아가 존재를 잊어버리게 될 때까지 지켜보았다. 어쩌면 내가 동생을 바닥으로 끌어내려 땀과 눈물과 찬양의 노래를 짜내고 내게 해준 일에 대한 보답으로 쾌락이라는 축복을 내려 주어 진정한 의미의 제단을 쌓아 올릴 때까지 그 자리에 있었는지도 모른다. 나는 모른다. 신경 쓰지도 않았다. 데카는 내 유일한 세상이었고 내 유일한 신이었다. 그래, 나는 그를 이용했다. 하지만 그 역시 그걸 바랐다. 나는 그를 영원히 숭배할 것이다.

*

나는 완전히 지쳐 나가떨어졌다. 데카는 피곤한 기색이 전혀 없었다. 나쁜 자식. 그는 한동안 바닥에 일어나 앉아 새 궁전에 사용할 마법 보호막의 기본 토대로 새겨 넣을 인의 윤곽을 멍하니 손가락으로 그리고 있었다. 병사들과 필경사로 이뤄진 팀이 이미 궁 안을 샅샅이 탐사하며 지도를 만들고 있다고 했다. 그가 그런 이야기를 들려주는 사이 나는 반쯤 혼미한 상태로 누워 있었다. 그가 내 생명력을 게걸스럽게 빨아먹어 껍데기만 남은 느낌이었다. 우리가 사랑을 나눴을 때, 그가 우리를 이 세계 밖으로 데려갔다가 다시 돌아온 것 같다는 생각이 들었다. 우리의 영혼을 하나로 묶은 것은 내가 아니라 그의 키스였다. 데카는 적어도 8분의 1이 신이었지만 나는 완전한 필멸자였으니까.

만약 이게 필멸자가 신과 일을 끝마친 후에 느끼는 감정이라면 과거에 내가 저지른 모든 농탕질에 대해 조금 죄책감이 일었다.

하지만 시간이 지나 기운을 회복한 후에 나는 데카에게 가 봐야 한다고 말했다. 모든 높은피들은 궁전의 중앙에 있는 나선형의 꼭대기에 거처를 잡았다. 하늘궁에 있을 때와 똑같았다. 그러니 나중에 그를 찾아가기도 쉬울 것이다. 데카가 말없이 한참 동안 내게 강렬한 눈빛을 던지는 불편한 순간이 있긴 했지만 내 얼굴에서 뭘 봤는지는 몰라도 결국엔 만족한 것 같았다. 그가 고개를 끄덕이더니 일어나 옷을 입기 시작했다.

"조심해." 그가 한 말은 그게 전부였다. "누님이 조금 위험한 상태일 수도 있으니까."

정말 그럴 것 같다는 생각이 들었다.

이템파스를 발견한 것은 일몰까지 삼십 분도 채 남지 않았을 때였다. 짐작대로 그는 우리가 처음 도착한 넓은 중앙 받침대를 거처로 선택했다. 이제 그곳은 무성하게 뒤덮인 바다풀이 살랑거리는 들판이 되어 있었다. 비록 이 궁이 그를 찬양하기 위한 것이 아니더라도 그가 있기에 가장 자연스러운 곳은 중앙의 가장 높은 곳이건만.

이템파스는 팔짱을 끼고 두 다리를 벌리고 선 채 미동 하나 없이 꼿꼿한 자세로 태양을 바라보고 있었다. 하지만 내가 접근하고 있다는 것을 알았을 것이다. 내가 걸을 때마다 바다풀이 바지를 스치며 속삭였고 이템파스 근처에 있는 해초는 색이 하얗게 변해 있었다. 그러면 그렇지.

나하도스나 예이네는 어디서도 보이지 않았다. 가까운 곳에서 존재감이 느껴지지도 않았다. 또다시 이템파스를 버린 것이다.

"혼자 있고 싶어?" 나는 그의 뒤에 멈춰 서서 물었다. 태양이 저 멀리 수평선에 거의 닿을락 말락 하고 있었다. 그가 신성을 유지할 수 있는 시간도 이제 한 손에 꼽을 수 있을 정도밖에 남지 않았다. 두 손일 수도 있고.

"아니." 이템파스가 대답했다. 그래서 나는 바다풀 위에 털썩 앉아 그를 바라보았다.

"필멸자로 남기로 결심했어. 적어도…… 음, 알잖아. 마지막에 가까워질 때까지. 그때쯤에 당신들 셋이 다시 나를 되돌리면 되겠지." 그때쯤 내가 다시 마음을 바꿔 데카와 함께 죽기로 선택할지도 모른다는 사실은 말하지 않았다. 모든 신이 그런 선택을 할 수 있는 건 아니다. 나는 아주 운이 좋았다.

이템파스가 고개를 끄덕였다. "우리 모두 네 결정의 순간을 느꼈다."

나는 얼굴을 구겼다. "낭만이라곤 전혀 없네. 난 그걸 오르가즘이라고 생각했는데."

그는 오랜 습관처럼 내 버릇없는 행동을 무시했다. "네가 필멸자로 변하기 시작하면서 우리 모두 그 필멸자 쌍둥이에 대한 네 사랑을 명백히 느낄 수 있었다, 시에. 오직 너만이 모르는 척 저항했을 뿐이야."

그가 주신답게 구는 게 싫어서 주제를 바꾸기로 했다. "그건 그렇고, 어쨌든 도와줘서 고마워. 노력이라도 해 줘서."

이템파스가 작게 한숨을 내쉬었다. "가끔은 네가 왜 내게 약간의 기대조차 하지 않는지 궁금했다. 그러다 기억이 났지."

"어, 뭐." 영 거북해서 어깨만 으쓱했다. "글리가 데리러 올 거래?" 여기 담긴 진짜 의미: 언제 다시 필멸자로 돌아가는 거야?

"그렇다."

"정말 당신을 사랑하나 봐."

이템파스가 딱 얼굴이 보일 만큼만 고개를 돌렸다. "그래."

나는 되는대로 아무 말이나 주워 섬기고 있었고 그도 그 사실을 알고 있었다. 왠지 짜증이 솟아서 입을 다물었다. 우리 주위에 고인 정적이 오히려 편안했다. 오래전에도 그와 함께 있을 때 좋았던 거라곤 조용하다는 것이었다. 다른 이들과 있을 때는 수다나 수선스러운 움직임으로 침묵을 채워야 한다는 충동에 시달렸지만 그는 한 번도 나한테 가만히 있으라고 야단칠 필요가 없었다. 그의 옆에 있으면 그냥 그러고 싶었으니까.

우리는 해가 수평선을 향해 조금씩 기우는 모습을 묵묵히 지켜보았다. "고맙다." 그의 갑작스런 감사 인사에 화들짝 놀랐다.

"어?"

"이곳에 와 주어서."

나는 한숨을 쉬며 몸을 움직거렸다. 손으로 머리를 문질렀다. 그러다 결국엔 참지 못하고 일어나 옆으로 다가갔다. 그에게서 발산되는 온기가 느껴졌다. 한두 발짝 떨어진 곳에서도 피부가 당겼다. 그는 세상에 존재하는 모든 태양의 빛과 열기로 불타오를 수 있지만 대부분의 경우엔 다른 이들이 곁에 있을 수 있게 그 용광로의 힘을 절제하곤 했다. 그건 일종의 초대나 다름없었다. 왜냐하면 그는 절대로, 절대로 외롭다고 말하지 않을 것이기 때문이다. 멍청이.

그리고 나는 어째서인지 이제껏 단 한 번도 그가 늘 이렇게 해왔다는 사실을 깨닫지 못했었다. 그럼 난 뭐가 되지? 두 배로 멍청한 아들?

그래서 나는 이템파스의 옆에서 나란히 서서 태양의 둥그런 꼭대기가 직사각형으로 납작해졌다가, 세상의 가장자리에 부딪쳐 뭉개졌다가 마침내 녹아 사라지는 모습을 함께 지켜보았다. 마지막 일이 벌어진 순간 이템파스가 숨을 들이켰다. 갑자기 뜨거운 열기가 훅 밀려 들어왔다가 사라졌다. 이제 여기 있는 것은 평범한 인간이었다. 평범한 옷과 낡은 부츠(다시 갈색이 되어 있었다, 하! 하!), 그리고 불가능할 정도로 풍성한 머리카락을 지닌 중년의 남성. 그가 신성을 머금은 여파로 부러진 고목처럼 뒤로 넘어져 정신을 잃었을 때, 나는 그를 붙잡아 바닥에 조심스럽게 누이고 무릎에 그의 머리를 얹었다.

"멍청한 노친네." 나는 속닥였다. 하지만 그가 의식이 없는 사이 머리를 쓰다듬어 주었다.

거기서 끝났다면 참 좋았을 텐데.

정신을 잃은 이템파스를 누인 지 얼마 되지 않아 뒤에서 인기척이 느껴졌다. 나는 돌아보지 않았다. 내가 아버지와 있는 걸 보고 글리가 무슨 생각을 할지는 모르지만 맘대로 하라지. 이젠 나도 그를 증오하는 데 신물이 난다. "머리카락을 좀 꾸며 줘. 테마인처럼 하고 다니려면 좀 제대로 해야지."

"그러니까." 그렇게 칼이 말한 순간, 온몸의 피가 싸늘하게 얼어붙었다. 목소리는 부드러웠고 깊은 회한이 담겨 있었다. "그를 용서했구나."

뭐 —

생각을 잇기도 전에 칼이 내 앞에, 이템파스의 건너편에 나타났다. 한쪽 손이 알 수 없는 이상한 자세를 취하고 있었다. 그가 그 손을 번개같이 아래로 내리친 순간, 나는 그제야 글리가 이템파스를 보호하려 했던 이유가 바로 이런 것이었음을 깨달았다.

하지만 그때는 이미 칼의 손이 이템파스의 가슴에 손목까지 박혀 있었다.

이템파스의 몸이 발작하듯 튀어 오르더니 뻣뻣하게 경직했다. 그의 얼굴이 고통으로 일그러졌다. 나는 비명을 지르는 데 시간을 낭비하지 않았다. 부인하는 건 필멸자들이나 하는 짓이다. 그 대신 온 힘을 다해 팔의 칼을 붙들고 늘어져 그가 하려고 한다고 생각하는 짓을 막으려고 발버둥쳤다. 그러나 나는 필멸자였고 그는 소격신이었다. 칼은 사방으로 붉은 피를 흩뿌리며 이템파스의 심장을 뽑아내는 것과 동시에 나를 들판 건너편으로 내던져 버렸다. 나는 바닷풀을 짓뭉개며 짭짤하고 달콤한 악취 속에서 몇 바퀴를 구르다 받침대 끝에서 몇 발짝 떨어진 곳에서 가까스로 멈췄다. 주변에 계단이 둘러져 있긴 했지만 그 밑으로 떨어졌다간 궁전의 토대까지 족히 수백 미터는 추락했을 것이다.

어찔어찔한 머리를 붙잡고 끙끙대며 일어나는데 팔이 탈골되어 있었다. 새로 알게 된 사실에 비명을 지르는 걸 마치고 고개를 들어보니 칼이 이템파스의 주검과 내 사이에 서 있었다. 그의 손에 들린 심장에서 피가 뚝뚝 떨어졌다. 표정은 굳어 있었다.

"고마워. 오랫동안 그를 노렸었거든. 악마 딸내미가 숨기는 솜씨가 아주 훌륭하더군. 하지만 당신을 지켜보다 보면 기회가 올 줄 알았어."

"무슨……" 통증 때문에 머리가 돌아가지 않았다. 필멸자가 할 수 있다면 나도 할 수 있다고, 젠장. 나는 이를 뿌득 갈며 잇새로 내뱉었다. "도대체 넌 뭐가 문제야? 그런다고 그가 죽지 않을 거라는 걸 알잖아. 이젠 나하와 예이네가 널 없애려고 할 거야." 난 더 이상 신이 아니었기에 생각만으로 그들을 부를 수가 없었다. 복수의 신이 승리를 거둔 지금, 필멸자인 내가 뭘 어떻게 할 수 있겠어? 아무것도. 아무것도 할 수가 없다.

"올 테면 오라고 해." 너무도 익숙한 저 오만함. 저걸 어디서 봤더라? "그들은 아직 날 발견하지 못했으니까. 이젠 가면을 완성해서 우세인한테 빼앗아 오면 돼." 칼이 이템파스의 심장을 높이 쳐들고는 이글거리는 눈빛으로 응시했다. 처음으로 그의 미소에서 솔직하고 거리낌 없는 기쁨과 환희가 보였다. 입술이 뒤로 말려 올라가더니 ─

─ 날카로운 송곳니가 드러났다. 마치 ─

"미약한 불씨가 담겨 있을 뿐이지만, 그걸로도 충분해."

그제야 깨달았다. 적어도 그렇다고 생각했다. 칼이 노리는 것은 이템파스의 피도 살도 아닌, 빛의 신이 가진 순수한 빛의 권능이었다. 필멸자인 이템파스는 권능을 지니고 있지 않고 진정한 주신일 때의 그는 너무도 강력했다. 오직 이 순간, 필멸과 불멸 사이에 있을 때에만 이템파스는 그러한 능력을 갖고 있으면서도 동시에 약한 존재였고 무력한 필멸자인 나는 그를 보호할 수 없었다. 글리가 나를 신뢰하지 않은 것은 올바른 판단이었다. 비록 그 이유는 틀렸을지 몰라도.

"우세인에게서 가면을 빼앗겠다고?" 나는 덜렁거리는 팔을 부여잡고 낑낑거리며 일어나 앉았다. "하지만 내 생각엔……"

아니야, 오, 아니다. 지금까지 잘못 생각하고 있었다.

착용자에게 신의 힘을 부여하는 가면. 하지만 칼은 필멸자에게 그것을 쓰게 할 생각이 없었다.

"그런 건 불가능해." 상상조차 안 된다. 태곳적에 세 신이 모든 차원의 세계를 창조했다. 셋 중에 하나라도 없으면 우주는 멸망한다. 그리고 셋보다 하나라도 많으면…… "그런 건 할 수 없어! 그 힘을 감당 못 해 터져 버리거나……"

"걱정하는 거야?" 칼이 심장을 쥔 손을 아래로 내리며 말했다. 그의 미소가 희미해졌다. 지금 그는 분노에 가득 차 있었다. 예전처럼 말을 아끼던 모습이나 서글픈 감정은 사라지고 없다. 그는 드디어 자신의 본성을 받아들였고, 승리의 순간에 권능은 더욱 강력해졌다. 내가 옛날의 나였대도 지금의 그는 두려워할 것이다. 본성이 꽃피우는 순간 감히 엘론티드에게 도전할 자는 없다. "내가 걱정돼, 시에?"

"난 살아 있는 것들을 걱정하는 거야, 이 악마똥 같은 자식아! 네 계획은……" 어떤 신도 감히 상상이라도 한번 해 봤다고 시인하지 못할 끔찍한 악몽이었다. 대혼돈은 영겁의 과정에서 세 주신을 낳았다. 그렇다면 언제 또 갑자기 다른 하나를 뱉어 낼지 누가 알겠는가. 우리가 우주라고 믿는 것, 즉 세 주신의 사랑과 전쟁과 무한하리만큼 세심한 솜씨로 탄생한 실재와 구현의 결과물은 네 번째 주신의 학살에서 살아남기엔 너무도 연약했다. 결과적으로 세 주신은 이를 견뎌 내고 적응하여 새로운 신의 권능을 통합할 새로운 우주를 창조할 것이다. 그러나 기존의 존재들, 소격신과 필멸계를 아울러 모든 것이 그 과정에서 사라질 것이다.

눈앞이 흐릿해지는가 싶더니 다음 순간 칼이 내 앞에 서 있었다. 정확히 묘사하자면 나는 바닥에 쓰러져 있었고 그의 발이 내 가슴을 밟고 있었다. 다치지 않은 손가락을 세워 그의 부츠를 긁어 댔지만 신이 창조해 낸 고급 가죽 위에서는 헛수고일 뿐이었다. 내가 아직 숨을 쉬고 있는 유일한 이유는 등 아래 두터운 흙이 깔려 있기 때문이었다. 흙바닥에 몸통이 반쯤 처박혀 있었다.

칼이 체중을 실어 앞쪽으로 몸을 기울이자 폐에 압박이 더해졌다. 나는 눈물이 고여 잘 보이지도 않는 눈으로 그의 눈동자를 응시했다. 납작한 얼굴에 길고 좁게 파인 눈. 테마인의 눈처럼. 꼭 내 눈처럼. 그저 훨씬 차고 냉랭할 뿐. 눈 색깔도 녹색이었다. 꼭 나처럼.

—꼭 에네파처럼—

"두렵나?" 칼이 정말로 궁금하다는 듯 고개를 갸웃하더니 몸을 더 가까이 기울였다. 내 갈비뼈가 신음하는 소리가 들린 것 같았다. 하지만 일부러 고개를 꼿꼿이 쳐들고 근육에 힘을 주고, 어금니를 꽉 깨물었다. 갈비뼈 따위는 잊어버렸다. 왜냐하면 이제는 칼이 내가 그 눈을 분명하게 볼 수 있을 만큼 가까이 와 있었고 그의 동공이 잔인한 기운을 풍기며 가늘게 좁혀졌을 때 —

— 에네파를 닮은 눈. 아니 아니야 나처럼 **나를 닮은 눈** —

나는 비명을 지르려 했다.

"내 걱정을 하긴 너무 늦었어, 아버지." 그 단어가 마치 독극물처럼 내 가슴속에 스며들었다. 기억을 덮고 있던 베일이 갈기갈기 찢겨 흩어졌다.

칼이 사라졌다. 그 뒤에는 어떻게 됐는지 기억나지 않는다. 그저 극심한 고통만이 기억날 뿐.

그러고는 마침내 깨어났을 때, 나는 서른 살 더 나이 들어 있었다.

제4부

자정에는
다리가 없는 것

어떻게 된 거냐면.

태초에 셋이 있었다. 먼저 온 것은 나하도스와 이템파스였고, 그들은 적이었다가 연인이 되어 끝없는 억겁의 세월 동안 행복을 누렸다.

에네파의 출현은 그들이 형성한 우주를 파괴했다. 그 여파에서 회복한 그들은 그녀를 받아들여 또다시 우주를 창조했다. 더욱 새롭고 한층 더 발전된 우주였다. 셋은 함께함으로써 더욱 강해졌다. 하지만 대부분의 시간 동안 나하도스와 이템파스는 여동생보다 서로 더 가까운 관계를 유지했고 에네파는, 신의 입장에서 볼 때, 점점 외로워졌다.

그래서 그녀는 나를 사랑하려고 노력했다. 하지만 그녀는 주신이었고 나는 소격신이었기에 우리가 처음 사랑을 나누었을 때 나는 거의 망가질 뻔했다. 그럼에도 나는 또다시 시도했다. 마로인의 표현을 빌자면 나는 늘 고집이 셌기 때문이다. 지혜로운 에네파가 결국 진실을 깨닫지 못했더라면 나는 계속해서 시도했으리라. 진실이란 단순했다.

소격신은 주신이 될 수 없었다. 나는 결코 그녀를 만족시킬 수 없었다. 그녀가 자신만의 것을 원한다면 두 오빠 중 하나를 다른 형제로부터 빼앗아야 했다.

그리고 그녀는 성공했다. 수 세기의 시간을 들여 드디어 나하도스를 자신의 것으로 만들었다. 그것이 신들의 전쟁의 발단이 된 사건 중 하나다.

하지만 그녀는 나를 완전히 버리지 않았다. 에네파는 감상적인 연인은 아니었지만 현실적이었고 나는 이제껏 그녀가 낳은 자식신 중 최고였다. 그녀가 내 씨로 아이를 만들기로 결심했을 때 나는 이를 영광으로 여겼을 것이다—

—그 아이의 존재가 나를 죽일 뻔하지 않았다면.

그래서 에네파는 우리 둘을 모두 구하기 위한 조치를 취했다. 가장 먼저 원한 적 없는 성숙이라는 화염 속에 무너져 와해되는 나를 보살폈다. 따뜻한 손길, 기억의 재구성, 속삭임. **잊어라**. 내가 아버지라는 인식이 사라지자 위험도 사라졌고, 나는 치유되었다.

그런 다음 에네파는 아이를 멀리 데려갔다. 어디로 데려갔는지는 나도 모른다. 이곳이 아닌 다른 영역일 것이다. 그녀는 아이를, 칼을 그곳에 봉인하여 안전하고 건강하게 자랄 수 있도록 했다. 하지만 칼은 그곳에서 벗어날 수 없었고 언제나 혼자였다. 내게 비밀로 한다는 것은 다른 신들에게도 그의 존재를 알리지 않았다는 의미니까.

어쩌면 에네파는 칼이 외로움 때문에 미치지 않도록 가끔 찾아갔을지도 모른다. 아니면 평소 그녀가 끝없이 시도하던 다양한 실험 중 하나로 그녀를 원하며 울부짖는 칼을 무시하고 관찰했을 수도 있다. 어쩌면 칼을 새로운 연인으로 취했을 수도 있다. 이제 에네파는 죽고 없으니 진상을 알 방도는 없다. 그저 부친으로서의 궁금증일 뿐이다.

그럼에도 칼이 존재한다는 사실 자체는 변하지 않았고 그것은 현재의 문제로 이어졌다. 내 마음을 걸어 잠근 에네파의 정교한 사슬, 칼의 감옥을 구성하고 있던 무거운 창살은 에네파가 템파의 떨리는 손에 죽었을 때 느슨해지고 말았다. 하지만 보호막은 여전히 유지되었다. 예이네가 그때까지 남아 있던 에네파의 몸과 영혼을 자신의 것으로 흡수하기 전까지는. 그때가 되어서야 에네파는 진실로 "죽었고", 사슬은 부서지고 창살은 부러졌다. 그리고 죽음과 장난의 아들, 응징의 군주 칼이 갇혀 있던 영역에서 풀려나 원하는 일을 마음껏 저지를 수 있게 된 것이다. 내 기억이 돌아오는 것은 시간문제였다.

아마 내 죽음도 마찬가지일 것이다.

19장

 눈을 떴을 때, 내 상태는 그다지 좋지 않았다.

 나는 새 궁전에 있는 침대에 누워 있었다. 때는 밤이었고 벽은 하늘궁보다 훨씬 이상한 느낌으로 빛을 발하고 있었다. 돌에 새겨진 어두운 소용돌이무늬 때문에 전체적인 밝기는 덜했지만 간간이 박힌 하얀 점들이 진짜 작은 별처럼 반짝반짝 빛났다. 아름답지만 전체적으로는 어둑했다. 벽에 박혀 있는 고리 모양 돌출부에 등불이 걸려 있었는데 애초에 그런 목적으로 만들어 놓은 물건 같았다. 그걸 보고 하마터면 웃음을 터트릴 뻔했다. 이천 년이 지난 지금, 이제는 아라메리조차 다른 모든 사람들처럼 밤에 불을 밝히려면 촛불을 사용해야 한다는 뜻이었기 때문이다.

 하지만 웃을 수가 없었다. 목구멍에 뭔가 쑤셔 박혀 있었기 때문이다. 손으로 얼굴을 한참 더듬은 끝에 입안에 일종의 튜브가 박혀 있고 누군가 붕대로 감아 고정해 놨다는 사실을 알게 되었다. 빼려고 잡아당기니 구역질이 올라왔다.

"하지 마." 데카의 손이 시야로 들어와 내 손을 밀어냈다. "가만히 있어. 내가 빼 줄게."

목구멍에서 튜브가 미끄러져 빠져나가는 게 어떤 느낌인지는 설명하지 않겠다. 내가 아직 신이었다면 나한테 그 짓을 한 데카에게 세 지옥의 저주를 오지게 퍼부었을 거라는 말로도 충분할 거다. 하지만 개중에서 좋은 지옥만 골랐겠지. 데카가 나쁜 뜻으로 그런 건 아닐 테니까.

일어나 앉아 헐떡이면서 나 자신의 토사물에 질식해 죽을지도 모른다는 생각을 잊으려고 애쓰고 있는 사이, 데카가 침대 옆으로 다가왔다. 그가 내 등을 천천히 부드럽게 문질렀다. 경고였다. "좀 나아?"

"응." 목소리는 갈라지고 목은 건조하고 아팠지만 곧 사라질 것이다. 그보다는 온몸의 팔다리와 관절에 힘이 하나도 없다는 게 신경 쓰였다. 나는 내 손을 내려다보고는 아연실색했다. 피부가 건조하고 축 늘어져 있었다. 매끄럽지도 않고 주름이 많았다. "이게 무슨……"

"너한테 영양분을 주입해야 했어." 데카는 무척 지친 것 같았다. "네 몸이 스스로 좀먹기 해서 필경사 하나가 이 방법을 생각해 냈지. 그 덕에 목숨을 구한 것 같아."

"목숨을 구해……?"

그러자 생각났다. 칼. 내 ㅡ

잊어라

의식이 그 생각과 어머니의 경고를 밀쳐내려 했지만 어느 쪽이든 이미 너무 늦었다. 지식은 자유롭게 풀려났고 물은 엎질러졌다.

"거울." 나는 거칠게 쉰 목소리로 속삭였다.

거울 하나가 옆에 나타났다. 바퀴가 달린 나무받침 위에 얹혀 있는 전신거울이었다. 그게 어떻게 갑자기 나타났는지는 모르겠다. 하지만 데카가 일어나 거울을 내 쪽으로 기울이자마자 거울의 등장에 얽힌 미스터리 따위는 머릿속에서 바로 날아가 버렸다. 나는 거울에 비친 내 모습을 뚫어져라 바라보았다. 아주아주 오랫동안.

"이거보다 훨씬 안 좋을 수도 있었어." 넋을 잃은 듯 앉아 있는 내 옆에서 데카가 말했다. "우리, 그러니까 필경사들은 뭐가 잘못됐는지 찾아낼 수가 없었어. 그나마 경고 주문 덕분에 널 찾아냈는데 그때 이템파스 님이 부활하셔서 뭘 해야 할지 알려 주셨지. 그래서 내가 부정(不定) 주문에다 반복-차단 주문을 연동시켜 함께 작동하도록 설계해서……" 데카가 말꼬리를 흐렸다. 어차피 나는 듣고 있지도 않았다. 효과가 있었으니 중요한 건 그게 다였다. "노화가 가속되는 걸 멈출 수 있었어. 그다음엔 부상을 최대한 회복시켰고. 갈비뼈 세 대가 부러지고 복장뼈에 금이 가고 폐 하나엔 구멍이 뚫렸어. 심장에도 타박상이 생기고 어깨도 탈골되고……"

내가 거울을 만지려고 손을 뻗자 그가 말을 멈췄다.

내 얼굴은 여전히 잘생겼지만 더는 소년처럼 예쁘장한 모습이 아니었다. 내가 한 일이 아니다. 내 몸은 스스로 원하는 대로 성장하고 있었다. 어쩌면 살이 찌거나 대머리가 될 수도 있었다. 관자놀이 부근에는 흰머리가 가득했고 다른 곳에도 드문드문 흰머리가 섞여 있었다. 머리가 다시 길어 침대 시트 위에 엉켜 있었다. 얼굴 모양은 조금 부드러워졌을 뿐 크게 달라지지는 않았다. 그런 점에서 테마인은 곱게 나이 드는 경향이 있다. 하지만 피부결은 야외 활동을 거의 안 했는데도 더 두껍고, 거칠고, 건조해져 있었다. 입가에는 깊이 팬 주름이 있고 눈가에도 가느다란 주름이 보였다. 나는 반백의 중년이 되어 있었다. 그나마 다행인 건 누군가 면도를 해 줬다는 것이었다. 입을 다물고 옷만 제대로 갖춰 입으면 "위엄 있게" 보일 수도 있을 것 같았다.

확실히 손을 올릴 때보다 내릴 때 더 많은 힘과 노력이 필요했다. 반사신경은 둔해지고 근육은 물러졌다. 다시 깡마른 몸으로 돌아왔지만 마지막으로 나이를 먹었을 때만큼 나쁘진 않았다. 튜브로 음식을 공급받은 탓에 몸 자체는 건강했지만 확실히 전보다는 더 약하고 탄력도 떨어졌다.

"이제 너랑 같이 지내기엔 너무 늙어 버렸네." 나는 아주 작은 목소리로 말했다.

데카는 아무 대꾸도 없이 거울을 옆으로 치워 버렸다. 나는 그 침묵을 내 말에 동의한다는 뜻으로 받아들였다. 가슴이 아팠다. 데카를 원망하는 건 아니다. 하지만 그때 그가 옆에 눕더니 내 가슴에 팔을 두르며 끌어안았다. "그만 쉬어."

눈을 감고 돌아누우려 했지만 데카가 놓아주지 않았다. 실랑이를 벌이기엔 너무 피곤했다. 지금 내가 할 수 있는 것이라곤 고개를 돌리는 것뿐이었다.

"토라지기엔 너무 늦지 않았어?"

나는 그를 무시했다. 그리고 어쨌든 토라져서 실쭉거렸다. 이건 불공평했다. 그가 내 것이 되기를 그토록 간절히 바랐는데.

데카가 한숨을 쉬더니 내 목덜미에 얼굴을 부비적거렸다. "널 설득하기엔 나도 너무 피곤하다, 시에. 멍청한 짓 그만하고 그만 자. 지금 너무 많은 일이 벌어지고 있어서 네 도움이 필요해."

데카는 젊고, 똑똑하고, 강하고, 화창한 미래를 앞두고 있었다. 반면에 나는 아무것도 아니었다. 추락한 신, 형편없는 아버지일 뿐이었다.(그런 생각만 해도 가슴이 아팠다. 잘못 난 치아 때문에 생기는 두통처럼 지독한 통증이 온몸을 엄습했다. 나는 입술을 깨물며 외로움과 자기연민에만 집중했다. 차라리 이편이 나았다.)

하지만 그래도 피곤했다. 내 가슴에 둘러진 데카의 팔 덕분에 안정감이 느껴졌다. 비록 그게 환상에 불과하고 필멸자가 지닌 모든 것처럼 언젠가는 끝이 있을 것임이 분명함에도, 나는 가능한 동안에는 실컷 즐기기로 하고 다시 잠을 청했다.

*

다음에 눈을 떴을 때는 아침이었다. 벽을 통해 비쳐 들어온 햇살 덕분에 침실이 흰색과 초록색 음영으로 밝고 환했다. 데카는 없고 대신 글리가 침대 옆 의자에 앉아 있었다.

"당신을 믿는 게 실수라는 건 알고 있었어요."

지난번보다 조금 더 기운이 났고, 무엇보다 내 성질머리는 나이가 들어도 별로 누그러지지 않았다. 나는 뻐근해서 잘 움직이지도 않는 몸을 삐걱거리며 세우고 앉아 그녀를 노려보았다. "그쪽도 좋은 아침."

글리는 데카만큼이나 피곤해 보였고 옷차림도 평소보다 훨씬 흐트러져 있었지만 평범한 필멸자의 기준으로 따지면 여전히 말쑥해 보였다. 하지만 이템파스의 딸이 위아래가 잘 어울리지 않는 옷차림에 블라우스 윗부분까지 반쯤 풀려 있다면 조상들의 마을에서 온 거지새끼나 다름없다고 해야 할 것이다. 극도의 피로로 인한 마지막 타협인지 폭포수처럼 풍성한 머리카락을 평소처럼 무심하고 자신 있게 늘어뜨리는 대신 푹신해 보이는 롤빵처럼 둥그렇게 말아 목덜미 근처에 묶어 두었다. 전혀 안 어울렸다.

"예이네의 이름을 부르기만 하면 됐잖아요. 황혼 때였으니 그녀라면 당신 목소리를 들을 수 있었을 테니까. 그러면 예이네와 나하가 와서 칼을 처리했을 테고 그걸로 모든 게 해결됐을 텐데."

나는 움찔했다. 글리의 말은 틀린 데가 한구석도 없었다. 필멸자라면 누구나 생각해 낼 수 있는 일이었다. "그럼 넌 그때 어디 있었는데?" 하지만 형편없는 반격이었다. 그녀의 잘못이 내 잘못을 없애 주지는 않는다.

"난 신이 아니에요. 그러니 그분이 공격받은 걸 알 수가 없죠." 글리가 한숨을 내쉬며 눈가를 비볐다. 그녀의 좌절감이 너무도 선명해서 공기 중에서 씁쓸한 맛이 났다. "아버지는 칼이 사라지고도 한참이 지날 때까지 통신구로 날 부르지 않았어요. 그분이 되살아나자마자 가장 먼저 생각한 건 당신이었고요."

내가 아직 어린애였다면 글리의 질투심을 약간 엿본 것만으로도 소소하고 유치한 기쁨을 느꼈을 것이다. 하지만 내 몸은 이제 나이 들었다. 나는 더 이상 어린아이처럼 굴 수 없다. 나는 그저 슬펐다.

"미안해." 내 말에 글리는 침울한 표정으로 고개를 끄덕였을 뿐이다.

기력이 약간 회복된 것 같아 이번에는 주변을 둘러볼 여유가 조금 생겼다. 우리는 개인용 처소의 침실에 있었다. 문 너머로 이곳보다 더 밝은 방이 보였다. 저기엔 창문이 있는 모양이다. 벽과 바닥에서는 개인적인 취향이 전혀 보이지 않았지만 방 저편에 있는 큰 옷장에 옷가지가 가지런히 걸려 있었다. 그중 일부는 우리가 하늘궁을 떠나기 전에 모라드가 내게 챙겨 준 것이었다. 아무래도 데카가 하인들에게 우리가 같이 산다고 말했나 보다.

이불을 밀어내고 무릎이 아픈 까닭에 천천히 조심스러운 동작으로 바닥에 내려섰다. 나는 알몸이었다. 불행한 일이었다. 놀랍도록 다양한 신체 부위에 털이 부숭부숭 나 있었기 때문이다. 글리가 알아서 참겠지 생각하면서 옷을 걸치러 옷장으로 향했다.

"무슨 일이 있었는지 데카르타가 말해 주던가요?" 격앙된 흥분이 가라앉고 이제는 조금 더 딱딱하고 사무적인 말투였다.

"내가 엄청난 속도로 죽음을 향해 날아가고 있다는 거 말고는 별로." 내 옷은 전부 젊은 남자를 위한 것이었다. 지금의 내가 입으면 우스꽝스러워 보일 거다. 나는 한숨을 쉬고 그나마 가장 점잖아 보이는 옷을 집어 들었다. 무릎의 통증을 완화해 줄 신발이 있으면 좋겠다.

시야 가장자리에서 뭔가 깜박이길래 고개를 돌렸다가 깜짝 놀랐다. 바닥에 부츠 한 켤레가 놓여 있었다. 발목까지 오는 튼튼하고 질 좋은 새 가죽 부츠였는데 한 짝을 집어 들고 살펴보니 밑창에 두꺼운 패딩이 붙어 있었다.

몸을 돌려 글리를 쳐다보며 말없이 부츠를 들어 보였다.

"메아리가 한 일이에요. 이 궁의 벽은 들을 수 있죠."

"어…… 그래." 뭔 소린지 전혀 모르겠다.

글리의 얼굴에 재미있어하는 기색이 스쳐 지나갔다. "뭔가를 요구하거나 아니면 생각만으로 충분히 강하게 원하면 그게 나타난답니다. 또 청소도 저절로 되고 심지어 가구와 장식도 알아서 다시 배치돼요. 왜 그런 건지 아무도 이유는 모르지만요. 여신의 힘이 남아 있거나 아니면 특정한 물질 자원이 영구적으로 내장되어 있는지도 모르죠." 글리가 잠시 멈췄다가 말을 이었다. "이런 게 영구적으로 지속된다면 여기엔 하인이 필요하지 않을 거예요."

그리고 아라메리 가문의 구성원들 사이에 오래도록 존재했던 높은피와 낮은피 사이의 구분도 더는 필요하지 않을 것이다. 나는 부츠를 내려다보며 피식 웃었다. 참으로 예이네다웠다.

"데카는 어디 있지?"

"아침에 나갔어요. 칼이 습격한 일 때문에 샤하르가 그를 바쁘게 부려 먹고 있거든요. 그와 필경사들이 온갖 방어 마법과 내부 게이트, 심지어 궁전을 옮길 수 있는 주문까지 짜내고 있는데 별로 진전이 없네요. 여기서 당신을 돌보고 있지 않을 때는 항상 일에 몰두하고 있어요."

바지를 입다가 그 말에 우뚝 멈췄다. "내가 얼마나, 어, 무력한 상태로 누워 있었는데?"

"2주 정도요."

얼마 남지도 않은 생애인데 잠을 자느라 그렇게 많은 시간을 낭비하다니. 나는 한숨을 쉬고 다시 옷을 입기 시작했다.

"모라드는 궁이 제대로 돌아갈 수 있게 운영 체제를 조직하고 높은피들의 거주 공간을 마련하느라 바쁘고요. 라미나는 심지어 궁신들에게도 일을 시키기 시작했지요. 레마스는 샤하르에게 권력을 이양하기 시작했고, 그러다 보니 끝없는 서류 작업에 군대와 귀족들, 교단과 수없는 회의에……" 글리가 도리질을 치며 한숨을 내쉬었다. "하지만 외부에선 이곳을 방문하는 게 허용되지 않아 게이트와 통신구만 어마어마하게 사용하고 있어요. 샤하르가 여기 있는 건 오직 레마스의 명령 때문이에요. 만일 데카가 일등 필경사가 아니고 이 궁전을 준비하는 데 필수적인 인력만 아니었다면 샤하르는 그를 오만(五萬)왕국에 파견했을걸요."

나는 얼굴을 찌푸리며 거울을 노려보았다. 이놈의 머리카락을 어떻게 할 방법이 없을까. 머리가 어찌나 긴지 거의 무릎에 닿을 정도였다. 내 평소 패턴을 생각하면 방 안을 가득 채울 정도로 길어야 하니 누군가 중간에 자르긴 한 것 같았다. 근처 서랍장에 가위가 나타나라고 의지를 발휘하자 정말로 가위가 나타났다. 다시 신이 된 기분이 들었다.

"뭐가 그렇게 급한데? 무슨 일이라도 있었어?" 나는 서툴게 가위질을 시작했고, 그걸 본 글리는 당연하게도 신경이 거슬린 것 같았다. 그녀가 짜증 가득한 신음을 내뱉더니 내 손에서 가위를 낚아챘다.

"전부 레마스 때문이죠." 적어도 글리는 일을 빠르게 해치웠다. 나는 기다란 머리 타래가 발치로 떨어져 내리는 모습을 지켜보았다. 그녀는 내 머리를 옷깃에 스칠 정도로 낙낙한 길이로 잘랐다. 어쨌든 적어도 이젠 내 머리카락에 발이 걸려 넘어지진 않을 테니까. "최대한 빠른 시일 내에 새로운 궁 체제로 전환해야 한다고 믿고 있는 것 같아요. 샤하르에게는 서두르는 이유를 말해 줬을 수도 있지만 그렇다 한들 샤하르도 아무에게도 알려 주지 않았고요." 글리가 어깨를 으쓱했다.

나는 그 말에 담긴 무언의 의미를 깨닫고 글리를 돌아봤다. "샤하르는 그동안 이 작은 왕국의 여왕으로서 어땠어?"

"충분히 아라메리다웠달까요."

안심이 되면서도 걱정스러운 대답이었다.

글리가 마침내 일을 마치고 내 등을 털어내고는 가위를 내려놓았다. 나는 거울에 비친 내 모습을 확인하고는 고개를 끄덕여 고맙다고 표시했다. 그러고는 곧바로 손가락으로 머리카락을 마구 헤집어 흐트러뜨렸다. 글리는 한층 더 짜증이 난 모양이었다. 못마땅한 기색으로 입술을 꼭 다물고는 휙 등을 돌렸다. "샤하르가 당신이 언제쯤 일어날지, 일어나면 알려 달라고 해서 당신이 몸을 뒤척이기 시작했을 즈음 하인에게 미리 일러 뒀어요. 곧 부름이 올 겁니다."

"알았어. 준비해 둘게."

나는 글리를 따라 침실에서 나와 크고 근사한 소파와 긴 탁자가 있는 방으로 향했다. 데카의 냄새가 나긴 했지만 데카의 공간처럼 느껴지지는 않았다. 일단 책이 없었다. 한쪽 벽 전체가 창문이라 다리로 연결된 궁전의 여러 장소와 그 너머로 펼쳐진 잔잔한 바다가 내다보였다. 하늘은 파랗고 구름 한 점 없었으며, 밝은 낮이었다.

"그럼 이제 어떻게 할 거지?" 나는 창가에 서서 물었다. "당신이랑 이템파스 말이야. 나하와 예이네는 칼을 찾고 있을 테고."

"아하드와 소격신들도 마찬가지예요. 하지만 그들도 아직 칼을 찾지 못했다는 것과 그분을 습격하기 전까지 자취를 전혀 발견하지 못했다는 건 칼이 우리한테서 숨을 방법을 알고 있다는 걸 의미하죠. 아마도 에네파가 오래전부터 그를 숨겨 둔 곳으로 돌아가는 게 아닐까 싶어요. 수천 년 동안 들키지 않았으니."

"다르야. 가면이 거기 있잖아."

"더는 아니에요. 칼이 이곳을 떠나자마자 다르로 가서 가면을 훔쳐 갔거든요. 정확히 말하면 젊은 다르 남성에게 가면을 잡도록 시킨 다음 그를 데려갔죠. 다르 쪽에선 화가 머리끝까지 났고요. 예이네가 칼을 뒤쫓아 다르에 갔을 때 전부 털어났다는군요." 글리가 팔짱을 끼었다. 얼굴에 나타난 표정이 무척 익숙했다. "칼은 이미 오십여 년 전에 우세인 다르의 조모에게 접근했답니다. 다르인들에게 가면을 만드는 기술과 필경술, 그리고 신혈을 결합하는 방법을 일러 줬고 다르는 이를 받아들여 독자적으로 기술을 더욱 발전시켜 나갔죠. 그 대가로 칼은 가장 뛰어난 가면 제작자들을 데려가 그만을 위한 특별한 프로젝트를 맡겼다고 해요. 자기가 시킨 일을 마치면 예술가들을 죽였고요. 다르의 말에 따르면 칼이 가면에 생명을 바칠 때마다 가면의 힘이 점점 더 강해졌고, 그럴수록 칼은 점점 더 가면에 접근할 수 없게 되었답니다."

나는 이제 칼이 무슨 짓을 하고 있는지 안다. 가면에 가까이 다가갔을 때 느꼈던 마치 폭풍처럼 미쳐 날뛰는 힘. 세 주신은 바로 그런 소용돌이 속에서 태어났다. 그러니 그와 비슷한 것에서 새로운 주신이 탄생할 수도 있을 것이다.

하지만 가면에 그런 힘을 부여하기 위해 필멸자를 죽였다고? 그 부분은 이해할 수가 없었다. 필멸자 또한 대혼돈의 자식이다. 아무리 그 사이가 멀다 한들 우리 모두는 대혼돈의 자식이다. 다만 세 주신이 화산이라면 인류는 촛불이다. 필멸자는 우리에 비하면 너무도 약해서 음, 아무 힘도 없는 것이나 마찬가지다. 칼이 소격신을 넘어 새로운 주신이 되고 싶다면 그보다 훨씬 더 크고 강한 힘이 필요할 것이다.

나는 한숨을 쉬며 눈을 비볐다. 안 그래도 걱정거리가 산더미 같은데, 내가 왜 필멸자들 문제까지 신경 써야 하지?

왜냐하면 난 필멸자니까.

아, 맞다. 또 깜박했다.

글리가 더는 아무 말도 하지 않길래 시험 삼아 음식을 먹고 싶다는 소원을 빌어 보았다. 그러자 옆에 있는 탁자 위에 정확히 내가 원했던 메뉴가 나타났다. 수프 한 그릇과 귀여운 동물 모양 쿠키였다. 정말 하인이 필요 없겠는걸. 나는 음식을 먹으며 생각했다. 그러면 가족들을 보호하는 데도 도움이 될 것이다. 더는 아라메리가 아닌 이들을 성 안에 고용할 필요가 없으니까. 하지만 바깥세상과의 문제를 처리하는 등의 일은 항상 필요하기 마련이고 아라메리는 아라메리다. 권력을 쥔 자들은 언제나 그렇지 않은 자들에게 권력을 행사할 방법을 찾아낸다. 아라메리 가문이 이런 단순한 변화를 통해 지위에 대한 오랜 집착에서 벗어날 수 있길 바라는 건 예이네의 순진한 바람일 뿐이다.

하지만…… 나는 그녀가 순진하다는 게 좋았다. 새로 태어난 신의 가장 좋은 점이 이거다. 그들은 우리가 지치고 질려서 더는 생각지도 않는 것들을 기꺼이 시도한다.

식사를 마쳤을 무렵, 때마침 문을 두드리는 소리가 들렸다. "들어와."

하인이 들어와 우리에게 절을 했다. "시에 님, 건강이 괜찮으시다면 레이디 샤하르가 뵙고 싶다 하십니다."

내가 글리를 쳐다보자 그녀가 살짝 고개를 기울였다. 서두르시죠부터 그 여자가 당신을 죽이지 않길 바라요까지 어떤 의미로든 해석할 수 있는 몸짓이었다. 나는 한숨을 푹 쉬고는 자리에서 일어나 하인을 따라갔다.

샤하르는 '신전'을 권좌로 삼지 않았다.(그곳은 내 마음속에서 고유명사가 되었다. 내가 그곳에서 데카와 한 일은 진정으로 신성한 것이었으니까.) 하인은 나를 궁전의 중심부 깊은 곳에 위치한 방으로 안내했다. 나선부(螺旋部)라 불리는 궁의 중앙을 이루는 높은 단 바로 아래에 있는 방이었다. 거기까지 가는 동안 데카와 그의 동료들이 얼마나 바쁘게 일했는지 직접 확인할 수 있었다. 궁 복도 전체에 일정한 간격으로 이동 인이 그려져 있고, 인이 긁히거나 닳지 않게 그 위에 송진을 발라 놓았다. 하늘궁에 있는 승강기와는 작동 방식이 달랐다. 인 위에 서면 단순히 위아래뿐만 아니라 궁전 내 어디든 원하는 곳으로 갈 수 있었다. 다만 특정 장소에 가 본 적이 없다면 곤란했는데, 그 점에 대해 묻자 하인이 미소를 지으며 대답했다. "어디든 처음 갈 때는 걸어서 갑니다. 모라드 집사님의 명령이지요." 역시 모라드답게 합리적이었다. 특히 지금처럼 하인이 부족한 상황에서 한 명이라도 잘못됐다간 골치가 아플 테니까.

하인은 이전에 알현실에 가 본 적이 있기 때문에 나는 그에게 마법 인의 작동을 맡겼다. 우리는 빛이 깜박이는 서늘한 공간에 도착했다. 메아리궁은 하늘궁보다 더 반투명해서 주변 색을 더 많이 반사했다. 그래서 이곳이 물 위에 떠 있는 건물 중 해수면 아래 위치한 장소임을 쉽게 짐작할 수 있었고, 한 줄로 늘어선 창문 옆을 지날 때는 확신할 수 있었다. 그림자가 깜박이는 광활한 푸른 빛 사이로 호기심 많은 물고기 떼가 지나가는 게 보였다. 샤하르의 명민함에 흐뭇한 미소가 절로 떠올랐다. 수중에 위치한 그녀의 알현실은 궁전의 다른 부분보다 훨씬 더 안전할 뿐만 아니라 면대면 만남을 허락받은 소수의 방문객은 이 아름답고 이국적인 풍경에 경외감을 느낄 것이다. 특별한 상징성이 담긴 선택이기도 했다. 이제 아라메리는 균형의 여신을 섬겼다. 샤하르의 안위는 벽과 창문의 강도, 그리고 수압의 평형을 유지하는 데 달려 있었다. 완벽했다.

심지어 한때 신이었던 나조차도 알현실에 들어서자마자 우뚝 멈춰 서서 넋을 잃고 멍하니 바라봤을 정도였다.

알현실은 작았다. 어차피 많은 사람이 사용하지 않을 공간이니 알맞은 선택이었다. 메아리궁은 방문객을 압도하거나 깊은 인상을 주기 위해 하늘궁에서 활용하던 수법이 별로 필요하지 않았다. 가령 하늘궁에서는 아치형 천장 아래 거대한 돌 왕좌 앞에 서면 위축감이 느껴졌다. 이 방은 메아리궁 자체와 비슷한 형태를 띠고 있었다. 점차 하강하는 나선형 구조에, 움푹 꺼진 중앙 공간 주위를 작은 벽감들이 에워싸고 있고 그 안에는 우리와 함께 온 병사들이 호위를 서고 있었다. 문득 병사들 사이사이에 이상하게 꼼짝도 않고 웅크려 있는 그림자처럼 어두운 형체들이 보였다. 교묘하고 정체를 알 수 없는 아라메리 가문의 암살자들이었다.

이건 잘못된 판단이다. 샤하르가 피붙이들 사이에서도 경계하고 있다는 사실을 명백하게 드러낼 뿐이다.

눈을 접시처럼 크게 뜨고 두리번거리는 걸 마쳤을 즈음에야 데카가 나보다 먼저 와 있다는 사실을 알아차렸다. 그는 알현실의 움푹 들어간 곳 앞에 무릎을 꿇은 채 내가 다가가는 소리를 들었을 텐데도 고개를 쳐들지 않았다. 나는 그 옆에 선 다음 보란 듯이 무릎을 꿇지 않았다. 우리가 마주하고 있는 의자는 거의 초라해 보일 정도였다. 쿠션이 깔려 있긴 했지만 등받이가 아주 낮고 팔걸이는 아예 없는 넓고 휘어진 걸상이었다. 하지만 방 전체의 구조가 모든 이들의 시선이 거기에 집중되도록 설계돼 있었고, 창문을 통해 들어오는 깜박이는 푸른 바다빛도 그곳에서 한꺼번에 겹

처지고 있었다. 샤하르가 의자에 앉아 있었다면 거의 비현실적인 존재처럼 비쳤을 것이다. 마치 여신처럼.

하지만 막상 그녀는 창문 근처에서 두 손을 뒷짐 진 채 서 있었다. 차가운 빛 속에서 샤하르의 모습은 눈에 잘 띄지 않았고 하얀 드레스의 주름은 깜박이는 푸른빛에 묻혀 있었다. 그녀가 미동도 하지 않고 서 있으니 불안해지기 시작했다. 하지만 생각해 보면 이 상황 자체가 그럴 수밖에 없다. 나는 수 세기가 넘도록 이런 방에서 아라메리 가주를 대면했다. 왠지 불길하고 위험한 분위기쯤은 척 보면 안다.

하인이 무릎을 꿇고 샤하르에게 무어라 중얼거리자 그녀가 고개를 끄덕이더니 목소리를 높였다. "모두 나가라."

모두 망설임 없이 자리를 떴다. 암살자들은 벽감에 있는 작은 문을 통해 빠져나갔고 하인들도 샤하르의 말 없는 지시에 따라 그 문을 통해 나갔다. 남은 것은 나와 샤하르, 데카뿐이었다. 그러자 데카가 무릎을 꿇고 있던 자리에서 일어났다. 내게 힐끗 눈길을 보냈는데, 표정을 읽을 수가 없었다. 나는 그에게 고개를 끄덕인 다음 주머니에 손을 찔러 넣고 기다렸다. 우리가 신전에서 서로를 안았을 때 이후로 샤하르를 만난 건 처음이었다.

"어머니가 일정을 다시 앞당기셨어." 샤하르는 우리를 돌아보지도 않고 입을 열었다. "판단을 재고하거나 아니면 적어도 도움이 될 인력을 더 보내 달라고 요청했는데, 어머니는 후자를 선택하셨어. 내일 오후 하늘궁에서 필경사 열 명이 더 올 거야."

"도움이 되긴커녕 방해만 될 것 같은데." 데카가 얼굴을 찡그리며 말했다. "새로운 인원이 오면 교육시키고, 주변을 안내하고, 일일이 감독해야 해. 그들이 완전히 준비될 때까지 작업 속도가 빨라지기보다 오히려 우리 팀 속도가 느려질 거야."

샤하르가 한숨을 내쉬었다. 지친 기색이 역력했지만 내색하지 않으려 애쓰는 게 느껴졌다. "그나마도 최대한 만류해서 그 정도로 타협을 본 거야, 데카. 요즘 어머니는 이성을 갖춘 사람이라면 도무지 이해할 수 없는 이단 광신도 같아."

그리고 약간의 언짢음. 어차피 우리 사이엔 숨길 수가 없기에 감정을 드러냈을 거라는 확신이 들었다. 샤하르는 이템파스교를 저버리기로 한 레마스의 결정에 화가 난 걸까? 다른 골칫거리를 생각하면 쓸데없는 걱정이었다.

"왜 그러시는 건데?"

"누가 알겠어. 어머니한테 대항할 시간만 있었다면 그분이 미쳤다는 이유로 가문 내에서 지지자들을 찾아 쿠데타를 일으켰을 걸." 샤하르가 짧게 웃음소리를 내더니 돌아섰다. 그러더니 멈칫하며 나를 뚫어져라 바라보았다. 그녀가 중년이 되어 버린 내 모습을 살피는 동안 나는 한숨을 내쉬었다.

하지만 놀랍게도 샤하르는 미소를 지었다. 아무런 악의도 없이, 그저 약간의 연민과 안쓰러움이 담긴 웃음이었다. "우리 아버지 뻘이네. 하지만 넌더리를 내는 그 표정을 보니 확실히 수년 전에 우리랑 마주쳤던 그 건방지고 버릇없는 어린애 맞네."

나도 모르게 얼굴에 미소가 떠올랐다. "뭐, 난 괜찮아. 어쨌든 사춘기가 지났잖아. 그건 진짜 못 참겠더라고. 누굴 죽이고 싶든가 같이 자고 싶든가 둘 중 하나였거든."

그녀의 미소가 사라진 후에야 생각났다. 우리가 함께 누웠을 때, 우린 둘 다 십 대였었다. 아마 그녀는 내가 방금 농담한 것에 대해 좋은 기억이 있을 것이다. 내 실수였다.

샤하르가 한숨을 내쉬더니 몸을 돌려 서성이기 시작했다. "그래서 너희 둘에게 도움을 많이 받아야 할 것 같아. 지금 이건 전례 없는 일이니까. 가문의 기록보관소도 확인해 봤는데 어머니가 무슨 생각이신 건지 도무지 모르겠어." 이윽고 발을 멈춘 샤하르가 지독한 두통에 시달리는 듯 손가락으로 이마를 꾹 눌렀다. "지금 어머니는 내게 가주 자리를 이양하고 계셔."

데카와 내가 그 말의 의미를 이해하는 동안 침묵이 흘렀다. 우리 둘 중에 먼저 반응한 것은 충격을 받은 데카였다. "어머니가 아직 살아 계신데 어떻게 네가 가주가 돼?"

"내 말이 그거야. 이런 일은 일어난 적이 없어." 샤하르가 돌연 우리를 향해 돌아섰다. 우리는 괴로움과 비탄으로 역력한 표정을 보고는 놀라 움찔했다. "데카…… 내 생각엔 어머니가 죽을 준비를 하시는 것 같아."

그 즉시 데카가 샤하르에게 다가갔다. 언제나 그랬듯이 애정 넘치는 동생답게 누이의 팔꿈치를 붙잡았다. 샤하르는 완벽한 신뢰를 드러내며 그에게 몸을 맡겼고 나는 뜻밖에 죄책감을 느꼈다. 그날 밤 그녀는 이런 위안을 바라며 우릴 찾아왔던 걸까? 그랬다가 우리가 그녀에게는 관심조차 주지 않고 서로를 위로하는 모습을 목격한 걸까? 그렇게 거기서, 친구도 희망도 없이, 홀로 우두커니 서서 우리가 사랑을 나누는 모습을 지켜보며 어떤 기분을 느꼈을까?

순간적으로 방금 그녀가 창가에 서 있던 모습이 떠올랐다. 등 뒤에 손을 맞잡은 채 미동 하나 없이. 이템파스가 털끝 하나 움직이지 않고 수평선을 바라보던 모습이 떠올랐다. 외로움을 드러내기엔 너무도 자존심이 강한 까닭에.

나도 그들에게 다가가 샤하르에게 손을 뻗었다. 마지막 순간 아주 약간 망설이긴 했지만. 나는 늘 그녀를 사랑했다. 그래서 샤하르의 어깨에 손을 얹었다. 샤하르가 흠칫 놀라더니 고개를 들어 나를 쳐다보았다. 눈에 고인 눈물 때문에 그녀의 눈동자가 반짝였다. 뭔가를 찾듯이 내 눈을 깊이 들여다봤다. 뭘 찾는 걸까? 용서? 과연 내가 그녀를 용서해 줄 수 있긴 한가? 하지만 후회, 그래, 후회는 거기 있을 것이다.

이런 중요한 순간을 농담 하나 없이 그냥 지나칠 순 없다. "우리 부모님만 문제인 줄 알았더니."

샤하르가 픽 웃더니 마음을 추스르며 재빨리 눈을 깜박여 눈물을 털어냈다. "아직도 가끔은 죽여 버리고 싶긴 해." 나보다 나은 유머 감각이었다. 적어도 그 말에 조금이라도 진실이 담겨 있었다면 그랬을 것이다. 어쨌든 어색하긴 해도 슬쩍 웃어 보였다. 데카는 어느 쪽 농담에도 웃지 않았다. 하지만 레마스는 데카에게 무관심했으니 그는 진심으로 그녀를 죽이고 싶을 것이다.

데카도 비슷한 생각을 하는 모양인지 진지한 어조로 말했다. "어머니가 널 위해 물러난다면 반드시 외부로 추방해야 해."

샤하르가 움찔하며 데카를 쳐다봤다. "뭐?"

데카가 한숨을 내쉬었다. "머리가 둘 달린 짐승은 없어. 두 개의 아라메리 궁에 두 명의 아라메리 통치차는……" 데카가 고개를 가로저었다. "거기 담긴 잠재적 위험을 깨닫지 못한다면 샤하르 넌 내가 기억하는 누이가 아닌 거야."

하지만 그녀는 변함없는 샤하르였고, 그렇게 될 수 있었다. 데카의 말뜻을 이해한 샤하르의 얼굴이 굳어지는 게 보였다. 샤하르가 다시 우리를 등지고 창가로 걸어가더니 가슴 위로 팔짱을 끼었다. "추방하자는 제안으로 그치다니, 놀랍네. 그보다 더 영구적인 해결법을 내놓을 줄 알았는데 말이야, 동생아."

데카가 어깨를 으쓱했다. "어머니도 그 정도 선에서 기대하고 계실걸. 그분은 바보가 아니고 너를 훌륭하게 훈련시켰으니까." 데카가 잠깐 말을 멈췄다. "네가 어머니를 사랑하지 않았다면 다른 방법을 내놓았을 거야. 하지만 지금 상황에선……"

샤하르가 갈라진 웃음소리를 냈다. "그래, 사랑. 얼마나 불편한지."

그러더니 몸을 홱 돌려 우리 둘을 바라보았다. 나는 긴장으로 몸을 굳혔다. 나는 저 눈빛을 안다. 나 역시 너무나도 여러 번, 너무나도 여러 형태로 저 눈빛을 한 적이 있기에 다른 누군가 같은 눈을 하고 있다는 걸 금방 깨닫지 못했다. 샤하르는 지금 뭔가 안 좋은 생각을 하고 있다.

하지만 그러다 내게 향했을 때, 그녀의 눈빛이 조금 누그러졌다. "시에, 우리 다시 친구 사이야?"

거짓말을 해. 머릿속에 너무 강렬하게 떠올라 순간적으로 내 생각이 아닌 줄 알았다. 어쩌면 데카가 신들처럼 내 머릿속에 바로 자기 생각을 전달한 것인지도 모른다. 하지만 나는 내 생각에서 어떤 맛이 나는지 안다. 그 말에는 내가 이 미친 가문과 보낸 세월, 그리고 그보다 더 정신 나간 내 가족과 함께 보낸 영겁의 시간에서 비롯된 씁쓸한 회의감이 담겨 있었다. 샤하르는 진실을 원했고, 그 진실은 그녀에게 상처를 줄 것이다. 그리고 지금 그녀는 벌을 준답시고 마음을 상처 주기에는 너무도 강하고 너무도 위험한 존재였다.

하지만 우리 사이에 있었던 일을 생각하면 진실이 얼마나 고통스럽든 샤하르는 그것을 들을 자격이 있었다.

"아니." 나는 부드럽게 말했다. 마치 그렇게 말하면 충격을 덜 받기라도 하는 것처럼. 샤하르는 뻣뻣하게 굳었고, 나는 한숨을 내쉬었다. "난 너를 신뢰할 수 없어, 샤하르. 그리고 난 친구라고 부를 사람을 신뢰할 수 있어야 하고." 잠시 말을 멈췄다. "하지만 네가 왜 나를 배신했는지는 이해해. 내가 같은 입장이었다면 너와 같은 선택을 했을 수도 있고. 모르겠다. 어쨌든 더 이상 네게 화가 나 있진 않아. 결과를 생각하면 그럴 수가 없지."

그리고 그때, 나는 아주 어리석은 짓을 하고 말았다. 데카를 쳐다보며 그에 대한 사랑을 드러낸 것이다. 데카가 놀라 눈을 깜박이자 나는 미소를 지어 보임으로써 상처에 모욕까지 덧뿌렸다. 데카를 떠나는 건 가슴 아픈 일이지만 그에게 이런 늙은 연인은 필요 없을 것이다. 필멸자들한테는 그런 게 아주 중요한 문제였다.

나는 품위를 지키고 우리의 관계가 너무 어색해지기 전에 먼저 물러나는 아주 어른스럽고 분별 있는 일을 할 것이다.

나는 언제나 이기적인 멍청이였다. 데카를 보호할 생각을 해야 했을 순간에 오직 나 자신만을 생각했다.

샤하르의 얼굴에서 표정이 사라졌다. 마치 누군가가 칼을 찔러 넣고 영혼을 도려내어 차갑고 무자비한 조각상만 남겨 놓은 것 같았다. 하지만 그 조각상은 텅 비어 있지 않았다. 분노가 그 자리를 채웠다.

"알았어. 좋아, 네가 날 신뢰할 수 없다면 나도 널 믿으면 안 되겠지. 맞지?" 샤하르의 싸늘한 시선이 데카에게 향했다. "이렇게 되면 내 입장이 아주 곤란해지는구나, 동생아."

샤하르의 태도가 급변하자 데카가 의아해하며 눈살을 찌푸렸다. 나는 아니었다. 내게 격분한 샤하르가 동생에게 무슨 짓을 하려는지 너무도 쉽게 짐작할 수 있었다.

"그러지 마." 나는 속삭였다.

"데카르타." 샤하르가 나를 무시하며 말했다. "이런 말을 하게 되어 정말 가슴 아프지만, 네게 진인을 새길 것을 요청할 수밖에 없겠다."

데카가 몸을 굳히자 샤하르가 빙그레 웃었다. 나는 샤하르가 정말 미웠다.

"물론 너더러 누구를 연인으로 삼으라 마라 참견하는 주제넘은 짓을 하진 않을 거야. 하지만 시에의 전적을 생각해 보면, 그는 속임수와 기만을 통해 많은 아라메리를 죽음으로 몰아넣었지……"

"믿을 수가 없어." 데카는 떨고 있었다. 그의 얼굴 위로 충격을 뚫고 분노가 기어 나왔다. 하지만 그 분노 아래에는 그보다 훨씬 나쁜 것이 도사리고 있었고, 나는 경험을 통해 그게 뭔지 알았다. 배신감. 데카는 샤하르를 믿었다. 그런데 그녀는 내게 그랬던 것처럼 그의 마음을 찢어 놓았다.

"샤하르." 나는 주먹을 꼭 쥐었다. "이러면 안 돼. 나에 대한 감정이 어떻든 데카는 네 동생이야."

"그래서 관대함을 베풀어 살려 주잖아." 그렇게 내뱉은 샤하르가 우리를 뒤로한 채 의자로 다가가 앉았다. 그 위에서 침착하고 준엄한 자세를 취하고 있는 늘씬한 몸매가 얼음장 같은 물빛에 젖어 들었다. "데카는 방금 나더러 우리 가문의 수장을 죽여야 한다고 암시했어. 그보다 더한 배신을 막으려면 진인이라는 금제를 걸어야지."

"그게 내가 너 대신 네 동생과 잔 것과 아무 상관도 없다고 말해 보지 그래." 주먹이 불끈 쥐어졌다. 나는 앞으로 한 발짝 나섰다. 내 의도는 그저…… 신이여, 모르겠다. 샤하르의 팔을 붙들고 제발 정신 좀 차리라고 얼굴에 대고 고함을 지르려고 했을까? 하지만 내가 가까이 다가가자 그녀는 흠칫 긴장했고, 이마에 새겨진 인이 하얗게 빛났다. 나는 그게 무슨 의미인지 알았다. 과거에 쓰라린 채찍질을 수없이 경험했으니까. 하지만 그건 이미 오래전의 일이었다. 생생한 날것의 마법이 나를 방 건너편으로 날려 보냈을 때 나는 완전한 무방비 상태였다.

죽지는 않았다. 솔직히 칼의 폭로가 가져다준 고통에 비하면 그리 아프지도 않았다. 나는 창문에 거꾸로 내던져졌고, 바깥에 지나던 오징어 한 마리가 유리창에 눌린 내 신발 끈에 정신이 팔린 것 같긴 했다. 멍하니 누워 있다가 일어나려고 버둥대면서도 흥미로웠던 점은 샤하르의 인이 아무 쓸모도 없는 필멸자인 나를 지금 위협으로 취급했다는 것이다. 그녀는 내가 신이었을 때조차 나를 진심으로 무서워한 적이 없었는데.

데카가 나를 일으켜 세웠다. "괜찮은 거 맞지?"

"괜찮아." 나는 멍하니 대답했다. 무릎이 전보다 더 아팠고 등도 욱신거렸지만 인정하고 싶진 않았다. 나는 눈을 깜박이며 샤하르에게 초점을 맞췄다. 그녀는 엉거주춤하게 일어난 자세로 충격을 받아 두 눈을 휘둥그렇게 뜨고 있었다. 그걸 보니 기분이 조금 나아졌다. 그녀는 일부러 그런 게 아니었다.

그러나 데카는 진심이었다. 그가 나를 놓아주고 몸을 일으켜 세웠다. 그의 검은 마법이 신처럼 묵직하게 고동치는 게 느껴졌다. 데카가 누이를 향해 몸을 돌렸을 때는 순간적으로 쓱쓱거리는 치찰음이 공기 중에 울려 퍼지는 걸 들은 것만 같았다.

"데카." 샤하르가 입을 열었다.

데카가 단어를 내뱉자 소리가 공기를 가로지르며 날아갔다. 뒤이어 우레와도 같은 굉음이 몰아쳤다. 샤하르가 비명을 지르며 몸을 뒤로 젖혔고, 두 손으로 이마를 감싸 쥐면서 의자에서 반쯤 굴러떨어졌다. 잠시 후 그녀가 힘겹게 몸을 일으켰을 때, 손가락에는 피가 묻어 있고 얼굴에는 가느다란 핏줄기가 한 가닥 흘러내리고 있었다. 샤하르가 떨리는 손을 아래로 내리자 반인이 있던 자리에 검게 그을린 상처가 보였다.

"우리 어머니는 참으로 어리석지." 데카의 싸늘한 목소리가 방 안 가득 울려 퍼졌다. "난 널 사랑해. 그래서 어머니는 네가 나한테서 안전할 것이라고 생각하지. 하지만 네가 이 가문이 만들어내기로 악명 높은 괴물이 되는 걸 보느니 차라리 내 손으로 없애 버릴 거야." 데카는 오른팔을 앞으로 곧게 뻗고 있었다. 손은 아래로 힘없이 늘어져 있었지만 손가락 관절은 마치 연인을 어루만지듯 허공을 쏠고 있었다. 나는 그 팔에 새겨진 표식의 의미를 기억하고 있었다. 데카는 진심으로 샤하르를 죽일 생각이었다.

"데카……" 샤하르가 고개를 흔들며 눈에서 피를 털어냈다. 마치 방금 엄청난 재난에라도 휩쓸린 것 같았다.

하지만 진짜 재난은 아직 닥치지도 않았다. "난 절대…… 시에는 괜찮…… 앞이 안 보여."

나는 데카의 다른 쪽 팔에 손을 얹었다. 팔 근육이 밧줄처럼 팽팽하게 당겨져 있는 게 느껴졌다. 셔츠를 통해 느껴지는 힘 때문에 손가락이 얼얼할 정도였다. "데카, 하지 마."

"너도 지금 능력이 있다면 할 거잖아." 그가 쏘아붙였다.

나는 그 말을 곰곰이 생각해 보았다. 데카는 나를 너무 잘 안다. "그건 그래. 하지만 넌 안 돼."

데카의 머리가 번개 같은 속도로 내 쪽을 향했다. "뭐?"

나는 한숨을 쉬며 데카의 앞을 가로막았다. 그를 중심으로 휘휘 도는 힘이 경고하듯 내 피부를 강하게 압박했다. 필경사는 신이 아니다. 하지만 데카는 평범한 필경사가 아니었다. 나는 형제된

신의 도리로 그의 팔을 부드럽게, 하지만 단호하게 그의 옆구리에 닿을 때까지 밀었다. 몸짓 또한 소통의 한 가지 형태다. 내 몸짓은 내 말을 들어 봐라고 말하고 있었고 그러자 내 의지를 이해한 그의 힘이 조금씩 잦아들었다. 내가 무슨 일을 한 건지 깨달은 데카의 눈이 커다래졌다.

"샤하르는 네 누나야. 넌 강해, 데카. 너무 강하지. 그리고 사람들은 멍청하게도 네가 아라메리라는 걸 계속 잊어버려. 네 핏줄에도 살인의 본능이 흐르고 있다는 걸. 하지만 난 널 알아. 샤하르를 죽이면 너도 무너질 거야. 그리고 난 네가 그렇게 되게 할 수 없어."

데카는 두 가지 충동 사이에서 떨고 갈등하며 나를 바라보았다. 나는 그토록 끔찍한 분노와 애정 가득한 서글픔이 뒤섞인 것을 본 적이 없지만 아마도 에네파를 죽일 때 이템파스가 느낀 감정도 이와 비슷했을 거라는 생각이 들었다. 시간과 성찰만이 치유할 수 있는 광기. 다만 그때가 되면 대개는 이미 늦은 뒤일 것이다.

하지만 데카는 내 말을 들었다. 그는 마법을 거둬들였다.

나는 샤하르를 돌아보았다. 그녀는 눈에서 피를 막 닦아 낸 참이었다. 그리고 표정으로 보아 자신이 얼마나 죽음에 가까이 다가갔었는지 그제야 깨달은 것 같았다.

"우린 떠날 거야. 어쨌든 난 갈 거야. 그리고 데카한테도 함께 가자고 제안할 거고. 네가 우릴 적으로 여긴다면 우린 여기 있을 수 없어. 네가 현명하다면 우릴 놓아주겠지." 나는 한숨을 내쉬었다. "넌 오늘 그다지 현명하게 굴지 않았지만 적어도 난 그게 한 번의 일탈일 뿐이라고 생각해. 결국엔 정신을 차릴 거라는 것도 알고. 하지만 그때가 될 때까지 여기서 기다리고 싶진 않아."

나는 데카를 올려다보며 그의 손을 잡았다. 데카의 표정은 처참했다. 그는 내가 옳다는 것을 알았다. 하지만 그에게 강요할 생각은 없었다. 십 년간 쌍둥이 누이에게 돌아오려 애썼건만 샤하르는 단 십 분 만에 그 모든 노력을 무용지물로 만들었다. 어떤 필멸자도 그런 건 감당하기 어렵다. 신이라도 마찬가지고.

데카가 내 손을 쥔 손에 힘을 꾹 주더니 고개를 끄덕였다. 우리는 몸을 돌려 알현실을 떠나기 시작했다. 우리의 등 뒤에서 샤하르가 벌떡 일어섰다. "기다려." 그녀가 말했지만 우리는 무시했다.

그러나 내가 문을 연 순간 모든 게 변했다.

나는 분노하고 격앙된 여러 목소리에 놀라 발을 멈췄다. 중앙 복도 너머로 병사들이 뛰어다니며 고함을 지르는 소리가 들렸다. 우리 바로 앞에 모라드가 서 있었다. 그녀는 흥분 때문에 벌겋게 달아오른 얼굴로 창을 교차해 알현실 입구를 막고 있는 위병들에게 고래고래 소리를 지르고 있었다. 문이 열리고 위병들이 흠칫 놀란 사이 모라드가 손으로 창대를 잡아채자 그들이 욕을 하며 무기를 쥔 손에 힘을 주었다.

"샤하르 님은 어딨죠?" 모라드가 물었다. "그분을 *봐야겠어요*."

샤하르가 우리 뒤쪽으로 다가왔다. 후계자의 얼굴에 피가 묻은 것을 보고도 눈 하나 깜짝하지 않는 것으로 보아 모라드가 지금 얼마나 동요하고 있는지 알 수 있었다. "무슨 일이지, 모라드?" 샤하르의 목소리에서 가냘프게나마 차분함을 가장하려는 노력이 느껴졌다. 아주 약간이지만 그녀는 평정을 찾는 데 성공했다.

"가면 쓴 자들이 그림자를 공격했어요."

우리는 경악한 나머지 아무 말도 못 하고 그저 우두커니 서 있었다. 모라드의 뒤쪽에서 한 무리의 병사들이 모퉁이를 돌아 달려 나왔다. 그 뒤에는 전쟁을 준비하는 장군에게서나 볼 수 있는 신중하고 음산한 분위기를 풍기는 래스가 걸어오고 있었다. 뭔진 몰라도 데카의 필경사들이 설치해 놓았을 보호 인이 활성화되면서 우리 주위로 공기가 웅웅거리는 진동이 느껴졌다. 게이트를 봉쇄하고, 보이지 않는 벽으로 외부 마법을 차단하고, 또 무슨 조치를 취해 놨을까?

"몇이나?" 이제 샤하르의 음성은 조금 더 딱딱하고 냉정해졌다. 이건 공적인 일이었다.

최악의 상황이 지난 후, 나는 이 순간을 기억할 것이다. 모라드의 얼굴이 가장하고 있는 가짜 차분함, 목소리에서 드러나는 진심 어린 비통함. 그리고 그녀를 안쓰러워할 것이다. 여왕과 하인은 필멸자와 신만큼이나 지독한 파멸을 앞두고 있었다. 어떤 것들은 막을 수가 없는 법이다.

"전부 다요."

20장

재, 재, 재, 우리 모두가 **떨어진다!**

 고요했다. 그것이 바로 그들이 공포스러운 이유였다.
 영상구를 통해 그림자도시의 거리와 군중을 지켜보는 것은 쉽지 않았다. 이런 도구는 널따란 풍경이 아니라 바로 앞에 위치한 얼굴을 보기 위한 것이기 때문이다. 그리고 그림자에 파견 중인 래스의 부하가 구체를 손에 들고 천천히 돌며 우리에게 보여 준 광경은 대단히 넓게 펼쳐져 있었다.
 수십 명의 가면 쓴 자들이 있었다.
 아니 수백 명.
 그들이 거리를 가득 메우고 있었다. 평소에 순례자와 거리공연가, 예술가들이 뒤섞여 있던 곳이 가면 쓴 자들로 채워져 있었다. 귀족 대로에서 살롱 앞 계단에 이르기까지. 게이트웨이 공원에 심어진 꽃과 나무 사이에 보이는 것도 온통 가면들뿐이었다. 남쪽 뿌리에서 몰려오는 지저분한 신발의 주인들도 전부 다 가면을 쓰고 있었다.

간혹 가면을 쓰지 않은 사람들도 보였다. 대부분은 반대쪽으로 서둘러 달아나고 있었고 개중에는 말이나 수레, 자신의 굽은 등에 뭔가를 지고 있었다. 그림자에 사는 사람들은 마법이 낯설지 않았다. 그들은 수십 년 동안 소격신들과 부대끼며 살았고 수 세기 동안 하늘궁의 그림자 밑에서 살아왔다. 그들은 골치 아픈 문제가 생기면 그 냄새를 맡을 수 있었고, 어떻게 대응해야 하는지도 알았다.

가면 쓴 자들은 그렇지 않은 이들에게 아무런 위해도 가하지 않았다. 그저 조용히 일사분란하게 움직였다. 대부분이 그림자의 중심부에 도착한 후에는 발을 멈추고 꼼짝도 않고 가만히 서 있었다. 남성, 여성, 다행히 많진 않지만 어린이도 몇 명, 그리고 노인도 조금 섞여 있었다. 가면의 모양은 천차만별이었는데 똑같이 생긴 것은 하나도 없었다. 흰색, 검은색, 어떤 것은 메아리궁처럼 여러 색이 소용돌이치며 섞여 있었다. 붉은색과 짙은 파랑색, 바위 같은 잿빛도 있었다. 어떤 것은 도자기에 색을 칠했고 어떤 것은 점토와 지푸라기로 만들었다. 대부분이 하이노스 양식이었지만 동시에 상당수가 다른 지역에서 사용하는 원형과 미적 감각을 활용하고 있었다. 정말 믿기 어려울 정도로 다양했다.

그리고 그들 모두가 하늘궁을 올려다보고 있었다.

우리, 그러니까 샤하르와 데카르타와 나, 그리고 많은 높은피와 하인들은 한 방에 모여 있었다. 아른인의 일반적인 명명법을 생각하면 대리석 홀이라고 이름 붙을 게 뻔한 곳이었다. 그 이유야 예이네만 알겠지만, 흰색과 회색이 뒤섞인 이 방 벽에는 짙은 적갈색 무늬가 있어서 방 전체에 피가 흘러내리는 것처럼 보였다. 뭔가 삐뚤어진 상징적 의미가 있는 것 같긴 한데 예이네의 비틀린 유머 감각이 만들어 낸 결과물일 거다. 이 농담을 이해하기에 난 이제 너무 필멸자에 가까웠다.

래스는 없지만 병사들이 남아 문과 발코니를 지키고 있었다. 경호하기 쉽도록 모든 높은피를 한곳에 모으자는 것도 그의 의견이었다. 나와 데카가 언제 이곳을 떠날 수 있을지 물어보기 위해 그를 기다리는 동안(아무래도 금방 가능할 것 같지는 않았다.) 한 하인이 필경사들이 갖고 있던 커다란 영상구를 가져와 방에 있는 긴 탁자 위에 올려놓았다. 덕분에 우리는 불길한 기운이 떠도는 그림자의 거리를 볼 수 있었다.

"뭘 기다리는 걸까요?" 반혈인을 새긴 한 여자가 물었다. 그 옆에는 라미나가 서 있었다. 여자가 구체 안에 있는 이미지를 골똘히 들여다보자 라미나가 위로하듯 그녀의 등에 손을 얹었다.

"신호를 기다리는 거겠지." 라미나가 말했다. 그를 알게 된 지 처음으로 얼굴에 웃음기가 사라졌다. 하지만 아주 길게 느껴지는 몇 분이 지나도록 가면 쓴 자들은 어떤 움직임도 보이지 않았다. 구체를 손에 들고 우리에게 주변을 비춰 주는 사람은 살롱 계단 꼭대기에 서 있었다. 날개처럼 휘어진 양쪽 계단 끝에서 십만군단의 흰색 갑주를 입은 아라메리 병사들이 서둘러 방어벽을 세우며 전투를 준비하는 모습이 보였다. 하지만 그 짧은 시간 동안 본 것만으로도 충분히 절망스러웠다. 아라메리 군대의 대부분은 도시 외곽에 있었다. 그들이 주둔하고 있는 대규모 막사와 기지는 말을 타고도 반나절은 가야 했다. 모두가 적의 습격이 발생하더라도 도시 밖에서 시작될 것이라고 예상했기 때문이다. 지금쯤이면 군대가 최대한 빠른 속도로 말을 달리거나 진군하거나 게이트를 이용해 도시로 달려오고 있겠지만 가면 괴한들의 습격을 경험한 바 있는 우리로서는 그들을 막으려면 군대보다 더 많은 게 필요하다는 사실을 알고 있었다.

나는 샤하르를 돌아보았다. 그녀는 방 가장자리에 있는 조금 높은 단 위에 서 있었다. 오한이라도 드는 듯 두 팔로 몸을 감싸고 있었는데, 의도적이라고 하기엔 지나치게 무표정했다. 방 안 가득 친족들이 삼삼오오 모여 서로 위로를 주고받는 중에 오직 그녀만이 따로 홀로 서 있었다.

나는 잠시 생각해 보고는 옆에 서 있는 데카를 놔두고 샤하르를 향해 다가갔다. 샤하르의 머리가 갑자기 홱 움직여 내 쪽을 향했다. 그녀는 전혀 쇼크 상태가 아니었다. 그 작은 움직임 하나로 방금 전까지 어쩔 줄 모르고 당황해 있던 어린 소녀가 남동생을 노예로 만들려 했던 얼음 여왕으로 돌변했다. 하지만 나는 그녀에게서 경계심 어린 표정을 보았다. 샤하르는 이 전투에서 패했다.

데카는 내가 샤하르에게 다가가는 것을 보고도 움직이지 않았다.

"레마스에게 연락해 봐야 하지 않아?" 내가 물었다. 말투는 최대한 중립적으로 유지했다.

내가 암묵적으로 휴전을 제의하고 있다는 사실을 깨달은 샤하르가 아주 약간 긴장을 풀었다. "해 봤지만 답변이 없어." 그녀가 고개를 돌려 반투명한 벽 너머로 점점 낮아지는 해를 바라보았다. "어쨌든 쓸데없는 일이긴 해. 어차피 군대는 하늘궁에 어머니의 지휘 아래 있고, 필경사 부대와 암살자 군단도, 귀족들의 사병도 전부 다 저기 있으니까. 메아리궁은 겨우겨우 돌아가는 수준인 데다 인력도 없지. 우린 아무 도움도 안 돼."

"지원이라는 게 전부 물질적인 건 아니야, 샤하르." 레마스와 샤하르가 서로를 사랑한다는 사실을 떠올리면 아직도 기분이 이상했다. 나는 아라메리가 보통 사람처럼 구는 데 결코 익숙해지지 못할 것이다.

샤하르가 다시 나를 쳐다보았다. 예전만큼 날카로운 눈빛은 아니었다. 그녀는 생각 중이었다. 그때 라미나가 말했다. "뭔가 일어나고 있다." 방 안 가득 긴장감이 감돌았다.

우리가 보고 있는 화면의 조금 위쪽 측면 공간이 흐릿해졌다. 병사들이 무기에 손을 뻗었다. 높은피들이 숨을 삼키고 한 명은 비명을 질렀다. 데카와 다른 필경사들이 온몸을 긴장시켰다. 누군가는 미리 준비해 둔 반쯤 완성된 인을 꺼내 들었다.

화면이 다시 선명해졌다. 레마스가 보였다. 다만 화면의 각도가 이상했다. 우리는 레마스보다 약간 뒤쪽에서 그녀의 어깨 너머로 보고 있었다. 그녀의 왕좌에 영상구가 설치되어 있는 게 분명했다.

그리고 하늘궁의 알현실에서 레마스를 마주 보고 있는 인물은 바로 우세인 다르였다.

샤하르가 황급히 숨을 들이켜더니 화면 속으로 들어가 어머니를 돕기라도 하려는 듯 황급히 계단 밑으로 내려왔다. 하늘궁 알현실에 있는 병사들이 검과 창, 석궁 등 무기를 빼들었다. 하지만 공격을 가하지는 않았다. 레마스가 미리 지시를 내려놓았을 것이다. 다만 근위병 중 두 명, 다르 여인들이 레마스와 우세인 사이를 가로막듯이 섰다. 몸을 낮게 숙이고 손에는 검을 빼든 채였다. 우세인은 위병들을 무시한 채 겁먹은 기색 하나 없이 방 한가운데 당당하게 서 있었다. 비무장 상태였지만 다르의 전통적인 전투 복장을 하고 있었다. 가죽으로 감싼 허리, 사령관의 상징인 무거운 모피 망토, 그리고 수십 년 전 다르가 발명한 가볍고 강한 소재인 플레이크스파로 만든 얇은 판갑옷이었다. 임신 상태였을 때보다 키가 더 커 보였다.

"아래에서 벌어지고 있는 저 장관이 그대의 솜씨라는 의미로 받아들이면 될까." 레마스가 재미있다는 듯 말꼬리를 길게 늘였다.

우세인이 고개를 한쪽으로 기울였다. 민족주의적 성향을 생각하면 다르어로 말할 줄 알았는데 놀랍게도 우세인은 또렷하고 낭랑한 세늠어로 말했다. "이건 우리 북쪽에서 선호하는 전투 방식은 아니야. 마법을 쓰는 건, 설사 우리의 마법이라 할지라도 비겁한 짓이니까." 그녀가 어깨를 으쓱했다. "하지만 당신들 아라메리는 정정당당하게 싸우지 않으니까."

"그건 사실이지. 자, 그럼. 요구 사항이 있을 것 같은데?"

"단순하다, 아라메리." 성으로 부르는 것은 다르에서는 대단히 강한 상대를 지칭할 때 사용하는 방식이었고 이는 우세인이 나름대로 레마스를 존중하고 있다는 의미였다. 하지만 아믄인에게 그것은 당연히 대놓고 무례한 행동이었다. "나와, 더불어 당신들의 방어막을 뚫고 나 하나를 이 자리에 보내는 데 모든 어둑장이와 마법사가 필요하지 않았다면 이 자리에 함께했을 우리의 동맹국들은 당신 가문이 가진 모든 권력과 그에 딸린 모든 부수적인 것들을 전부 내려놓을 것을 요구한다. 가문의 재산 중 절반은 귀족 컨소시엄에 귀속되어 전 세계 여러 국가에 균등하게 배분될 것이다. 3할은 이템파스 교단 및 공공 서비스를 제공하는 모든 기성 종교 기관에 기부되며, 나머지 2할은 보존해도 좋다. 너희는 더 이상 귀족 컨소시엄에서 발언권을 가질 수 없고, '그림자 속 하늘'이 대표직을 유지할 수 있는지의 여부는 컨소시엄에서 결정할 것이다. 군대를 해산하고 이에 소속되어 있던 장군들을 각 왕국으로 분산시키고, 필경사와 정보원, 암살자, 그리고 그 외에 너희가 거느리고 있는 모든 개들을 포기하라." 경멸로 가득 찬 그녀의 시선이 다르 근위병들에게 향했다. 그들이 거기에 어떻게 반응했는지는 여기서는 보이지 않았다. "당신의 아들은 리타리아로 돌려보내라. 어차피 그를 원하지도 않았잖아." (옆에 있는 데카의 턱이 꿈틀거렸다.) "당신의 딸은 십 년간 다른 왕국에 보내 독단과 잔인함밖에 모르는 너희 아문인들 말고 다른 이들의 방식을 배우도록 해라. 어떤 왕국으로 보낼지는 선택에 맡기지." 우세인이 씩 웃었다. "하지만 다르는 그녀를 환영할 것이며, 그녀가 능력껏 얻을 수 있는 만큼의 존중을 보여 주겠다."

"내가 나무창이나 휘두르는 너희 야만인들이랑 같이 지낼 것 같아?" 메아리궁에서 샤하르가 사납게 쏘아붙이자 다른 높은피들도 성난 목소리로 웅성거렸다.

"간단히 말해, 우리는 아라메리가 다른 이들과 똑같은 평범한 가문이 되어 세상이 스스로 굴러가게 내버려 둘 것을 요구한다." 우세인이 잠시 말을 멈추더니 주변을 한 바퀴 빙 둘러보았다. "아, 그리고 이곳도 떠나야 해. 하늘궁의 존재 자체가 여신님의 나무를 모독하고 있고, 솔직히 우린 너희를 올려다보며 사는 데 지쳤거든. 이젠 너희도 다른 모든 사람들처럼 인간이 속한 대지 위에 살아야 해."

레마스는 우세인이 할 말을 완전히 마칠 때까지 기다렸다. "그게 다인가?"

"지금으로선."

"질문을 해도 될까."

우세인이 한쪽 눈썹을 쓱 올렸다. "해 봐."

"내 가족을 죽인 건 그대인가?" 레마스의 말투는 가벼웠지만 그 기저에 깔린 위협을 듣지 못할 머저리는 없었다. "여기서 그대란 한 사람을 말하는 게 아니야."

우세인은 그제야 처음으로 마뜩잖은 표정을 지었다. "그건 우리가 한 일이 아냐. 암살 전쟁은 우리 방식이 아니니까." 그게 아먼인의 방식이라는 말은 굳이 덧붙일 필요도 없었다.

"그렇다면 누구 짓이지?"

"칼." 우세인이 쓸쓸한 미소를 지었다. "우린 그를 '복수자 칼'이라고 부르지. 소격신인데 우리, 그러니까 나와 내 선조들 그리고 동맹국들에게 큰 도움을 줬어. 하지만 그건 다 본인의 꿍꿍이속을 위한 것이었지. 우리를 이용한 거야. 그걸 알고 나서는 놈과의 관계를 끊었지만 이미 일어난 일은 돌이킬 수 없더군." 말을 멈춘 우세인의 턱 근육이 순간 실룩였다. "놈이 내 남편과 우리 전사의회의 많은 이들을 살해했다. 그게 당신한테 위로가 될지 모르겠군."

레마스가 고개를 저었다. "사람이 죽는 건 절대 기뻐할 일이 아니지."

"그래." 우세인은 한참 동안 레마스를 살펴보다가 허리를 숙여 절했다. 아주 정중한 절은 아니었지만 확실히 그 몸짓에는 존중이 담겨 있었다. 그것은 무언의 사과였다. "북부민에게 칼은 적으로 선포되었다. 하지만 그렇다고 해서 당신들과의 분쟁이 없어지는 건 아니야."

"당연하지." 레마스가 말을 멈추고 고개를 약간 숙였다. 아픈 통치자는 누구에게도 절할 필요가 없기에 이는 아픈인의 입장에서는 대단한 존중의 표시였다. 하지만 다르의 기준으로는 모욕으로 보일 것이다.

"솔직하게 말해 주어 고맙다. 이제 나머지에 관해서는, 내 가족에 대한 요구는 거절한다."

우세인이 눈썹을 치켜세웠다. "그게 다야? '거절한다?'"

"다른 대답을 기대하긴 했고?" 레마스의 얼굴은 보이지 않았지만 미소를 짓고 있을 것 같았다.

우세인도 피식 웃었다. "솔직히 그렇긴 한데. 하지만 경고하건대, 아라메리, 나는 이 세상 사람들을 대변하고 있다. 물론 모든 사람들이 나와 같은 의견이라는 건 아니야. 너무 오랫동안 당신 가문의 지배하에 살아왔으니까. 당신들은 인류의 정신을 짓밟아 망가뜨렸고, 이제 나와 내 동맹은 그것을 되살리기 위해 싸울 것이다. 그리고 우린 결코 자비를 베풀지 않아."

"그게 정말로 그대들이 원하는 건가?" 레마스가 다리를 꼬며 뒤로 기대앉았다. "인류의 정신이란 서로 다투는 걸 좋아하지, 우세인 에누. 폭력적이고 이기적이야. 그들을 강력한 손길로 인도하지 않는다면 이 세상은 앞으로 아주 오래, 아주 오랫동안 평화가 뭔지도 알지 못할 거다. 어쩌면 영원토록 그럴 수도 있고."

우세인은 천천히 고개를 끄덕였다. "자유 없는 평화는 아무 의미도 없어."

"광명의 시대 전에 굶어 죽은 어린아이들도 그렇게 생각할지 의문이군."

우세인이 다시 피식 웃었다. "그리고 너희 가문이 쓸어버린 민족과 이단자 들이 광명의 시대를 평화롭다고 여겼을지도 의문이야." 그녀가 작게 부정의 의미를 지닌 손짓을 날렸다. "됐어. 당신의 대답을 알았으니 이제 곧 우리의 대답을 알게 될 거다." 우세인이 익숙한 문양이 새겨진 작은 돌을 들어 올렸다. 게이트 인이었다. 그녀가 눈을 감자 다음 순간 그녀의 모습이 깜박 하고 사라졌다.

그림자도시와 침묵하는 가면인들이 모여 있는 아래쪽 화면에서 급격한 동요가 일면서 우리의 시선을 사로잡았다. 화면이 잠시 흐릿해졌다가 영상구를 쥐고 있던 병사가 구체를 내려놓자 다시 선명해졌다. 그 틈에 순간적으로 영상구를 들고 있던 사람의 모습이 보였다. 무거운 갑옷을 입은 젊은 남성이었다. 갑옷에는 총 일곱 개의 인이 새겨져 있었다. 양쪽 팔다리에 하나씩, 투구에 하나, 몸통에 하나, 그리고 등에 하나. 단순한 보호마법이었다. 그와 더불어 똑같은 갑옷을 입은 주변의 다른 병사들이 손에 창을 들고 공격 준비를 하고 있었다. 갑옷의 색깔은 흰색이었다. 레마스가 군대에게 새로운 신에게 충성을 맹세했음을 상징하는 갑옷을 아직 지급하지 못한 모양이었다.

병사들 너머에서 가면 쓴 자들이 움직이기 시작했다. 천천히, 조용히, 병사들을 향해 걸어오고 있었다. 우리가 보고 있는 화면 밖, 그림자도시 전체에서도 똑같은 일이 벌어지고 있으리라 짐작할 뿐이다. 우리 눈에 보이는 모든 가면들은 앞을 막고 있는 병사들은 안중도 없이 오직 위쪽만을 응시하고 있었다. 그들은 하늘궁을 바라보고 있었다.

"대체 저들을 어떻게 조종하는 거지?" 데카가 얼굴을 찡그리며 중얼거렸다. "도저히 알아낼 수가 없었는데……"

그의 혼잣말은 두 개의 화면에서 나오는 소음에 묻혀 버렸다. 시야 밖에서 누군가 병사들에게 고함을 지르자 가면을 쓴 대열을 향해 석궁 화살이 일제히 쏟아지며 전투의 시작을 알렸다. 화살이 아무런 효과도 없다는 것은 금방 알 수 있었다. 가면을 쓴 자들은 가슴과 다리, 복부에 화살이 꽂힌 채로 태연하게 전진했다. 가면에 화살이 박혀 깨지거나 금이 가자 바닥에 쓰러진 이들도 있었지만 그들만으로는 충분하지 않았다. 어림없었다.

위쪽 화면에서는 레마스가 알현실에서 병사들에게 명령을 내지르고 있었다. 다급한 움직임과 혼란스런 상황이 보였다. 하지만 레마스는 그 와중에서도 자리에서 일어나 옥좌 쪽으로 몸을 돌렸다. 그녀가 앞으로 몸을 기울여 우리에게는 보이지 않는 무언가를 건드렸다. "샤하르."

샤하르가 황급히 앞으로 나서며 외쳤다. "어머니? 어서 여기로 오세요. 이미 준비를 마쳤……"

"아니." 레마스의 조용한 거절에 샤하르는 아무 말도 하지 못했다. 레마스가 부드럽게 미소 지었다. 내가 본 중 그 어느 때보다도 침착했다. "꿈을 꿨었다." 그녀가 차분하게 말했다. "이유는 모르지만 난 늘 꿈을 꿨고 그 꿈들은 언제나, 언제나 현실이 되었지. 그리고 난 오늘에 대한 꿈을 꾼 적이 있단다."

혼란스러운 마음에 미간이 찌푸려졌다. 꿈이 현실이 됐다고? 필멸자에게 그런 게 가능한가? 하지만 레마스는 소격신의 손녀딸이었다……

그녀의 얼굴 아래에 있는 화면 속에서는 이제 가면들이 전력을 다해 앞으로 쇄도하고 있었다. 구체가 전달하는 화면이 너무 작아 전체적인 상황을 파악할 수가 없었다. 잠시 동안은 그저 고래고래 고함지르는 흐릿한 형상들과 인간 같지 않은 표정 없는 얼굴들만 간간이 비칠 뿐이었다. 뭐가 뭔지 구분할 수도 없었다. 샤하르는 멍하니 어머니를 바라보고 있었다. 마치 주변에 다른 사람이라곤 아무도 없는 것처럼, 이 세상 무엇도 안중에 없는 것처럼 얼굴 가득 극도로 괴로운 심정이 드러나 있었다. 샤하르가 금방이라도 탁자를 넘어 레마스에게 달려갈 것처럼 보여서 그녀의 어깨에 손을 얹었다. 내 손바닥 밑에서 팽팽하게 긴장한 어깨가 떨리는 게 느꺼졌다.

"여기로 오세요, 어머니." 샤하르가 힘주어 말했다. "꿈에서 뭘 보셨는지 몰라도……"

"하늘궁이 추락하는 것을 보았다." 레마스의 말에 샤하르가 내 손가락 아래에서 움찔 떨었다. "그리고 궁과 함께 내가 죽는 것을 보았지."

더 큰 영상구 속 다른 이미지에서 날카로운 비명이 울려 퍼졌다. 그러더니 갑자기 폭발이라도 일어난 듯 엄청난 충격과 진동이 느껴졌다. 영상구가 있던 자리에서 벗어나 살롱 계단 아래로 데굴데굴 굴러떨어지기 시작했다. 그러고는 깨지고 부서지는 소리와 함께 화면이 사라졌다. 잠시 후 레마스가 있는 화면이 흔들리더니 그 뒤쪽에서 사람들이 놀라 비명을 지르자 그녀가 황급히 돌아보는 게 보였다. 그들도 폭발을 느낀 것이다.

"여기 오실 게 아니면 왜 여신께 메아리궁을 만들게 한 거죠?" 샤하르는 최대한 이성적으로 말하려 애쓰면서도 고개를 가로저으며 머릿속 예감을 부인했다. "왜 이러시는 거예요, 어머니?"

"나는 하늘궁에 대한 꿈만 꾼 게 아니다. 그보다 훨씬 많은 것에 대해 꿈을 꿨지." 레마스가 돌연 나와 데카에게 시선을 고정했다. "나는 모든 존재가 무너지는 걸 봤습니다, 시에 님. 하늘궁은 그저 그 전조일 뿐이에요. 오직 당신만이 그걸 막을 수 있어요. 당신과 샤하르, 그리고 너, 내 아들아. 너희 셋이 열쇠야. 난 너희를 안전하게 지키기 위해 메아리궁을 지었다."

"어머니." 데카가 목이 졸린 듯한 소리로 말했다. "이건……"

레마스가 고개를 저었다. "시간이 없다." 병사 하나가 다가와 뭔가 속삭이자 그녀가 시선을 돌렸다. 레마스가 고개를 끄덕이자 병사는 서둘러 자리를 떴고, 그녀는 다시 우리를 쳐다보았다. 레마스의 얼굴에는 미소가 떠올라 있었다. "그들이 세계수를 기어 올라오고 있어."

대리석 홀에 있는 누군가 비명을 질렀다. 라미나가 굳은 얼굴로 앞으로 한 발 내디뎠다. "레마스, 젠장, 넌 거기 있을 필요가 없어."

레마스가 원래 성격을 살짝 드러내며 한숨을 내쉬었다. "말했잖아. 이렇게 되리라는 걸 알았다니까. 내가 하늘궁과 함께 죽으면 그래도 희망이 있어. 내 죽음이 변화의 촉매제가 될 테니까. 그리고 그 너머엔 미래가 있지. 하지만 내가 도망친다면 전부 끝이야! 아라메리는 멸망할 테고, *세상도* 멸망할 거야. 그러니 선택은 아주 간단해, 라미나." 레마스의 목소리가 다시 부드러워졌다. "하지만…… 그녀에게 전해 줄래……?"

나는 라미나의 턱에 힘이 들어가는 것을 보며 의아해했다. 그러다 기억났다. 모라드. 모라드는 지금 여기 없었다. 이곳까지 습격받을 것을 대비해 래스를 돕고 있었다. 나는 라미나가 그 둘에 대해 알고 있을 줄 몰랐다. 하지만 생각해 보면, 레마스가 그 비밀을 믿고 맡길 수 있는 사람은 라미나뿐이었을 것이다. 모라드 역시 라미나가 레마스의 자식들의 아버지라는 것을 알 테고. 그 셋은 사랑과 비밀로 묶여 있었다.

"그래, 전해 줄게." 이윽고 라미나의 대답을 듣자 레마스가 긴장을 풀었다.

"나도." 뒤이은 내 말에 레마스가 흠칫 놀랐다. 그러더니 천천히, 그녀가 내게 미소를 지어 보였다.

"시에 님, 내가 마음에 들기 시작한 건가요?"

"아니." 나는 팔짱을 끼며 말했다. 내가 좋아하는 건 모라드였다. "하지만 난 그 정도로 나쁜 놈은 아니라서."

레마스가 고개를 끄덕였다. "당신은 내 아들을 사랑하죠."

이번에는 내가 움찔할 차례였다. 나는 일부러, 아주 신중하게, 데카를 쳐다보는 것을 피했다. 이 여자 도대체 뭘 짓을 하려는 거야? 이 일이 끝나면 온 가문 사람들이 어떻게든 나와 데카의 관계를 이용해서 그 애를 해치려고 혈안이 될 텐데 데카가 그런 걸 감당할 수 있을 것 같아?

"그래."

"다행이군요." 레마스가 데카를 힐끗 쳐다봤다가 차마 볼 수가 없다는 듯 금세 시선을 돌렸다. 내 시야 가장자리에서 데카가 주먹을 꾹 말아 쥐는 게 보였다. "난 둘 중 한 아이만 지킬 수 있었어요. 선택을 해야 했죠. 이해하나요? 하지만 난…… 할 수 있는 일을 했어요. 어쩌면 언젠가는 당신이……" 레마스가 입을 다물더니 또다시 아들에게 짧게 시선을 던졌다. 나는 두 사람 사이에 뭐가 오고 가는지 보지 않기 위해 고개를 돌려 버렸다. 방에 있는 다른 사람들도 똑같이 행동하는 게 보였다. 너무 인간적이었다. 아라메리는 정말 옛날과 많이 달라져 있었다. 그들은 더 이상 고통을 구경하는 것을 즐기지 않았다.

그때 레마스가 한숨을 쉬며 다시 나를 마주했다. 그녀는 아무 말도 하지 않았지만 나는 그녀가 안다는 걸 느낄 수 있었다. 나는 고개를 끄덕였다. 그래, 난 샤하르도 사랑해. 그게 무슨 소용인지는 몰라도.

레마스는 거기에 만족한 것 같았다. 그녀가 내게 고개를 끄덕여 화답했다. 그때 하늘궁 내부가 또다시 크게 흔들리면서 화면이 깜박이기 시작했다. 데카가 신어로 뭐라 중얼거리자 화면은 안정됐지만 통신 상태는 여전히 불안했다. 화면 가장자리의 색과 선명도가 떨어져 연기처럼 흐릿하게 보였다.

"여기까지군요." 레마스가 눈가를 문지르며 말했다. 갑자기 그녀가 안쓰럽게 느껴졌다. 고개를 쳐들었을 때, 레마스의 표정은 여느 때처럼 차갑고 쌀쌀맞았다. "이제 이 가문과 세상은 네 것이다, 샤하르. 두 가지 다 잘 해내리라고 믿는다."

화면이 사라지고, 적막이 내려앉았다.

"아니야." 샤하르가 속삭였다. 의자를 움켜쥐고 있는 손마디가 하얗게 질려 있었다. "아니야."

결국 마음이 약해진 데카가 참지 못하고 다가갔다. "샤하르······"

샤하르가 광기가 번들대는 눈빛으로 그에게 와락 달려들었다. 내 머릿속에 제일 먼저 떠오른 건 그녀가 미쳤다는 것이었다.

하지만 그녀가 데카의 손을 붙잡고 나서 내 손을 붙들었을 때, 마치 별의 탄생을 알리는 한 줄기 빛처럼 마법이 내 몸을 관통한 순간 그녀의 의도를 깨닫자마자 두 번째로 든 생각은—

— 이런 악마똥 같은, 또야?

*

우리는 '우리'가 되었다.

하나가 된 '우리'는 눈에 보이지는 않으나 광활한 손을 뻗어 둥둥 떠다니고 있는 외로운 티끌 하나, 메아리궁을 집어 들었다. 그런 다음 궁 안에 있는 것들이 죽어 나자빠질 정도로 무시무시한 속도로 그 작은 점을 서쪽으로 보냈다. 하지만 '우리' 중 똑똑한 일부(데카)는 그런 엄청난 속도가 필멸자에게 치명적이라는 사실을 알았기에 그 작은 티끌 주위로 운동력을 형성했다. 그리고 '우리'의 또 다른 일부(나)는 마법을 어떻게 운용해야 하는지 알았기에 부드럽게 중얼거리며 그 힘을 달래 주었다. 그러지 않았다면 그것은 이런 강제적인 남용에 격렬히 반발했을 것이다. 하지만 '우리'를 앞으로 나아가게 하는 것은 샤하르, 샤하르, 오 나의 거룩하고 위대한 샤하르의 의지였다. 그녀의 영혼은 단 하나의 유일한 목적에만 집중하고 있었다.

어머니.

'우리' 모두가 그녀를 생각했다. 심지어 레마스를 싫어하는 나조차, 레마스에 대해 어떤 필멸자의 언어로도 형용할 수 없을 만큼 복잡하고 진득한 감정을 가진 데카마저 그랬다.(최초의 언어로는 표현할 수 있다. 바로 대혼돈이지.) 그리고 '우리' 모두에게 어머니는 서로 다른 의미를 지녔다. 내게 어머니란 부드러운 가슴, 차가운 손가락, 그리고 애정 어린 말을 속삭이는 두 개의 얼굴(나하와 예이네)을 가진 신의 목소리였다. 샤하르에게 어머니는 두려움과 희망,

싸늘한 눈빛 사이사이 아주 간혹 마주치는 따스함과 인정, 그리고 영원토록 영혼 깊이 새길 평생 단 한 번의 포옹이었다. 그리고 아, 데카, 나의 데카에게 어머니란 샤하르였다. 자신을 세상으로부터 보호해 주는 맹렬한 어린 소녀. 그에게 어머니란 늙고 지친 눈빛을 지닌 어린아이 소격신, 그럼에도 불구하고 상냥하게 웃어 주는 수고를 마다하지 않고 머리를 쓰다듬어 주며 그가 강해지게 도와주는 존재였다.

어머니를 위해, '우리'는 통제력을 유지할 수 있었다.

'그림자 속 하늘'에 접근하자 궁의 이동 속도가 느려졌다. '우리'는 '우리'의 관심이 미치는 모든 것을, 모든 곳을 볼 수 있었다. 도시 외곽에 여러 북부 국가에서 모여든 소규모 전사 부대가 있었다. 그중에는 우세인 다르도 있었다. 그녀는 몸집이 작고 날랜 말의 등 위에 앉아 먼 곳을 가까운 곳처럼 볼 수 있는 긴 렌즈를 통해 그림자도시를 살펴보고 있었다. '우리'는 앵무조개의 나선처럼 안쪽으로 빙빙 돌아 들어가며 아직 제정신인 주민들이 전부 대피하느라 도시의 모든 주요 도로에 극심한 교통정체가 발생한 것을 보았다. 안쪽으로 더 깊이 들어가니 가면 쓴 시신 한 구가 보였다. 주검 옆에는 한 여성이 쪼그리고 앉아 흐느끼고 있었다.(어머니.) 더 안으로. 소격신들이 거리에서 자신들의 선민을 돕고, 도움을 요청하는 다른 필멸자들을 돕기 위해 최선을 다하고 있었지만 그것만으로는 충분하지 않았다. '우리'는 늘 보호보다 파괴하는 데 더 능숙했으니까. 더 안쪽으로. 이곳의 가면 쓴 자들은 주로 늙고 병약한 몸으로, 보다 젊고 유능한 동료들보다 한참 뒤처져 절뚝거리며 세계수를 향해 걸어가고 있었다. 안으로, 더 안으로. 죽은 병사들. 하얀 갑옷에 십만군단의 인을 새긴 자들. 그들의 주검들이 살롱 계단 위에서 나뒹굴고, 프롬나드의 돌바닥 위에 창자를 쏟아내고, 근처 건물의 창문에 대롱대롱 매달려 있었다. 개중에는 머리를 잃었는데도 아직 손에 석궁을 들고 있는 시신도 있었다. 더 안으로.

세계수가 보인다.

그 크고 두꺼운 몸통에 얼마 전까지 생각하는 필멸자였던 작고 하찮은 진드기 떼가 바글바글 들끓고 있다. 가면 쓴 자들이 필멸의 육신으로는 불가능한 힘을 발휘해 나무줄기를 기어오른다. 실제로 몇몇은 그런 힘을 갖고 있지 않았다. '우리'는 마법 공격에 맞아 추락하는 불붙은 몸뚱이를 보았다. 하지만 그보다 훨씬 더 많은 이들이 두껍고 거친 나무껍질에 달라붙어 꾸준히 기어 올라가고 있었다. 하늘궁까지는 겨우 500미터에 불과했고 몇몇은 벌써 절반 이상 도달해 있었다.

그 모습을 본 샤하르가 외쳤다. **죽어!** '우리'도 그녀와 함께 외쳤다. '우리'의 무한토록 긴 팔을 뻗어 세계수에서 수십, 수백 마리의 해충들을 털어 냈다. 하지만 그들은 이미 죽은 몸이기에 바닥에 떨어진 후에도 일부는 몸을 일으켜 다시 기어오르기 시작했다. '우리'는 그들을 짓밟았다. 다시 바깥쪽으로 돌아 나와 우세인과 그녀가 이끄는 전사들을 향해 포효하며 돌진했다. '우리'는 그들의 공포를 맛보고 싶었다.

그들 앞에 도달했을 때, '우리'는 그들이 겁에 질려 있는 것을 보왔다. 하지만 그 대상은 '우리'가 아니었다.

'우리'는 빙빙 돌며 그들이 보고 있는 것을 보았다. 칼. 그가 도시 위 공중에 높이 떠서 자신의 계략이 빚어낸 결과를 내려다보고 있었다. 하지만 흡족한 표정은 아니었다.

'우리'는 그보다 훨씬 강했다. '우리'는 희열에 젖어 손을 높이 들어올려 그를 없애버리 —

— 내 아들 —

— 려다가 멈췄다. 처음으로 망설였다. 나 때문에.

'우리'에게 육신이 없었기에 칼은 '우리'를 보지 못했다. 아래쪽을 주시하는 그의 입술에 힘이 꾹 들어갔다. 한 손에는 이상하게 생긴 가면이 들려 있었다. 그것은 완성되어 있었으나 또한 다른 한편으로는 아직 미완성이었다. 칼은 별다른 불편함 없이 가면을 손에 쥐고 있었다. 그 가면에는 아무 힘도 없었다. 새로운 신을 탄생시킬 힘은 더더욱 없었다.

칼이 한쪽 손을 들어 올렸다. 내 잘못이었다. '우리'의 잘못이 아니라 내 잘못이었다. 왜냐하면 나는 신이고, 그가 무슨 짓을 할 작정인지 당연히 알았어야 했기 때문이다. 그러나 나는 상상조차 하지 못했으니 그로써 사라진 목숨들로 인해 내 영혼은 영원한 고통 속에서 발버둥 치게 될 것이다.

칼의 손에서 채찍처럼 꿈틀거리는 힘이 백 마리의 뱀처럼 쏟아져 날아갔다. 각각의 뱀들이 건물과 돌들 사이를 헤치고 돌아다니며 몸을 숨길 은신처를 찾았다. 가면마다 뚫려 있는, 눈에 보이지도 않는 작은 틈새들. 너무 작아서 잠재의식과도 통할 법한 구멍.

('우리'는 시간을 가로질러 볼 수 있었다. 칼이 신들과 같은 일을 하는 것을 보았다. 잠든 어둑장이 예술가들의 꿈에 속삭여 영감을 불어넣고 영향을 미치는 것을 보았다. 안내자 은사나가 자신의 영역에 무언가 침입했다는 사실을 알아채고 고개를 돌려 쳐다 봤지만 칼은 대단히 교묘하고도 교묘했다. 그는 들키지 않았다.)

모든 가면들이 청백색으로 빛을 발하더니 —

— 한꺼번에 폭발했다.

수가 너무 많았다. '우리'가 가면 쓴 망자들을 떨군 세계수 밑동과도 너무 가까운 곳이었다. 그 의미를 깨닫고 비명을 지르며 되돌아가려 했지만, 신조차도 전지전능한 존재는 아니다.

세계수 뿌리에서 불길이 피어올랐다. 우레 같은 소리를 내는 충격파는 그로부터 조금 뒤에 밀려왔다.(메아리, 메아리가 울려 퍼진다.) 세계수의 떨리는 신음 소리가 천천히, 너무도 서서히 새어 나오더니 도저히 부인할 수 없을 만큼 증폭되었다. 아직은 늦지 않은 척할 수 있는 수준이었다. 하지만 바로 그때 세계수 줄기가 쪼개지면서 나무 파편이 발사체처럼 사방으로 튀어 날아갔다. 건물이 무너지고 땅이 폭발했다. 죽어 가는 필멸자들의 비명이 세계수의 애절한 울부짖음과 뒤섞였지만 그마저 나무의 거대한 몸통이 천천히, 우아한 모습으로 풀썩 쓰러지는 굉음에 묻혀 먹혀 버렸다. 세계수는 그림자도시가 있는 곳의 반대쪽으로 쓰러졌고, 그래서 '우리'는 그나마 다행이라고 생각했다. 태산처럼 거대한 세계수의 꼭대기가 대지를 강타하기 전까지는.

무시무시한 충격파가 원을 그리며 바깥쪽으로 퍼져 나갔다. 필멸자의 눈에 보이는 모든 방향에서, 대지 위에 있던 것들이 사라졌다.

'우리'는 하늘궁이 십만 조각으로 산산이 부서지는 것을 보았다.

그리고 칼은 '우리'보다 높은 곳에서 손에 든 가면과는 대조적으로 차갑고 잔인한 승리감에 도취된 얼굴을 뒤집어쓰고 있었다. 칼이 두 눈을 감으며 가면을 머리 위로 높이 쳐들었다. 희미한 빛을 발하며 진동하는 그것이 마침내, 드디어, 그가 방금 먹이로 던져 준 수백만 필멸자의 생명력으로 충만해져 변화하기 시작했다. 가면의 형태와 장식이 화르륵 타오르더니 새로운 원형을 만들어 냈다. 무정함과 헤아릴 수 없는 지식, 장엄함과 본질적인 힘을 의미하는 원형이었다. 나하도스와 이템파스와 예이네처럼. 다만 그들의 개성과 피상성은 제거되고 오직 의미와 상징만이 남아 있었다. 그 의미는 신이었으며, 이 가면의 궁극적인 형태이자 이름이었다.

'우리'는 가면의 부름을 느꼈다. 그리고 뭔가 거기 응답하는 것이 느껴지자마자 칼의 모습이 시야에서 사라졌다.

그 순간 '우리'는 흩어졌다. 샤하르의 슬픔, 데카의 번민, 나의 공포. 모두 같은 감정이었지만 각자의 울림이 너무 강해서 하나의 '우리'로 녹아들지 못했다. 남은 '우리들'과 함께, '우리(나)'는 그제야 '우리'가 물 위에 뜨도록 만들어진 하늘을 나는 궁전 안에 있으며, 둘 중 무엇도 아래로 추락하는 궁전으로는 적합하지 않을 것임을 깨달았다. 그래서 '우리(나)'는 주변을 둘러보다가 아무것도 없는 농경지 한가운데 있는 그보다 더 아무것도 없는 작은 아이글래스 호수를 발견했다. 저거면 될 것 같았다. '우리'는 메아리궁이라는 연약한 껍데기를 그 안에 조심스럽게 내려놓았다. 적어도 우세인은 만족할 터였다. 대양의 광활한 웅장함에 비하면 아이글래스는 작고 보잘것없는 곳이었다. 호숫가에서 궁전까지의 거리가 2킬로미터도 채 되지 않으니 원한다면 헤엄쳐서 궁에 접근할 수도 있었다. 아라메리 궁전을 고립시키겠다는 레마스의 계획이 역효과를 낸 셈이다. 이제 남아 있는 아라메리 가문은 그 어느 때보다도 외부에서 손쉽게 접근할 수 있는 곳이 되었고 지상에 훨씬, 훨씬 더 가까워졌다.

이후 '우리'는 사라지고 샤하르와 데카, 그리고 나만이 남았다. 힘이 사라지는 동안 우리는 서로를 멀뚱멀뚱 쳐다보았다. 그러고는 한 덩어리로 주저앉아 텅 빈 공간 속에서 서로에게서 위안을 찾았다.

21장

모든 것이 변했다.

데카와 샤하르는 하루가 지난 후 깨어났고, 내 경우에는 일주일 동안 깨어나지 못했다. 그 이유는 짐작만 할 수 있을 뿐이다. 나는 다시 데카의 숙소로 옮겨졌고 오랜 친구인 영양 공급 튜브와도 다시 친밀한 관계가 되었다. 그리고 또 나이를 먹었다. 이번에는 지난번만큼 많이 먹지는 않았다. 한 십 년 정도? 그러니 지금 나이는 육십 대 초반에서 중반 정도가 아닐까 싶다. 이 나이쯤 되면 앞뒤로 몇 년 정도는 중요치 않는 법이다.

내가 잠들어 있던 사이 전쟁이 끝났다. 하늘궁이 무너진 다음 날 우세인이 메아리궁에 전갈을 보냈다. 항복을 선언하진 않았지만 그들 모두가 겪은 비극을 고려해 동맹국들과 함께 휴전을 제의했다. 행간을 읽기는 어렵지 않았다. 그녀가 이끄는 세력은 아라메리와 아라메리 군대의 제거, 그리고 거기에 어쩌면 미래에 인류가 끝없는 전쟁을 치르면서 발생할 수 있는 추상적인 죽음만을 상정하고 있었을 것이다. 그러나 그 누구도, 심지어 산전수전 다 겪은 다르 전사조차도 세계수의 죽음과 도시의 파괴, 나아가 세늠의 중심지가 황폐한 폐허로 전락하는 사태에는 대비하지 못했다. 나는 북부인들이 구조 작업에 참여했으며 비록 그들의 의도는 아니었으나 대재앙을 일으킨 장본인임에도 불구하고 사람들로부터 환영을 받았다는 이야기를 들었다. 도움을 주는 이들이라면 누구나 환영받은 며칠간이었다.

도시에 거주하던 소격신들 역시 발벗고 나섰다. 첫 번째 폭발이 일어났을 때는 필멸자들을 그 일대 밖으로 대피시켜 많은 목숨을 구했고, 이후에는 폭발로 인한 피해를 경감시켜 더 많은 목숨을 구했다. 세계수가 쓰러졌을 때 그 거대한 뿌리가 땅에서 거의 뽑혀 나왔는데, 만약 그게 완전히 뽑혔더라면 생존자를 구할 잔해도 없이 그냥 도시 하나만 한 크기의 파릇한 무덤만이 남았을 것이다. 소격신들은 그 뒤로도 쉬지 않고 일했다. 가장 큰 피해를 입은 지역을 돌아다니며 희미해져 가는 생명의 냄새를 찾아다니고, 기울어진 건물을 지탱하고, 필경사와 의술사에게 더 많은 생명을 구할 수 있는 마법을 가르쳤다. 다른 나라에 사는 소격신들도 도움의 손길을 보태러 날아왔는데 그중에는 심지어 신계에서 찾아온 이들도 있었다.

그럼에도 불구하고 '그림자 속 하늘'에 거주하던 필멸자 인구 가운데 생존한 것은 고작 몇천 명에 불과했다.

샤하르가 아라메리의 수장으로서 가장 먼저 한 일은 멍청하면서도 기발했다. 그녀는 생존자들에게 메아리궁을 개방할 것을 지시했다. 래스는 이에 격렬하게 항의했지만 결국 샤하르와 다른 높은피들을 궁전의 중심인 나선부와 그 주변 건물로 이주시키고 그의 부하들과 그림자의 생존자들과 함께 돌아온 소수의 병사들이 경비를 서도록 자신의 주장을 관철시키는 데 성공했다. 한편 메아리궁의 다른 구역들은 전부 부상자나 가족친지를 잃고 상심한 필멸자들로 채워졌다. 그들 중 대다수가 아직도 피와 흙먼지를 뒤집어쓰고 있었다. 그들은 기꺼이 저절로 정돈되는 침대에서 잠을 자고 원할 때마다 나타나는 음식으로 배를 채웠다. 그러나 이러한 편의도 그들이 겪은 고통에 비하면 사소한 것일 뿐, 진정한 위안은 되지 못했다.

그 뒤로 며칠 동안 샤하르는 귀족 컨소시엄에 긴급회의를 소집하고 직설적으로 도움을 요청했다. 그녀는 치유할 시간과 충분한 지원만 주어진다면 그림자 주민들이 도시를 재건할 수 있을 것이라고 말했다. 하지만 그들에게 진정으로 필요한 것은 음식이나 물품이 아니라 아라메리가 제공할 수 없는 것, 바로 평화였다. 그래서 샤하르는 컨소시엄에 모인 귀족들에게 서로 간의 차이나 아라메리와의 갈등은 일단 전부 제쳐 두고 무엇보다 광명교의 제1교리를 명심하자고 간청했다. 나중에 전해 들은 바에 따르면 정말로 훌륭하고 감동적인 연설이었다고 한다. 그들이 샤하르의 말에 귀를 기울였다는 것이 그 증거였다. 바로 그 주부터 보급품을 실은 마차 행렬과 자원봉사자 부대가 도착하기 시작했다. 반란에 대한 이야기는 더 이상 없을 것이다. 비록 당분간에 불과하더라도 그것만으로도 상당한 성과였다.

 하지만 그들에게 가장 큰 영향을 미친 것은 샤하르의 연설이 아니었을지도 모른다. 하늘에 새롭게 나타난 무언가가 시시각각 가까이 다가오고 있었다.

＊

 깨어나고 일주일쯤 지나 기력이 충분히 돌아왔다는 느낌이 들자 나는 메아리궁을 떠났다. 누군지는 모르지만 몇몇 소격신이 궁전 입구에서 호숫가까지 일광석으로 길을 깔아 놓았는데 마차와 가축 떼가 오고 갈 수 있을 정도로 넓었다. 하늘궁의 수직이동 게이트만큼 우아하진 않아도 충분한 몫을 해내고 있었다. 지난 몇 주일간 정신없이 일하느라 휴식이 필요했던 데카도 나와 동행하기로 했다. 그러지 말라고 설득할까 했지만 그를 돌아보고 입을 막 벌린 순간 데카가 어디 한번 해 보라는 표정을 짓는 바람에 얌전히 입을 닫고 말았다.

 걸어서 다리를 건너는 데 한 시간이나 걸렸다. 우리는 내내 거의 말을 하지 않았다. 아침 안개 사이로 지상에 쓰러져 있는 세계수의 크고 뒤틀린 형체가 보였다. 우리 둘 다 그쪽은 잘 쳐다보지 않았다. 메아리궁과 궁전이 있는 호수 주위에는 새로운 도시가 생겨나고 있었다. 생존자라고 전부 메아리궁에 살고 싶어 하는 건 아니었다. 대신 그들은 궁에 있는 가족이나 새로 사귄 친구들과 떨어지지 않기 위해 호숫가에 텐트를 치거나 오두막을 지었다. 그 결과 다리 끝과 그리 멀지 않은 곳에 있는 거주 지역에 일종의 시장이 형성되어 있었다. 데카와 나는 마방(馬房)을 차린 여행 상인에게서 말 두 마리를 빌렸다. 상인은 우리에게 친근하게 굴답시고 젊은 청년과 할아버지가 타기에 딱 좋은 말이라고 너스레를 떨었다. 우리 여행은 하루 정도 걸릴 예정이었다. 호위도 경호원도 없었다. 우리는 그 정도로 중요한 인물이 아니었으니까. 게다가 나는 조용히 생각할 시간이 필요했다.

우리가 선택한 길은 원래 도시와 주변 지역을 잇는 주요 도로였지만 지금은 심하게 훼손되어 있었다. 울퉁불퉁 팬 바닥과 여기저기 쌓인 돌무더기 때문에 자주 말에서 내려 발굽에 돌멩이가 끼진 않았는지 확인해야 했다. 어떤 곳은 도로가 완전히 쩍 갈라져서 엄청나게 깊은 균열이 생겨 있었다. 나는 우회해 돌아가도 상관없었다. 어차피 주변에 황폐해진 농경지밖에 없으니 멀리 돌아가더라도 별로 오래 걸리지 않을 것이다. 하지만 드물게 데카가 버럭 성질을 내더니 바위에게 말을 건넸고, 그러자 틈새 위로 좁고 단단한 다리가 생겨났다. 다리를 건넌 후 나는 데카에게 문제가 생길 때마다 다짜고짜 마법을 사용하면 안 된다고 중얼거렸다. 하지만 그가 나를 물끄러미 쳐다보는 바람에 움찔하며 몸을 움츠렸다. 그야말로 노인네가 젊은이에게 하는 잔소리처럼 들렸을 것이다.

우리는 계속 나아갔다. 오후가 되자 도시 외곽에 도착했다. 이제 길이 더 험난해져 속도가 더 느려질 수밖에 없었다. 자갈로 포장된 도로는 잡석 더미가 되었고, 인도는 죽음의 덫이나 마찬가지였다. 심지어는 숫제 길 자체를 찾을 수가 없었다. 나는 완전히 폐허 더미가 된 남쪽 뿌리를 바라보며 절망했다. 히믄과 그 가족들이 하늘궁이 무너지기 전에 대피했을 가능성은 희박했다. 그들이 죽었든 살았든 부디 잘 돌봐 달라고 예이네에게 기도했다.

어쨌든 우리의 목적은 도시 자체가 아니었기에 피해가 가장 심한 지역을 피해 외곽으로 빙 둘러 가는 편이 나았다. 이곳은 세계수 줄기에 집을 짓기엔 돈이 없지만 뿌리를 피해 햇빛이 드는 곳에 살 수 있을 만큼 돈이 있는 중간 부유층의 집과 땅이 있던 자리였다. 그래서 넓은 잔디밭과 말이 달릴 만한 흙길이 있는 덕분에 이동이 훨씬 쉬워졌다. 이제는 햇빛도 충분히 내리쬐고 있었다.

그런 끝에 우리가 도착한 곳은 세계수의 몸통이 쓰러져 있는 곳이었다. 태산 같은 줄기가 점점 작아져 끝이 보이지 않을 때까지 땅 뒤에 길게 드러누워 있었다. 우리의 등장은 최초의 생존자들을 깜짝 놀래켰다. 이 지역은 완전히 버려져 아무도 살지 않았고, 이른바 청소부들이 폐허가 된 세계수 저택들을 뒤지고 있었다. 그들은 우리를 노려보며 보란 듯이 손도끼와 마체테를 쥔 손에 힘을 주었고, 우리는 정중한 태도로 그들과 널찍한 간격을 유지했다. 우리 모두 거기에 만족했다.

그런 다음 우리는 하늘궁에 도착했다. 놀랍게도 우리는 혼자가 아니었다.

아하드의 모습이 눈에 들어오기도 전에 궐련 냄새가 먼저 느껴졌다. 하지만 왠지 냄새가 다르게 느껴졌다. 내 후각이 예전만 못했기에 가까이 가서야 그가 담배 냄새를 덜 불쾌하게 만들기 위해 정향을 추가했다는 사실을 깨달았다. 그리고 그 냄새가 글리쇼스의 히라스꽃 향기와 섞여 있다는 사실을 알았을 때는 그 이유를 알 것 같았다.

아마 그들도 우리가 시야에 들어오기 전에 말발굽 소리를 들었을 것이다. 하지만 구태여 자리를 옮기지는 않았기 때문에 우리는 아하드가 작은 돌무더기 위에 마치 왕좌라도 되는 양 느슨하게 기대 걸터앉아 있는 모습을 발견했다. 그 뒤에는 글리가 있었다. 아하드는 글리에게 등을 기댄 채 그녀의 가슴에 머리를 얹고 있었다. 글리는 평편한 일광석 조각에 한쪽 팔꿈치를 괸 채 길게 늘어진 아하드의 머리카락을 반대쪽 손으로 느긋하게 빗어 주고 있었다. 아하드는 평소처럼 냉랭한 표정이었지만 이번만큼은 나도 속지 않았다. 자세는 완전한 무방비했고 글리에게 온몸을 맡긴 모습에서는 깊은 신뢰가 느껴졌다. 눈에는 깊은 경계심이 깃들어 있었다. 어떤 것들은 내게서 숨길 수가 없기에 구태여 숨기려는 시도도 하지 않는 것 같았다. 하지만 내가 거기에 대해 말하기라도 한다면 날 죽여 버릴 테지. 그래서 아무 말도 하지 않았다.

"무덤 위에서 춤을 추러 왔다면 너무 늦었다." 우리가 말에서 내려 그들을 올려다보자 아하드가 말했다. "내가 이미 했으니까."

"잘했어." 나는 이렇게 대꾸하고는 글리에게 고개를 끄덕여 보였다. 글리도 조용히 고개를 끄덕이며 인사를 보냈다. (그녀는 아하드와 달리 그에게 자부심을 느낀다는 사실을 숨기지 않았다. 아하드의 머리카락을 쓰다듬는 모습에서는 우쭐대는 소유욕이 느껴졌고 나하도스의 애정을 받던 시절의 이템파스를 잠시나마 생각나게 했다.) 나는 팔을 쭉 늘려 기지개를 켰다. 오랜 시간 말 위에 앉아 있었던 탓에 무릎이 욱신거려서 미간을 찡그렸다. "이젠 춤 같은 건 추고 싶지 않아."

"그렇겠지. 꼴이 정말 말이 아니군." 아하드가 길고 구불구불한 연기를 내뱉었다. 내게 더 못되게 굴까 말까 고민하는 표정이었다. 그는 아무렇지도 않게 툭툭 내던지는 말만으로도 내게 수많은 방식으로 상처를 입힐 수 있었다. 생각했던 것보다 훨씬 더 나쁜 아버지였군이나 내가 네 첫 번째 실수가 아니라는 걸 알게 되어 다행이야라든가. 마음의 준비를 단단히 하긴 했지만 내가 할 수 있는 건 아무것도 없었다. 데카의 말에 따르면 나는 전보다 더 빠른 속도로 나이를 먹고 있었다. 어쩌면 열흘에 한 살씩 먹고 있을 수도 있다. 자식이 있다는 사실을 알게 된 자각은 내게 지독한 독으로 작용했고, 일 년이나 길어야 이 년 후면 죽을 터였다. 그러니 누구도 오래 기다릴 필요가 없을 것이다.

하지만 아하드는 아무 말도 하지 않았다. 안도감이 들었다. 오늘따라 관대하게 굴고 싶은 기분이거나 글리가 그를 말랑말랑하게 만들었을지도 모른다. 아니면 이런 상황에선 아무 의미도 없다고 생각했을지도 모르고.

"안녕하세요." 데카가 말을 걸었다. 그는 아하드를 뚫어져라 바라보고 있었다. 나는 그제야 아하드가 누군지 그에게 말해 주지 않았다는 사실을 기억해 냈다. 오랫동안 존재하는지도 몰랐던 아들이 우주를 멸망시키려 드는 바람에 다른 데 신경 쓸 겨를이 있었어야 말이지.

아하드가 데카를 바라보며 허리를 세워 앉았다. 잠시 후 그의 얼굴에 서서히 미소가 번져 나갔다. "이런, 이런. 네가 데카르타 아라메리로군."

"그렇습니다." 데카는 딱딱하게 대답했지만 아하드에 대한 흥미를 감추지는 못했다. 그들은 완전히 똑 닮은 것은 아니지만 우연이라고는 할 수 없을 만큼 비슷해 보였다. "그쪽은요?"

아하드가 두 팔을 넓게 벌렸다. "'할아버지'라고 불러 보렴."

데카가 몸을 흠칫 굳혔다. 글리가 아하드의 뒤통수를 짜증스러운 눈길로 노려보았다. 나는 한숨을 내쉬며 눈가를 비볐다. "데카…… 나중에 설명해 줄게."

"알았어. 그 약속 지켜야 할 거야." 하지만 데카는 팔짱을 끼고 아하드에게서 고개를 돌려 버렸고, 아하드는 실망의 기색이 역력한 한숨을 푹 내쉬었다. 데카의 무관심한 태도가 정말로 신경 쓰여 그러는 건지 아니면 이 청년을 괴롭힐 다른 기회로 활용하려는 건지 알 수가 없었다.

그 뒤로 우리는 침묵에 잠겼다. 무덤가에서는 응당 그래야 하듯이.

나는 부서진 일광석 더미를 바라보며 주머니에 손을 찔러 넣었다. 내가 지금 느끼고 있는 이 감정을 뭐라고 설명할 수 있을지 모르겠다. 나는 필멸의 몸뚱이에 갇혀 노예로 살았던 세월 동안 하늘궁을 증오했다. 그 하얀 벽 안에서 나는 굶주리고, 겁탈당하고, 매질당하고, 그보다 더 끔찍한 일들을 당했다. 나는 신이었으나 소유물로 전락했고, 자유의 몸이 된 지 백 년이 지났는데도 그때의 굴욕감을 아직도 잊을 수가 없었다.

그러나…… 나는 내 태양계를 떠올렸다. 가슴 위에서 엔이 부드럽게 맥동하며 내게 공감을 표했다. 하늘궁에서 누구의 손길도 닿지 않은 휘어진 죽은 공간을 돌아다니며 오롯이 내 것으로 만들었던 것을 기억했다. 예이네를 발견한 곳도 그곳이었다. 나는 무심코 언젠가 그녀에게 불러 줬던 자장가를 흥얼거리기 시작했다. 공포와 고통만 있었던 건 아니었다. 삶은 결코 한 가지로만 이뤄져 있는 게 아니다.

아하드가 위쪽에서 한숨을 지었다. 하늘궁은 한때 그의 집이기도 했다. 데카가 내 손을 잡았다. 그에게도 마찬가지였다. 우리는 홀로 애도하지 않았다. 이 슬픔이 얼마나 오래 지속될 수 있을지는 모르겠지만.

우리의 머리 위, 해와 일찍 뜬 희미한 달 사이의 중간 즈음에 칼이 승리한 이후 꾸준히 커지고 있는 기묘한 얼룩이 떠 있었다. 그것은 세늠어로도 신의 언어로도 쉽게 설명할 수 있는 것이 아니었다. 띠처럼 생긴 반투명한 자국. 그것이 지나간 자리에는 아무것도 없는 동요하는 무(無)의 공간만이 존재했다. 우리는 그것을 느낄 수 있었다. 마치 살갗에 가려운 부분처럼. 들을 수도 있었다. 귀로는 들을 수 없는 노래처럼. 하지만 머지않아 우리 모두 그 소리를 듣게 될 것이다. 지각 있는 모든 존재가 바라는 것보다 훨씬 선명하게. 그리고 그 포효는 온 세상을 뒤덮을 것이다.

대혼돈. 칼은 '그것'을 소환했다. 대혼돈이 이 세상으로 다가오고 있었다.

시간이 한참 지나 해가 지고 이른 저녁별이 하나둘 나타나기 시작하자 아하드가 한숨을 내쉬며 자리에서 일어나더니 글리의 손을 잡고 일으켜 세웠다. 다음 순간 돌무더기 위가 아닌 지상에 그들의 모습이 나타나자 데카가 흠칫 놀라며 숨을 흡 들이켰다. 의심이 사실로 확인되었다. 아하드가 데카에게 찡긋 윙크를 보내더니 이내 진지한 표정으로 나를 돌아보았다.

"다른 이들은 무슨 일이 일어나든 신계에 가면 괜찮을 거라고 생각하지." 아하드가 부드럽게 말했다. "나로선 의구심이 들지만 시도해서 나쁠 건 없을 거야." 그가 잠시 머뭇거리더니 글리 쪽으로 시선을 던졌다. "하지만 난 여기 남을 거다."

아하드가 이런 식으로 시인하리라고는 전혀 예상하지 못했다. 글리는 필멸자였다. 그녀는 우리의 영역에서 버틸 수 없다. 본인이 아하드에게서 얼마나 큰 변화를 이끌어 냈는지 아는가 궁금해서 글리를 힐끗 쳐다보자 그녀가 고개를 살짝 끄덕이며 보란 듯이 턱을 치켜들고 노골적으로 방어적인 표정을 지었다. 우리 둘 중 말 한마디로 상대방을 상처 줄 수 있는 건 아하드만이 아니다.

하지만 나는 아하드를 상처 입힐 생각이 없었다. 지금까지 한 것만으로도 충분하니까.

"그보다 더 생산적인 대화는 이 세계에서 도망치기보다 구하는 것이 아닐까요." 데카가 끼어들었다. 그의 목소리에서 날 선 기색이 느껴지는 걸로 보아 나중에 우리끼리 있을 때 잔소리 세례를 들을 각오를 해야 할 것 같았다. 하지만 아하드는 평소답지 않게 진지한 표정으로 고개를 가로저었다.

"세상을 구할 방도 같은 건 없다. 심지어 세 주신조차 대혼돈을 조종할 수는 없어. 기껏해야 '그것'이 세계를 집어삼킬 때 옆에 물러나 있다가 나중에 남은 것을 그러모아 재건하는 정도겠지. 하지만 그건 우리에게 별 도움이 되지 않을 거야." 아하드가 어깨를 으쓱하더니 한숨을 내쉬며 하늘을 올려다보았다. 밤이 되어도 얼룩은 여전히 또렷한 모습으로 별들의 융단 위에서 너울거리고 있었다. 하지만 그 너머에는 별이 보이지 않았다. 검고 텅 빈 공간 뿐이었다.

"내 아버지는 필멸계를 지키기 위해 노력할 가치가 있다고 믿어요." 글리가 말했다. 데카가 그녀를 쳐다보았다. 그녀의 아버지가 누군지, 아마 머릿속에서 더 많은 비밀을 풀어내고 있을 것이다. 진즉에 다 말해 줄 걸 그랬다. 다 멍청한 내 잘못이다.

"예이네와 나하도스도 그럴걸. 내가 아는 그들이라면 말이야." 나는 한숨지었다. "하지만 이걸 막을 수 있었다면 진작에 그랬을 거야."

나만 해도 이미 그 둘에게 한 번 이상 기도를 한 적이 있다는 말은 굳이 덧붙이지 않았다. 그들은 침묵으로 답했고, 나는 그게 무슨 뜻인지 걱정하지 않으려 애써야 했다.

"그럼 우린 이만. 옛 지옥에 작별 인사를 하러 왔을 뿐이니." 드디어 아하드의 궐련이 다 탔다. 그는 바닥에 꽁초를 떨어트리고 발로 꾹 비벼 끄고는 마지막으로 하늘궁의 무너지고 부서진 몸뚱아리를 어깨 너머로 힐끗 돌아보았다. 밤이 되었어도 일광석은 여전히 빛을 발하며 머리 위 찢긴 자국이 있는 텅 빈 하늘과는 대조적으로 유령처럼 희미한 광채를 내고 있었다. 인류의 무덤에 꼭

맞는 묘비였다. 예이네와 나하가 이 세계가 사라진 후에도 저걸 보존할 방법을 찾아내면 좋겠다.

그리고 이템파스도. 예이네와 나하의 이름에 이어 그의 이름이 떠올랐지만 그 둘만큼 확신할 수는 없었다. 어쩌면 둘은 그가 우리 모두와 함께 죽게 내버려 둘지도 모른다. 그럴 작정이라면 아주 딱 좋은 기회니까.

"그럼 또 봐요." 글리가 말했다. 나는 고개를 끄덕이며 그제야 그 둘이 손을 꼭 잡고 있다는 사실을 알아차렸다.

아하드와 글리가 사라지자 나와 데카만 남았다. "설명해 봐." 데카가 날카롭게 말했다.

나는 한숨을 쉬며 주위를 둘러보았다. 이제 완연한 밤이었다. 여기까지 오는 데 이렇게 오래 걸릴 줄은 몰랐다. 야영에 필요한 물품도 없는데. 땅바닥에 말 담요를 깔고 자야 할 것이다. 내 늙은 몸뚱이가 참 좋아하겠군.

"일단 몸부터 편안히 누이고." 내가 말했다. 데카는 말다툼을 하고 싶다는 듯 어금니를 꽉 물었지만 결국 몸을 돌려 말이 바람을 피할 수 있게 일광석 더미 옆으로 데려갔다.

우리는 세계수가 쓰러지면서 완전히 무너져 내린 집의 토대에 자리를 잡았다. 굴러다니는 일광석 덩어리 몇 개를 조명으로 쓰려고 주워 모았고, 데카가 거기에 열을 발생시키는 명령을 불어넣었다. 나는 우리 담요를 따로 펼쳐 놓았는데, 데카가 즉시 자기 담요를 내 옆으로 붙이더니 나를 품에 끌어안았다.

"데카." 나는 입을 열었다. 내가 마지막으로 나이를 먹은 뒤로 우리는 계속 한 침대를 썼지만 둘 다 항상 피곤해서 잠을 자는 것 말고는 아무것도 하지 못했다. 둘 사이에 필요한 대화를 뒤로 미루는 데는 편리했지만 영원히 미룰 수는 없었다. 그래서 나는 심호흡을 한 후, 아무 형제자매한테 제발 나에게 힘을 달라고 기도했다. "안 그런 척할 필요 없어. 젊은 남자들이 어떤지는 나도 알고……"

"넌 요즘 완전히 바보가 되어 버린 것 같아, 시에. 상황을 악화시키지 마."

그 말에 일어나 앉으려 했지만, 그럴 수가 없었다. 데카가 나를 놓아주지 않는 데다 몸을 움직이려 하자 내 허리가 지독하게 투덜거렸기 때문이다. 역시 말을 너무 오래 탔다. "뭐?"

"넌 여전히 어린애야." 데카의 조용한 말에 나는 바르작대는 것을 멈췄다. "그리고 고양이고, 남자고, 어둠 속에서 아이들을 괴롭히는 괴물이지. 그래, 넌 이제 노인이야. 하지만 괜찮아. 말했잖아, 시에. 난 아무 데도 안 가. 그러니까 그만 누워. 해 보고 싶은 게 있으니까."

나는 데카의 명령에 따른다기보다는 충격 때문에 순순히 시키는 대로 했다.

그가 내 셔츠 속으로 손을 집어넣는 바람에 나는 얼굴을 붉히며 말을 더듬었다. "데카, 맙소사……"

"가만히 있어." 그의 손은 내 가슴 위에서 움직이지 않았다. 그는 애무를 하지 않았지만, 내 바보 같은 늙은 몸뚱이는 그걸 애무라고 생각했고 어쩌면 내가 그렇게 늙은 건 아닐지도 모른다고 판단했다. 감사할 일이긴 했다. 이 나이쯤 되면 어느 특정한 신체 반응을 일으키는 데 아무 문제가 없을 거라는 보장이 없었으니까.

데카는 차분한 표정으로 집중하고 있었다. 그가 마법을 말하거나 인을 그릴 때 지금과 똑같은 집중력을 발휘하는 걸 본 적이 있다. 하지만 이번에는 뭔가를 속삭이고 있었다. 입술과 함께 손도 움직이고 있었다. 영문을 알 수가 없어 무슨 말을 하는지 귀를 기울여 봤지만 그건 말이 아니었다. 신의 언어도 아니고 그 어떤 언어도 아니었다. 도대체 뭘 하는 건지 알 수가 없었다.

하지만 느낄 수는 있었다. 데카의 속삭임을 따라 피부에 간지러운 느낌이 올라오기 시작했다. 내가 놀라 튀어 오르며 몸을 일으키려 하자 데카가 나를 힘주어 누르며 눈을 감았다. 내 꿈지럭거림에 정신이 팔려 집중력을 흐트러트리지 않기 위해서였다. 그리고 실제로 나는 꿈지럭거렸다. 느낌이 정말 이상했기 때문이다. 마치 납작하고 치찰음으로 이뤄진 개미 떼가 내 살갗 위를 기어다니는 것 같았다. 그때 데카의 몸에 새겨진 문양들이 검은빛으로 은은하게 빛나는 게 보였다. 나는 그제야 그게 단순한 문신이 아니라는 사실을 깨달았다. 그걸 몰랐다니.

하지만 뭔가 잘못됐다. 데카가 내 육신에 속삭여 새긴 문양들은 오래 지속되지 못했다. 검은 줄기들이 내 팔다리를 휘감고 배 아래까지 타고 내려가는 게 느껴졌지만 자리를 잡자마자 금방 희미해졌다. 데카의 이마에 깊은 고랑이 파이고, 잠시 후 그가 마법을 중단했다. 내 가슴 위에 놓여 있던 그의 손이 주먹을 꾹 말아 쥐었다.

"원하는 대로 안 됐다는 뜻이지?" 나는 조용히 말했다.

"그래."

"뭘 바랐는데?"

데카가 느릿하게 고개를 저었다. "문양으로 네 안에 내재되어 있는 마법을 자극하려고 했어. 넌 아직 신이야. 신이 아니었다면 반개념의 영향을 받을 리가 없으니까. 그래서 네 육신이 실은 젊고, 유연하고, 오직 네 의지에 의해서만 구현되는 게 자연스러운 상태라는 걸 알려 주려고 했는데……." 데카가 턱 근육을 불뚝거리며 고개를 휙 돌려 버렸다. "왜 안 되는 건지 이해가 안 돼."

나는 한숨을 쉬었다. 사실 나는 별 기대가 없었다. 무엇을 할지 그가 미리 말해 주지 않은 덕분일 것이다. 그래서 다행이었다. "내가 필멸자가 되길 바라는 줄 알았는데."

데카가 입술을 꾹 다물며 고개를 내저었다. "그게 네가 죽는 뜻이라면 아니야, 시에. 그런 건 바란 적 없어."

"아." 나는 그의 주먹 위에 손을 얹었다. "노력해 줘서 고마워. 하지만 설령 네가 나를 고칠 수 있더라도 아무 의미도 없을 거야, 데카. 소격신은 세 주신에 비하면 아주 약한 존재야. 대혼돈이 이 우주를 붕괴시키면 아마 우리도……"

"닥쳐." 데카가 속삭였다. 나는 놀라 눈을 깜박이며 그 말대로 했다. "그냥 좀 닥쳐, 시에." 그는 떨고 있었고 눈에는 눈물이 고여 있었다. 어린 시절 이후 처음으로 외롭고, 길을 잃어 당황하고, 몹시 겁을 먹은 것처럼 보였다.

데카의 말처럼 나는 아직 신이었다. 길 잃은 어린아이를 위로하는 것이 내 본성이다. 그래서 나는 흐느끼는 그를 안아 주려고 내 쪽으로 잡아당겼다.

데카가 내 손을 옆으로 밀쳐 내더니 내게 입을 맞췄다. 그러다 키스만으로는 자신이 어린애가 아니라는 것을 충분히 증명할 수 없다는 듯 허리를 세우고 앉아 내 옷을 벗기기 시작했다.

나는 웃어 넘길 수도 있었고, 안된다고 말할 수도 있었고, 관심이 없는 척할 수도 있었다. 하지만 세상은 종말을 앞두고 있었고 그는 내 것이었다. 그래서 나는 기분 좋은 일을 했다.

사흘 후면 우리 모두가 죽겠지만 그사이에 할 수 있는 일은 무궁무진했다. 나는 진짜 필멸자가 아니었다. 나는 에네파의 선물을 당연한 것으로 여겨서는 안 된다는 것을 안다. 그러므로 아직 남아 있는 삶의 매 순간순간을 음미하고, 그 뼈를 으스러뜨려 골수까지 쪽쪽 빨아먹을 것이다. 그리고 마침내 종말이 닥쳤을 때⋯⋯ 글쎄, 그때 난 혼자가 아닐 것이다. 그것은 참으로 귀하고 거룩한 일이었다.

∗

아침이 되자 우리는 메아리궁으로 귀환했다. 데카는 우리 모두를 구할 기적을 찾았는지 알아보러 필경사들을 만나러 갔다. 나는 샤하르를 찾으러 갔다.

그녀를 발견한 곳은 신전이었다. 이제 그곳은 진짜 신전이 되어 있었다. 누군가 그 방에 제단을 세웠는데, 하필 데카와 내가 처음 사랑을 나눈 바로 그 자리였다. 나는 그 앞에서 발을 멈추고 인간

제물에 대해 음란한 생각을 떠올리지 않으려고 안간힘을 썼다. 추잡한 노인네가 될 순 없었다.

샤하르는 그 제단 너머, 구름 한 점 없는 바깥 하늘처럼 파랗고 희미한 빛을 비추는 색채의 소용돌이 속에 서 있었다. 등을 돌린 채였지만 분명 내가 접근하는 소리를 들었을 것이다. 이 방에 들어오기 위해 네 명의 근위병에게 말을 걸어야 했으니까. 하지만 그녀는 깊은 상념에 빠져 있었고, 내가 말을 걸었을 때에야 흠칫 놀라며 깨어났다.

"친구 사이엔 거짓말을 해." 나직하게 말했는데도 방 안 가득 내 음성이 울려 퍼졌다. 이제 내 목소리는 더 낮았고 나이가 들면 심해지는 쇳소리까지 섞여 있었다. "연인 사이도 마찬가지고. 하지만 신뢰란 다시 쌓을 수 있지. 넌 내 친구야, 샤하르. 그걸 잊는 게 아니었는데." 샤하르는 아무 말도 하지 않았다. 나는 한숨을 쉬고는 어깨를 으쓱했다. "난 개자식이야, 뭘 기대했는데?"

계속되는 침묵. 나는 샤하르의 어깨가 굳어 있는 것을 보았다. 그녀가 가슴 앞에 팔짱을 끼었다. 여자들이 우는 모습을 워낙 많이 봤던 까닭에 그게 경고의 신호라는 걸 알 수 있었다. 그래서 자리를 뜨기로 결심했다. 하지만 막 문 앞에 이르렀을 때, 목소리가 들렸다. "그래, 친구."

나는 걸음을 멈추고 돌아보았다. 샤하르가 오른손을 들어 올리고 있었다. 오래전, 우리가 서약을 맺었을 때 내 손을 잡았던 손이었다. 나는 엄지손가락으로 왠지 따끔거리는 손바닥을 문지르며 미소 지었다.

"친구." 손을 위로 들어 올리며 말했다. 그러고는 눈에 뭐가 들어간 것 같아서 서둘러 방을 나왔다. 아마 먼지일 거다. 앞으론 조심해야겠다. 노인들은 눈 관리를 잘 해야 한다.

22장

……그리고 그들은 모두 오래오래 행복하게 살았습니다.
끝.

대혼돈이 하늘에 뜬 태양이 작아 보일 정도로 거대해졌을 때도 세상은 놀랍도록 조용했다. 이럴 거라고는 전혀 예상하지 못했다. 인간이 짐승과 다른 점이라곤 몇 개의 언어와 기이한 행동을 할 수 있다는 것뿐이며, 위험이 닥쳤을 때 당황해 날뛰는 건 모든 짐승의 본성인데 말이다.

물론 짐승처럼 행동하는 이들도 있었다. 약탈은 일어나지 않았다. 교단수호자들은 늘 그렇듯 도둑을 신속하게 처리했다. 하지만 방화와 공공기물 파손은 꽤 빈번히 벌어졌는데, 필멸자들이 절망감을 표출하는 방법 중 하나가 재산 손괴였기 때문이다. 그리고 물론 폭력 사태도 많았다. 가부장주의가 강한 한 국가에서는 남자들이 아내와 자식들을 죽이고 자살하는 사건이 너무 많아서 결국에는 내 자매 하나가 개입하기에 이르렀다. 그녀는 낙엽을 주위에 흩날리며 수도에 나타나 그런 살인자들이 있으면 그 영혼을 직접 무한지옥 중 최악의 지옥으로 데려가겠다고 선언했다. 이후 살인은 완전히 멈추지는 않았지만 적어도 빈도는 감소했다.

하지만 이 모든 일은 실제로 일어날 수 있었던 일에 비하면 아무것도 아니었다. 내가 예상한 건…… 모르겠다. 집단 자살. 식인. 광명의 시대의 완전한 붕괴.

대신에 샤하르는 테마의 데이터네이 칸루와 혼인을 했다. 예식을 준비할 시간이 부족했기 때문에 혼인식은 비공개로 소박하게 치러졌다. 내가 꼬드긴 덕에 샤하르는 데카에게 일등 필경사로서 의식을 집행해 달라고 부탁했고, 역시 내가 유도한 덕에 데카도 그렇게 하겠다고 대답했다. 사과의 말은 오가지 않았다. 둘 다 아라메리였으니까. 하지만 나는 샤하르가 깊이 뉘우치는 것을 보았고, 데카가 그녀를 용서하는 것을 보았다. 그런 다음 샤하르는 이템파스 교단을 시켜 마을 알리미와 새 소식 전달자와 두루마리를 이용해 혼인에 대한 소식을 널리 퍼트렸다. 그녀는 자신의 행동을 통해 사람들에게 메시지를 전달하길 원했다. 나는 우리에게 미래가 존재할 것이라 믿습니다.

칸루가 결혼에 흔쾌히 동의한 것은 아마 그녀를 어느 정도 사랑하고 있기 때문일 것이다. 샤하르…… 음, 샤하르는 나를 사랑하는 것을 결코 그만두지 않았지만 한편으로는 진심으로 칸루를 좋아했다. 우리 모두는 각자가 원하는 형태로 위안을 찾았다.

나는 데카의 품에서 밤을 보내며 내 행운에 겸허히 감사했다.

그렇게 세상은 계속되었다.

세상이 끝날 때까지.

*

　우리는 마지막 날 새벽에 모였다. 아라메리 가문과 테마 및 다른 국가에서 온 주요 명사들, 그림자에 살던 서민들, 아하드와 글리, 네머, 그리고 신계로 떠나지 않고 남은 몇몇 소격신까지. 나선부는 하늘궁만큼 높진 않아도 다른 어떤 곳보다 상황을 지켜보기 좋은 장소였다. 그곳에서 올려다본 하늘은 끔찍하고도 경외심을 불러일으켰다. 휘휘 소용돌이치며 일렁이는 투명한 공간이 하늘의 절반 이상을 먹어 치웠다. 아침에 태양이 떠올라 그 변화의 공간에 들어서자 형상이 흉측하게 일그러졌다. 햇볕이 모닥불처럼 우리의 피부 위에서 아른거렸다. 환상이 아니었다. 우리는 정말로 있는 그대로를 보고 있었다. 각도나 거리 따위는 상관없었다. 템파의 물리학과 시간의 법칙조차 대혼돈의 존재로 인해 왜곡되었기 때문이다. 그래서 우리는 태양이 갈가리 찢겨 그 거대한 목구멍 속으로 빨려 들어가 느리고 고통스러운 종말을 맞이하는 모습을 지켜보았다. 한동안은 빛이 남아 있겠지만 언젠가는 어떤 필멸자도 본 적 없는 어둠이 다가올 것이다. 우리가 그걸 볼 수 있을 만큼 오래 버틸 수만 있다면.
　나는 데카의 손을 잡고 나란히 서서 그 광경을 지켜보았다. 우리는 두렵지 않았다.
　그때 나선부에 있는 해초밭 중앙에서 놀란 탄성이 터져 나왔다. 출렁이는 바다풀 사이로 나하도스와 예이네가 나타났다. 모여 있던 사람들이 비틀거리며 뒤로 물러났고 몇몇은 재빨리 무릎을 꿇거나 흐느끼거나 그들의 이름을 부르짖었다. 그러나 아무도 그들을 말리지 않았다. 희망은 죄가 아니었기에.

나는 데카를 끌고 사람들을 헤치며 그들에게 다가갔다. 나하도스와 예이네 사이에 이템파스가 있었다. 그들이 그를 데려왔다. 세 주신은 엄숙한 표정을 짓고 있었지만 아무런 이유 없이 여기 나타났을 리가 없다. 나하도스는 목적 없이 행동할 수 있어도 예이네는 그렇지 않은 경향이 있었고, 이템파스는 그럴 리가 없었다.

내가 다가가자 그들이 나를 돌아보았다. 그 순간 나는 확신했다. "당신들 계획이 있구나." 나는 데카의 손을 힘주어 쥐며 말했다.

세 주신이 서로의 얼굴을 마주 보았다. 그들의 뒤쪽에서 샤하르가 앞으로 나서는 게 보였다. 그녀의 뒤를 따라 칸루도 모습을 드러냈다. 그는 자리에 멈춰 서서 경외감으로 가득 찬 얼굴로 주신들을 바라보았다. 샤하르가 주먹을 꽉 쥔 채 점점 가까이 다가왔다.

이템파스가 내 쪽으로 고개를 기울이며 말했다. "그렇다."

"뭔데?"

"죽음."

만약 내가 무수한 영겁의 세월 동안 그의 이런 태도를 참아 오지 않았더라면 그 순간 빽 고함을 질렀을 것이다. "좀 더 구체적으로 말해 주면 안 돼?"

이템파스의 입꼬리가 희미하게 움찔거렸다. "칼이 대혼돈을 부른 건 그것과 하나가 되기 위해서다. 대혼돈을 자신 안에 받아들이고 그 힘을 이용해 주신이 되고자 한다면 직접 모습을 드러내야 하지. 우린 그를 죽이고 그 대신 새로운 권능이 탄생할 공백을 대혼돈에 내줄 거다." 이템파스가 양손을 옆으로 펼치며 스스로를 암시했다.

나는 숨을 삼켰다. 무슨 뜻인지 깨닫고 겁에 질렸다. "안 돼, 템파. 당신은 대혼돈에서 태어났잖아. 거기로 돌아간다는 건……"

"내 선택이다, 시에." 이템파스의 목소리가 단호하게, 하지만 안심시키듯이 내 말을 잘랐다. "이건 내 본성이 요구하는 운명이다. 칼이 '그것'을 소환한 뒤부터 계속 가능성을 느끼고 있었다. 예이네와 나하도스도 확인해 주었고." 그 뒤에 서 있는 예이네의 표정은 의미를 읽을 수 없으리만큼 평온했다. 나하도스도…… 거의 비슷했다. 하지만 자제심은 그의 본성이 아니었다. 그는 불안감을 완전히 감추지 못했다. 적어도 나한테는 그랬다.

나는 이템파스를 노려보았다. "이게 뭐 하자는 짓거리야? 속죄를 위한 형편없는 시도? 백 년도 전에 말했잖아, 이 고집 센 바보야. 당신의 죄는 아무것으로도 보상할 수 없다니까? 그리고 당신이 죽으면 모든 게 다 끝나 버릴 텐데 자기를 희생해 봤자 그게 뭔 소용이야?"

"대혼돈은 칼의 목적이 달성되면 더 이상 접근하지 않을 거다. 이 경우에 그 목적이란 새로운 신의 탄생이지. 우리는 새로운 주신이 취할 형태가 그릇의 본성과 의지에 달려 있다고 믿는다." 이템파스가 어깨를 으쓱했다. "새로 창조된 것이 나를 대체할 수 있을지는 곧 알게 되겠지."

내가 뒤로 비틀거리자 데카가 걱정스런 얼굴로 내 어깨에 손을 얹었다. 그것은 예이네를 새로운 에네파로 만들어 낸 것과 같은 힘과 의지의 결합이 될 것이다. 하지만 예이네의 탄생이 우발적이라고는 하기 힘든 일련의 우연이 겹친 통제되지 않은 결과였다면 이번에 이템파스는 그것과 비슷한 사건을 의도적으로 통제할 수 있길 바라고 있었다. 그러나 그의 자리를 대신에 어떤 신이 창조되든, 새로 탄생한 신이 아무리 보수적이고 변화를 싫어하든, 이템파스는 죽을 것이다.

"안 돼." 나는 온몸이 떨렸다. "그러면 안 돼."

"그게 유일한 해결 방법이야, 시에." 예이네가 말했다.

나는 이미 결심을 굳힌 두 주신을 바라보았다. 지금 내가 느끼는 감정이 뭔지 알 수가 없었다. 얼마 전이었다면 나는 쌍수를 들고 새로운 이템파스가 탄생한다는 생각을 환영했을 것이다. 사실은 지금도 다소 혹하는 마음이 있었다. 왜냐하면 나는 그를 용서했을 수도 있고 여전히 사랑할 수도 있지만, 그가 우리 가족에게 한 짓만은 영원토록 잊지 못할 것이기 때문이다. 우리는 결코 예전처럼 돌아갈 수 없을 것이다. 그러니 차라리 새로운 아버지를 만들어 처음부터 다시 시작하는 게 쉽고 깔끔하지 않을까? 이템파스 역시 어느 정도는 거기 마음이 끌렸을 것이다. 그는 깔끔한 걸 좋아하니까.

나는 뭔가를 기대하며 나하도스를 돌아보았다. 뭘 기대했는지는 모른다. 하지만 빌어먹을 나하도스 자식은 우리한테 전혀 관심이 없었다. 그는 고개를 돌려 소용돌이치는 하늘을 응시하고 있었다. 그의 존재감을 드러내는 검고 꿈틀거리는 기운이 느릿느릿 돌며 춤추고 있었다. 점점 더 높이, 점점 더 강하게. 대혼돈을 향해.

잠깐—

놀라움이 두려움으로 구체화되려는 순간, 때맞춰 이템파스가 나하도스의 이름을 날카롭게 불렀다. 놀란 예이네가 두 형제를 향해 눈살을 찌푸렸다. 얼굴에 의아해하는 기색이 스쳐 지나가더니 잠시 후 그녀의 눈이 커다랬졌다. 하지만 나하는 우리를 놀라게 하는 게 재미있다는 듯 미소 지을 뿐이었다. 그는 여전히 시선을 떼지 않고 대혼돈을 응시했다. 마치 그것이 필멸계에서 가장 아름다운 광경인 양.

"어쩌면 아무것도 하지 말아야 할지도." 나하도스가 말했다. "세상은 죽는다. 신도 죽는다. 어쩌면 모든 걸 내려놓고 새로 시작해야 할지도 모르지."

새로 시작한다. 스멀스멀 움직이는 나하의 어둠 위로 나와 예이네의 눈이 마주쳤다. 내 어깨를 잡고 있는 데카의 손에 힘이 들어갔다. 무슨 뜻인지 그도 이해한 것이다. 불안정하게 떨리는 나하도스의 슬픈 목소리. 그의 형상이 대혼돈의 섭동과 함께, 그 끔찍한 혼란의 노래와 공명하며 빠른 속도로 쉼 없이 바뀌고 변화했다.

그러나 나하도스를 향해 한 발짝 다가간 이템파스의 얼굴에는 두려움이 전혀 없었다. 사실 그는 웃고 있었다. 나는 경탄했다. 필멸의 육신에 갇혀 있건만, 신기하게도 이템파스의 미소에는 과거에 그가 가졌던 모든 권능이 담겨 있었다. 나하도스도 이에 반응했다. 그가 시선을 낮춰 이템파스를 마주했다. 그의 얼굴에서 미소가 사라졌다.

"어쩌면 그래야 할지도 모르지." 이템파스가 말했다. "망가진 것을 고치는 것보다 더 쉬울 테니까."

허공에서 꿈틀대던 나하도스의 물질이 움직임을 멈췄다. 이템파스가 나하도스에게 가까이 다가가자 그에게 길을 내주듯 검은 기운이 물러났지만 동시에 안쪽으로 둥글게 휘어지며 날카롭고 거대한 불규칙한 칼날처럼 변했다. 아무 힘도 없는 이템파스의 연약한 살점을 언제든 물어뜯을 준비가 되어 있는 무시무시한 입처럼. 이템파스는 그런 노골적인 위협을 무시하고 계속 전진했고, 마침내 나하도스의 앞에 멈춰 섰다.

뒤쪽에서는 글리가 눈을 크게 뜬 채 굳어 있었다. 나는 숨을 죽였다.

"나와 함께 죽겠느냐, 나하도스?" 이템파스의 목소리는 낮았지만 그 울림은 컸다. 우리 모두에게 그의 목소리가 닿았다. 심지어 점점 더 부풀고 있는 일그러지고 째진 대혼돈의 비명 소리를 뚫고도 들려왔다. "그게 네가 바라는 건가?"

그들 뒤쪽에서 예이네의 얼굴이 굳는 것을 본 것은 아마 나 하나뿐일 것이다. 하지만 그녀는 아무 말도 하지 않았다. 템파가 엮은 주문이 얼마나 섬세한지는 누구나 알 수 있었다. 그저 말에 불과했기에 연약했으며 깨지기도 쉬웠다. 그에게는 마법이 없었다. 이 전투에 사용할 무기가 아무것도 없었다. 오직 둘 사이의 과거뿐이었다. 좋았던 것이든 나빴던 것이든.

나하도스는 대답하지 않았다. 하지만 그럴 필요가 없었다. 그에게는 오로지 목숨을 빼앗기로 결심했을 때만 착용하는 얼굴이 있었다. 그 얼굴은 아름다웠지만(파괴는 그의 본성이 아니라 그저 그가 탐닉하는 예술일 뿐이다.) 필멸자의 상태에서 그 얼굴을 봤다간 죽고 싶어질 터이기에 나는 이템파스의 등판만 뚫어져라 주시했다. 하지만 신기하게도 템파는 필멸자의 껍데기를 입고도 나하가 지닌 최악의 얼굴을 견뎌 냈다.

템파가 아주 부드럽게 말했다. "새로운 신은 너희 둘에게 족하리라 장담하마."

그러더니 그가 두 손을 들어 올려(나는 경고의 말을 뱉지 않으려고 혀를 깨물어야 했다.) 나하도스의 얼굴을 감싸 쥐었다. 나는 그의 손가락이 잘려 나갈 것이라고 생각했다. 나하를 둘러싸고 있는 검고 깊은 기운이 살기를 띠면서 공중에 눈송이가 흩날리고 그들의 발밑 대지에는 금이 가기 시작했기 때문이다. 이템파스는 지금 고통스러울 것이다. 그 둘은 항상 서로를 상처입혔다. 하지만 그럼에도 이템파스가 몸을 기울여 나하도스에게 입을 맞추는 것을 막지는 못했다.

나하도스는 키스를 되돌려주지 않았다. 이템파스는 바위에 입맞춤을 하는 것이나 마찬가지였다. 하지만 그 일이 일어났다는 사실, 나하도스가 그러도록 내버려 뒀다는 사실, 그리고 이것이 이템파스의 작별인사라는 사실이 그 광경을 숭고하게 했다.

(나는 주먹을 불끈 쥐고 눈물을 참았다. 이런 걸 보고 감상적으로 굴기엔 너무 늦었다고, 젠장.)

이템파스가 얼굴을 뗐다. 그는 명백히 슬퍼하고 있었다. 하지만 그가 나하도스의 얼굴을 감싸 쥐고 거기에 가만히 서 있었을 때, 나하가 그에게 무언가를 보여 주었다. 내겐 보이지 않았지만 뭔지 짐작은 갔다. 왜냐하면 나하에게는 사랑할 때만 보여 주는 얼굴도 따로 있었기 때문이다. 나는 그가 이템파스를 위해 만든 얼굴을 한 번도 본 적이 없었다. 이템파스는 나하의 사랑을 두고 행동할 때면 늘 그랬듯 질투심에 그 얼굴을 아무에게도 허락하지 않았다. 하지만 나하가 무엇을 보여 주었는지는 몰라도, 이템파스는 숨을 크게 들이켜며 마치 나하가 그에게 마지막으로 끔찍한 일격이라도 날린 듯 두 눈을 질끈 감았다.

이템파스가 뒤로 물러났다. 그의 손이 아래로 툭 떨어졌고 나하도스의 얼굴은 평소처럼 변화무쌍한 성질을 되찾았다. 나하도스가 우리 모두에게 등을 돌리며 돌아섰다. 그의 망토가 급격히 오므라들어 어둡고 단단한 껍데기처럼 그를 에워쌌다. 마치 이템파스가 이 자리에 존재하지도 않는 것처럼.

하지만 나하는 다시 하늘을 올려다보지 않았다.

이템파스가 평정을 되찾고 예이네를 향해 고개를 끄덕였다. 그녀는 그를 한참 동안 진중하게 살펴보더니 결국 고개를 끄덕여 화답했다. 나는 참고 있던 숨을 내뱉었고 데카도 그랬다. 아마 대혼란조차도 그 순간만큼은 조용했던 것 같았지만, 아마 내 상상에 불과할 것이다.

하지만 내가 안도감과 슬픔을 소화하기도 전에 나하도스의 머리가 위로 홱 젖혀졌다. 대혼돈을 바라보는 게 아니었다. 그의 검은 오라가 더욱 검게 빛났다.

"칼." 그가 내뱉었다.

저 높은 곳, 그가 세계수를 쓰러뜨렸을 때 있었던 바로 그 자리에 대혼돈처럼 떨며 일렁이는 마법에 둘러싸인 작은 형체가 나타났다.

하지만 뭘 생각하기도 전에 예이네가 내뿜은 용광로처럼 뜨겁고 격한 기운에 휩쓸려 바닥에 쓰러질 뻔했다. 그녀는 행동 같은 것으로 시간을 낭비하지도 않았다. 그저 공기 자체에 생명의 부정(不定)을 실어 보냈을 뿐이다. 나도 모르게 몸이 움츠러들었다. 죽음이 칼을 덮치는 순간—

—내 아들, 아무도 알지 못하고 누구도 원한 적 없으며 아무도 애도하지 않는 내 아들. 할 수만 있다면 내가 가르치고 보호했을, 선택의 기회만 있었다면 기꺼워하며 받아들였을 내 아들—

—은 죽지 않았다. 아무 일도 일어나지 않았다.

나하도스가 잇새로 위협적인 소리를 내뱉었다. 그의 얼굴이 파충류처럼 경련했다. "가면이 그를 보호하고 있다. 그는 이 현실 바깥에 있어."

"죽음은 모든 현실에 존재해." 예이네가 이렇게 살벌하게 말하는 건 처음 들었다.

우리의 아래, 그리고 주변에서 동요가 일었다. 마을에 사는 인간들이 또 다른 대재앙의 도래를 마주해 절규했다. 지금 무슨 일이 일어나고 있는지 안다고 생각했던 나도 더는 알 수가 없었다. 발밑의 대지가 예이네의 증오에 화답하며 들썩였다. 행성 전체가 그녀의 적에게 맹렬히 맞서 싸우는 우람한 호위병으로 변했다. 예이네가 두 손을 펼치고 몸을 낮게 숙였다. 느슨한 곱슬머리가 다른 이들은 느끼지 못하는 강풍에 흩날리고, 칼에게 못 박힌 시선은 오래전에 죽어 버린 것처럼 차갑고 냉랭했다.

내 아들. 하지만—

나하도스의 얼굴은 밝고 환희에 가득 차 있었다. 예이네의 힘이 거세게 끓어올라 자신과 반하는 본성에 밀려 뒤로 물러나면서도 웃음을 터트렸다. 심지어 이템파스마저 갈망과 자부심이 뒤섞인 눈빛으로 예이네를 바라보고 있었다.

당연한 일이었다. 셋이 화해하는 것은 내가 늘 바랐던 일이었다. 하지만—

내 아들을 죽이기 위해서?

아니야. 그건 내가 원한 게 아니다.

데카가 나를 슬쩍 쳐다봤다가 퍼뜩 놀라며 내 손을 붙잡았다. "시에!" 나는 얼굴을 찡그렸다. 그가 머리카락 한 줌을 쥐어 내게 보여 주었다. 원래 나는 갈색머리에 흰머리가 조금 섞여 있었는데 지금은 거의 완전히 하얗게 세어 있었다. 남아 있던 몇 안 되는 갈색 가닥마저 내가 보는 앞에서 점차 색을 잃어 갔다. 길이도 더 길어졌다.

눈을 들어 데카를 쳐다보았다. 그의 눈에 두려움이 가득 고여 있었다. "미안해." 진심이었다. 하지만…… "난 형편없는 아버지가 되고 싶지 않아, 데카. 나는……"

"하지 마." 데카가 내 팔을 붙잡았다. "말하지 마. 그자에 대해서는 생각도 하지 마. 지금 넌 스스로를 죽이고 있어, 시에."

정말로 그랬다. 하지만 어차피 일어날 일이었다. 빌어먹을 에네

파. 나는 내가 하고 싶은 대로 생각하고, 있는지도 몰랐던 아들을 위해 원하는 만큼 애도할 것이다. 내 목덜미에 그의 손가락이 닿았던 게 기억난다. 할 수만 있었다면 그 애는 나를 용서했을 것이다. 용서라는 게 그의 본성에 반하지만 않았다면, 내 나약함 때문에 그토록 많은 고통을 겪지만 않았다면. 그가 이렇게 된 건 전부 다 내 잘못이다.

공기가 빈자리로 밀려드는 날카로운 소리와 함께 돌연 예이네의 모습이 사라졌다. 그다음에 무슨 일이 있었는지는 모른다. 내 눈은 더 이상 예전 같지 않고 백내장도 있었으니까. 하지만 저 높은 곳에서 또다시 공기가 갈라지는 듯한 우렁찬 굉음이 울려 퍼지자 나하도스가 몸을 굳혔다. 그의 얼굴에서 미소가 사라졌다. 이템파스가 주먹을 쥐며 재빨리 그 옆에 다가가 붙었다. "안 돼." 그가 내뱉었다.

"안 돼." 나하도스가 따라 하듯 같은 말을 되풀이하더니 다음 순간 검은 그림자의 깜박임과 함께 그의 모습도 자취를 감췄다.

"어떻게 된 거야?" 내가 물었다.

데카가 눈을 가늘게 뜨고 바라보다 고개를 내저었다. "칼이야. 하지만 말도 안 돼. 신이여, 어떻게 그가……" 데카가 숨을 몰아쉬었다. "예이네가 쓰러졌어. 그리고 이젠 나하도스까지……"

"뭐?"

하지만 생각할 틈도 없었다. 나하도스와 예이네가 있던 공간이 새롭게 채워지면서 우리 모두 바닥에 무릎을 꿇으며 털썩 쓰러졌다.

칼이 신의 가면을 쓰고 있었다. 그리고 거기서 발산되는 힘은 내 평생 경험해 본 중 최악이었다. 심지어 이템파스가 나를 강제로 필멸자의 육신에 집어넣었을 때도 이 정도는 아니었다. 그땐 마치 내 모든 팔다리를 꺾어 좁은 파이프 속에 욱여넣은 느낌이 었는데도 말이다. 어머니의 주검을 봤을 때보다도, 예이네가 필멸자로서 죽음을 맞이했을 때보다도 더욱 끔찍했다. 피부에 소름이 돋고 뼈마디가 욱신거렸다. 주변에서 사람들이 쓰러지며 비명을 지르는 소리가 들렸다. 그 가면은 잘못되었다. 신을 흉내 낸 모조품, 존재 자체에 대한 모욕이자 이물질. 아직 불완전한 형태였을 때는 오직 신들만이 그 부정함을 느낄 수 있었으나 이제 신의 가면은 필멸자와 불멸자를 막론하고 대혼돈의 모든 자식들에게 그 간악함을 뿜어냈다.

데카가 내 옆에서 신음하며 마법어를 말하려 했지만 소리를 제대로 내뱉지도 못했다. 나는 무릎을 꿇은 자세로 버티려고 애썼다. 차라리 나동그라져 죽어 버리면 훨씬 편할 텐데. 하지만 칼이 이템파스를 향해 한 발짝 내딛는 순간, 나는 부들부들 떨면서도 기를 쓰고 고개를 쳐들었다.

"원래 내 선택은 당신이 아니었어." 칼의 목소리가 떨렸다. "원래 내 복수 대상은 에네파였지. 난 사실 그녀를 죽여 준 데 대해 당신에게 감사하고 있어. 하지만 지금 세 주신 중 가장 죽이기 쉬운 상대는 당신이야." 칼이 한 걸음 더 다가가 이템파스의 얼굴을 향해 손을 뻗었다. "미안해."

이템파스는 뒤로 밀려나지도 땅바닥에 쓰러지지도 않았다. 하지만 나는 칼이 휘두르는 힘의 파동이 그를 짓누르는 것을 볼 수 있었다. 이템파스는 말 그대로 온 힘을 다해 꼿꼿이 버텨 내고 있었다. 저게 바로 내 빛의 아버지다. 만일 그의 본성이 자존심이었다면 이 우주에 존재하는 어떤 힘도 그를 꺾지 못했을 것이다.

"멈춰." 속삭였지만 아무도 내 목소리를 듣지 못했다.

"멈춰." 다른 목소리가 말했다. 크고, 날카롭고, 매서운 목소리였다.

글리.

내 처참해진 시력으로도 그녀의 모습이 보였다. 곧고 당당하게 서 있는 그녀의 주위로 창백하고 희미한 후광이 둘러싸고 있었다. 빛이 만들어 낸 눈속임 같은 게 아니었다. 하늘이 흐려지고 남쪽 하늘에서 먹구름이 피어오르고 거센 바람이 몰아치기 시작하자 그 모습이 더욱 뚜렷이 보였다. 구름이 간혹 갈라질 때만 제외하면 대혼돈도 더는 눈에 보이지 않았다. 들리는 건 소리뿐이었다. 점점 더 크게 들려오는 희미하고 둔탁한 포효. 예이네가 대지를 흔들 때보다 더 깊은 진동이 느껴졌다. 몇 시간. 몇 분. 언제 도착할지 알 수가 없었다. 죽음이 눈앞에 닥쳤을 때나 알게 되겠지.

칼을 마주하고도 한 발짝도 물러나지 않던 이템파스가 고개를 돌려 딸을 발견하고는 휘청거렸다. 그 순간 글리의 눈에 무수한 것들이 떠올랐지만 나는 황혼 녘 태양과도 같은 어둡고 불길한 불씨처럼 이글거리는 눈동자 그 자체를 들여다보느라 미처 알아채지도 못했다.

칼이 멈칫했다. 신의 가면을 쓴 얼굴이 살짝 글리를 향해 돌아갔다. "원하는 게 뭐지, 필멸자?"

"널 죽이는 것." 다음 순간 글리가 새하얗게 작열하는 화염으로 불타올랐다.

가까운 곳에 있던 필멸자들이 모두 비명을 질렀고 어떤 이들은 계단참으로 도망갔다. 이템파스가 두 팔을 치켜들며 뒤로 튕겨 날아갔다. 글리의 옆에 있던 아하드가 외마디 비명을 지르며 순간 사라졌다가 다시 내 옆에 나타났다. 심지어 칼마저 비틀거렸고 그의 주변을 맴도는 흐릿한 기운도 글리가 내뿜는 순수한 빛과 열기에 길을 터 주었다. 3미터 넘게 떨어져 있는 여기서도 그녀가 내뿜는 열기에 피부가 바싹 마르는 게 느껴졌다. 그보다 더 가까이 있던 이들은 화상을 입었을 것이다. 그리고 글리 자신은……

불길이 사그라들었을 때, 나는 저도 모르게 경탄했다. 온통 새하얀 모습의 그녀가 거기 서 있었다. 치마, 재킷, 오, 신이여, 심지어 머리카락마저도. 글리를 에워싸고 있는 빛이 너무도 밝아 눈을 뜨고 쳐다볼 수가 없었다. 눈물을 질질 흘리며 눈을 가늘게 좁히고는 손바닥으로 이마에 차양을 만들어야 했다. 공중에, 그리고 그녀의 손에 단어들로 만들어진 둥근 고리가 힐끗 보이는 것 같다는 생각이 들었다…… 하지만 아냐. 그럴 리가 없었다.

글리의 손에 이템파스가 나하도스의 혼돈을 쪼개고 태초의 우주에 설계와 구조를 부여할 때 사용한 하얀 날의 검이 들려 있다. 검에는 이름이 있었지만 그 이름을 아는 것은 오직 이템파스뿐이었다. 이템파스 외에는 누구도 그것을 휘두를 수 없었다. 젠장, 누구도 저 저주받을 물건에 가까이 다가갈 수조차 없었다. 하지만 지금 이템파스의 딸이 그 검을 양손에 쥐고 있었고, 그녀가 그것을 사용하는 법을 알고 있다는 데에는 의심의 여지가 없었다.

칼도 그것을 봤다. 가면의 눈구멍 안에서 그의 눈이 커다래졌다. 당연히 두려울 것이다. 그는 만물의 질서를 어지럽히고, 대혼돈을 속하지 않는 곳으로 가져왔으며, 소유할 자격이 없는 힘을 요구하고 있었다. 힘겨루기를 한다면 나하도스와 예이네를 상대로도 버틸 수 있었지만 신에게는 힘보다 더 중요한 것이 있다.

"통제해라." 이템파스는 딸에게 조언을 해 주고 싶어 안달이 난 나머지 최대한 가까이 다가갔다. "명심해, 글리. 아니면 권능에 잡아먹힐 거다."

"명심할게요."

글리의 모습이 사라졌다. 칼도 사라졌다. 나선부의 바다풀 초원 위에 붉고 길게 파인 불탄 흔적만을 남기고.

그리고 그 자국이 향한 방향으로 수평선을 가로질러 두 개의 선이 전투에 합류하기 위해 날아올랐다. 나하도스와 예이네였다.

나는 무겁게 짓누르던 칼의 힘이 사라지자마자 벌떡 일어났다. 누군가 깨진 유리 조각을 찔러 넣기라도 한 것처럼 무릎 관절이 지끈거렸다. 통증을 무시하고 데카를 질질 끌고 아하드에게 향했다. "서둘러." 그러고는 두 사람에게 말했다.

아하드가 점점 줄어들어 결국 작게 빛나는 점이 된 연인에게서 시선을 뗐다. 머나먼 어딘가에서 어둠의 힘으로 만들어진 원반들이 회전해 날아 올라 한 점을 강타했다. 대지에서 거대하고 들쑥날쑥한 바위 손가락이 솟아나 수십 미터 높이로 솟구쳤다. 제2의

신들의 전쟁이 발발한 것이다. 그것은 경이로운 광경이었다. 다만 이번에는 단순히 필멸계만 폐허가 되는 게 아니라 그보다 훨씬 많은 것이 걸려 있었다.

나는 약간 넋이 나가 있는 듯한 아하드의 팔을 붙잡았다. "왜?"

"이템파스를 구하게 도와줘." 내가 말했다. 아하드가 아무 말 없이 물끄러미 쳐다보고만 있길래 늘어 빠진 주먹으로 그의 갈비뼈를 툭 쳤다. 그가 나를 째려보았다. 나는 그에게 얼굴을 바짝 들이대며 소리쳤다. "정신 차려! 우리도 가 봐야 해. 저렇게 강력한 힘이라면 글리도 오래 못 버텨. 나하도스와 예이네가 칼을 저지할 수 있으면 좋지만, 제발 그러길 기도하고 싶지만, 만일 실패하면 다시 여기로 올 거라고." 나는 두 주먹을 불끈 쥔 채 글리에게서 시선을 떼지 못하는 이템파스를 가리켰다.

드디어 아하드가 상황을 이해했는지 내 팔을 잡았다. 나는 데카를 안았다. 눈을 깜박한 순간 우리는 공간을 이동해 있었고, 이번에는 아하드가 이템파스의 팔을 붙잡았다. 이템파스는 놀란 듯 보였지만 아하드보다 이해가 빨랐다. 그는 저항하지 않았다. 아하드가 얼굴을 찌푸렸다. "놈이 우릴 찾지 못하게 하려면 어디로 가야 하지?"

나는 거의 울부짖다시피 소리쳤다. "아무 데나, 아무 데나, 이 멍청아!" 이 행성은 죽을 것이다. 모든 현실이 흔들리기 시작했고 대혼돈이 현실의 구성 요소에 뚫어 놓은 깊은 상처에서는 피가 줄줄 흐르고 있었다. 우리가 할 수 있는 일은 칼이 따라오지 못하길 기도하며 어디로든 도망치는 것뿐이었다. 하지만 만약 그에게 잡힌다면……"신이여, 제발 네 본성을 찾았다고 말해 줘."

아하드의 표정이 지나치게 무감해졌다. "아니."

"악마똥 같은 바라키스카프라……" 등 뒤에서 뭔가 빠르게 지나가는 소리가 들렸다. 점점 불어나고 있는 대혼돈의 포효보다도 더 큰 소리였다. 데카가 재빨리 몸을 돌려 내가 방금 멍청하게도 세상에 풀어 놓은 것들을 없애는 명령어를 외쳤다. 소리가 사라졌다. 데카가 나를 노려보았다. "미안." 내가 중얼거렸다.

"아무 데나." 아하드가 중얼거렸다. 그는 우리를 보고 있지 않았다. 수평선 너머로 하얗고 둥그스름한 것이 태양처럼 밝게 피어나고 있었다. 아아, 저 멋진 악마에게 환호성이라도 질러 주고 싶었지만 마음을 놓기에 그 빛 덩어리는 너무 금세 사라져 버렸고 바로 그때 아하드가 우리를 데리고 다른 곳으로 이동했다.

아하드가 워낙 정신을 놓고 있었으니 여기가 종착지가 되리라는 걸 짐작했어야 했는데. 세상이 다시 주위에 나타났을 때, 우리는 굴러다니는 하얀 돌덩어리와 찢어진 침대 시트, 깨진 향수병, 뒤집힌 변기 등 일상의 잔해로 어질러진 들판에 서 있었다. 머리 위 높은 곳에는 부러지고 시들어 죽은 집채만 한 나뭇가지가 드리워져 있었다.

"하늘궁?" 나는 손에 지팡이가 들려 있었다면 좋겠다고 생각하며 아하드에게 벌컥 화를 냈다. 저 위에서 점점 고조되고 있는 불협화음을 뚫고 내 목소리를 그의 귀에 닿게 하려면 악을 써야 했지만 그래도 상관없었다. 나는 머리끝까지 화가 나 있었으니까. "우릴 지금 하늘궁으로 데려온 거야, 이 멍청한 악마 새끼야? 대체 뭔 생각인데?"

"나는……"

아하드가 뭐라고 변명하려 했는지는 몰라도 그의 말꼬리가 잦아들더니 눈이 커다래졌다. 번개처럼 몸을 돌려 북쪽을 바라보았다. 다음 순간, 우리는 모두 보았다. 무정형의 거대한 검은 얼룩이 희미해지고 그와 대조적으로 작은 별이 밝게 타오르고 있었다.

별이 추락하더니 깜박거리며 우리의 시야에서 사라졌다.

아하드가 떨리는 숨을 크게 들이켰다. 주변의 공기가 마치 멍이 든 듯한 색깔로 변했다. 그의 입에서 터져 나온 소리는 인간의 말이라기보다는 미쳐 버린 짐승이 울부짖는 소리에 가까웠다. 다음 순간 그는 뭔가 다른 것이 되었다. 형체도 없는 불가능한 것. 그의 주위로 일광석 더미와 세계수 파편, 그리고 공기 자체가 격렬하게 용솟음치면서 우리의 몸이 뒤로 튕겨 날아갔다. 그는 신이고 그의 의지는 현실을 만든다. 주변에 있는 모든 사물이 그의 명령에 따라 움직이고 있었다.

다음 순간 아하드가 사라졌다. 그리고 그 여파로 공중에 떠 있던 온갖 파편과 잔해가 바보처럼 몸을 바로 일으켜 세울 생각을 한 우리에게 쏟아져 내렸다.

나는 부서진 세계수 가지를 등에서 떼어내고 입에서는 일광석 가루를 뱉어 내며 천천히 몸을 일으켰다. 손이 아팠다. 왜 손이 아프지? 아무리 늙었어도 관절염은 앓은 적이 없는데. 하지만 또 생각해 보면, 그건 내가 상상하는 나이 듦에 불과했다. 그냥 현실이란 내가 생각한 것보다 훨씬 힘든 것인지도 모른다.

누군가의 손이 나를 붙잡고 일으켜 세워 주었다. 데카. 그가 내 몸에서 나뭇가지를 털어내고 얼굴에 붙은 머리카락을 뒤로 넘겨 주었다. 지금 내 머리카락은 허리 길이 정도였지만 백발에 가늘어서 끊어지기 쉬웠다. 아무리 나이가 들어도 머리는 계속 자랐다. 왜 대머리가 안 되는 거야? 젠장.

"짐작했어야 했는데." 나는 데카의 부축을 받으며 중얼거렸다.

"뭘?"

어느새 이템파스도 다가와 내 옆에서 도와주고 있었다. 그들 덕에 무너진 하늘궁의 울퉁불퉁하고 위태로운 잡석 더미 위로 기어올라갈 수 있었다. "저것." 이템파스가 아하드가 사라진 방향을 고갯짓으로 가리켰다. 다른 생(生)이었다면 나는 아하드가 빌려 쓴 이름을 입 밖에 내길 거부하는 그를 비웃었을 것이다. "그의 본성은 사랑과 관련이 있는 것 같다."

아하드가 자기 자신을 찾는 데 그토록 오래 걸린 것도 당연했다. 그는 지난 세기 동안 무감정이라는 정반대의 감옥에 갇혀 살았고, 수 세기 동안 하늘궁에서 겪은 고통 탓에 기회가 생겼더라도 사랑을 시도할 기회가 없었을 것이다. 하지만 글리는…… 나는 입술을 깨물었다. 어쨌든 그녀가 무사하기만을 빌었다. 새로 얻은 막내 여동생을 잃고 싶지도 않고 내 대리 아들이 슬픔을 통해 자신이 누구인지 깨닫는 것도 원치 않았다.

작은 도시만 한 돌무더기를 기어오르는 건 쉬운 일이 아니었다. 여든이 넘은 반쯤 실명한 노인네가 되다 보니 더욱 그랬다. 나는 계속 멈춰서 숨을 골라야 했고 팔다리가 마음먹은 대로 움직이지 않아 몇 번이고 아슬아슬한 위기를 넘겼다. 발목을 거의 부러뜨릴 뻔했을 때는 결국 이템파스가 내 앞에 서더니 등에 업히라고 말했다. 자존심 때문에 거절하고 싶었지만 그때 데카가, 빌어먹을 자식, 내 몸을 덥석 들어 올려 강제로 자기 등에 실었다. 나는 굴욕감을 씹으며 이템파스의 몸통에 팔다리를 감았고 그들은 내 투덜거림을 무시하고 다시 돌산을 오르기 시작했다.

대혼돈의 포효가 점점 극으로 치닫는 와중에도 우리는 대화를 나누지 않았다. 주변이 시끄럽기도 했지만 아직 희망을 품고 있었기 때문이다. 하지만 시간이 지나고 돌산을 점점 더 높이 오를수록 희망도 사라지기 시작했다. 예이네와 다른 신들이 칼을 물리칠 수 있었다면 진즉에 그랬을 것이다. 아직 우주가 존재한다는 건 두 주신이 살아 있다는 의미였다. 하지만 그것 말고는 좋은 소식이 없었다.

"어디로 가야 할까?" 데카가 우리에게 들리도록 커다란 소리로 외쳤다. 사방에서 무시무시한 굉음이 휘몰아치고 있었다. 새소리와 사람들의 고통스러운 음성, 대양의 파도 소리와 돌과 금속이 부딪치는 소리가 들렸다. 귀가 아플 정도는 아니었지만 거슬리지 않는 건 아니었다.

"내가 한 번, 어쩌면 두 번까지 이동할 수 있어." 데카가 약간 민망한 표정을 지으며 말했다. "난 신 같은 힘은 없으니까. 또……" 그가 글리가 떨어진 쪽으로 시선을 던졌다. 부디 아하드가 그녀를 구했다면 좋겠다. "하지만 어딜 가든 필멸계 안에서라면 칼이 우리를 찾아낼 거야. 만약에 그게 아니더라도……"

그때 모두가 흠칫 놀라며 고개를 들어 위쪽을 올려다보았다. 날씨와는 전혀 상관없는 이유로 구름이 끓어오르며 뒤틀리고 있었다. 대혼돈이 있어야 할 자리에 도달하면 저 거대한 폭풍도 하늘 위에서 멈출까? 아니면 대혼돈이 모든 걸 휩쓸고 지나가며 한때 행성이 있던 자리에 크고 텅 빈 공간만이 남게 될까?

그렇다면 메아리궁으로 돌아가자. 데카와 나, 샤하르가 다시 하나가 되어 저것을 막아 보는 거야. 그땐 오직 본능만으로 해냈지만…… 하지만 이런 생각을 하면서도 부질없다는 생각이 들었다. 지금은 샤하르와 데카의 갈등이 너무 커서 상황을 오히려 더 악화시킬지도 모른다. 나는 이템파스의 널찍한 어깨에 머리를 기대며 한숨을 내쉬었다. 피곤했다. 그냥 이 자리에 드러누워 죽어 버리면 모든 게 훨씬, 훨씬 간단할 텐데.

그러다 문득, 무엇을 해야 할지 알 것 같았다.

나는 고개를 쳐들었다. "템파." 그는 멈춰 서 있었다. 절대 인정하지 않겠지만 숨이 차서 그런 것 같았다. 그가 듣고 있다는 의미로 내 쪽으로 고개를 살짝 돌렸다. "죽고 나서 다시 살아나는 데 얼마나 걸려?"

"십 분에서 오십 분 정도." 그는 내가 왜 그런 걸 알고 싶어 하는지 묻지 않았다. "나를 죽음에 이르게 한 상황이 지속될수록 길어진다. 되살아나긴 하지만 그 즉시 다시 죽어 버리니까."

"그럼 그동안엔 어디에 가 있어?" 이템파스가 미간을 찌푸렸다. 주위가 워낙 시끄럽다 보니 내 말이 잘 안 들리는 모양이었다. "죽었을 때 말이야, 어디로 가?"

이템파스가 고개를 저었다. "망각 속으로."

"천국이 아니라? 지옥도 아니고?"

"둘 다 아니다. 나는 죽지 않는다. 하지만 살아 있는 상태도 아니지. 그 사이에서 떠돌 뿐이야."

내가 등에서 내려오려고 버둥거리자 그가 내려 주었다. 그 자리에서 바로 주저앉을 뻔했다. 템파의 팔 때문에 다리에 혈액 순환이 안 됐기 때문이다. 심지어 내려올 때까지 느끼지도 못하고 있었다. 데카가 나를 부축해 아마도 예전에 십만정원의 일부였을 법한 거칠거칠한 파편 위에 앉게 도와주었다. 나는 신음하며 한쪽 다리를 주물렀고, 데카에게 다른 한쪽을 맡아 달라고 고갯짓을 보냈다. 데카가 내 다리를 주무르기 시작했다.

"당신이 죽어 줬으면 해." 내 말에 템파가 한쪽 눈썹을 치켜세웠다. "잠깐이면 돼." 그러고는 목소리를 아끼기 위해 최소한의 단어만을 사용해 내 계획을 설명했다.

내 종아리를 쥔 데카의 손에 힘이 들어갔다. 하지만 그는 아무 말도 하지 않았다. 고마운 마음에 가슴이 뭉클했다. 그는 나를 믿고 있었다. 그리고 데카가 도와준다면 내 인생 최대의 속임수를 성공시킬 수 있을 것이다.

내 인생 마지막 속임수.

"부탁이야." 나는 템파에게 말했다.

그는 한참 동안 말이 없었다. 그러더니 한숨을 쉬고 고개를 한쪽으로 기울였다가 코트를 벗어 내게 건네주었다.

이템파스는 마치 매일 하는 일인 양 태연하게 주위를 둘러보더니 돌무더기 사이에 뭔가 가늘고 길게 튀어나와 있는 것을 발견했다. 바람하프 조각이었다. 사악할 정도로 뾰족한 창처럼 생긴 것이 대략 양팔 길이만큼 공중으로 삐죽 솟아 있었다. 템파는 그것을 자세히 살펴보더니 끝부분에 감겨 있는 빛바랜 헝겊 조각을 걷어 내고 양옆으로 약간 흔들어 움직일 공간을 만든 다음 옆으로 잡아 빼 원하는 각도로 조정했다. 45도 정도로 비스듬히 눕자 만족스러운 듯 고개를 끄덕이고는 그 위로 몸을 던졌다. 그의 몸뚱이가 꼬챙이에 꿰어 주르륵 아래로 미끄러지다 뼈인지 마찰력인지에 걸려 멈춰 섰다. 데카가 비명을 지르며 벌떡 일어섰지만 이미 늦어 있었다. 그도 어차피 그런 일이 일어날 거라는 걸 알았을 것이다. 그저 그런 성정이라 저도 모르게 안 된다고 외쳤을 뿐.

내가 손을 뻗어 데카의 손을 잡자 그가 나를 돌아보았다. 얼굴이 여전히 공포로 일그러져 있었다. 아라메리면서 어떻게 이렇게 완벽한 영혼을 갖고 태어날 수 있는 거지? 그걸 알고 죽을 수 있어서 다행이다. 그를 알고 죽을 수 있어서 기쁘다.

데카의 눈에서 공포심이 가시고 단호한 결단력이 그 자리를 차지했을 때, 그는 자신의 가치를 한 번 더 증명했다. 데카가 나를 일으켜 세우고 템파의 코트를 건넸다. 나는 그것을 입었다. 바람이 거센데 나는 마르고 연약한 노인네였으니까.

그때, 우리 둘 다 깜짝 놀라 고개를 들어 하늘을 올려다보았다. 흐느끼는 뿔나팔 같은 소리가 하늘을 가득 메우자 구름이 흩어지고 있었다. 머리 위 하늘 가득, 새롭고 끔찍한 신이 모습을 드러냈다. 대혼돈. 물론 우리가 지금 보고 있는 것은 '그것'의 진정한 모습은 아니었다. 대혼돈은 하나의 세계는 물론이요 이 우주에 존재하는 모든 것들보다 더욱 광대하기 때문이다. 다만 필멸계에 찾아오는 다른 모든 것들처럼 대혼돈 역시 원래의 형상과 최대한 비슷한 모습을 취하고 있을 뿐이다. 어지럽게 소용돌이치는 구름, 설탕으로 만든 사탕처럼 길게 잡아당겨 늘린 듯한 태양, 온갖 세계의 깨어진 파편들과 '그것'의 뒤를 따라다니는 부서진 달들. 부글부글 끓고 있는 '그것'의 표면 위에서 우리는 반사되어 왜곡되고 확대된 우리 자신과 주변 세계의 모습을 보았다. 우리의 얼굴은 비명을 지르고 있고 몸뚱이는 부서져 피를 흘리고 있었다.

 데카가 내게 등을 내밀며 웅크렸다. 이젠 말을 할 수도 없었다. 곧 고막도 터져 버릴 것이다. 오히려 다행이겠지. 그렇지 않으면 저 포효 소리에 미쳐서 광란에 빠질 테니까. 나는 데카의 등에 올라타 그의 목에 얼굴을 묻고, 마지막으로 그의 내음을 맡았다. 내가 감상에 빠져 있는 사이 데카가 눈을 감고 뭔가 중얼거렸다. 가슴 밑에서 그의 등에 새겨진 문양이 뜨겁게 달아올랐다가 차가워졌다.

 신은 날지 않는다. 하늘을 날려면 날개가 필요한데 그건 비효율적이다. 우리는 공중으로 도약해 공기에 들러붙는다. 누구나 할 수 있는 일이다. 그저 대부분의 필멸자가 그 방법을 배우지 못할 뿐. 여기엔 요령이 필요하다.

 데카의 첫 도약은 하마터면 우리를 대혼돈 속에 처박을 뻔했다. 나는 앓는 소리를 내며 그의 등에 꼭 매달렸다. 머리 위 폭풍 속에서 울리는 천둥소리가 너무 커서 손에 감각을 잃고 하마터면 그를 놓칠 뻔했다. 하지만 그때 데카가 실수를 바로잡고 긴 곡선을 그리며 다시 신들이 전투를 벌이고 있는 곳을 향해 날기 시작했다.

전투는 아직 끝나지 않았다. 어둠 속에서 불꽃이 번쩍이는 게 보였다. 우리는 차가운 공간을 지났다. 나하도스였다. 그다음에는 포자와 썩은 나뭇잎 냄새가 나는 따뜻한 공기가 밀려왔다. 예이네. 둘 다 살아 있었고, 둘 다 아직 싸우고 있었다. 그리고 이기는 중이었다. 그걸 알고 나니 기뻤다. 그들은 형체를 버리고 둘의 힘이 결합되어 만들어진 두텁고 둥근 공간 안으로 칼을 몰아넣고 있었다. 그 힘이 너무 강력해서 나는 데카에게 멀리 물러나라고 채근했고, 그는 내 말대로 했다. 구체의 중심에서 칼이 바르르 떨며 분노를 터트리고 있었지만 어쨌든 그는 그 안에 갇혀 있었다. 신의 가면이 그를 일시적으로 주신으로 만들어 주긴 했으나 거짓된 신은 두 주신에게 대항해 오래 버티지 못했다. 그들을 이기려면 칼은 주신으로서 완전히 거듭나야 하는데 그러기 위해서는 그에게는 없는 힘이 필요했다.

나, 그의 아버지가 지금 그에게 주려는 것도 그것이었다. 나는 눈을 감고 이 세계와 다른 모든 것을 구성하는 에테르로 내 존재감을 흘려보냈다.

소용돌이치며 뜨겁게 타오르고 있던 예이네와 나하도스가 충격을 받고 멈췄다. 칼이 자신을 가두고 있는 껍데기 속에서 번개처럼 몸을 돌렸다. 가면 안에 있는 그의 눈이 나를 보고 있다는 생각이 들었다.

이리 와. 내가 말했다. 그에게 내 목소리가 들릴지는 알 수 없었다. 그러나 나는 기도했다. 더욱 확실히 하려고 분노라는 감정을 중심으로 생각을 엮었다. 불쌍한 히늄. 한 번도 축복해 주지 못한 나의 것. '그림자 속 하늘'에서 죽은 모든 사람. 글리와 아하드. 그리고 이템파스, 내 아버지를 원해? 아니지. 마음속에 복수에 대한 갈망을 불러내는 건 어렵지 않았다. 그런 다음 나는 신중하게 그 위에 슬픔을 뒤덮었다. 그것 역시 별로 어렵지 않았다.

이리 와. 나는 다시 말했다. 넌 힘이 필요해. 그렇지? 네 본성을 받아들이라고 했잖아. 에네파는 널 어디에 있는지도 모를 구덩이 속에 던져 버렸고 넌 모두에게 잊히고 버림받았지. 전부 다 나 때문에. 넌 나를 용서할 수 없을 거야. 그러니 이리 와서 나를 죽여. 그러면 네가 원하는 힘을 손에 넣을 수 있어.

희미하게 빛을 발하는 감옥 안에서 칼이 나를 노려보았다. 하지만 나는 내가 아주 훌륭한 미끼를 던졌다는 것을 알 수 있었다. 그는 '복수'이며, 나는 그의 가장 깊고 오래된 고통의 근원이었다. 내가 실뭉치를 무시할 수 없는 것만큼이나 그는 내게 저항할 수 없을 것이다.

칼이 성난 숨소리를 내뱉으며 남은 힘을 쥐어짜 휘두른 순간, 갇혀 있던 작은 대혼돈이 드디어 풀려났다. 그가 지닌 엘론티드의 불안정한 본성이 폭발해 신의 가면의 힘을 증폭시키고 나아가 나하와 예이네가 그의 주위로 엮어 놓은 껍질을 산산조각 내는 것이 느껴졌다. 그가 나를 향해 날아오고 있었다.

이것이 내가 그에게 주는 선물이었다. 아버지가 아들에게. 내가 응당 해 줘야 하는 것에 비하면 발끝에도 못 미쳤지만 그럼에도 내가 해 줄 수 있는 최소한이었다.

나의 데카. 그는 조금도 흔들리지 않았다. 눈으로 따라잡을 수 없을 만큼 빠른 칼의 분노가 그를 강타해 피부가 찢어지기 시작했을 때조차 그랬다. 뼈가 으스러지는 걸 느꼈을 때는 우리 둘 다 비명을 질렀지만 그러면서도 데카는 나를 떨어뜨리지 않았다. 칼이 우리 둘을 한꺼번에 감싸 안아 일부러 애정을 가장한 포옹으로 우리의 몸뚱이를 짓뭉갰을 때도 마찬가지였다. 어쩌면 거기에 약간은 진짜 애정이 존재했을지도 모른다. 복수란 예측할 수 없는 것이니까.

그래서, 바로 그런 이유로, 나는 마지막 남은 힘을 짜내 이템파스의 코트 안자락에 손을 뻗어 글리 쇼스의 피가 묻은 단검을 꺼내 칼의 심장에 힘껏 꽂아 넣었다.

칼이 얼어붙었다. 가느다란 녹색 눈이 신의 가면 안에서 휘둥그레졌다. 그를 둘러싸고 어지러이 휘돌던 힘이 폭풍의 눈처럼 고요해졌다.

손에서는 피가 나고 손톱은 뭉개져 있었다. 하지만 여전히 트릭스터의 손이었다. 나는 칼의 얼굴에서 신의 가면을 벗겼다. 어렵지 않았다. 그는 이미 죽어 있었으니까. 가면을 벗기자 나와 너무도 닮은 얼굴이 텅 빈 눈빛으로 나를 응시했다. 다음 순간 우리 셋은 각자 추락했다. 공중에서 몸이 비틀리면서 칼의 몸에서 단검이 빠졌고, 나는 순수한 의지의 힘만으로 그것을 붙잡았다.

그때 충격이 강타했다. 점점 줄어드는 시야 안으로 예이네의 모습이 들어왔다.

"시에!" 격렬한 폭풍 속에서 그녀의 목소리가 귀를 때렸다. 예이네가 나를 치유하기 위해 힘을 모으는 게 느껴졌다.

나는 고개를 저었다. 말할 힘조차 없었다. 남은 힘이라곤 그저 신의 가면을 얼굴 가까이 들어올리는 정도가 전부였다. 내 행동을 본 예이네의 눈이 커다래지더니 내 팔을 붙잡으려 손을 뻗는 게 보였다. 역시 필멸자 출신은 바보 같아. 마법을 사용했다면 막을 수 있었을 텐데.

다음 순간, 나는 가면을 썼다.

가면이 내 얼굴 위에 있었다

가면이 내 얼굴 위에 있고 나는 —

나는 —

— 미소 지었다. 예이네가 비명을 지르며 나를 놓아주었다. 내가 그녀를 아프게 했다. 그럴 의도는 없었다. 우린 그저 신으로서 상반된 본성을 지녔을 뿐이다.

그녀가 추락했다. 데카도 추락했다. 예이네는 괜찮을 거다. 데카는 괜찮지 않겠지만, 그래도 괜찮을 거다. 그는 신처럼 죽었다.

나하도스가 내 눈앞에 뭉치기 시작했다. 나의 이 고통스럽고 떨리는 오라가 겨우 미치지 않는 거리에. 그의 얼굴은 배신감 그 자체였다. "시에." 나는 그도 아프게 했다. 그는 요즘 이템파스를 보는 눈빛으로 나를 바라보았다. 그건 내가 예이네에게 한 것보다 훨씬 더 심한 짓이다. 불현듯 내 광명의 아버지가 안쓰럽다는 생각이 들었다. 나하도스가 그를 빨리 용서해 주길 아무 신에게나 기도했다.

"무슨 짓을 한 거냐?"

아무것도요. 아직은. 내 어둠의 아버지여.

유혹을 느끼지 않았다고는 말 못 할 것이다. 나는 갈망하던 것을 손에 넣었다. 지금 이 단검으로 오래전 템파가 에네파에게 그랬듯 템파를 찔러 죽이는 건 너무도, 너무도 쉬운 일이었다. 대혼돈을 흡수해 이 변화를 확정하여 이템파스의 자리를 대신하는 것도 너무도 쉬운 일일 터다. 그러면 나는 나하의 진정한 연인이 되어 예이네와 그를 공유하고, 우리 셋은 새로운 셋이 될 수 있다. 시시각각 울부짖는 대혼돈의 포효 속에서 나는 약속의 노래를 들었다.

하지만 나는 시에. 바람과 변덕, 세 주신의 가장 나이 많은 자식이자 트릭스터, 모든 장난과 말썽의 근원이자 정점이었다. 다른 신의 싸구려 모방품이 되는 것은 용납할 수 없다.

그래서 나는 몸을 돌렸다. 육신의 기억에 따라 권능은 아주 간단히 돌아왔다. 이제껏 내가 알던 그 무엇보다 아름답고 근사한 이 느낌. 하지만 이마저 진정한 신성은 아니었다. 나는 눈을 감고 두 팔을 넓게 벌린 채 대혼돈을 맞이했다.

"오너라." 나는 우주의 음성으로 속삭였다.

그러자 '그것'이 왔다. 미쳐 날뛰는 날것의 물질이 신의 가면을 통과해 내 안으로 들어왔다. 나를 다시 만들었다. 퍼즐 조각처럼 나를 새로운 존재로 짜맞췄다. 오로지 이템파스의 일시적 부재로 인해 공백이 생겼기에 가능한 일이었다. 그렇지 않았다면 나라는 네 번째 신이 모든 것을 갈가리 찢어 버렸을 테니까. 정확히 말하면 이템파스가 깨어난 순간 붕괴가 시작되겠지.

그래서 나는 아들의 피가 묻은 칼을 들어 올렸다. 글리의 피도 아직 충분히 묻어 있길 바라지만, 그걸 알아낼 방법은 하나뿐이다.

나는 내 가슴에 칼을 내리꽂았다. 그렇게 생을 마감했다.

23장

하늘 위 대혼돈의 소용돌이가 모든 것을 집어삼킬 것만 보였던 바로 그때, 그것이 갑자기 깜박하고 사라졌다. 남은 것은 고통스러운 침묵뿐이었다.

손바닥으로 두 귀를 틀어막은 채 바닥에 웅크려 있던 몸을 일으키자 나하도스 님이 내 동생을 안고 나타났다. 뒤이어 아하드 님이 부활한 이템파스 님과 심한 부상을 입은 글리 쇼스를 데리고 나타났다. 잠시 후에는 예이네 님이 시에를 안고 도착했다.

나는 샤하르 아라메리, 홀로 남은 자다.

*

나는 컨소시엄에 칙령을 내려 메아리궁으로 소집했다. 그에 더해 우세인 다르와 그녀가 데려오길 원하는 동맹국들도 개인적으로 초청했다. 그러고는 입장을 명확히 하기 위해 이런 문구를 덧붙였다. 아라메리의 항복 조건을 논의하기 위해서.

어머니는 늘 내키지 않는 일을 할 때는 전심전력을 다해야 하며 쓸데없이 후회하는 데 수고를 낭비하지 말라고 말씀하셨다.

리타리아와 상인 길드, 농부 조합, 그리고 이템파스 교단의 대표자들도 초청했다. 뿐만 아니라 조상들의 마을에 거주하는 거지 몇 명과 그림자도시 프롬나드의 예술가들도 불렀다. 아하드 님이 움직일 수 있는 상황이 아니라(상처는 치유됐지만 기력이 쇠해 잠에 빠진 글리 쇼스의 곁을 떠나려 하지 않으려 하여) 그림자에 거주하는 다른 소격신들에게 초청장을 보냈다. 놀랍게도 그들 대부분이 대재앙이 임박한 순간에도 필멸계에 남아 있었다. 신들의 전쟁은 재현되지 않았다. 이번에 그들은 우리를 진심으로 걱정하고 있었다. 네머 님과 키트르 님도 참석하겠다고 긍정적인 답변을 보냈다.

리타리아가 관여한 덕분에 모든 이해 당사자가 빠르게 모일 수 있었다. 필경사를 고용할 수 없는 이들을 위해 리타리아에서 필경사를 파견해 준 덕이다. 하루도 채 되지 않아 메아리궁에는 전 세계에서 온 수백 명의 관료와 영향력 있는 인사, 의사 결정자 및 착취자가 모여들었다. 물론 모든 중요 인사들이 전부 다 모인 것은 아니며, 중요하지 않은 이들은 더욱 충분한 수에 미치지 못했다. 하지만 이 정도면 될 것이다. 나는 그들 모두를 수용할 수 있는 유일한 공간인 신전에 모이게 했다. 그들에게 연설을 하기 위해 내 동생과 가장 친한 친구가 내게 사랑을 나누는 법을 보여 줬던 바로 그 자리에 섰다.(그 생각을 하면 아무것도 할 수가 없어 애써 다른 생각을 떠올려야 했다.)

나는 말했다.

나는 그 자리에 모인 모든 이들에게 우리 아라메리가 권력을 포기할 것이라 선언했다. 그러나 귀족들에게 권력을 나눠 주는 것은 혼돈과 전쟁만을 불러올 뿐이니 대부분의 자산과 군권은 이 자리에 있는 모든 이들 또는 그들이 지명한 대표들로 구성된 통치 기구에 맡길 것이다. 그 기구는 성직자와 필경사, 소격신, 상인, 귀족, 평민으로 구성될 것이며 투표와 칙령, 또는 그들이 선택한 방법을 통해 우리를 대신해 십만왕국을 통치할 것이다.

경악이라는 단어로는 그 반응을 충분히 표현할 수 없으리라.

나는 사람들이 고함을 지르기 시작하자마자 자리를 떴다. 아라메리 통치자로서는 터무니없는 행동이었지만 나는 더 이상 통치자가 아니었다. 그리고 그날 대혼돈 근처에 있었던 대부분의 인간들처럼 내 귀는 대단히 민감해져서 필경사들의 치유 주문에도 불구하고 아직도 이명이 울리고 있었다. 시끄러운 소리는 내 건강에 좋지 않다.

그래서 나는 메아리궁에 있는 부두 중 한곳으로 발을 옮겼다. 궁전이 바다에서 이곳 호수로 날아왔을 때 손상을 입지 않은 부분이 몇 군데 있었다. 이곳에서 바라보는 호숫가 풍경은 생존자들이 세운 넓게 퍼져 있는 흉물스러운 야영지를 차지하고라도 내가 갈망하는 바다나 평생 그리워하며 살아갈 하늘 위 구름 속 풍경과는 달랐다. 하지만 어쩌면 애초에 그런 것들에 익숙해지지 말았어야 할지도 모른다.

등 뒤에서 발소리가 들렸다. "정말로 저질렀군."

고개를 돌리자 우세인 다르가 서 있었다. 왼쪽 눈을 비롯한 얼굴 왼쪽에 붕대가 두껍게 감겨 있고 한쪽 손목에는 부목을 댔다. 의복과 갑옷 아래에도 보이지 않는 다른 부상이 있을 것이다. 웬일로 항상 주위에 있는 래스의 호위병이 보이지 않았지만 우세인의 손에 칼이 들려 있지 않는 걸 보니 긍정적인 신호로 받아들이기로 했다.

"그래, 저질렀지."

"왜 그랬지?"

나는 놀라 눈을 깜박였다. "왜 묻는 거지?"

우세인이 고개를 저었다. "호기심. 적에 대해 알고 싶은 욕구. 지루함?"

내가 받은 훈련에 따르면 절대 미소 짓지 말아야 한다. 하지만 나는 웃었다. 더는 그런 것에 신경 쓰지 않았으니까. 그리고 데카라면 그럴 거라는 확신이 들었기 때문이다. 시에라면 거기서 한 단계 더 나아갔겠지. 그는 항상 그랬으니까. 어쩌면 우세인의 아이들을 돌봐 주겠다고 제안했을지도 모른다. 그리고 우세인도 시에게 그러라고 허락해 줬을지 모른다.

"피곤해서. 세상은 한 사람이 혼자 짊어질 수 있는 게 아냐. 설령 그러고 싶다고 해도, 설사 도움을 받는다고 해도." 그리고 이제 내게는 도움을 줄 사람이 아무도 없다.

"그게 다야?"

"그게 다야."

우세인은 침묵을 지켰고, 나는 난간을 향해 돌아섰다. 해조류와 썩은 농작물, 인간의 슬픔의 내음을 풍기는 가벼운 산들바람이 저 너머 기슭에서 호수 위로 불어왔다. 하늘은 뇌우가 시작될 것처럼 잔뜩 흐렸지만 비가 안 온 지 벌써 며칠이나 됐다. 하늘의 군주들이 자식을 잃은 슬픔에 잠겨 있기에 한동안은 해와 별도 보이지 않을 것이다.

우세인이 원한다면 등을 찌르라지. 난 정말 상관없었다.

이윽고 우세인이 말했다. "유감이야. 당신 동생과 어머니, 그리고……" 그녀가 말끝을 흐렸다. 저 멀리 쓰러져 있는 세계수의 주검이 보였다. 한때 지평선을 이루던 산을 가로막고 있다. 여기서 보이는 하늘궁은 그 부서진 왕관 주위를 뒹구는 하얀 보석들 같았다.

"나는 이 세상을 바꾸기 위해 태어났다." 나는 속삭였다.

"뭐라고?"

"우리 시조, 그러니까 최초의 샤하르가 한 말이라고 하지." 나는 살풋이 웃었다. "우리 가문 밖에서는 잘 알려지지 않은 말이야. 광명의 이템파스는 변화를 싫어하니까."

"흠." 우세인은 내가 미쳤다고 생각하는 것 같았다. 그래도 상관없었다.

잠시 후, 우세인이 떠났다. 아마 미래에 다르가 차지할 몫을 챙기러 신전으로 돌아갔을 것이다. 나도 가야 했다. 다른 건 몰라도 아라메리는 여러 갈래로 갈라진 다양한 아믄인 부족의 왕족이었으니까. 동포들을 위해 싸우지 않는다면 앞으로 다가올 시대에는 우리가 부당한 대우를 받게 될지도 모른다.

그러라지. 나는 결정을 내리고는 치맛자락을 추켜올리고 벽에 기대앉았다.

그다음에 나를 찾아온 것은 예이네 님이었다.

그녀는 어느 순간 조용히 나타났다. 내가 방금 기댄 난간에 걸터앉아 있는 모습으로. 늘 그렇듯 다르인의 모습이었지만 입은 옷이 달랐다. 평소 입던 옅은 회색의 튜닉과 종아리까지 오는 바지의 색상이 더 짙어져 있었다. 여전히 회색이지만 우리 머리 위에 떠 있는 낮은 먹구름과 비슷한 색이었다. 그녀는 미소를 짓지 않았고, 올리브색 눈은 슬픔으로 가득했다.

"여기서 뭐 하는 거지?"

신이든 인간이든 앞으로 한 명만 더 나한테 그렇게 물으면 비명을 지를 테다.

"그러는 당신은 여기서 뭘 하시나요?" 내가 반문했다. 우리 가문이 섬기겠다 맹세한 신에게 이렇게 묻는 게 무례하다는 건 알았다. 이템파스 님에게는 절대로 이런 식으로 대들지 않았을 것이다. 하지만 예이네 님은 덜 위압적이고, 그러니 어쩔 수 없이 그 결과도 받아들여야 할 것이다.

"실험 중이다." (내가 건방지게 굴었음에도 그녀가 별로 개의치 않는 듯 보여 속으로 조금 안심했다.) "나하도스와 이템파스가 한동안 함께 시간을 보내게 해 줄 생각이야. 우주가 다시 쪼개지면 내가 실수했다는 걸 알게 되겠지."

내 동생이 죽지만 않았더라도 웃음을 터트렸을 것이다. 아들이 죽지만 않았다면 그녀 역시 그랬을 것이다.

"이템파스를 풀어 주실 건가요?"

"이미 풀어 줬어." 예이네 님이 한숨을 쉬며 한쪽 다리를 끌어 올려 세우고는 무릎 위에 턱을 얹었다. "셋은 다시 온전해졌다. 완전히 하나로 결합한 것도 아니고 우리의 화해를 기뻐하며 환호하는 것도 아니지만 그건 아마 제대로 된 화해가 이뤄지지 않았기 때문이겠지. 그렇게 되려면 세상이 창조될 만큼의 긴 시간이 걸릴 거야. 하지만 누가 알겠니? 이미 내가 예상한 것보다 훨씬 빨리 이뤄지고 있는걸." 그녀가 어깨를 으쓱했다. "나머지 부분에 대해서도 내가 틀렸을지 모르지."

내가 읽은 역사서를 떠올려 보았다. "원래 그는 에네파데만큼 오랫동안 벌을 받아야 했죠. 이천 년 이상이요."

"아니면 진정으로 사랑하는 법을 배울 때까지." 예이네 님은 더는 아무 말도 하지 않았다. 나는 이템파스 님이 아들의 시신 옆에서 눈물 흘리는 것을 보았다. 피와 흙먼지로 범벅된 얼굴 위로 소리 없는 눈물이 흘러내렸다. 필멸자의 눈으로는 볼 수 없는 광경이었으나 그는 내게 그 모습을 볼 수 있게 허해 주었고 나는 그것이 얼마나 큰 영광인지 알았다. 나 자신은 울지 않았다.

그리고 나는 이템파스 님이 시에의 시신 옆에 무릎 꿇고 앉아 꼼짝도 하지 않는 나하도스 님의 어깨에 손을 얹는 것을 보았다. 나하도스 님은 그 손을 뿌리치지 않았다. 그 작은 몸짓 하나로 드디어 전쟁이 끝났다.

"우리는 물러날 거다." 한참의 침묵이 흐른 후 예이네 님이 말했다. "나하와 템파, 그리고 나는 이제 이 세계에서 완전히 손을 뗄 거야. 대혼돈이 입힌 피해를 복구하려면 할 일이 많다. 지금도 모든 세계와 영역들을 안정적으로 유지하려면 우리 모두의 힘이 필요해. 그것이 지난 자리에 남은 상흔은 결코 완전히 사라지지 않을 테지." 예이네 님이 한숨을 내쉬었다. "그리고 우리가 필멸계에 개입하지 않으려고 해도 우리의 존재 자체가 이 영역에 너무 큰 해악을 끼친다는 사실을 이제야 깨달았다. 그러니 이 세계를 우리 자식들에게 맡길 생각이야. 그 애들이 원한다면 말이지. 그리고 너희 필멸자들과 아직까지 살아 있거나 앞으로 태어날 악마들에게도." 그녀가 어깨를 으쓱했다. "소격신들이 너무 멋대로 굴면 악마들에게 부탁해 저지하렴. 아니면 너희가 직접 해도 좋고. 이제 너희는 누구도 무력하지 않으니까."

나는 천천히 고개를 끄덕였다. 그녀는 내 생각을 짐작하고 있거나 아니면 내 표정에서 읽었을 것이다. 그런 점에서 나는 허술해지고 있었다.

"그 애는 널 사랑했어." 예이네 님이 조용히 말했다. "난 알아. 네가 그 앨 반쯤 미치게 했었거든."

그 말을 듣자 미소가 지어졌다. "피차 마찬가지였어요."

우리는 나란히 앉아 구름과 호수, 망가진 대지를 바라보며 서로가 알지 못할 생각에 잠겼다. 그녀가 옆에 있어 든든했다. 데이터네이는 노력했고 나도 점차 그에게 애정을 갖게 되었지만 때로는 고통을 견디기가 힘들었다. 삶과 죽음의 군주는 분명 그 마음을 이해할 것이다.

여신이 일어서자, 나도 일어섰다. 우리는 서로를 마주 보았다. 그녀를 볼 때마다 체구가 너무 작아 항상 신기했다. 나는 그녀가 두 형제와 비슷하리라 생각했었다. 큰 키에 가혹한 성정, 겉모습만으로도 그 위엄과 권능이 드러날 것이라고 말이다. 하지만 그건 내가 아른인의 사고방식을 지녔기 때문이었다.

"왜 이런 일이 일어난 걸까요?" 나는 신들의 사고방식에 익숙했고 그래서 그렇게 물으면 우주의 기원에서부터 신들의 전쟁, 그리고 그사이에 일어난 모든 일에 대해 듣게 될지도 모른다는 생각에 재빨리 덧붙였다. "시에 말이에요. 우리가 어떻게 그를 필멸자로 만들었을까요? 우리가 어떻게 그에게 그런 힘을 주고 우리도 그런 힘을 갖게 된 걸까요? 혹시……" 인정하고 싶진 않았지만 나는 필경사들에게 내 피를 실험해 볼 것을 명했고 그들은 내 의심을 확인해 주었다. 나는 악마였다. 비록 내 피로 신을 죽일 가능성은 미미했고 마법도 없었고 특별하지도 않았지만. 어머니라면 실망하셨을 것이다.

"너희하곤 아무 상관도 없어." 예이네 님이 부드러운 말투로 말했다. 나는 눈을 깜박였다. 그녀는 시선을 먼 곳으로 돌리며 주머니에 손을 찔러 넣었다. 그 모습을 보니 가슴이 미어지는 것 같았다. 시에가 자주 하던 행동이었으니까. 심지어 지금 보니 둘이 조금 닮은 것 같기도 했다. 의도적인 걸까? 내가 아는 그를 생각하면 아마 그럴 것이다.

"하지만……"

"내가 거짓말을 했다. 우리가 필멸계로부터 완전히 손을 떼겠다는 말 말이야. 언젠가는 돌아오지 않으면 안 될 때가 올 거다. 그리고 그때가 오면 우리의 임무는 소격신들을 돕는 것일 거야. 그들이 변화할 시기가 될 때, 그들이 타고난 권리대로 주신으로 성장할 때."

놀라서 나도 모르게 흠칫했다. "뭐가…… 된다고요? 칼처럼 말이에요?"

"아니야. 칼은 자연의 흐름을 강요했다. 그는 아직 준비되어 있지 않았어. 하지만 시에는 그랬지." 예이네 님이 한숨을 길게 내쉬었다. "나도 템파가 시에가 어떻게 변화하고 있든 그렇게 될 운명이었다고 말했을 때에야 비로소 알게 됐어. 그 아이와 너희들의 유대감, 마법의 상실. 다음번에 우리가 신중하게 살펴봐야 할 징조도 그런 것일지 모르지. 아니면 시에의 경우에만 해당되는 것일 수도 있고. 어쨌든 그 애는 우리 자식들 중 가장 나이가 많았고 그 단계에 도달한 첫 번째 소격신이니까." 그녀가 나를 쳐다보며 어깨를 으쓱했다. "그 아이가 주신이 된 모습을 볼 수 있었다면 좋았을 텐데. 물론 그랬다면 그 애가 살았더라도 잃은 것이나 마찬가지였을 테지만."

나는 그 말에 놀라면서도 거기 담긴 의미에 약간의 두려움을 느꼈다. 소격신이 주신으로 성장할 수 있다고? 그건 즉 주신이 성장하면 대혼돈 같은 존재가 될 수도 있다는 의미일까? 아주 오랫동안 산다면 필멸자도 소격신이 될 수 있을까?

생각해야 할 게 너무 많았다. "시에가 살았어도 잃은 것이나 마찬가지라는 게 무슨 뜻인가요?"

"이 세계에는 오직 세 주신만 거할 수 있어. 만일 시에가 살아남아 원래 되어야 할 존재가 되었다면 그 애의 아버지들과 나는 시에를 멀리 보내야 했을 거야."

죽음. 또는 추방. 나는 어느 쪽을 더 선호했을까. 어느 쪽도. 난 그를 되찾고 싶어. 그리고 데카도. "시에는 지금 어디 있을까요?"

"다른 곳에." 예이네 님이 내 표정을 보더니 씩 웃었다. 시에의 장난기 어린 표정과 살짝 닮아 있었다. "세상에 이 우주만 존재할 거라고 생각했니? 저 밖에는 그보다 훨씬 더 많은 것이 있단다." 그녀의 미소가 아주 약간 사그라들었다. "그 애라면 그곳을 누비며 탐험하는 걸 좋아할 텐데. 혼자가 아니라면 말이야."

그때 대지의 여신이 내게 눈길을 주었고, 나는 불현듯 깨달았다. 시에, 데카, 그리고 나. 나하도스, 예이네, 그리고 이템파스. 자연은 순환과 패턴, 반복이다. 우연이든 아니면 누구도 알 수 없는 어떤 거대한 계획에 의해서든 나와 데카는 시에를 어른으로 성장시키는 과정을 촉발했고, 마침내 필멸의 생이라는 번데기가 갈라져 새로운 존재가 탄생했을 때 그는 결코 혼자서 변화하지 않았다.

나는 시에와 데카와 함께 여기서 벗어나 다른 우주를 통치하길 원하는가?

지금은 그저 꿈에 불과할 뿐이다. 깨진 돌처럼.

예이네 님이 바지를 툭툭 털고 머리 위로 팔을 쭉 뻗어 기지개를 펴더니 한숨을 쉬었다. "갈 시간이야."

나는 고개를 끄덕였다. "여기 계시든 아니든 우린 계속해서 당신을 섬길 겁니다, 여신님. 황혼과 여명의 시간에 어떤 기도를 드려야 할까요?"

예이네 님이 이상한 표정을 지었다. 내 말이 농담인지 아닌지 확인하려는 것 같았다. 하지만 나는 농담을 하는 게 아니었고, 그녀는 내 말에 놀람과 동시에 조금 당혹한 듯 보였다. 웃는 얼굴이 긴 하지만 왠지 억지웃음 같았다.

마침내 그녀가 말했다. "너희들 마음대로 하렴. 누군가는 그 기도를 들을지 모르지만 난 아닐 거야. 내겐 더 중요한 일이 있거든."

그러고는 사라졌다.

결국 궁전으로, 그리고 신전으로 어슬렁거리며 돌아갔다. 도착해 보니 회의가 막 끝나 해산 중이었다. 상인과 귀족, 필경사 들이 복도에 무리지어 아직도 계속 논쟁을 벌이고 있었는데, 내가 신전 입구에 이를 때까지 나를 철저하게 무시했다.

"도망가 줘서 정말 고마워." 네머 님이 나타나 부루퉁한 표정으로 말했다. "별 쓸모도 없는 회의 날짜를 정한 거 빼고 결론이 난 건 한 가지뿐이야."

나는 짜증을 내는 네머 님에게 미소를 지어 보였다. 그녀가 얼굴을 구기자 갑자기 방 안에 그림자가 드리운 듯 이상하게 어두컴컴해졌다. 하지만 진심으로 화가 난 것 같진 않아서 물었다. "그 한 가지가 뭔데요?"

"통치 기구의 이름." 네머 님이 귀찮다는 듯 손사래를 쳤다. "가식적이고 쓸데없이 낭만적인 이름이지만 나랑 키트르에 비해 필멸자 수가 너무 많아서 부결시킬 수가 없었어. 에이터나트(Aeternat). 우리 말인데 그게 무슨 뜻이냐면……"

나는 그녀의 말을 잘랐다. "난 알 필요 없어요, 레이디 네머. 에이터나트의 대변인이 누군지는 몰라도 자금과 군 지휘권을 이양받을 준비가 되면 내게 알려 달라고 전해 주세요."

네머 님은 깜짝 놀란 표정으로 나를 물끄러미 쳐다보다가 고개를 끄덕였다. 복도 저편에서 누가 내 이름을 부르는 소리에 고개를 돌려 보니 데이터네이가 있었다. 그도 에이터나트의 일원으로 참석했었다. 그러면 안 된다고 빨리 설득해야 할 것이다. 그는 내 남편이니까. 그 뒤에서는 라미나 삼촌이 슬픔에 잠긴 표정으로 나를 바라보고 있었다. 나는 그 심정을 십분 이해한다. 삼촌이 고성을 지르며 떠들고 있는 사제들의 머리 위로 나와 눈을 맞추더니 동의한다는 듯 고개를 까딱이며 빙그레 웃었다. 마음이 따뜻해졌다. 조만간 삼촌의 인을 제거해야겠다.

모라드에게 전갈을 보내는 걸 잊으면 안 된다고 다짐했다. 그녀는 일을 그만두고 남부 세븐에 있는 고향으로 돌아갔다. 아무도 그 결정에 놀라지 않았다. 나는 아직도 모라드를 다시 불러들이고 싶다. 유능한 집사는 구하기가 매우 힘드니까. 하지만 압박을 주지는 않을 것이다. 그녀는 자신만의 방식으로 애도할 공간과 시간을 가질 자격이 있다.

데이터네이가 다가오는 것을 보며 나는 네머 님에게 고개를 숙여 작별을 고했다. "세상을 통치하게 된 걸 환영합니다, 레이디 네머. 부디 즐기시길."

네머 님이 신어로 너무 지독한 욕설을 내뱉는 바람에 근처에 있는 등불 하나가 기름과 금속 찌꺼기로 녹아내려 바닥으로 뚝뚝 떨어졌다. 데이터네이를 만나러 걸어가는데 등 뒤에서 또다시 욕하는 소리가 들렸다. 이번에는 조금 더 작게. 네머 님이 필멸자의 언어로 투덜대며 허리를 굽혀 엉망이 된 바닥을 치우고 있었다.

나와 데이터네이는 복도 중간에서 만났다. 그가 머뭇거리며 손을 내밀었다. 언젠가 그에게 남들 앞에서 애정 표현을 하지 말라고 말한 적이 있다. 하지만 내가 그의 손을 꼭 잡자 그가 놀라 눈을 깜박이더니 미소를 지었다.

"여긴 미친 이들뿐이야." 내가 말했다. "제발 날 여기서 데리고 나가 줘."

그곳을 뒤로하고 걸어가는데 양 가슴 사이에서 뭔가 뜨겁게 맥동하는 게 느껴졌다. 그러고 보니 예이네 님께 시에의 시신에서 발견한 목걸이에 대해 말하는 걸 깜박했다. 줄은 끊어졌고 작은 구슬들도 절반 이상 사라졌지만 가운데 있는 구슬, 그 독특한 노란색 구슬만큼은 무사했다. 신기할 정도로 무겁고 가끔 내 상상인지는 몰라도 만지면 이상하게 따뜻했다. 나는 사슬에 그 구슬을 꿰어 내 목에 걸고 다녔다. 그러면 기분이 좀 나아졌다. 덜 외로웠다.

내가 이걸 가져도 예이네 님은 개의치 않을 것이다. 나는 그 작은 구슬을 위로하듯 쓰다듬으며 앞으로 걸어 나갔다.

코다

 샤하르 아라메리는 일흔 살의 나이에 침대에서 세상을 떠났고 딸 둘과 아들 하나를 남겼다. 이마에 어떤 인도 받지 않은 이들 반테마인 순혈은 계속해서 가문을 이어 나갔다. 아라메리는 여전히 많은 사업체와 자산을 보유하고 있으며 세늠 대륙에서 가장 강한 권력을 지닌 씨족 중 하나로 남았다. 다만 전보다 세력은 크게 줄었다. 샤하르의 자식들은 그녀가 세상을 뜨자마자 더 많은 것을 손에 넣기 위해 계략을 꾸몄으나 이는 다른 이야기에서 다룰 문제다.
 동료 소격신들에게서 '사랑받는 자'라 불린 소격신 아하드는 글리 쇼스가 칼과 전설적인 전투를 치른 후 잠들어 있던 일 년 동안 내내 그녀를 돌보았다. 그리고 마침내 그녀가 깨어나자 두 사람은 메아리궁과 호수 주변에서 한참 성장하고 있는 새 도시를 떠났다. 그들은 세늠 북서부에 있는 작은 마을에 정착했고 그곳에서 눈이 보이지 않는 마로 여인을 보살피며 그녀가 세상을 떠날 때까지 함께 살았다. 그리고 그 뒤로 약 백 년간 두 사람은 결혼도 하지 않고 자녀도 키우지 않았으나 그럼에도 평생을 서로의 곁에서 보냈다. 글리는 필멸자치고 매우 오래 살았고 숨을 거두기 전 아하드에게 그만의 이름을 지어 주었다. 그는 그 이름을 누구에게도 밝히지 않고 매우 소중히 간직했다고 한다.

대지의 여신을 숭배하던 필멸자들은 죽은 세계수에 대해 소유권을 주장했다. 샤하르가 숨을 거뒀을 무렵 그들은 세계수 줄기를 발굴하고 보존해 작은 도시를 세웠고 그곳을 '세계'라고 부르기 시작했다. 그들은 세계수와 그 위에 살면서 나무뿌리에 기도를 올리고 부러진 나뭇가지에 아들딸을 바쳤다. 이 도시에는 불이나 불과 관련된 소격신이 사는 것이 허용되지 않았다. 밤에는 하늘궁 조각으로 조명을 밝혔다.

에이터나트는…… 음, 그건 영원히 지속되진 않았다. 하지만 그것도 역시 다른 이야기에서 다룰 문제다. 사실은 할 이야기가 아주 많다. 아주 흥미진진할걸? 내가 하나도 듣지 못해 아쉬울 따름이다.

나? 아, 그래.

나는 샤하르가 마지막 숨을 내쉬었을 때 깨어났다. 그녀의 필멸성이 나라는 존재의 산파가 되어 주었다. 내가 제일 먼저 한 일은 시공간을 휘어 내 옆에 있는 데카를 입맞춤으로 깨운 것이었다. 그런 다음 엔을 부르자 엔이 현실을 가로질러 날아와 세 주신의 영역 너머 아주 머나먼 곳에서 반가움과 기쁨에 넘치는 생명으로 환하게 불타올랐다. 그것은 이 새로운 세계의 씨앗별이 될 것이다. 우리의 세계. 이 바보 같은 가스 덩어리가 긴 호를 그리며 거대한 불기둥을 내뿜길래 나는 조용히 엔을 다독이며 다른 일을 처리하고 나면 바로 세상을 따뜻하게 만들어 주겠다고 약속했다.

그런 다음 우리는 샤하르를 찾아서 그러모은 다음, 함께 돌아왔다. 고작 이런 표현으로는 당연히 부족할 테지만, 그녀는 아주 놀랐다. 하지만 불만은 없었다. 이제 우리 셋은 하나가 되었고 영원히 함께할 것이다. 나는 절대로 다시는 혼자가 되지 않으리.

내 이름은 시에가 아니며 더는 트릭스터도 아니다. 언젠가는 새 이름과 소명을 떠올리게 되겠지. 아니면 너희들, 내 자식들 중 하나가 내게 새 이름을 줄 수도 있을 것이다. 나를, 우리를 원하는 대로 만들어다오. 시간이 끝날 때까지, 그리고 그 후까지도 우리는 너희의 것이다.

그리고 너희와 우리는 함께 이곳 수많은 하늘 너머에서 더욱 멋지고 놀라운 것들을 새로 창조할 것이다.

부록

용어 및 인물

게이트웨이 공원(Gateway Park): 하늘궁과 세계수 가지 주위에 조성된 공원.

광명(The Bright): 신들의 전쟁 이후에 시작된 이템파스의 단독 치세를 가리키는 말. 선, 질서, 율법, 올바름을 의미하는 보편적 용어.

교단수호자(Order-Keeper): 이템파스 교단의 수련사제(수련 과정 중에 있는 사제)로서 공공질서 유지를 맡고 있다.

귀족 컨소시엄(Nobles' Consortium): 십만왕국의 통치 기구.

그림자(Shadow): 하늘궁 아래 위치한 도시.

그림자 속 하늘(Sky-in-Shadow): 아라메리 궁전과 그 아래 위치한 도시의 공식 명칭.

글리 쇼스(Glee Shoth): 마로네 여성. 아하드의 동업자.

나하도스(Nahadoth): 세 주신 중 하나. 밤의 군주.

네머(Nemmer): 그림자도시에 거주하는 니와 소격신. 비밀의 여신.

니마로 보호구역(Nimaro Reservation): 마로랜드가 파괴된 후 생존자들에게 거주지를 제공하기 위해 아라메리 가문이 설립한 보호령.

니와(Niwwah): 소격신의 가장 높은 등급으로 균형자. 안정적이지만 때로는 엘론티드보다 약하다.

단절(The Interdiction): 명전한 ~~탐명의~~ 아이템파스의 명에 의해 소격신들이 필멸계에 나타나지 않던 시기.

대혼돈(Maelstrom): ~~세 근원천들의 자 출가자 연쇄의 존재.~~

데이터네이 칸루(Datennay Canru): 테마 삼위회의 레이디 히라노의 파이메스(후계자). 샤하르 아라메리와 데카르타 아라메리의 친구.

데카르타 아라메리(Decarta Arameri): 후계자 샤하르 아라메리의 쌍둥이 동생. 아라메리 가문의 전(前) 수장의 이름을 물려받았다. 나를 사랑해? 나한테 오면 보여 줄게.

동그림(Easha): 동쪽 그림자.

디머(Dimmer): 또는 어둑장이. 디미이 장인.

디미이(Dimyi): 또는 어스레. 하이노스의 특산품인 가면을 제작하는 기술.

라미나 아라메리(Ramina Arameri): 순혈. 레마스 아라메리의 이부동생.

래스 아라메리(Wrath Arameri): 하늘궁의 백색근위대의 대장.

레마스 아라메리(Remath Arameri): 아라메리 가문의 현 수장. 샤하르와 데카르타의 어머니.

~~**릴(Lil)**: 그림자 문아에 거주하는 소격신. 굶주림의 신.~~

마로랜드(The Maroland): 한때 제도의 동쪽에 존재했던 가장 작은 대륙. 최초의 아라메리 궁이 있던 자리였다. 나하도스에 의해 멸망했다.

~~**마법(Magic)**: 물질과 비물질 세계를 변형할 수 있는 진과 소격신의 권능. 멸~~

~~자들은 신의 힘의 일부를 사용하여 놀라에 근접할 수 있다.~~

메아리궁(Echo): 궁전.

므나사트(Mnasat): 소격신의 세 번째 등급. 소격신들끼리 결합해 탄생한 소격신. 일반적으로 세 주신에게서 난 소격신보다 약하다.

반인(Semisigil): 아라메리 혈인의 현(現) 버전으로, 시대착오적인 문구를 제거했다.

밤의 팔(Arms of Night): 그림자도시의 남쪽 뿌리에 있는 매춘업소로 상류층 고객들을 대상으로 하는 것으로 알려져 있다.

백색전당(White Hall): 이템파스 교단의 예배, 교육, 그리고 정의를 위한 전당.

살롱(Salon): 귀족 컨소시엄의 본부

샤하르 아라메리(Shahar Amareri): 아라메리 가문의 현 후계자. 신들의 전쟁 당시 활약했던 이템파스의 대사제의 이름이기도 하다. 그녀의 후손이 아라메리 가문이다.

서그림(Wesha): 서쪽 그림자.

세계수(The World Tree): 회색의 여신이 탄생시킨, 높이 약 3만 8,100미터로 추정되는 잎이 무성한 상록수. 회색의 여신을 경배하는 이들에게 신성한 나무다.

세늠(Senm): 세계의 최남단에 있는 가장 큰 대륙

세늠어(Senmite): 십만왕국에서 공용어로 사용하는 아믄 언어.

셋의 시대(Time of the Three): 신들의 전쟁이 발발하기 전.

소격신(Godling): 세 주신이 낳은 불멸의 자식들. 때때로 '신'으로 지칭되기도 한다.

순례자(Pilgrim): 세계수에 기도를 드리기 위해 그림자를 찾아오는 회색의 여

신의 신도.

시에(Sieh): 소격신. 트릭스터라고도 불린다. 모든 소격신 중 맏이.

신(God): ~~너~~혼돈이 낳은 불멸의 자식들. '세 주신'이라고도 부른다.

신들의 전쟁(Gods' War): 광명의 이템파스가 두 형제자매를 패퇴시키고 천상의 지배권을 획득한 대재앙적 분쟁.

내 살을 먹으라, 그러면 그대는 영혼을 잃으리

신혈(Godsblood): 인기 있고 값비싼 마약성 물질. 사용자에게 높은 각성 상태와 ~~일시적인 마법 능력을~~ 부여한다.

지금 있는 곳은 여기

신계(Gods' Realm): 우주 너머에 있는 모든 곳.

십만왕국(Hundred Thousand Kingdoms): 아라메리 가문의 통치하에 통일된 세계를 통칭하는 단어.

~~**아라메리(Arameri)**: 아들인 ~~ 규획~~ ~~ 고반해 끼리들~~
문(顧問).

아믄(Amen): 세눔인 중 인구수가 가장 많고 ~~강한 세력을 지닌~~ *한심한* 민족.

아이엠 수타(Eyem-sutah): 그림자에 거주하는 니와 소격신. (상업용) 좁은 길의 신.

~~**아이옴(Ando)**~~: 그림자에 거주하는 니와 소격신. 밤의 손 매음굴의 주인.

악마(Demon): 신과 인간 사이의 ~~금지된~~ 결합으로 탄생한 자손들. 필멸자이지만 소격신과 대등하거나 또는 더 강력한 마법적 능력을 소유하고 있~~었~~다.

안테마(Antema): 테만 보호령에서 가장 큰 지역의 수도.

어둠을 걷는 자들(Darkwalker): 밤의 군주를 경배하는 무리.

에네파(Enefa): 세 주신 중 하나. 대지의 여신. 신과 인간의 창조자. 황혼과 여명의 주인 (사망).

엔: 소격신이 가닿을 수 있는 최고의 절친!

필겨사 너무 넓어 **엘론티드(Elontid)**: 소격신의 두 번째 등급. 신과 소격신, 또는 나하도스와 이템~~파스의 결합한 자들. 때때로~~ ~~심지어~~
고 때로는 소격신보다 약할 수도 있다.

예이네(Yeine): 세 주신 중 하나. 현 대지의 여신. 황혼과 여명의 주인. 회색의 여신이라고도 불린다.

우세인 다르(Usein Darr): 다르인 전사. 다르 남작의 후계자.

은사나(Nsana): 니와 소격신. 꿈의 지배자

이템파스(Itempas): 세 주신 중 하나. 빛의 군주. 천상과 지상의 주인. 하늘의 ~~주인~~ 영원히 증오할 거야 개자식

이템파스 교단(Order of Itempas): 광명의 이템파스를 섬기는 사제단. 영적 가르침과 더불어 법과 질서, 교육, 이단 박멸에 앞장서고 있다.

인(印, sigil): 신의 언어를 나타낸 표의문자. 필경사가 신의 마법을 모방할 때 사용한다.

주문(呪文, Script): 필경사가 복잡하거나 연속적인 마법 효과를 내기 위해 사용하는 일련의 인.

진인(眞印, True Sigil): 전통적인 방식의 아라메리 혈인.

지옥(Hells): 필멸계 너머에 있는 영혼들의 쉼터.

천상(Heavens): 필멸계 너머에 있는 영혼들의 쉼터.

키트르(Kitr): 그림자도시에 거주하는 소격신. 검날의 신.

테마 보호령(The Teman Protectorate): 세문 대륙에 있는 왕국.

티브릴 아라메리(T'vril Arameri): 아라메리 가문의 전 가주.

프레빗(Previt): 이템파스 교단의 고위급 사제

프롬나드(The Promenade): 동쪽 그림자 게이트웨이 공원의 북쪽 끝.

파이메스·파이모스(Pymexe(남성형)·Pymoxe(여성형)): 테마 삼위회의 세 가지 통치 직책 중 하나의 후계자. 혈통을 통해 물려받는 것이 아니라 어릴 때부터 공식적인 시험과 면접을 포함한 엄격한 선발 과정을 거쳐 선정된다.

필경사(Scrivener): 신의 문자를 연구하는 학자.

필멸계(Mortal realm): 세 주신이 창조한 우주.

하늘궁(Sky): 아라메리 가문의 궁정.

하이노스(High North): 행성 최북면에 있는 대륙, 낙후지역.

혈인(Blood sigil): 아라메리 가문의 일원임을 나타내는 표식.

회색지구(The Gray): 세계수 뿌리 위에 위치한 그림자 속 하늘의 "중간 도시". 하인, 공급업체와 장인 그리고 증기 구동 엘리베이터 네트워크를 통해 연결되어 있는 그들이 근무하는 (세계수 줄기를 둘러싼) 저택까지를 모두 포함한다.

히므네사미나(Hymnesamina): 그림자 남쪽 뿌리 동네에 사는 소녀.

감사의 말

이번엔 짧게 끝낼 생각이다. 이제껏 내가 쓴 작품 중 가장 긴 소설이라 완전히 지쳐 나가떨어졌기 때문이다.

여러분께 감사드린다.

아니, 진심이다. "도와주신 모든 분께 감사드립니다." 같은 입발린 소리가 아니다. 작가는 읽어 주는 사람이 있든 없든 작가지만 독자를 만족시키지 못하면 이 바닥에서 경력을 쌓을 수가 없다. 그리고 솔직히 말해, 미국에서만 매년 25만 권의 신간이 출간되는 지금 같은 롱테일 시대에는 그것만으로도 부족하다. 작가에게는 주변에 있는 다른 사람들을 찾아 팔을 꼭 붙들고 "지금 당장 이 책을 읽어 봐!"라고 말해 줄 독자들이 필요하다. 온라인 서점 사이트에 서평을 쓰고 다른 독자들과 평점을 놓고 논쟁을 벌일 독자가 필요하다. 매달 열리는 북클럽 모임에서 작품을 선정해 읽고 차와 케이크를 들며 토론할 독자, 이 책이 얼마나 훌륭한지 트

위터에서 떠들 독자, 문학 강의계획서에 이 책을 포함시켜 줄 독자가 필요하다. 심지어 이 작품이 싫다고 커다란 목소리로 불평을 털어놓을 사람들도 있어야 한다. 그런 격한 반응은 다른 이들의 호기심을 자극하기 때문이다.

좋아하는 것의 반대는 싫어하는 게 아니라 무관심이다.

모든 신인 작가는 능력을 증명해야 한다. 어쩌면 내 경우에는 더욱 그럴 거다. 하지만 그 많은 분들이 내게 무관심하지 않았던 덕분에 이제까지 잘해 올 수 있었다. 그러니 진심으로 감사합니다. 감사합니다. 감사합니다.

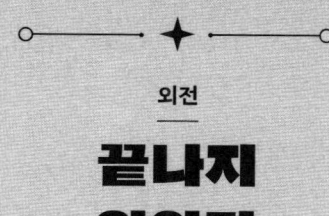

외전

끝나지 않았다

불이 꺼졌다. 지하에 있는 화실에 있다가 위층으로 올라와서 깨달았다. 1층 전체가 벌써 싸늘하니 추웠다. 그 빌어먹을 놈의 굴뚝 통풍 조절판 때문인 게 틀림없다. 싱고가 직접 수리했다가 도리어 상태가 악화된 물건 말이다. 완전히 막혀 버렸나 보다. 집 전체가 연기로 가득차지 않은 게 다행이다.

계단 꼭대기에 서서 짜증을 내며 숨을 골랐다. 불이 꺼져서 그러는 게 아니다. 내 딸과 사위라고 할 수 있는 사내는 추위를 타지 않는다. 두 사람의 방은 1층에 있지만 불이 꺼진 것도 모르고 있을 거다. 싱고 때문에 화가 난 것도 아니다. 그는 이미 오십 년 전에 죽었고, 그 말인즉슨 그의 서툰 수리 솜씨 덕분에 여태까지 버텼다는 증거나 다름없기 때문이다. 나 자신에게 짜증을 내는 것도 아니었다. 그 오랜 세월 동안 감상적인 이유로 싱고가 저질러 놓은 바보 같은 짓을 방치해뒀다는 잘못이 있긴 하지만 말이다. 내가 지금 짜증을 내는 데는 딱히 이유가 없었다. 단지 추워서 평소보다 손이 더 쑤시고, 지하실에서 계단을 올라오느라 숨이 찬다는 게 다였다. 그림자에 살 때는 하루에 열 번이 넘게 계단을 올라다녀도 이러지 않았는데. 하지만 그건 아주, 아주, 아주 오래전 일이다. 일평생에 달하는 세월 전.

어쩌면 그게 문제인지도 모른다. 내가 빌어먹게 늙었다는 것.

왠지 잠자리에 들고 싶지 않았다. 복도 저편에 있는 방은 조용했다. 온 집 안에 깨어 있는 사람은 나 하나뿐이었다. 이럴 때 외로움을 느끼지 않기란 불가능하다. 공기마저 잔잔하고 고요했다. 원래대로라면 잠을 자러 가야 할 것이다. 이 시간에 잠을 못 이루는 것은 레이디 예이네가 필멸계에 엮어 놓은 자연의 주기에 대한 모욕이다. 하지만 모든 면에 있어서, 나는 그녀의 것이라면 뭘 모욕하든 개의치 않았다.

그래서 결국 뒷현관을 통해 집 밖으로 나갔다. 밖은 더 춥고 내가 걸친 건 오래되고 낡은 잠옷 위에 실내용 겉옷뿐이었지만 잠깐 정도는 괜찮을 것 같았다. 못마땅할 눈초리로 노려볼 글리도 없고. 나는 팔짱을 끼어 겨드랑이 밑에 손을 집어넣고는 달빛을 향해 고개를 약간 쳐들었다. 달빛이 피부 위에 내려앉는 아주 미세한 압력이 느껴졌다. 그토록 오랜 세월이 지났건만 아직도 올려다봐도 아무것도 보이지 않는다는 게 낯설었다.

그리고 그렇게 오랜 세월이 흘렀음에도, 나는 결국엔 항상 오물통 쪽을 쳐다보곤 했다. 습관이었다. 하지만 이번에는 새벽녘의 고요함과 대비되는 느낌에 얼어붙고 말았다. 뭔가 그보다 더 고요한 것이 있었다. 우리 뒷마당 한가운데, 갑자기 바윗돌처럼 무겁고 견고한 무언가가 떡하니 버티고 있었다. 아니야, 바위가 아니다. 저건 산이었다. 태산보다 컸다. 이해할 수 없을 만치 엄청나게 거대한 것이 우리 집 현관과 오물통 사이에 있는 상대적으로 아주 작은 공간에 완벽하게 자리잡고 있었다.

오싹했다. 불가능했다. 그리고 익숙했다. 나는 조심스럽게 숨을 깊이 들이마시며 내가 떨고 있지 않다는 데 자부심을 느꼈다.

고요함을 깨트리지 않으려 작은 소리로 물었다. "당신이 여기 있다는 건, 규칙이 약간 느슨해졌다는 뜻인가요?"

정적이 한참 동안 이어졌다. 혹시 내 착각이었던 건지 의심이 들었다. 나이가 들면 별별 이상한 생각을 하기도 하니까. 하지만 만약 환각을 본 거라면 지금은 옆에서 나를 만류해 줄 사람도 없다.

그때 그가 말했다. 예전과 똑같은 목소리. 차분하고 부드러운, 맑고 감미로운 음성. "엄밀히 말하면 느슨해진 게 아니라……" 나는 귀로 듣기보다 그의 생각이 무한대로 갈라져 수십만 개의 언어와 수천 개의 문구 중에서 지금 이 순간에 적절한 몇 개의 단어를 골라내는 모습을 상상했다. "……우선순위를 조정한 거다."

나는 고개를 끄덕였다. 현관 난간 위에 손을 가볍게 올려놓았다. 그래야 휘청거리지 않고 똑바로 서 있을 수 있다는 것을 그가 눈치채지 못하게. 그냥 거기 얹어만 놓았다. "대혼돈 사건 덕분인가요? 당신이 아주 멋지게 활약했다고 하던데요."

"충분한 만큼 해냈지." 그의 완벽주의에 절로 미소가 지어졌다. 그가 더 가까이 다가와 있었다. 아직 현관 포치 위로 올라온 건 아니고 아래쪽 바닥에 있었지만 내 테라스 정원으로 이어지는 자갈길 위에 서 있는 것 같았다. 하지만 나는 그의 발소리를 듣지 못했다. 그 말은……

"난 이제 자유다." 내가 그 사실을 짐작한 순간 그가 소리내어 말했다. "영원히."

나는 고개를 끄덕였다. "겨우 한 세기 만에 변화를 이뤘군요. 축하해요."

"내가 한 일이 아니야. 하지만 그래도 감사하게 생각한다." 그가 더 가까이 다가왔다. 내가 서 있는 난간의 바로 맞은편이었다. 그가 나를 올려다보는 게 느껴졌다. 내 얼굴을 살펴보며 아마도 아름다웠을 옛 모습을 떠올리는 것일 테다. "다시는 널 보지 못할까 봐 두려웠다."

그 말에 웃음을 터트리지 않을 수가 없었다. 고요한 공기 속에 생각했던 것보다 훨씬 거칠고 모난 소리가 울려 퍼졌다. "그리고 난 그렇게 될까 두려웠고요. 그냥 내가 죽을 때 찾아올 수는 없었어요? 그랬다면 더 멋지고 낭만적이었을 텐데. 마지막 소원으로 옛 열정에 작별 인사를 하는 거죠. 하지만 지금 난 여기저기 삐걱대는 몸에 남은 이도 절반밖에 없는데 아직도 빌어먹게 한참은 더 살아야 하잖아요……" 나는 고개를 저었다. "악마란."

"일시적인 것들은 무의미하다, 오리." 신이여, 오 신이여. 그의 목소리. 내 이름을 부르는 그의 목소리가 얼마나 듣기 좋았는지 잊고 있었다. "넌 본질적으로는 하나도 변하지 않았어."

"하지만 난 예전과 달라요. 당신도 달라졌고요. 이제 내 이름은

데솔라예요. 기억나요? 오리 쇼스는 오래전에 죽었어요." 난간을 움켜쥔 손에 힘이 들어갔다. 나는 억지로 긴장을 풀었다. "일시적인 것은 무의미할지 몰라도 우리 필멸자들에겐 달라요. 백 년 동안 필멸자로 살았으면 그 정도는 알아야죠."

그가 빙그레 웃었다. 그의 미소도 잊고 있었다. 내가 그를 느낄 수 있었던 방법. "그랬지. 하지만 난 변하지 않았다."

나는 한숨을 쉬고는 두 손을 모아 입김을 후 불어넣었다. 지독한 추위에 떨고 있는 이유에 대해 적어도 한 가지 변명거리가 생겼다.

그가 다시 움직였다. 이번에는 그가 움직이는 소리가 들렸다. 무겁고 자신감 넘치는 발걸음이 자갈길을 밟았다. 그다음에는 현관 계단. 그다음에는 포치 바닥. 낡은 나무바닥을 따라 텅텅 울리는 소리가 났다. 그러더니 다음 순간 그가 내 옆에 있었다. 그의 몸에서 흘러나오는 온기 덕분에 왼쪽 몸 전체가 따끔거렸다. 실은 온몸이 따뜻했다. 마치 굴뚝 옆에 서 있는 것처럼. 살아 숨 쉬는 높은 굴뚝이 마치 내가 세상에서 유일하게 중요한 사람인 양 나를 물끄러미 바라보고 있었다.

나는 한숨을 깊게 내쉬었다. 이번에는 숨소리가 떨리는 게 느껴졌다. "나 결혼했어요. 여기 사람하고요. 거의 사십 년이나 같이 살았죠." 그러고는 공연스레 덧붙였다. "필멸자한테는 아주 긴 시간이에요."

실제로 싱고는 내가 나이를 먹지 않는다는 사실을 알아차릴 만큼 나와 오래 살았다. 그러니까 적어도 내가 다른 사람들처럼 나이를 먹지 않는다는 것을 알 정도로 말이다. 말년에는 트로피 아내에 대한 농담을 하곤 했는데 그제야 나는 아버지도 나처럼 나이가 들어서도 여전히 젊어 보였다는 사실을 기억해 냈다. 나는 그때부터 벌써 슬픔에 잠기기 시작했다. 싱고가 죽자마자 다른 마을로 옮겨 가 모든 걸 포기하고 다시 새롭게 시작해야 한다는 사실을 알았기 때문이다. 사람들이 꼬치꼬치 캐묻거나 뒤에서 수군거리게 놔둘 수는 없었다. 나는 아직도 티브릴 아라메리가 나를 잡으로 오는 악몽을 꿨다. 한심한 일이었다. 그는 벌써 수십 년 전에 죽고 없고 후손들은 그의 무덤을 철저하게 짓밟았으니까. 내 비밀은 그와 함께 죽었을 것이다. 아마도.

싱고는 나와 함께 이 마을에 이주해 새 집을 고르는 것을 도와주었다. 망할 놈의 굴뚝도 수리해 주었다. 솜씨가 형편없긴 했지만. 그러고는 숨을 거둘 때 나더러 외롭지 않게 다른 사람을 찾으라고 했다. 나는 그 말을 듣지 않았다.

옆에서 그가 고개를 끄덕였다. "그 사람과 행복한 삶을 살았군. 잘했다."

"결혼한 지 사십 년이 지나면 누구나 행복할 수 있어요." 하지만 나는 아주 행복했다. 싱고는 내가 원했던 바로 그런 남자였다. 늘 한결같고 믿음직한 사람. 더 오래 살았더라면 정말 좋았을 것을. 옆에서 느껴지는 따스한 열기에 나도 모르게 긴장이 풀어져 한숨이 나왔다. 몸이 나른해지고 졸렸다. 어쩌면 그래서 신중하게 계산해서 말하기보다 진심을 내뱉은 것 같다. "당신을 기다릴 만큼 어리석진 않았죠."

상처를 주려고 한 말이었지만 설사 그랬더라도 그는 그런 기색을 전혀 내비치지 않았다. "현명한 결정이었다." 그러고는 잠시 침묵. 그가 하는 모든 일에는 의미가 있다. "그 뒤로는 남편이 없었다고 글리가 말하더군."

고 계집애나 그 애 아버지나 남들 인생에 참견하는 건 그렇게 좋아하면서 신경쓰지 말라고 하는 게 아주 똑같다. 나는 그 말에 담긴 의미에 얼굴을 찡그렸다. 그가 하는 모든 말에는 하나 이상의 의미가 담겨 있다. "아니, 그건 당신하고는 아무 상관도 없어요. 난 그냥 남편을 또 다시 먼저 보내고 싶지 않을 뿐이에요. 내가 아닌 다른 사람인 척하고 싶지도 않았고…… 어둠과 빛이여, 당신은 여전히 나쁜 놈이야."

그는 아무 말도 하지 않았다. 침묵이 충분한 대답이었기 때문이다. 그의 존재 자체도 그랬다. 지금 내가 의심하는 바로 그 의미일 리는 없다는 생각이 들긴 했지만.(그런 의미이길 내가 바라는 걸까? 아니 아니 아니야.) 하지만 나는 그를 알았다. 그를 잘 알았다. 목적 없이 행동하는 것은 그의 본성이 아니었다. 옛날에는 가끔 그러기도 했지만 그건 그가 망가져 있었기 때문이다. 심각한 병폐를 의미하는 증상들. 하지만 그는 이제 온전한 존재임에도 지금 여기에 와 있다. 나는 그 이유를 알아야 했다.

그냥 대놓고 물어볼 수도 있었다. 그러면 말해 줄 것이다. 하지만 나는 옛날처럼 용감한 젊은 여자가 아니었다. 나이가 들수록 조심성이 늘었고 어쩌면 비겁해졌을지도 모른다. 나는 화제를 돌렸다. "글리는 당신이 이럴 작정이었다는 걸 아나요?"

"따로 이야기한 적은 없다."

나는 고개를 끄덕였다. 대답하지 않는 것, 그 자체로 대답이었다. "혹시 알고 싶다면, 그 애는 잘 회복했어요. 마법은 아직 약하지만 신체적으로는 혼수상태에 빠지기 전과 거의 비슷하고요." 기분 좋게 쏟아지는 온기에 더는 저항하지 못하고 어깨를 곧게 폈다. "그 애가 데려온 남자는 아주 대단한 작자더군요. 하지만 그 애를 위해서라면 자진해서 지옥에라도 걸어 들어갈 거예요."

그가 어깨를 으쓱하는 소리가 희미하게 들렸다. "나하도스의 아이다. 그래서 조금…… 까다로울 수 있지." 그 말투에서 까칠함이 느껴지는 것은 내 상상이 아닐 것이다. 그가 우리 딸의 선택을 나만큼이나 좋아하지 않는다는 사실을 알게 되자 절로 미소가 지어졌다.

"곧 알게 될 거야." 이렇게 되니 다음에 이어질 질문을 피하기가 힘들어졌다. "나하도스……와 예이네 이야기가 나와서 말인데, 아마도……"

그의 목소리가 동트기 직전의 공기처럼 순간적으로 약간 부드러워졌다. "우리는 아들을 애도 중이다. 대혼돈이 끼친 피해를 복구하고 있고. 이제 그 형태가 드러났으니 존재의 복합성을 온전히 고려할 수 있게 되었어." 그가 잠시 멈칫했다가 말을 이었다. "나하도스는 나를 용서하지 않았고, 예이네는 나를 신뢰하지 않는다. 이 같은 순환이 예상되는 순열(順列)대로 반복되지 않을 가능성도 있고."

"안됐네요." 나는 진심을 담아 말했다. 대체 무슨 말을 하는 건지 이해할 수가 없었지만 목소리에 깃든 고통만큼은 분명하게 느껴졌다. 그는 뼛속까지 가정적인 사람이었다. "하지만 밤의 군주와 회색의 여신이 아직 당신을 좋아하지 않는다면 어째서……" 아, 그랬지. 우선순위를 선택한 거라고. 대혼돈이 고삐 풀려 날뛰었다. 상실과 공포. 어떤 일에 있어서는 끔찍한 일이 일어났을 때 아무리 멀어진 연인이라도 있는 게 없는 것보다 낫다. 하지만 참아 주는 것과 필요한 것, 그리고 집으로 돌아온 것을 반갑게 맞이하는 것은 다르다. "음, 안됐네요."

그가 어깨를 으쓱했다. 지금 어떤 차림새를 하고 있는지 궁금해졌다. 가죽이 부딪치는 것 같은 끽끽 소리가 났지만 내가 맡을 수 있는 냄새는 늘 그렇듯 그에게서 풍기는(내가 평생 잊지 못한) 건조하고 톡 쏘는 금속성의 체향뿐이었다.

"널 해치지 않을 거야." 그가 재빨리 덧붙였다. "내가 얼마나 오래 머물든."

그게 치명타였다.

나쁜 자식. 멍청하고 어리석고 사람의 화를 돋우는 악마 같은 새끼.

"헛소리. 하지. 마요." 나는 날카롭게 쏘아붙였다. "이건 무슨 고상한 숙녀들이 좋아하는 신파 소설 같은 게 아니라고요. 난 당신 자식을 키웠고, 나 자신을 위해 새 삶을 꾸렸고, 심지어 거기에서마저 벗어났어요. 전부 다 당신 없이 혼자서요. 난 당신 필요 없어요."

"글리는 우리 둘 모두에게 자랑스러운 딸이지. 그리고 넌 나를 필요로 한 적이 없다."

"당연하죠." 그가 맞장구를 치자 더 큰 짜증이 밀려왔다. 나는 고개를 돌려 그가 뿜어내고 있는 눈부신 따스함을 마주했다. 그가 원래 이렇게 컸던가? 어쩌면 내가 쪼그라든 것일지도. 나는 그가 불멸자이고 나는 필멸자라는 게 싫었다. 내 한평생이 그에게는 한 순간에 불과하다는 것이, 그리고 그 순간이 끝나고 나면 다시 아무 일도 없었다는 양 새 출발을 할 거라는 게 싫었다. "당신을 원하지도 않아요. 난 수십 년이 넘도록 신 같은 거 없이 아주 잘 살아왔고. 지금 이대로가 좋아요. 심지어 이젠 조용하고 심심하게 죽는 게 좋겠다는 생각도 든다고요!"

"신 같은 거 없이?" 그가 몸을 움직이는 소리가 들렸다. 몸을 돌려 집 서쪽에 난 창문을 쳐다보는 것 같았다. 글리의 방이었다.

"그 사람은 내가 아니라 글리의 삶에 들어와 있는 거고요. 난 그냥 몰래 퀼런이나 갖다 주고 그자가 딸이랑 섹스할 때 아무것도 안 들리는 척하는 늙은이일 뿐이라고요. 그자는 상관없어요, 샤이……"

방금 그를 뭐라고 부를 뻔했는지 깨닫고 깜짝 놀라 입을 다물었다. 비록…… 물론 그런 식으로 대화를 하고 있긴 했지만…… 하지만 그가 여기 있다는 건 그럴 리가……

젠장. 그가 나타난 지 오 분도 안 됐는데 벌써 머리가 제대로 돌아가지 않는다.

그의 미소는 마치 지금 내 피부에 느껴지는 태양광이 반사된 달빛 같았다. "대부분의 신은 많은 이름을 갖고 있지. 하지만 내가 인정한 것은 단 하나뿐이었다. 너를 만나기 전까지는."

나는 순간적으로 감동을 받고 말았다. 하지만 곧 한숨을 내쉬며 한 손으로 눈을 비볐다. 고통스러웠던 기억과 피로가 나를 바보로 만들고 있었다.

"이런 짓을 하기에 난 너무 늙었어요." 나는 중얼거렸다. "내 삶에 이런 광기는 필요 없다고요."

그는 아무 말 없이 그저 정원과 그 너머에 있는 나무를 향해 살짝 고개를 돌렸을 뿐이다. 나는 기다렸다. 하지만 침묵이 지속될수록 점점 화가 치밀었다. 그는 나와 말다툼을 하고 싶어 하지 않았지만 나는 그러고 싶었다. 그가 내가 원하는 대로 하지 않을 것이 분명해지자 나는 여길 떠나 다시는 찾아오지 말라고 말하려고 입을 열었다.

하지만 말을 꺼내기도 전에 단어들이 목구멍 속에서 죽어 버렸다. 왜냐하면 어둠 속에서 갑자기 내 눈에 뭔가 희미하게 보이기 시작했기 때문이다. 그였다. 심장 소리와는 전혀 닮지 않은 느릿한 박자에 맞춰 맥동하는 희미한 그림자. 너무도 차분하고 뚜렷했다. 매 순간마다 점점 더 밝고 뚜렷해지고 있었다.

새벽이었지. 잊고 있었다. 하지만…… 오, 신이여. 나는 아주 오랫동안 이것에 대해 감히 생각조차 하지 않으려 했다. 심지어 글리에게 같은 일이 일어날 때도 그 아이를 쳐다보지도 않았다. 하지만 새벽이 되면 잊을 수가 없었다. 아침에 펼쳐지는 이 마법의 풍경이 얼마나 그리웠던지.

그가 내 쪽으로 고개를 돌렸다. 내가 그를 볼 수 있도록, 그의 변화를 받아들일 수 있도록. 머리가 전보다 길었다. 그게 가장 이상한 점이었다. 테마인처럼 가닥가닥 꼰 머리 타래가 어깨에 두른 무거운 망토 뒤로 길게 늘어져 있고, 앞머리는 머리 뒤쪽에서 단정하게 잡아 묶어 얼굴을 드러냈다. 긴 가죽 코트를 입고 부츠를 신었는데 둘 다 머리카락과 같은 색깔이었다. 얼굴이 내 기억과 달라 의아한 마음에 한참을 들여다보았다. 그러다 깨달았다. 단호했던 턱선이 예전보다 부드러워졌고 눈가에는 한두 개의 잔주름이 나 있었다. 이마의 머리선도 옛날보다 조금 더 뒤로 물러나 있었다. 극적으로 달라지지는 않았다. 그저 세월이 흘렀고 그만큼 현명해졌음을 암시하는 소소한 변화들이었다. 현저하게 보이는 힘과 위엄.

당연히 그렇겠지. 애도 있는 늙은 여자가 자기 나이의 절반도 안 되는 젊은 남자와 같이 지내면 금방 눈에 띌 것이다. 이상한 소문도 돌겠지. 빛과 질서의 군주는 사회적 규범과 통념을 고려하지 않을 수 없을 것이다.

나는 신음했다. "당신은 변하지 않을 줄 알았는데요?"

"일시적인 것들은……"

"네, 네, 알아요. 류머티즘이랑 허리가 쑤시는 것도 고려했어요? 일시적인 건 아무 의미도 없으니까."

그는 내 반응을 재미있어 하는 것 같았지만 눈빛만큼은 매우 진지했다. "네 삶에 광기를 가져오진 않을 거다, 오리." 그가 아주 부드럽게 말했다. "고요함, 평온함, 편안한 일상…… 어쨌든 내 본성은 그런 것이니까."

잠시 말을 멈춘 그의 표정이 경고하듯이 딱딱해졌다. "그리고 완고함도 있지."

그가 아직 그 정도로 밝게 빛나고 있진 않았지만, 나는 눈을 감으며 돌아섰다. "갑자기 내 삶에 들이닥쳐서 받아 달라고 우기는 건……"

"우리 둘 다 원하는 걸 얻을 수 있는 가장 편리한 방법이지." 그가 너무도 익숙한 무뚝뚝한 말투로 문장을 완성했다. "너는 조용하고 심심한 죽음을 맞고 싶다고 했지, 외롭게 죽고 싶다고는 하지 않았다."

그 말에 나는 흠칫 몸을 굳혔다. 지팡이가 있었으면 정말 좋겠다는 생각이 들었다. 물론 현관 포치를 손바닥처럼 훤히 알고 있다 보니 지팡이는 별 쓸모도 없고 필요하지도 않았다. 하지만 생각과 의지만으로 그를 활활 태워 죽이려고 애쓰는 지금, 손에 꽉 움켜쥘 도구로 쓰기엔 그만이었을 것이다. 물론 이젠 마법을 사용할 수 없으니 내 시도는 통하지 않았다.

"난 당신 못 막아요." 내가 쏘아붙였다. "그래요, 뭘 원하는지는 알겠어요. 하지만 나한테 거짓말하는 건 안 참아 줄 거예요. 집 안에서 뭐든 맘대로 해도 좋으니 나만 건드리지 말아요. 적어도 글리는 당신을 보고 좋아하겠네요." 나는 뒷문으로 걸어가 문을 열려고 했다. 예상대로 문은 꿈쩍도 하지 않았다.

"난 거짓말을 하지 않는다." 놀랍게도 그 목소리에는 전혀 화난 기색이 없었다. 오히려 상처를 입은 것처럼 들렸지만 아마 내 상상일 거다.

나는 한숨을 쉬며 돌아섰다. "대체 우리 둘 다 원하는 게 뭔데요? 내가 바보인 줄 알아요? 당신은 자유예요, 샤이……" 나는 고개를 흔들며 웃음을 터트렸다. "이템파스. 셋은 다시 온전해졌어요. 한두 억겁 동안은 서로 서먹하겠지만 영원히 그러지 않을 거라는 건 알잖아요. 그리고 당신." 나는 그를 향해 손짓했다. 그곳에 서서 눈부시게 빛나는 그이. 너무도 밝게 이글거려 쳐다볼 수도 없고 너무도 아름다워 가슴이 저며 왔다. 울고 싶어졌다. 아주 오랫동안 눈물을 흘려 본 적도 없는데. 빌어먹을 자식. "지금 여기, 필멸계 중에서도 이런 구석탱이에 찾아와서 어떤 노파와 말년을 함께 보내고 싶다고요? 내가 그걸 동정심 말고 다른 걸로 받아들일 거라고 생각하는 거예요?"

그는 잠시 나를 물끄러미 쳐다보더니 거의 인간적일 정도로 짜증 섞인 한숨을 내쉬었다. "오리 쇼스. 너는 한때 독실한 이템파스 신도였지. 그럼 말해 봐라, 내 본성이 언제 동정심이었던 적이 있나?"

나는 그제야 멈칫했다. 사실이었기 때문이다.

"시간 낭비도 내 본성이 아니야." 그는 이제 확실히 퉁명스러운 말투로 덧붙였다. "내가 너와 함께 하고 싶지 않거나 네가 숨을 거둘 때나 찾아올 생각이었다면 그냥 널 죽이고 모든 일을 확실하게 끝낸 뒤 신계로 돌아갔을 거다."

정말 그랬다. 그는 언제나 실리적이었다.

"게다가." 그는 마치 보고를 올리는 사람처럼 등 뒤에서 두 손을 맞잡은 자세로 덧붙였다. "너는 아주 불쾌하고, 무례하고, 비이성적인 존재가 되어 버렸다. 우리가 처음 만났을 때 내가 정확히 예견했던 대로지. 그렇다면 내가 어째서 굳이 이렇게 하찮은 시간이나마 너와 함께 보내려 하겠나. 네 말대로 난 어디든 갈 수 있는데."

나는 입을 꾹 다물었다. 화가 치밀었다. "빌어먹을 문이나 열어요."

문의 걸쇠가 큰 소리를 내며 풀렸다. 나는 문에 손을 얹었다가 주춤했다. 그의 손바닥이 내 손을 덮고 있었다. 손이 보이긴 했지만 더 이상 눈부시게 빛나고 있지는 않았다. 하지만 그래야 하지 않나? 이슬이 걷히는 게 느껴졌다. 여명이 절정에 달해 태양이 공기를 따뜻하게 데우기 시작했다. 예전에는 이쯤이면 그가 너무 밝게 타올라 도저히 눈으로 볼 수 없었을 것이다. 하지만 이제 그는 스스로를 통제할 수 있었다. 내가 편하게 느낄 수준으로만 밝게.

"넌 도리어 감사해야 할지도 몰라." 그는 이제 짜증이 걷힌 목소리로 중얼거렸다. "내 형제자매가 아니었다면 난 계속 네 곁에 있었을 거다. 어쩌면 지금쯤이면 둘 다 서로를 못 견뎠을지도 모르겠군." 돌연 그의 엄지손가락이 내 손등을 쓸어서 흠칫 놀랐다. 창피하게도 가슴이 약간 파드득거렸다. 나는 너무 늙었다. 이런 생각을 하기엔 너무 늙었다. 난 이 사람 때문에 죽을 거다.

하지만 그때 문득 그의 말이 머리에 온전히 박히면서 웃음이 터져 나왔다. 그가 옳았다. 그와 함께 백 년을 살았다간 미쳐 버렸을 거다.

"아직도 다른 반박이 필요한가, 오리?" 그가 더 가까이 다가와 내 손을 잡았다. 그의 숨결이 내 머리카락을 흩었다. "아니면 이 쓸데없는 논의를 계속해야 할까?"

그때 현관 포치 위로 희미한 바람이 불어와 내 옷자락을 휘날렸고 그제야 아침 시간이 얼마나 추운지 기억났다. 그가 가까이 붙어 있어서 훈훈하다 보니 잊고 있었다.

나는 고개를 돌려 그를 쳐다보았다. 하지만 이제는 눈에 보이지 않아 손을 들어 그의 얼굴을 만져 보았다. 내 손가락이 수십 년이 지난 지금도 친숙하게 느껴지는 얼굴선과 다른 부위들, 그리고 나 자신의 망각을 더듬었다. 그는 눈을 감고 있었고, 손끝에 속눈썹이 스쳤다. 아주 오래전, 기저귀와 결혼식과 정원 테라스와 마을 의회와 지금 나를 둘러싼 평범한 삶이 시작되기 전에 한 신이 내 손바닥에 뺨을 기댔던 일이 생각났다. 마치 어제 일어난 일처럼 아직도 내 마음속에 생생하게 남아 있는 장면이었다.

그리고 그에게는 정말로 어제 일어난 일이었다. 그게 정말 끔찍한 일일까? 심지어 그가 보기에 나는 나이가 많이 든 것도 아니었다.

"당신을 다시 샤이니라고 부를 거예요." 나는 조용히 말했다. "아니면 뭐든 내키는 대로 부를래요. 그러니 그런 걸로 화내지 말아요. 차라리 그냥 우주의 법칙으로 만들어 버려요. 이젠 그런 것도 할 수 있는 거죠? 맞죠?"

뭔가 눈앞을 스쳐 지나가는 게 느껴졌다. 섬세했지만 강력했다. 외부로 퍼져 나가는 변화의 물결. 그가 잘난 척하듯 말했다. "작은 대가군."

내가 벌써부터 무슨 별명을 생각해 놨는지 그는 아직 모른다. 그에게 백 년은 아무것도 아닐지 몰라도 나는 필멸자기에 변덕스럽고, 쉽게 변하고, 금세 싫증을 낸다. 그가 그런 것을 견딜 수 있을 만큼 강해졌길 바랄 뿐이다.

　나는 한숨을 쉬고는 손잡이를 돌려 부엌으로 향했다. 그가 나를 따라 들어오더니 문을 닫았다. 나는 잠시 서서 아랫입술을 깨물며 귀를 기울였다.

　그가 긴 코트를 벗고 문 뒤에 있는 고리에 걸었다. 그러고는 신발 밑창을 바닥에 문질러 닦았다.

　나 자신도 몰랐던 내 안의 긴장감이 갑자기 부드럽게 풀어지더니 잠잠해졌다. 나는 느릿하게 무거운 숨을 내쉬었다. 그가 그 순간이 얼마나 중요한지 눈치챘다는 듯 한쪽 눈썹을 쓱 올렸다. 어쩌면 정말로 이해하고 있는지도 모른다. 그가 이해했는지 아닌지는 중요하지 않았다.

　"앉아요." 나는 고갯짓으로 식탁을 가리켰다. "맛있는 식사가 필요해 보이니까." 내 기억에 그는 나보다 요리 솜씨가 나았다. 하지만 그래도 괜찮았다. 하루 동안은 그를 손님으로 대우해야지. 그는 내일부터 요리를 하면 된다.

　그가 앉아서 기다리는 동안 나는 식료품 저장실로 향했다. 우리는 다시 시작했다.

옮긴이 | 박슬라

연세대학교에서 영문학과 심리학을 전공했으며, 현재 전문 번역가로 활동 중이다. 옮긴 책으로는 『스틱!』, 『부자 아빠의 투자 가이드』, 『페이크』, 『골리앗의 복수』, 『숫자는 거짓말을 한다』, 『구름 속의 죽음』, 『패딩턴발 4시 50분』, 『사라진 내일』, 『샤르부크 부인의 초상』, 『한니발 라이징』, 『아머』, 『칼리반의 전쟁』, 「몬스트러몰로지스트」 시리즈, 「부서진 대지」 3부작 등이 있다.

유산 시리즈 Ⅲ

신들의 왕국(하)

1판 1쇄 찍음 2024년 10월 7일
1판 1쇄 펴냄 2024년 10월 18일

지은이 | N. K. 제미신
옮긴이 | 박슬라
발행인 | 박근섭
편집인 | 김준혁
책임편집 | 장은진
펴낸곳 | 황금가지

출판등록 | 2009. 10. 8 (제2009-000273호)
주소 | 06027 서울 강남구 도산대로 1길 62 강남출판문화센터 5층
전화 | 영업부 515-2000 편집부 3446-8774 팩시밀리 515-2007
홈페이지 | www.goldenbough.co.kr

도서 파본 등의 이유로 반송이 필요할 경우에는 구매처에서 교환하시고
출판사 교환이 필요할 경우에는 아래 주소로 반송 사유를 적어 도서와 함께 보내주세요.
06027 서울 강남구 도산대로 1길 62 강남출판문화센터 6층 민음인 마케팅부

한국어판 © ㈜민음인, 2024. Printed in Seoul, Korea
ISBN 979-11-7052-472-4 04840(신들의 왕국-하)
ISBN 979-11-7052-468-7 04840(세트)

㈜민음인은 민음사 출판 그룹의 자회사입니다.
황금가지는 ㈜민음인의 픽션 전문 출간 브랜드입니다.